JANE STANTON HITCHCOCK

Le Grimoire

TRADUIT DE L'ANGLAIS PAR GILLES MORRIS-DUMOULIN

L'ARCHIPEL

Titre original :
THE WITCHE'S HAMMER
Publié par Dutton, New York, 1994.

Beaucoup de sagesse, beaucoup de chagrin,
car qui accroît sa science accroît sa douleur.

(L'Ecclésiaste, I, 18.)

Au début du mois d'août 1944, Adolf Hitler, ébranlé par une tentative d'assassinat avortée contre sa personne, dépêcha secrètement un messager à Rome, ville occupée par les Alliés. Ce messager emprunta un avion léger du type Storch, utilisé pour ce genre de missions. Déguisé en prêtre, il se rendit au Vatican afin d'y rencontrer le pape. Le secrétaire de Pie XII nota la brève entrevue sur son agenda sans en préciser l'objet. Quittant Rome, le messager retourna au point d'atterrissage où, la nuit venue, le Storch devait le récupérer. Une patrouille américaine repéra les signaux adressés à l'avion au moyen d'une torche électrique et captura l'homme. Avant de transférer celui-ci dans un centre d'interrogatoires pour prisonniers de guerre, on le fouilla minutieusement. Mais on ne trouva rien de plus sur lui que de faux papiers d'identité et un très vieux livre, le *Malleus Maleficarum*...

Le *Malleus Maleficarum,* publié en 1485, était accompagné d'une bulle papale. Bénéficiant ainsi de la suprême autorité ecclésiastique, il avait gardé force de loi pour la chrétienté catholique et protestante pendant plus de deux siècles.

1

Que John O'Connell eût choisi pour sa fille unique le prénom de l'héroïne d'une œuvre littéraire n'avait surpris aucun de ceux qui le connaissaient. Il l'avait appelée Béatrice, à l'instar du guide angélique de Dante dans sa *Divine Comédie.* Chirurgien de son état, John O'Connell adorait les livres, passion qui avait rempli et modelé son existence. Sa bibliothèque d'ouvrages rares et de manuscrits était bien connue des spécialistes. Une collection à la fois éclectique et de tout premier ordre. Au fil des ans, il avait cultivé sans jamais se lasser ce qu'il appelait son « petit jardin du savoir », suivant tant les avis des experts que son propre instinct. Même au début de sa carrière, lorsque certains achats grevaient le budget familial, John O'Connell n'avait jamais pu résister au livre ou au manuscrit qui s'était imposé à son attention. Contrairement à la plupart des collectionneurs qui revendaient leurs trouvailles ou les échangeaient contre des spécimens plus rares, plus précieux, pour John O'Connell l'achat d'un livre était un acte définitif. Les livres étaient des amis. Quand il s'attachait à l'un d'eux, c'était pour la vie.

En tête de ceux qui lui avaient permis d'enrichir sa collection figurait Giuseppe Antonelli, un courtier en livres italien de renommée internationale, à qui John devait d'avoir pu acquérir maints trésors, parmi lesquels un Livre d'Heures illustré par Del Cherico, l'incunable de Niclaus Jenson de l'*Historia naturalis* de Pline, sur vélin, et la série complète avec illustrations de *la Divine Comédie*, publiée en 1804 par le maître imprimeur Giambattista Bodoni.

John O'Connell avait fait la connaissance de Giuseppe Antonelli à Rome, en 1954. Alléché par un exemplaire des *Vies parallèles* de Plutarque exposé dans la vitrine d'une petite boutique de la via Monserrato, il avait non seulement acheté le volume, mais lié conversation avec le libraire, dont l'anglais s'agrémentait d'une pointe d'accent italien.

— Giuseppe et moi, aimait à rappeler O'Connell, nous nous sommes reconnus tout de suite. Comme des Rose-Croix. Un véritable amoureux des livres identifie son semblable au premier coup d'œil !

De cet amour commun était née, au fil du temps, une relation chaleureuse, bien plus profonde qu'un simple rapport de client à fournisseur. Chaque fois que le signor Antonelli venait à New York, il rendait visite au docteur O'Connell dans sa demeure de Beekman Place, sur les hauteurs dominant l'East River, à l'écart de l'agitation citadine. Une bâtisse de quatre étages en brique brune à l'ancienne mode, au milieu de maisons dont chacune était la réplique de l'autre, rangées le long de rues tranquilles bordées d'arbres. Parfois, Antonelli apportait quelques livres susceptibles d'intéresser le médecin, et John O'Connell, en retour, prenait plaisir à lui montrer ses dernières acquisitions. A l'occasion, un autre bibliophile se joignait à eux. Après le repas, ces messieurs se retiraient dans la bibliothèque où, jusqu'à une heure avancée de la nuit, ils faisaient assaut d'anecdotes en buvant de la fine et en fumant de gros cigares.

Giuseppe Antonelli était petit et maigre. Ses pommettes saillantes, son nez proéminent et ses yeux noirs scrutateurs toujours en mouvement, comme à la recherche de quelque ouvrage à évaluer, lui composaient un profil peu banal. John O'Connell, à l'inverse, était grand et quelque peu enrobé, avec de bons yeux d'un bleu très pâle et une abondante crinière blanche. Le sourire facile et l'allure débonnaire, il dégageait une impression de force et d'intelligence.

Toujours vêtu d'un costume rayé de coupe anglaise, avec chemise blanche empesée, cravate et chaussures impeccablement cirées, Giuseppe Antonelli ne se séparait jamais d'une canne dont le pommeau figurait un épervier d'or au bec acéré et aux yeux de rubis. Autant que sa stature modeste, sa mise soignée offrait un contraste frappant avec les vêtements confortables que le docteur portait sans réel souci d'élégance.

En semi-retraite depuis plusieurs années, l'Italien avait espacé ses voyages aux États-Unis, mais continuait d'entretenir avec le médecin américain une correspondance régulière. Célibataire, Antonelli se consacrait tout entier à ses études et à quelques rares amis. Quand, après trente-sept ans de mariage, John O'Connell avait perdu son épouse Élisabeth, Antonelli avait envoyé au veuf éploré un incunable des *Méditations latines sur la vie du Christ.* Bien que le chirurgien n'attendît rien de la religion en la circonstance, il n'en avait pas moins apprécié le geste.

A la suite de son deuil, John O'Connell avait sombré dans la dépression. Ni son travail, ni sa bibliothèque ne semblaient pouvoir combler le vide laissé par la mort d'Élisabeth. Quant à Béatrice, son deuil s'ajoutait aux séquelles d'un récent divorce et aux frustrations d'un échec professionnel. Comme il arrive fréquemment en pareil cas, le père et la fille s'étaient rapprochés l'un de l'autre. Quittant l'appartement qu'elle occupait en ville, Béatrice était revenue à la maison. Solution temporaire qui, pour l'instant du moins, les satisfaisait tous les deux.

Un jour, John O'Connell avait annoncé à Béatrice

que, pour la première fois depuis quatre ans, ils allaient avoir la visite du signor Antonelli. Percevant l'impatience avec laquelle son père attendait l'arrivée de son vieil ami, Béatrice en conclut qu'il devait y avoir quelque livre sous roche ! Elle ne l'avait jamais vu aussi agité depuis que, quinze ans auparavant, il avait découvert, à Boston, l'un des premiers exemplaires du *Bay Psalm Book*, le « Psautier de la Baie », ouvrage rarissime sorti des premières imprimeries coloniales.

Souvent, par le passé, le docteur O'Connell avait fait mystère de l'achat d'un nouveau livre, qu'il eût réalisé l'affaire ou l'eût simplement projetée. Surtout si l'ouvrage avait une provenance inhabituelle. Il lui arrivait, après sa journée de travail, de s'enfermer pendant des heures dans sa bibliothèque, à peine conscient de la présence de sa femme et de sa fille dans la maison. Élisabeth O'Connell disait alors, non sans humour, que son mari était avec ses maîtresses. Lesquelles, par bonheur, avaient généralement quelques siècles de plus qu'elle !

Durant les jours qui précédèrent la visite d'Antonelli, John O'Connell afficha les mêmes symptômes, dînant de bonne heure et se réfugiant dans sa pièce favorite sans écouter de musique classique ni commenter l'actualité avec Béatrice autour d'une tasse de café, comme il avait pourtant coutume de le faire. Habituée aux retraites de son père et tout aussi indépendante que lui, Béatrice s'était abstenue de le questionner. Elle savait que, tôt ou tard, elle aurait la clef du mystère.

Au jour dit, à sept heures trente, John O'Connell se précipita pour répondre au coup de sonnette de son visiteur et l'accueillit avec sa chaleur habituelle :

— Giuseppe ! Soyez le bienvenu !

Les deux hommes se serrèrent la main. Le signor Antonelli n'avait pas changé. Toujours tiré à quatre épingles, sa bonne vieille canne à tête d'épervier au poing.

— Mon cher John, quelle joie de vous revoir !

Puis, après une courte hésitation et un peu d'incertitude, car c'était à peine s'il la reconnaissait, il sourit à la fille de son ami :

— Et vous, chère Béatrice...

La jeune femme n'était effectivement plus la même. Il avait le souvenir d'une jolie fille pleine de vie, aux cheveux fous, au teint lumineux et au sourire éclatant. Elle semblait aujourd'hui vide et sans ressort, comme un fruit pressé à blanc. Elle avait maigri. Sa peau s'était relâchée. Son visage, empreint de tristesse, demeurait aristocratique, mais il s'était creusé et des cernes ombraient ses yeux gris-vert. Sa chevelure luxuriante était ordonnée en un sévère chignon. Ses vêtements, stricts et noirs, faisaient paraître encore plus mince sa silhouette. Elle marchait le dos voûté, comme si elle avait désiré passer inaperçue. Ce n'était pas de maladie qu'elle souffrait, mais d'un manque d'énergie et de confiance en elle. Une femme déçue, meurtrie par la vie, qui contenait ses réactions et forçait son sourire pour dissimuler l'irritation que lui causait cette visite imprévue.

Échangeant force claques dans le dos, les deux hommes gagnèrent le salon du premier étage, où Béatrice leur servit deux scotchs avant de se verser un verre de vin blanc. Les retrouvailles l'intéressaient moins que ce vin qu'elle dégustait à petites gorgées et qui calmait ses nerfs. L'esprit ailleurs, elle se demandait si Giuseppe Antonelli, toujours si correct et amidonné, avait jamais éprouvé une passion pour une femme. C'était le genre de questions qu'elle se posait souvent en face des hommes.

Antonelli émit l'opinion que New York ne s'était pas amélioré depuis son dernier voyage. La direction de l'hôtel où il descendait depuis toujours avait changé et l'on n'y avait plus d'égards particuliers pour le vieil habitué qu'il était. Le docteur parla brièvement du chaos qui gouvernait le monde. Puis on en vint rapidement à des sujets d'ordre personnel :

— J'ai éprouvé un tel choc, mon cher John, en apprenant la mort d'Élisabeth. J'ai toujours eu pour elle beaucoup d'affection. Que vous dire...

— Merci, Giuseppe. Son absence a laissé un grand vide dans la maison... Si Béatrice n'était pas venue vivre avec moi...

Antonelli releva un peu trop vite :

— Vous habitez donc ici avec votre mari ?

Béatrice dut faire un effort pour comprendre sa question et y répondre :

— Pas exactement. J'ai... divorcé.

— Oh ! pardonnez-moi, j'ignorais... Je ne connaissais pas votre mari, mais il avait l'air d'un garçon très bien sur la photo de mariage que votre maman avait eu la gentillesse de m'envoyer.

Béatrice pensa fugitivement à la cérémonie intime qui s'était déroulée dans ce même salon, cinq ans plus tôt. Un jour qui lui avait semblé alors le plus beau de sa vie.

— Je crois que c'était la seule chose à faire... Papa était si seul dans cette grande maison, après la mort de maman...

— ... qu'elle est venue dîner un soir et qu'elle n'est plus repartie !

John O'Connell éclata de rire, enchanté de sa réplique. Puis, reprenant son sérieux, il ajouta :

— Béatrice est une fille épatante. Elle est là parce qu'elle sait que j'ai besoin d'elle.

Dédiant à Béatrice un sourire nostalgique, Antonelli approuva :

— Les enfants sont un grand réconfort à notre âge. Si je ne regrette pas de ne m'être jamais marié, je regrette assurément de n'en avoir pas eu.

— Et vous, Giuseppe, profitez-vous de votre temps libre ?

L'Italien haussa les épaules.

— Comme vous le savez, John, il n'y a pas de vraie retraite dans ma profession. Bien sûr, j'ai vendu ma boutique. Mais je continue d'acheter et de vendre des pièces à quelques amis très chers... dont vous êtes !

Il leva son verre à la santé de ses hôtes.

— John ! Je brûle de voir ce livre que vous me décrivez dans votre lettre.

— Il est si étrange que je n'en ai pas encore parlé à Béatrice.

Antonelli parut surpris, mais la jeune femme précisa :

— Il n'en est pas à sa première cachotterie !

Huit heures sonnèrent à la pendule qui trônait sur la vieille cheminée de marbre. Reposant son verre, le médecin se leva.

— Allez, descendons à la salle à manger, et je vous raconte tout. A tous les deux.

En bas, face à la baie donnant sur le jardin, une table ronde coquettement dressée les attendait. Les deux hommes se servirent au buffet froid préparé sur la desserte, tandis que Béatrice allumait les bougies autour de la pièce. Tout en versant à son invité un verre de chablis, John O'Connell dit :

— Je me suis séparé de la cuisinière à la mort de Liz. Alors, c'est un peu à la bonne franquette...

Ayant goûté la terrine de veau, Antonelli assura que c'était un régal et voulut savoir qui l'avait préparée.

— C'est moi. Avec les moyens du bord, dit Béatrice en les rejoignant avec son assiette.

— Ne soyez pas modeste. Vous êtes un cordon-bleu.

La jeune femme le remercia d'un signe de tête. Elle aimait faire la cuisine, mais il était rare que son père s'avisât de ses efforts. Désignant le jardinet intérieur que le crépuscule assombrissait, Antonelli commenta :

— Il est rare, à New York, de vivre dans une maison plutôt que dans un appartement. Ce qui manque le plus, en ville, c'est l'espace.

— C'est trop grand ici pour deux personnes. Mais je ne déménagerai jamais, à cause de ma bibliothèque.

— Pas seulement à cause de ta bibliothèque, papa. Tous tes souvenirs sont ici. Maman est ici.

— C'est vrai, Béa. Liz aimait cette maison. Mais je ne sais pas comment tu vas faire, quand je ne serai plus là !

Les yeux subitement embués, Béatrice protesta :

— Papa ! Je t'ai déjà dit de ne pas parler comme ça !

— C'est pourtant bien toi qui devras décider du sort de ma bibliothèque !

Émue, la jeune femme se tourna vers l'Italien :

— Signor Antonelli, dites-lui de parler d'autre chose ! De toute façon, la collection de mon père restera intacte. Elle ira à une bibliothèque publique ou à une université, et son nom y sera attaché à tout jamais. Pour que tout le monde sache quel connaisseur était John O'Connell.

— A une exception près, naturellement.

— Laquelle ? s'enquit Antonelli.

— En fait, il s'agit d'un incunable que vous m'avez vendu, Giuseppe. *Le Roman de la Rose.* Elle l'a toujours adoré.

L'Italien regarda plus attentivement la jeune femme, cherchant, au-delà de son expression désabusée, la marque d'un romantisme qu'il n'avait jamais soupçonné jusque-là.

— Le poème de l'amour courtois ! Un très bon choix, ma chère amie. Et maintenant, John, si vous nous parliez de ce fameux livre...

— Oui, papa. Il me tarde aussi d'entendre toute l'histoire.

Le docteur O'Connell joignit les mains, l'air soucieux, tandis que Béatrice remplissait les verres. Puis il s'éclaircit la gorge et commença d'une voix sourde :

— L'année dernière, j'ai opéré avec succès un patient d'Oklahoma City. L'homme est rentré chez lui. Je ne pensais plus à lui quand, un jour, est arrivé par la poste un paquet accompagné d'une lettre.

Il tira de la poche intérieure de son veston une feuille qu'il déplia posément avant de la lire d'une voix altérée par l'émotion :

— « Cher docteur O'Connell. Je ne sais comment vous remercier. Grâce à vous, j'ai triomphé de ce maudit cancer et je serai éternellement votre débiteur. J'ai appris à l'hôpital que vous étiez amateur de livres rares. Vous trouverez ci-joint quelque chose qui, je crois, devrait vous plaire. Je suis entré en sa possession durant la Seconde Guerre mondiale et je l'ai gardé... J'ignore si ce livre est précieux. Il a pour moi une grande valeur sentimentale car il témoigne d'un temps où j'avais l'impression de faire quelque chose pour mon pays. Je vous l'envoie, cher docteur O'Connell, car je sais qu'il ne sera nulle part en de meilleures mains. Dieu vous bénisse, etc. »

Les yeux humides, John O'Connell replia soigneusement la lettre et la remit dans sa poche. Béatrice saisit le bras de son père et Giuseppe Antonelli dit à voix basse :

— Une très belle lettre.

— Oui. Inspirée par de beaux sentiments. Le livre, lui, c'est autre chose !

— Que voulez-vous dire, John ?

— Vous allez voir !

Il se leva, jeta sa serviette froissée sur la table, but son vin d'un seul trait comme pour se donner du courage et marcha vers la porte en lançant pardessus son épaule :

— C'est pour ça que je vous ai écrit, Giuseppe. Parce que, si quelqu'un peut nous dire ce qu'est exactement ce fichu bouquin, c'est vous !

Antonelli plia soigneusement sa serviette avant de suivre son hôte. L'attitude étrange de son père ayant éveillé sa curiosité, Béatrice décida que le café pouvait attendre.

Au deuxième étage, le médecin poussa les lourds battants d'acajou qui donnaient accès à la bibliothèque. Il pressa un commutateur. Les rampes de cuivre à l'ancienne qui éclairaient les étagères autour de la salle s'allumèrent, révélant des rangées de vieux livres et de manuscrits.

Antonelli jeta un regard circulaire et respira avec délices l'odeur du vieux cuir, comme s'il se fût agi d'un air frais parfumé aux essences balsamiques. Il semblait heureux de constater que rien n'avait changé depuis sa dernière visite. Les mêmes rideaux vert foncé masquaient les larges fenêtres donnant sur le jardin. Les mêmes sièges et tables de style occupaient le centre de la pièce afin de ne cacher aucun des rayonnages. Sur le bureau de John O'Connell, l'abat-jour vert et bleu de la lampe Tiffany tamisait la lumière. Les grandes échelles de bois étaient prêtes à glisser sur leurs rails, indispensables pour atteindre les ouvrages rangés parfois à plus de trois mètres au-dessus des têtes. Indispensables, mais désormais interdites à ses genoux d'arthritique, songea Antonelli avec amertume... Seule nouveauté : une table d'architecte sur laquelle reposait un exemplaire du *Dictionnaire de la langue anglaise* du Dr Johnson.

O'Connell consulta le thermostat mural pour s'assurer que la température était convenable. Puis il sortit une clef de sa poche, ouvrit le premier tiroir de son bureau, en tira un volume relié de cuir noir aux dimensions modestes et, comme s'il lui brûlait les mains, le jeta sur la table voisine devant Giuseppe Antonelli.

— Voilà l'objet !

L'Italien chaussa ses lunettes. Il s'empara du volume, l'approcha de son visage pour le flairer et promena ses doigts sur la reliure, aux endroits où le cuir se nuançait de marron comme si le petit livre avait souffert du feu. Puis il le reposa sur la table et l'ouvrit avec précaution. Sur la première page figurait une seule ligne de texte latin, en gros caractères gothiques noirs, avec la majuscule traitée au rouge.

Pour lui-même plus que pour ses deux compagnons, Antonelli lut à haute voix :

— *Videmus nunc per speculum in aenigmate, tunc autem facie ad facie.*

— Ce qui veut dire ? questionna Béatrice.

— C'est une citation de saint Paul : « Car à présent, nous voyons à travers le miroir, vaguement, mais désormais face à face. »

Antonelli se mit à tourner une à une les pages jaunies et ses yeux commencèrent à briller d'excitation. De temps en temps, il laissait échapper un petit cri. Bonheur ou horreur, Béatrice n'aurait pas su le dire. Il examina plus longuement le cahier central avant de poursuivre sa lecture jusqu'à la dernière page. Puis il referma le livre et leva les yeux. O'Connell soupira :

— Eh bien ?

— Asseyons-nous, je vous prie...

Le docteur prit place derrière son bureau. Antonelli et Béatrice s'installèrent en face de lui. La jeune femme saisit l'ouvrage pour le feuilleter à son tour, tandis que l'Italien déclarait d'une voix contenue :

— Mon cher John, vous avez là un superbe grimoire.

— Mais encore ?

— En d'autres termes, mes bons amis, il s'agit d'un traité de magie noire.

Le docteur O'Connell acquiesça avec gravité :

— C'est à peu près ce que j'avais imaginé. Bien que, d'après son contenu, j'aie pensé aussi que ce pouvait être un ouvrage pornographique.

Antonelli eut un large sourire.

— Très souvent, les deux se confondent. Celui-ci est rédigé en langue française. Imprimé sur vélin, publié en 1670 et signé « Pape Honorius III ». Imposture grossière, évidemment. Ce n'est pas là l'œuvre d'un souverain pontife. Quant à l'illustrateur, il a omis de se faire connaître. La reliure a été refaite, probablement au XVIIIe siècle. Des gravures sur bois accompagnent le texte et on lit sur la page de titre une date et un lieu d'impression : Rome. Endroit surprenant pour un tel ouvrage, non ? La citation de saint Paul en exergue a de quoi intriguer. Facétie de l'auteur qui semble annoncer un ouvrage religieux, alors que le lecteur va être entraîné dans la magie la plus noire !

Suivant distraitement la discussion entre son père et le signor Antonelli, Béatrice feuilletait le grimoire. Page après page s'y exprimaient les fantasmes d'une imagination macabre. Le texte français, très dense, était coupé de symboles occultes et de gravures représentant d'étranges actes sexuels, des manifestations surnaturelles terrifiantes et des images démoniaques d'hommes et d'animaux.

Le cahier central dépeignait une descente aux enfers. Mort et résurrection. Une bande dessinée avant la lettre, particulièrement effrayante. On voyait d'abord sur les vignettes un homme et une femme accouplés dans une clairière. Puis la femme disparaissait et un prêtre poignardait l'homme à la tête, au cœur et au bas-ventre à l'aide d'un glaive dont la poignée était une croix inversée. Des lions déchiquetaient le cadavre et en enterraient les morceaux dans un labyrinthe. Seuls subsistaient les ossements. Éclairé par la pleine lune, apparaissait un sorcier porteur d'un gros livre. Il traçait sur le sol un cercle, y dessinait des croix, les douze signes du zodiaque, sept symboles occultes, et se plaçait en son centre pour lire dans son livre des formules magiques. La femme revenue tentait de le séduire. Protégé par le cercle, il repoussait ses avances. Furieuse, elle se métamorphosait en un succube au regard de feu, à la queue bifide, aux griffes et aux crocs sanglants. La hideuse créature s'efforçait d'anéantir le sorcier qui poursuivait ses incantations. Incapable de l'atteindre, le succube s'enfuyait. Les ossements de l'homme occis se rassemblaient alors et son squelette se dressait au cœur du labyrinthe. Et le sorcier élevait son livre vers le ciel dans un geste de remerciement, tandis que le squelette s'envolait vers la lune.

A contempler les gravures sur bois, Béatrice se sentit remuée jusqu'au plus profond de son être. Ce succube aux dents et aux serres ensanglantées, aux yeux exorbités, à la langue dardée, aux seins dressés et aux cheveux fous, cette créature au sexe vorace représentée par un illustrateur haineux, c'était la Femme. Vue à travers le prisme des craintes ataviques de l'Homme. Aussi épouvantable que fût l'allégorie, Béatrice se sentait liée à elle par une troublante parenté.

— Qu'en penses-tu, Béa ? s'informa son père.

— Primitif, mais impressionnant !

Et Giuseppe Antonelli de préciser :

— Les gravures illustrent la magie la plus noire de toutes, la nécromancie. Autrement dit, la réanimation des morts.

— Et qui sont les morts ?

— Que voulez-vous dire, Béatrice ?

— Il me semble que l'artiste redoutait surtout les femmes, si j'en juge d'après les avatars de sa démone !

— Ma chère enfant ! Le succube n'a jamais représenté aucune femme. Il est une incarnation du mal.

— Sans doute. Mais le choix d'une femme pour incarner le mal n'est tout de même pas innocent ?

— Elle correspond à l'imagerie de l'époque.

— Ce qui nous ramène à notre point de départ !

Sous le regard pensif d'Antonelli, Béatrice remit le grimoire sur la table. Son père s'en empara et, s'adressant à lui comme à une personne :

— Toi, il va falloir que je te réserve une étagère ! Pas question de te laisser contaminer tes voisins ! Dites-moi, Giuseppe, vous en avez vu beaucoup, des ouvrages comme celui-ci ?

— Quelques-uns. J'ai un client qui s'intéresse à ce genre de bizarreries, et de loin en loin je lui en déniche une. Mais elles sont extrêmement rares et ce grimoire a pour lui d'être en excellent état. Quant à ses illustrations, elles sont très amusantes.

Béatrice ouvrit de grands yeux.

— Amusantes !

— On ne peut tout de même pas prendre ces choses au sérieux ! Comme vous le savez, les grimoires sont les produits d'un esprit médiéval pétri de superstitions. Les gens croyaient alors que la Terre était plate et que l'on tomberait dans le vide si on en dépassait la lisière.

— Et l'Inquisition ? objecta Béatrice. Amusante aussi ?

— Il s'agissait surtout de politique. C'est ce que visait le *Malleus Maleficarum.*

— Ah ! oui, opina le médecin qui se retrouvait en pays de connaissance.

Ce qui n'était pas le cas de Béatrice :

— De quoi s'agit-il ?

Heureux de son érudition et de l'occasion qui lui était donnée d'en faire étalage, Giuseppe Antonelli sourit gentiment :

— Le *Malleus Maleficarum,* autrement dit le *Marteau des sorcières,* a été publié en 1485 sous la signature de deux fanatiques, Jakob Sprenger et Heinrich Krämer. Élevant la sorcellerie au niveau de l'hérésie et la stigmatisant comme œuvre du démon plutôt qu'activité dévoyée d'humains au cerveau dérangé, ce fut un ouvrage important. Il proposait une méthode pour démasquer les sorcières et conduire leur jugement.

John O'Connell opina une nouvelle fois.

— C'est la première fois que j'en entends parler, dit Béatrice.

— Il s'agit là d'une bavure de l'histoire. Elle n'a d'intérêt que par la célèbre bulle du pape Innocent VIII, qui lui a conféré en son temps une malencontreuse légitimité. En traitant la sorcellerie d'une façon sérieuse et organisée, le Vatican a fort habilement augmenté son propre pouvoir.

— De quelle façon ?

Le récit commençait à passionner Béatrice. Antonelli répondit avec indulgence :

— Il existait désormais dans la vie de chaque jour un ennemi clairement défini contre lequel mobiliser les énergies ! C'est ainsi que le pouvoir de l'Inquisition a pris une telle ampleur. Comme je vous l'ai dit, l'affaire était avant tout politique.

— Triste époque ! dit le docteur O'Connell en allumant sa pipe.

— Naturellement, poursuivit Antonelli, seuls des esprits simplets croient encore aujourd'hui qu'il y a parmi nous des sorcières, des suppôts de Satan capables de jeter des sorts. Pour l'immense majorité, il ne faut pas attacher plus d'importance aux grimoires qu'aux contes de Grimm... si je puis me permettre pareille plaisanterie !

Examinant le vieux livre pour la seconde fois, il suggéra du même ton enjoué :

— Vous savez, John, que le client dont je vous ai parlé, mon amateur de bizarreries, serait sûrement intéressé... Puis-je le lui proposer ? Je suis sûr qu'il vous en donnerait un très bon prix.

Derrière la suggestion apparemment spontanée de l'Italien, Béatrice détecta une avidité mal réprimée. Ou elle se trompait ou le vieil expert désirait acquérir pour lui-même la « bizarrerie » en question. Mais c'était mal connaître John O'Connell :

— Je vous remercie, Giuseppe, mais vous oubliez la règle que je me suis faite. Une fois entré, aucun livre ne ressort de ma bibliothèque !

— Certes, John. Mais comme il ne correspond guère à vos goûts, et puisque c'est un cadeau...

— Les cadeaux me sont encore plus précieux. Je leur ai réservé toute une étagère. Et j'offre moi-même des livres à Béa depuis son plus jeune âge, pour Noël et ses anniversaires. Quels cadeaux faire, d'ailleurs, sinon des livres ?

Émue, Béatrice se remémora les chefs-d'œuvre de la littérature qu'elle tenait de son père et qui occupaient tout un mur de sa chambre. Ce n'était pas des éditions de prix, seul le contenu en faisait la valeur. Homère et Dante... Chaucer, Blake, Shakespeare, Eliot, Austen et Dickens... Balzac, Flaubert et Proust... Tolstoï et Dostoïevski... Et encore Emerson, Thoreau, Melville, Hawthorne, Twain... Des classiques à lire et relire. Sans oublier les romans à énigmes qu'elle aimait tant, d'Edgar Allan Poe et

Wilkie Collins à Conan Doyle, en passant par Agatha Christie, P.D. James et tant d'autres...

Antonelli semblait préoccupé et s'agitait maintenant sur sa chaise. Se voyant observé par Béatrice, il se leva brusquement :

— J'ai bien peur de devoir vous quitter. Il est tard pour moi. Le décalage horaire. M'en voudrez-vous si je prends congé ?

— Et le café, Giuseppe ? J'étais si impatient de vous montrer le livre...

— Non, non, John. Il est temps que je regagne mon hôtel. Je suis heureux de vous avoir revus tous les deux. Heureux aussi d'avoir tenu ce livre entre mes mains. Un vrai trésor...

John O'Connell et sa fille le raccompagnèrent au rez-de-chaussée où Béatrice ressortit sa canne du porte-parapluies.

— Je me souviens d'avoir joué avec quand j'étais petite. Cet oiseau aux yeux rouges me fascinait.

Antonelli émit un petit rire contraint.

— Ce qui n'était jadis qu'une coquetterie est devenu une nécessité. La rançon de l'âge !

— Quels sont vos projets pour le reste de votre séjour ?

— Je vous appelle demain, John. Nous nous reverrons avant mon départ.

— Quand repartez-vous ?

— Je n'en sais rien encore. Mais je vous téléphone demain matin. Dès que je connaîtrai mon emploi du temps.

Côte à côte sur le perron, le père et la fille regardèrent s'éloigner leur vieil ami, dont la canne martelait l'asphalte. Béatrice rentra la première. Tandis que John O'Connell refermait la porte, la jeune femme conclut, songeuse :

— Il ne nous a pas tout dit.

— Quoi, par exemple ?

— N'as-tu pas remarqué son intérêt pour le grimoire ? Et la soudaineté de son départ ?

— La fatigue. Le décalage horaire... Si tu nous préparais du café au lieu de te faire des idées !

Lorsque Béatrice revint dans la bibliothèque, John O'Connell examinait de nouveau le grimoire.

— Une véritable horreur ! Mais fichtrement intéressante !

— Ne la vends pas à Giuseppe, papa.

— Tu me connais. Je ne me sépare pas de mes amis. Même quand ils sont aussi peu fréquentables !

Il prit la tasse que sa fille lui tendait.

— Ce bouquin a sans doute une certaine valeur et, si je voulais m'en défaire, Giuseppe en aurait le placement. Il est commerçant avant tout.

— Non, il y a autre chose.

— Quoi selon toi ?

— Je ne sais pas, mais quelque chose me dit...

Posant sa tasse vide, elle se saisit à son tour du livre et son doigt suivit sur le cuir de la reliure les signes du zodiaque et les autres symboles ouvragés en relief, noir sur noir.

— Je te parie cent dollars qu'il te rappelle demain pour te faire une offre mirobolante !

— Dix dollars. Je ne suis pas aussi riche que toi !

— Ne plaisante pas. J'ai un curieux pressentiment au sujet de cette diablerie moyenâgeuse ! Et Giuseppe ne nous a pas tout dit. Je le sais. Je le sens.

— Viens ici, Sherlock Holmes !

Assis sur le canapé, il tapotait la place voisine de la sienne. Béatrice accepta l'invitation et posa la tête sur son épaule. A vivre seule avec son père, il lui arrivait parfois de se sentir une toute petite fille. John O'Connell murmura en lui caressant tendrement les cheveux :

— Aussi loin que je me souvienne, tu as toujours eu le goût du mystère.

— Je suppose que je me préparais pour la vie.

— Ainsi, pour toi la vie est un mystère ?

— Et comment ! J'en suis encore à me demander ce que je suis venue faire en ce monde !

— Je n'aime pas te sentir aussi amère...

John O'Connell soupira :

— Il est vrai que tu n'as pas eu ma chance. Moi, j'avais une vocation. Je voulais devenir médecin, je le suis devenu. Je n'ai jamais eu à me chercher un autre but.

— J'aimerais bien me sentir appelée et savoir avec certitude ce que j'ai envie de faire.

— Où en est ton roman ?

— Je commence tout et je ne finis rien !

— Tu es estimée dans ton domaine.

— Oui, je rassemble la documentation permettant à d'autres d'écrire. Mais je n'écris pas moi-même !

— Et, grâce à ton travail, des auteurs produisent de bons ouvrages et gagnent des prix littéraires...

Béatrice s'était en effet spécialisée dans un domaine peu connu de l'édition. Divers auteurs l'engageaient pour faire à leur place les recherches historiques, sociologiques ou autres, nécessaires à la rédaction de leurs ouvrages. En raison de sa compétence et de sa formation universitaire, elle était très demandée. Plusieurs écrivains lui devaient d'avoir signé des best-sellers et remporté de grands prix, dont un Pulitzer.

Effectuer ces recherches lui avait toujours procuré l'illusion d'être au cœur de la vie littéraire sans avoir à prouver son talent d'écrivain. Elle se bornait à fournir des munitions à ceux qui avaient le courage de monter en première ligne et de se faire étriper par une critique impitoyable, ce qui arrivait souvent ! Question de cran, disait son père. Qui ne risque rien...

Désabusée, elle suggéra sans conviction :

— Et si je reprenais mes études pour devenir professeur ?

— Tu en as envie ?

— Je ne sais pas. J'ai l'impression d'avoir collectionné les échecs. Mon mariage. Ma carrière...

— Ne parlons pas d'échecs. Disons plutôt... contretemps.

— Oh ! papa, tu as le point de vue de quelqu'un qui a tout réussi. Et ton mariage et ta carrière. Ta vie a été bien remplie.

— Avoir vu souffrir et mourir m'a au moins appris une chose, Béa. Il n'existe aucun modèle d'existence. Rien qui soit fixé d'avance. La vie, c'est l'instant présent, différent pour chacun de nous.

L'image du succube traversa l'esprit de Béatrice.

— Mais il est des instants dangereux...

— Que veux-tu dire par là ?

— En regardant ce maudit bouquin, je me suis dit...

— Quoi donc ?

— Oh ! je ne sais pas...

Consciente de ne pouvoir communiquer à son père la pensée qui lui était venue devant l'horrible gravure, elle éluda en secouant la tête :

— Tu crois que je gâche les instants de ma vie, papa ?

— Je l'ignore, ma chérie. Bien que j'aime t'avoir auprès de moi, je me demande si tu ne devrais pas sortir plus souvent avec des gens de ton âge et te distraire un peu.

— Je ne manque pas d'amis.

— Mais tu ne les fréquentes guère.

— A quoi bon ? J'ai l'impression qu'eux et moi ne vivons pas sur la même planète.

— Ah ! ma petite Béatrice...

Il avait donné au prénom sa sonorité italienne, celle de *la Divine Comédie*...

— ... j'aimerais tellement te sentir plus heureuse.

— Si seulement je savais ce que ce mot signifie...

— J'espère que tu le découvriras avant que je ne sois plus...

— Papa ! Je t'ai déjà dit de ne pas parler comme ça.

— C'est une pensée qui m'obsède. Surtout depuis ton divorce. Tu penses toujours à Stephen ?

Béatrice se leva d'un bond et se mit à tourner autour de la pièce comme une panthère en cage.

— Oui. Mais son cas est désespéré. Tu le connais. Capable de résister à tout... sauf aux femmes !

— Je sais comme sont les hommes.

Arrêtée net dans ses allées et venues, elle le foudroya du regard :

— Pas tous, papa !

— Présente-moi l'exception, que je lui décerne une médaille.

— Toi, tu n'as jamais été comme ça.

— Reviens t'asseoir, veux-tu ?

Docile, elle reprit sa place sur le canapé.

— Je vais te dire une chose, papa. Quand tout allait mal avec Stephen, je pensais à maman et à toi, à votre couple. Une union comme la vôtre était possible puisque vous l'avez réalisée. C'est ce que je désirais atteindre.

John O'Connell objecta doucement :

— Aucun mariage n'est toujours au beau fixe. Il y a des orages et des accalmies.

— Mais quand il n'y a que des orages ?

— Si tu aimes vraiment quelqu'un, il y a forcément des accalmies.

La jeune femme protesta avec véhémence :

— Tu ignores la moitié de ce qui s'est passé entre Stephen et moi !

— Sans doute, et je veux l'ignorer. Mais je connais les relations humaines. Elles ont toutes des hauts et des bas. C'est inévitable.

— Tu n'as jamais trahi maman comme lui m'a trahie. Je n'ai pas pu lui pardonner.

Béatrice haussa les épaules :

— Parlons d'autre chose. Je suis fatiguée de ne penser qu'à ça. C'est le passé !

Le regret qui perçait dans ses intonations déchira le cœur de son père. Il se reprochait de n'avoir pas su l'épauler quand il l'aurait fallu.

— La fatuité masculine n'a pas de limites, Béa. Peu d'hommes résistent à la flatterie. Les femmes y sont moins sensibles... je pense !

— Tu n'aurais jamais agi avec maman comme il a agi avec moi.

— Je ne l'aurais pas quittée, c'est vrai. Même pour quelque temps. Mais il ne faut pas juger. On finit toujours par décevoir qui n'a en soi aucune indulgence.

— Je préfère vivre seule que m'accommoder d'un homme qui m'a trompée.

— Même s'il exprimait des remords et te suppliait de lui pardonner ?

— C'est ce qu'a fait Stephen. Mais je ne pouvais pas oublier !

John O'Connell regarda plus attentivement sa fille. Elle était faite de contrastes qui s'accentuaient avec les années. Forte et fière, mais aussi timide et fragile. L'idée qu'elle se faisait de ses parents était touchante, mais contraire à ses intérêts. La voyant essuyer une larme à la dérobée, il décida de se confier à elle plus qu'il ne l'avait jamais fait par le passé.

— Béa, ma chérie, je ne sais pas tout sur Stephen et toi, c'est entendu. Mais tu ne sais pas tout non plus sur ta mère et sur moi.

— Qu'y a-t-il à savoir ?

— Beaucoup. Et je ne veux pas que tu perdes ta vie à courir après un idéal qui...

Il n'arrivait pas à continuer. Elle jappa, vaguement inquiète :

— Un idéal qui... ?

— Rien. Ta mère et moi, nous nous aimions. Elle était très compréhensive.

— Tu ne veux pas dire que...

Au comble de l'embarras, le docteur O'Connell s'écartait de sa fille sur le canapé et fuyait son regard.

— Tu ne veux pas dire... que tu as trompé maman ?

Il lui fit face, les traits crispés, l'expression suppliante :

— Je l'aimais. Mais ça ne m'a pas empêché de faire une ou deux erreurs. Une surtout.

Elle répéta, le souffle court :

— Une surtout ?

— Je suis tombé amoureux d'une autre femme.

— De qui ?

— Une infirmière de l'hôpital. Ça a duré quelque temps. Et Liz l'a compris.

Ses yeux plongeaient droit dans ceux de sa fille.

— Ta mère m'avait accepté, Béa. Elle m'avait accepté tel que j'étais.

Secouant la tête, Béatrice se releva lentement. Durant toutes ces années, elle avait donc idéalisé un mensonge. Cette pensée lui était insupportable. O'Connell l'observait anxieusement. Il savait que ses aveux risquaient de modifier profondément leurs rapports.

— Comment était-elle ?

Il la comprit à demi-mot et s'éclaircit la gorge :

— C'était une jeune femme. Beaucoup plus jeune que moi. Quelqu'un de très bien. Ça n'a été facile ni pour elle ni pour moi.

— Quand est-ce arrivé ?

— Oh ! il y a treize ou quatorze ans.

— L'époque où maman est tombée malade !

Il secoua la tête, se défendant de l'accusation :

— Cela n'a rien à voir.

— Comment peux-tu en être sûr ?

— Je suis médecin. Je le sais.

La colère submergeait peu à peu Béatrice.

— Alors, c'est d'elle que je tiens ça !

— Quoi donc ?

— D'être attirée par les salauds !

John O'Connell accusa le coup et, sans élever la voix :

— Ta mère ne m'a jamais considéré comme un salaud.

— Stephen en était un.

— Peut-être. Mais je ne suis pas Stephen.

— Et je ne suis pas ma mère.

En proie à une grande détresse, le médecin s'affaissa sur le canapé.

— Je n'aurais pas dû te le dire.

— Sans doute pas. La plupart des gens vivent sans jamais rien se dire.

Béatrice quitta la pièce. Elle qui ne fumait plus qu'en période de stress, tenait une cigarette allumée quand elle réapparut. De cela aussi John O'Connell se sentit coupable. Il lui reprocha doucement :

— Tu sais que tu ne devrais pas fumer.

Elle s'appuya au bureau, le regard lointain.

— Il y a tant de choses que je ne devrais pas faire... Je vous trouvais tellement différents des autres, Maman et toi. J'étais sans doute aveugle... Il devait y avoir des signes que je ne voulais pas voir, mais qui sont probablement à l'origine de mon propre échec.

— Tu n'as jamais envisagé de pardonner à Stephen ?

Elle tira sauvagement sur sa cigarette, s'enveloppant de fumée avant de riposter hargneusement :

— Cela t'arrangerait peut-être ? Les femmes sont-elles toujours censées pardonner ? Est-ce leur seule fonction ?

Machinalement, le médecin se mit à pétrir son poing gauche et à faire craquer ses articulations, manifestation d'une nervosité mal contenue.

— Je ne me cherche aucune excuse.

— Tu as parlé de deux erreurs. Quelle était l'autre ?

— Rien. Un bref accident. Au début de notre mariage.

Béatrice ricana :

— Un accident ! Et maman l'a su ?

— Béa, c'est si loin tout ça...

— Je n'en suis pas curieuse. C'est toi qui as tenu à parler !

Résigné, le médecin hocha la tête.

— Oui, elle l'a appris... Une de ses bonnes amies l'en a informée ! Ce n'était rien, je te le répète. Nous étions mariés. Nous avions notre vie. Nous t'avions, toi. Je ne t'en ai parlé que...

— Et maman? T'a-t-elle jamais rendu la pareille?

— Je... je n'en sais rien. Je ne veux pas le savoir.

— Pourquoi? Tu aurais peur d'apprendre qu'elle aussi était infidèle!

Il réfléchissait, la tête inclinée vers l'épaule.

— J'ai eu tort de parler. Je voulais simplement te mettre en garde contre toute recherche de la perfection...

— Je sais que personne n'est parfait, loin de là! Je sais que nous sommes tous instables, névrotiques et déchirés par des forces que nous ne comprenons pas.

— Tous les êtres humains sont vulnérables. Tu ne fais pas exception, ma chérie... Je crains que tu ne te prépares une vie de solitude si tu persistes à trop exiger des autres.

Écrasant son mégot dans un cendrier, Béatrice explosa:

— Fidélité et loyauté, c'est trop exiger d'après toi?

— Ce sont deux choses différentes, Béa. L'une peut aller sans l'autre.

— C'est tellement commode!

Effrayé par l'expression de sa fille, le médecin se hâta de la rejoindre pour la réconforter, mais elle le repoussa, brandissant le grimoire devant elle comme une arme.

— J'aime la façon dont les hommes nous représentent! Nous sommes des sorcières, des tentatrices, des créatures du diable... Dis-moi qui tu honnis, et je te dirai qui tu es! C'est vous, les hommes, qui êtes diaboliques! Et c'est parce que tu l'as trahie que maman est tombée malade!

— Seigneur Dieu, Béa, tu ne comprends pas...

— Et toi, tu as compris ce qui se passait en elle quand elle a su? Est-ce que Stephen a compris?

Elle sortit à grands pas de la bibliothèque et courut se réfugier dans sa chambre, dont elle claqua la porte.

Accoudée à sa coiffeuse, elle se demanda si sa mère avait éprouvé, quand elle avait appris les « erreurs » de l'homme qu'elle aimait, la même sensation d'abandon et de solitude qu'elle, et si pour elle aussi l'infidélité était le crime absolu contre l'amour. Son regard se posa sur la photo qu'elle avait prise des années auparavant. Ses parents y souriaient, couple idyllique sur une plage. Révoltée par ce qui ne serait plus désormais pour elle qu'un symbole d'hypocrisie, elle retourna le cadre sur sa coiffeuse.

Quelques instants plus tard, son père frappa timidement à sa porte et l'appela. Elle ne répondit pas. Il insista :

— Béa. Ouvre, s'il te plaît.

— Non !

— Parle-moi, je t'en prie.

— Va-t'en !

— Il faut que tu comprennes...

— Va-t'en !

Elle le chassait avec toute la véhémence dont elle était capable. Elle l'entendit qui s'éloignait lentement. Entrebâillant sa porte, elle le vit entrer dans sa chambre, les épaules basses et le pas traînant, fragile et vieilli... Elle savait bien ce qu'il souhaitait entendre. Il voulait qu'elle lui dise qu'elle le comprenait et que, si sa mère avait pardonné, elle pouvait en faire autant. Mais elle n'était pas prête à donner l'absolution. Ce qu'elle voulait, elle, c'était ressasser les échecs et les déceptions qui avaient jalonné son existence.

Elle réfléchit en se déshabillant aux révélations que lui avait apportées cette triste soirée. La faillite de son mariage ne lui apparaissait plus comme la conséquence d'un mauvais choix, mais comme une suite inévitable au mariage de ses parents. Avec cette différence que le leur avait duré.

Ruminant sa rage et ses regrets, elle ne dormit pas de la nuit.

Quand elle quitta la maison, un peu avant huit

heures, elle entendit son père bouger dans sa chambre. Elle faillit frapper à sa porte. Pour lui dire qu'elle l'aimait. Mais elle était si lasse après sa nuit d'insomnie... Elle descendit l'escalier et sortit, cafardeuse, dans le matin gris.

2

Béatrice avait rendez-vous à Harlem où, pour le nouveau livre d'un auteur en vogue, elle comptait recueillir des informations sur les immigrants noirs et hispaniques. L'écrivain s'intéressait en particulier aux « boutiques d'amour » qui prospéraient dans la ville. Le correspondant de Béatrice à Harlem était un nommé Diaz. Il semblait tout savoir sur ces échoppes qui promettaient aux acheteurs de philtres, charmes et gris-gris la réalisation de leurs désirs. Au téléphone, il lui avait dit que les potions et les poudres qu'on y vendait étaient inefficaces et en principe inoffensives. Il parlait l'anglais avec un léger accent espagnol et ses explications étaient claires et précises :

— Pour cinq dollars, vous avez l'amulette qui permet de trouver rapidement un partenaire. Pour dix, une poudre qui, mêlée à sa nourriture, garantit sa fidélité... La plupart de ces boutiques sont tenues par des propriétaires de *bodegas,* qui s'enrichissent aux dépens des gogos. Mais je vais vous présenter quelqu'un de pas ordinaire. Quelqu'un qui possède de réels pouvoirs.

Sceptique de nature, Béatrice avait accordé peu de crédit à Diaz. Ce matin, toutefois, à cause de l'effet qu'avait eu sur elle le grimoire, elle était prête à s'intéresser à la sexualité mystique, à la psychologie des profondeurs, en un mot à la magie. Elle devait retrouver Diaz à neuf heures devant la boutique de sœur Marléou, au coin de la 113e Rue et de la 2e Avenue.

— Comment vous reconnaîtrai-je ? s'était-elle inquiétée.

Diaz avait répondu avant de raccrocher :

— Moi, je vous reconnaîtrai !

Deux choses occupaient l'esprit de la jeune femme, alors qu'elle roulait vers son rendez-vous : le grimoire et sa discussion avec son père. Bien qu'il n'y eût aucun rapport entre les deux, l'infidélité paternelle et l'image du succube restaient associées.

Elle sortit du métro à la station de la 116e Rue et poursuivit son chemin à pied, en pressant son sac à main contre sa poitrine. Ce quartier réputé dangereux était un mélange de pauvreté et de vitalité. Des airs de rap et de salsa filtraient des immeubles. Des enfants barbotaient dans une flaque près d'une borne d'incendie renversée. Des odeurs de cuisine exotique se mêlaient à la puanteur des ordures.

Elle passa près d'un vagabond loqueteux installé dans une épave de voiture que l'on avait dépouillée de tout ce qui pouvait resservir. Assis sur les perrons ou debout sous les porches des maisons délabrées, tout un peuple désœuvré suivait le défilé des passants. Plus d'une fois, Béatrice se sentit dénudée par le regard lourd des hommes. Elle continua sa route, les yeux baissés vers un trottoir jonché d'objets disparates, parmi lesquels des seringues et des préservatifs...

Un jeune couple marchait devant elle. Une jolie fille à la peau claire et au corps parfait portant l'uniforme d'une école catholique et un garçon en jean et polo, beau comme peut l'être un adolescent quand il est beau, le visage presque féminin, lèvres sensuelles et narines délicates. Ils se tenaient par la main. Ils étaient l'image de l'amour romantique.

Brusquement, ils s'arrêtèrent. Béatrice fit de même. La fille prit la tête du garçon entre ses mains et l'embrassa à pleine bouche. Il lui caressa les seins avec une telle ferveur que le sage chemisier sortit de la jupe plissée. Pressés l'un contre l'autre, ils s'aimaient à pleines lèvres, à pleines mains, insoucieux des passants. Hypnotisée, Béatrice sentit poindre en elle l'aiguillon de la nostalgie. Elle croisa le regard de la fille et se dépêcha de la contourner, sans savoir si c'était dégoût ou jalousie qu'elle ressentait...

Coincé entre la boutique d'un fripier et celle d'un brocanteur, le magasin de sœur Marléou était en demi-sous-sol. Quelques marches conduisaient à une porte entrebâillée, surmontée d'une enseigne peinte à la main en lettres rouges. Une lumière, rouge aussi, éclairait l'intérieur. Béatrice se demandait si elle devait entrer ou attendre dans la rue, quand une tape sur l'épaule la fit sursauter.

— Pardonnez-moi si je vous ai fait peur. Je suis Luis Diaz. Bonjour.

Il la serrait de près. C'était un homme séduisant. Mince et de taille moyenne, le teint bronzé, la chevelure noire ondulée, les yeux marron ombragés de longs cils. Il portait un pantalon de toile kaki et une chemise foncée largement ouverte, dont les manches retroussées découvraient des bras musclés. Il ne la quittait pas des yeux. Il y avait en lui quelque chose de félin, d'attirant et d'inquiétant à la fois. Légèrement asymétrique, son sourire n'exprimait ni la gentillesse ni l'indulgence.

— Par ici, je vous prie...

Elle le suivit, mal à l'aise. Sur le seuil de la boutique, elle hésita. Il la prit par le bras pour l'entraîner à l'intérieur. A travers la manche de son pull, elle sentit sa chaleur et sa force. Pour lui permettre d'entrer, il releva un rideau de grosses perles rouges derrière la porte.

— N'ayez pas peur!

— Je n'ai pas peur.

Des bougies rouges et blanches, de toutes formes et de toutes tailles, éclairaient la petite boutique. Les murs étaient garnis d'étagères chargées de bocaux, de fioles, de pots étiquetés et d'amulettes. Au fond, sur un piédestal, se dressait dans un cercle de bougies une statue de plâtre d'un mètre à peine. Elle représentait une jeune femme en robe blanche, drapée dans une cape de velours rouge soutachée d'or. Sculptée dans un style naïf, proche de la bande dessinée, la statue portait une couronne de fils dorés. Dans sa main droite scintillait un calice incrusté de verroterie rouge et, dans sa main gauche, une épée de bois peinte or et argent. Une tour de plâtre complétait le tableau. Parmi les colliers et autres bijoux de pacotille répandus en offrande aux pieds de l'effigie, un gros cigare et un verre plein d'un liquide ambré.

S'approchant, Béatrice murmura :

— C'est sainte Barbara, n'est-ce pas ?

— Que savez-vous déjà sur la Santeria ?

— Peu de choses. Le fruit de quelques recherches antérieures. Je sais qu'il y a eu amalgame entre les divinités africaines et les saints catholiques. Et que, si les idoles conservent l'apparence physique des saints, elles détiennent également les pouvoirs magiques des anciens dieux.

— Bravo. Excellent !

— Celle-ci porte ses couleurs, le blanc et le rouge. Et cette tour est son symbole.

— Vous m'impressionnez !

— On fait une offrande à sainte Barbara quand on a soif d'amour ou...

Béatrice marqua une hésitation. Diaz compléta :

— ... ou de vengeance.

— C'est ça. Toutes ces babioles ont été déposées à ses pieds par des gens assoiffés d'amour ou de vengeance. Et dans le verre, qu'y a-t-il ?

— Du rhum. Le rhum et le cigare sont pour Chango, l'autre aspect de la sainte. Chango, le dieu du feu, du tonnerre et de la foudre.

— J'aimerais avoir quelque chose à offrir...

Diaz sourit. Il avait des dents blanches de carnassier.

— Pour trouver l'amour ? La vengeance ? Ou les deux ?

— Bienvenue ! Bienvenue chez sœur Marléou !

La voix grave et musicale dispensa Béatrice de répondre. Elle se retourna ; une petite femme potelée à la peau chocolat venait de pénétrer dans la boutique par une porte latérale. Impossible de lui donner un âge. Elle portait une longue robe ample et de nombreux colliers de grosses perles rouges et blanches qui se balançaient au rythme de sa marche. Noirs comme le jais et tressés en une centaine de serpents luisants, ses cheveux formaient autour de son visage débonnaire une couronne vaguement inquiétante.

— Ma sœur, je vous présente Béatrice O'Connell.

Sœur Marléou resta un instant immobile, jaugeant Béatrice du regard. Puis elle lui prit la main et la tint longuement dans les siennes, chargées de bagues, avec une expression ambiguë. Elle dit enfin, d'un ton persuasif :

— Nous nous connaissons déjà.

Plus amusée qu'impressionnée, Béatrice riposta :

— Non, je ne le pense pas.

— Si, si, je te connais. Nous nous connaissons bien, toutes les deux.

— Pardonnez-moi, mais je suis sûre que c'est notre première rencontre.

— C'est la première fois que nous nous rencontrons, en effet. Mais les sœurs se connaissent. Et se reconnaissent.

Béatrice retira sa main. Sœur Marléou, levant les siennes à la hauteur de ses yeux, les retourna deux ou trois fois et les flaira comme pour y déceler quelque trace du parfum de Béatrice. « Elle fait son numéro, pensa la jeune femme. Elle le fait bien. C'est convaincant. » Elle regarda Diaz qui paraissait captivé. Finalement, la petite femme noire demanda :

— Pourquoi es-tu venue voir sœur Marléou ?

— Je fais des recherches pour l'écrivain Nathan

Markham. Il a remporté le prix Pulitzer, voilà quelques années.

— Des recherches ? Sur quoi ?

— Les boutiques d'amour comme la vôtre. La Santeria.

— Et tu crois que c'est la vraie raison de ta visite ?

Une puissante énergie émanait de l'étrange créature. Fascinée malgré elle, Béatrice répondit :

— Naturellement. Quelle autre raison pourrait-il y avoir ?

— Les dieux. Le destin, peut-être ?

— Monsieur Diaz m'a promis que vous m'aideriez.

Sœur Marléou éclata de rire en levant les bras au ciel :

— Sœur Marléou va t'aider. Sœur Marléou est toujours prête à aider tout le monde. Que veux-tu savoir au juste ?

Béatrice tira de son sac un carnet de notes.

— J'aimerais que vous me parliez de la Santeria. J'ai cru comprendre que les trafiquants de drogue l'utilisaient parfois pour tenir leurs hommes bien en main.

— Parfois, c'est exact.

— De quelle façon ?

— Tu es trafiquante ?

— Bien sûr que non !

— Alors, tu n'as pas besoin de le savoir.

— Parlez-moi des sacrifices d'animaux, des potions que vous vendez. Qui sont vos clients ? Qui vient vous consulter ?

Sœur Marléou regardait Béatrice droit dans les yeux.

— Ce n'est pas ce que tu as besoin de savoir.

— Il faut bien commencer par quelque chose.

— Non. Tu as des problèmes. Des problèmes d'amour.

— Comme tout le monde. Mais je n'attends rien de personnel, si c'est là ce que vous voulez dire. J'ai juste besoin de quelques informations.

— Tu as besoin de réponses, c'est un fait. Mais d'abord, il te faut apprendre à poser les bonnes questions. Reviens voir sœur Marléou quand tu les auras trouvées.

Là-dessus, elle tourna les talons et repartit vers la petite porte par laquelle elle était entrée. Béatrice protesta :

— Attendez, attendez! Je ne comprends pas. Je pensais que vous étiez d'accord pour me parler. Monsieur Diaz m'avait dit...

Elle s'interrompit car sœur Marléou revenait se planter devant elle, les mains sur les hanches. Marquant une pause pour donner du poids à ce qu'elle allait dire, la femme déclara :

— Luis Diaz ne peut pas te donner les réponses de sœur Marléou. Mais peut-être pourra-t-il te donner les bonnes questions?

Déconcertée, Béatrice remit son carnet dans son sac.

— Monsieur Diaz! Faites quelque chose!

— Ma sœur, intervint l'Espagnol, j'ai dit à Mlle O'Connell que vous possédiez de réels pouvoirs et qu'elle gagnerait beaucoup à venir vous parler.

Sœur Marléou commençait à perdre patience.

— Elle n'est pas venue pour me parler. Elle est venue pour que je lui parle. Je ne parle pas à qui refuse de me parler.

Fiévreusement, Béatrice tenta de saisir la balle au bond :

— Mais je serais très heureuse de vous parler, sœur Marléou. De quoi voulez-vous que je vous parle?

— De Chango. Chango est le dieu du désir. Parle-moi de tes désirs.

Totalement désarçonnée, Béatrice essaya de s'en sortir avec une pirouette.

— Mes désirs? J'ai bien peur qu'ils ne soient en sommeil pour le moment.

Les paupières plissées, sœur Marléou secouait la tête.

— Ce n'est pas du tout ce que je perçois. Je vois en toi une louve.

Et sur ces mots, elle quitta si précipitamment la boutique que Béatrice ne put la retenir. Furieuse, elle s'en prit à Diaz :

— Qu'est-ce que c'est que cette histoire de fous ?

— Comment le saurais-je ? Je ne suis pas au courant de vos désirs !

— Sœur Marléou a horreur des futilités, hein ? Cartes sur table et tripes au soleil, voilà ce qui l'intéresse ! Vous avez d'autres suggestions ? D'autres adresses de gens prêts à m'aider ?

— Puisque nous sommes là, autant jeter un coup d'œil.

Haussant les épaules, Béatrice suivit son conseil. Elle longea lentement les étagères, y cueillit une petite fiole emplie d'un liquide brunâtre.

— Que peut-il bien y avoir dans ce flacon ?

— Je n'en sais rien. Buvez-le. Votre louve a peut-être soif.

Exposant le liquide brunâtre à la lumière d'une des bougies, Béatrice constata :

— Vue sous cet angle, la mixture devient verdâtre ! C'est parfaitement écœurant.

— Faites voir.

Elle lui tendit la fiole. Il la déboucha, la flaira, puis en avala d'un trait le contenu.

Béatrice hoqueta :

— Vous n'avez pas fait ça ! Vous n'avez aucune idée de ce qu'il y avait là-dedans !

— Non, mais vous aviez raison. C'est... écœurant.

— C'est peut-être du poison !

Diaz remit la fiole vide à sa place.

— On le saura toujours assez tôt.

— Apparemment, c'était votre loup qui avait soif !

— Mon loup a toujours soif.

— Monsieur Diaz, que croyez-vous avoir prouvé ?

— Rien. Si je commence à hurler à la lune, faites-moi signe.

Béatrice examina distraitement les autres rayonnages.

— Qu'est-ce que c'est que cette histoire de louve ? Et pourquoi a-t-elle dit qu'elle connaissait la raison de ma visite ?

— C'est sa façon d'être. Sœur Marléou est une *santera*.

— Je pensais qu'une *santera* était une sorcière. Maintenant, je sais ce qu'elles sont. Du bidon !

De nouveau, Diaz lui dédia son sourire de carnassier.

— Vous auriez tort de sous-estimer sœur Marléou. Elle est authentique. Une grande *santera*. Et aussi une *madrina*. Une marraine. Une initiatrice.

— Elle m'a sans doute considérée comme une infidèle, puisque je ne crois pas à tout ça. Dommage. J'aurais vraiment aimé lui parler.

— Vous n'auriez peut-être pas apprécié ses réponses. Elle ne s'adresse qu'à la face cachée des gens. Celle qu'ils ne montrent pas parce qu'ils l'ignorent ou qu'ils en nient l'existence... Et cette face-là finit toujours par lui répondre.

Agacée d'avoir à se défendre, Béatrice répliqua :

— Navrée de vous décevoir, mais certains sont tout d'une pièce.

— Certains, peut-être... mais pas vous.

— Je suis tout d'une pièce. Qu'est-ce qui vous permet d'affirmer le contraire ?

— C'est évident. Sœur Marléou ne se trompe jamais.

— Allons donc ! Les gens comme elle veulent simplement faire croire à leurs pouvoirs. Leur numéro, c'est bon pour les esprits faibles.

— Et vous n'avez pas l'esprit faible ?

— J'ai l'esprit logique. Et mon esprit logique me dit que sœur Marléou fait partie de ces charlatans qui vivent aux dépens du gogo.

— Sincèrement, vous n'avez pas ressenti le choc de sa magie ?

— Je ne crois pas à la magie.
— Certains des esprits les plus logiques du monde y ont cru.
— Au pouvoir psychologique de la magie, peut-être. Mais la magie ne possède aucun pouvoir réel. La magie n'existe pas.
Les traits mobiles de Luis Diaz exprimaient compassion et réprobation.
— Pour une fille intelligente, vous avez de sacrées œillères !
— Soyez sincère à votre tour. Avez-vous déjà vu, réellement vu, la magie au travail ?
— Peut-être.
Il se rapprochait d'elle. Agacée, Béatrice fit un pas en arrière.
— Vous êtes croyant, monsieur Diaz ?
— Appelez-moi Luis.
— Vous êtes croyant... Luis ?
— Oui, je crois en Dieu.
— Et en la Santeria ? Au pouvoir de la chose, sans la complicité du croyant ? Croyez-vous vraiment que cette potion immonde va vous rendre plus puissant que vous ne l'étiez ?
— C'est l'effet que vous lui prêtez ?
Béatrice soupira, consciente de sa maladresse.
— Nous sommes dans une boutique d'amour, non ? Et c'est l'effet que les hommes attendent généralement de ces mixtures.
— Je commence à découvrir votre face cachée !
— Oh ! ça va. Ce n'était qu'une remarque en passant. Je n'ai qu'une seule face et c'est celle que vous voyez.
L'énervement de la jeune femme allait croissant. Diaz s'inclina, le sourire moqueur.
— Une très jolie face. Que croyez-vous que sœur Marléou ait pu lire sur l'autre ?
— Ma stupidité ! J'ai été stupide de venir la voir !
Sentant sur elle le regard de Luis Diaz, elle s'empara d'une amulette en forme de fève, pièce maîtresse d'un collier en perles de bois, et,

machinalement, effleura la tranche rugueuse du gri-gri. Diaz se rapprocha d'elle et se glissa souplement contre son dos. Il répéta :

— Une très jolie face!

Elle sentait son souffle sur sa nuque. Un souffle chaud qui lui apportait son odeur. Elle respira profondément. Elle avait toujours soupçonné que l'odeur de l'autre constituait le seul aphrodisiaque efficace. Plus que l'allure, plus que la personnalité, plus que tout. Et l'odeur de Diaz la troublait.

Il allongea le bras par-dessus son épaule et caressa du bout des doigts le revers de sa main fermée. Elle frissonna. Maintenant, les doigts de l'homme recouvraient ses doigts et caressaient aussi l'amulette. Il appuya plus fort et la tranche coupante du gri-gri entama légèrement la paume de Béatrice.

Elle pivota dans ses bras. Ils étaient face à face. Elle se sentait grise. A cause de son odeur.

— Vous m'avez fait mal.

— Je sais.

Sa main pressait toujours la sienne sur l'amulette.

— Je sais ce qu'elle a lu en vous. Et vous le savez aussi.

— Quoi donc?

— La faim. La faim du loup.

— Ça ne veut rien dire.

— Oh! que si. La faim cachée... mais pas aux yeux de sœur Marléou.

Il leva les mains jusqu'à ses cheveux. Elle tressaillit tandis qu'avec une infinie douceur il ôtait les épingles qui maintenaient son chignon. Son abondante chevelure brune croula sur ses épaules, adoucissant les traits de son visage tendu. Les yeux de Diaz s'illuminèrent.

— La voilà, la magie!

Ils se regardaient. Diaz se pencha vers elle. Elle le laissa prendre sa bouche et répondit instinctivement à son baiser tandis que de sa main en coupe il enveloppait un sein dont la pointe s'érigea sous sa caresse.

Elle tentait faiblement de résister, mais déjà le piège se refermait. La main de l'homme ne la caressait plus, mais l'emprisonnait, l'enchaînait à ce baiser qu'elle n'avait pas envie d'interrompre.

Elle y parvint pourtant et recula d'un pas, les jambes coupées. Il la reprit par le bras et la maintint contre lui pour examiner la paume de sa main, où le bord tranchant de l'amulette avait laissé une petite ligne rouge.

— Vous portez la marque de la magie !

Il lécha tendrement l'égratignure. Elle implora :

— Lâchez-moi, s'il vous plaît.

Il obéit. Elle s'appuya à une table, cherchant à retrouver son équilibre. Il s'inquiéta :

— Tout va bien ?

— Je suis un peu étourdie.

— Pardonnez-moi. Je regrette.

— Oh ! non, vous ne regrettez rien !

Le souffle court, elle essuya du bout des doigts sa paume humide de salive. L'amulette tomba sur le sol. Ils se baissèrent en même temps pour la ramasser et, une nouvelle fois, leurs mains se rencontrèrent sur le gri-gri.

Diaz s'en saisit, le secoua près de l'oreille de Béatrice en psalmodiant :

— Il y a quelque chose, dedans... Écoutez ce qu'il dit... La louve a faim... La louve a faim... La louve a faim...

— Arrêtez, voulez-vous ?

Galant, Diaz l'aida à se relever. Il remit l'amulette en place et marcha vers la sortie. Déçue de le voir s'éloigner, Béatrice le rappela :

— Luis... Que se passe-t-il si l'on ne sait pas de quoi l'on a faim ? On meurt d'inanition ?

Il se retourna, le sourire plus carnassier que jamais :

— Non, on cherche quelqu'un qui sait. Et on se laisse guider.

Elle éprouvait à le regarder le même trouble qu'elle avait ressenti devant le succube du grimoire. La sensualité affichée de Luis Diaz l'attirait et la repoussait à la fois. Toujours souriant, il articula :

— Mon appartement est tout près d'ici.

— Mais... je ne suis pas sûre d'être prête... Je n'ai jamais rien fait de cette sorte.

— Parfait !

— Pourquoi, parfait ?

— Parce que les premières fois ne s'oublient jamais... Faites confiance au guide. Quand l'étudiant est prêt, le maître n'est pas loin. Faites-moi confiance.

Immobile, Béatrice respira profondément. Il revint la prendre par la main. Elle ne lui opposa aucune résistance. Ils marchèrent du même pas dans la rue pleine de bruit. Elle, hésitante et effrayée, mais prisonnière de son désir. Lui, résolu et sûr de lui, tel un fauve entraînant sa proie.

Rien dans sa vie passée n'avait préparé Béatrice à ce genre de rencontre, dont les dangers ne lui apparurent que lorsqu'elle monta, poussée par les mains de l'homme scellées à ses hanches, l'escalier obscur d'un immeuble vétuste. Un bras autour de sa taille, il ouvrit la porte et la referma du pied derrière eux. Il poussa Béatrice contre le mur. A genoux devant elle, il releva sa jupe et lui pétrit les fesses des deux mains, sans cesser de promener sur elle sa bouche vorace.

Debout, Béatrice le retenait par sa tignasse drue et fermait les yeux, honteuse d'être là, bouleversée par l'ardeur de son désir et son impuissance à lui résister.

Il se releva enfin et la conduisit jusqu'à une chambre exiguë, ouverte sur une ruelle sans soleil. Posé à même le sol, un matelas à la literie en désordre. Une lampe, un ou deux magazines pour hommes, quelques dossiers, et c'était tout.

Alors qu'il la couchait en travers du matelas, Béatrice songea, non sans amertume, qu'elle était en train de vivre l'aventure que son éducation privilégiée et son existence protégée s'étaient efforcées de lui épargner. Écoles privées, vacances organisées et réunions avec des garçons « comme il faut » l'avaient jusque-là mise à l'abri de ces déchaînements sexuels qui pouvaient, s'ils tournaient mal, conduire à la maladie, à la violence, à la mort. On l'avait élevée pour qu'elle ignorât à jamais cette « face cachée » d'elle-même. Et voilà qu'aujourd'hui elle affrontait l'expérience qui allait mettre à nu sa nature profonde, le Chango, la « faim de loup » qui sourdait en elle. Mais il était trop tard pour réfléchir. Il ne lui restait qu'à s'abandonner, corps et âme, à ce qu'elle n'avait pas prévu. Au danger peut-être. A l'inconnu.

Le soir tombait lorsqu'ils ressortirent de l'immeuble. Sans se regarder, ils marchèrent jusqu'au coin de la rue pour y attendre un taxi. Diaz murmura :

— Ton chemisier est déchiré.

Béatrice porta la main à son épaule, se remémorant avec confusion comment la chose était arrivée. C'était elle qui, dans son impatience d'être nue, avait provoqué l'accroc quand Diaz l'avait renversée en travers de son lit. Elle enfila son pull. Il voulut l'aider, mais elle s'écarta vivement. Il questionna :

— Tout va bien ?

— Je ne sais pas encore.

— Tu n'as rien fait de mal.

Elle se retourna vers lui, les yeux pleins de larmes.

— Alors, explique-moi pourquoi je me sens aussi coupable.

— Parce que tu viens de rencontrer la louve qui est en toi. Et que tu ne l'as pas encore acceptée. Elle te fait peur.

— Ce n'était pas moi.

— C'est une part de toi-même.

Béatrice sentit trembler ses lèvres. Elle ne voulait pas qu'il la vît pleurer.

— J'ai honte. J'ai tellement honte.

Les larmes coulaient malgré elle. Il entreprit de les sécher avec ses baisers.

— Il n'y a pas de quoi.

— Tu ne peux pas comprendre. C'est à cause de mon père. Je me suis montrée tellement dure avec lui, Luis, tellement dure.

— Tu étais en sommeil. Maintenant, la Belle au bois dormant s'est réveillée. Et c'est une louve. Il n'y a pas à revenir en arrière. Si tu as besoin de moi, passe-moi un coup de fil. Je serai toujours là pour toi.

Dans le taxi du retour, Béatrice se répétait les mots de Luis Diaz : « La Belle au bois dormant s'est réveillée. Et c'est une louve. Il n'y a pas à revenir en arrière. » Elle sortit son poudrier, mais renonça à l'ouvrir. Elle appréhendait d'y apercevoir la Messaline au sexe tyrannique, le sombre revers d'elle-même qui s'était découvert aujourd'hui. Quand elle trouva le courage d'affronter son miroir, elle constata que quelque chose en elle avait changé. Quelque chose que personne ne verrait. Une lucidité nouvelle dans le regard.

Elle se représenta l'image du succube. Dans les bras de Luis Diaz, elle avait traqué le plaisir jusqu'en des recoins secrets dont elle ignorait jusque-là l'existence. Qu'on les dût aux charmes de la Santeria ou à l'évocation maléfique des morts par le truchement de la nécromancie, les forces des ténèbres ne pouvaient s'expliquer, comme l'avait dit le signor Antonelli, par de simples séquelles des siècles d'obscurantisme. Elles rôdaient en marge des sociétés modernes. Et elle, Béatrice, les portait au plus profond de ses entrailles.

Face à son reflet, elle se reprocha une fois encore sa dureté envers son père. Qui était-elle pour le juger ? En dépit de sa propre face cachée, il avait aimé son épouse et ne l'avait jamais quittée. Béatrice le comprenait à présent comme elle n'eût jamais espéré y parvenir et elle brûlait de se faire pardonner la rage absurde que lui avait inspirée l'aveu de ses infidélités.

Elle se fit déposer à quelque distance de la maison. Elle avait besoin de marcher, l'air frais du soir la remettrait d'aplomb pour cette conversation cœur à cœur dont elle se réjouissait à l'avance. Ainsi, cette journée n'aurait-elle pas été placée tout entière sous le signe de l'échec et de la tristesse.

En débouchant dans sa rue, elle aperçut deux voitures de police garées devant chez elle. Elle se hâta de fendre la foule des badauds, passa sous le cordon jaune et se heurta à un jeune agent qui, courtois mais ferme, lui ordonna de circuler.

— J'habite ici ! C'est chez moi.

L'expression du policier se radoucit.

— Comment vous appelez-vous ?

— Béatrice O'Connell. Que se passe-t-il ?

Il lui fit signe d'entrer. Elle escalada le perron, en proie à une panique croissante. Dans l'entrée, elle croisa plusieurs autres policiers en uniforme, qui vaquaient à des tâches dont elle ne comprenait pas le sens. S'adressant à un sergent, elle déclara, s'efforçant de garder son calme :

— Excusez-moi. J'habite ici. Pouvez-vous me dire ce qui se passe ?

— C'est vous, la fille ?

— Oui.

Sans la quitter des yeux, il hurla :

— Frank ! La fille est là !

Un grand type costaud à la calvitie naissante, vêtu d'un costume gris froissé, apparut en haut de l'escalier.

— Mademoiselle O'Connell ?

— Oui, oui. Qu'est-il arrivé ?

Il descendit rapidement les marches et lui tendit la main, l'air sombre.

— Je suis l'inspecteur Monahan.

Il la fit entrer dans la salle à manger. Elle poussa

un cri de stupéfaction. Toute la pièce avait été mise à sac. Le policier lui avança une chaise et s'assit en face d'elle.

— Mademoiselle O'Connell... j'ai le pénible devoir de vous informer que votre père est mort.

La phrase, dans sa cruelle concision, la plongea dans la stupeur. Elle s'entendit protester, d'une voix qui n'était pas la sienne :

— Non... non... ce ne peut être qu'une erreur...

— Je suis désolé, mademoiselle O'Connell. Je suis vraiment désolé.

— Mais comment ? Comment ?

— Il a été tué par balle, apparemment au cours d'une tentative de cambriolage.

— Tué par balle ! Oh ! mon Dieu... mon Dieu...

Elle vacilla sur sa chaise, les yeux pleins de larmes. Monahan se leva d'un bond en criant :

— Burke ! Un verre d'eau. Vite ! Vite !

Béatrice se sentit chavirer sous l'impact d'un souffle glacial qui la frappa au ventre avant de remonter jusqu'à son crâne, qu'il ravagea. Quand elle reprit conscience, elle eut l'impression de se trouver au fond d'un puits. Penchées sur elle, quatre têtes l'observaient.

— Où est mon père ? Je veux voir mon père !

Une main rêche lui caressait le front. Elle reconnut Monahan.

— Doucement, mademoiselle O'Connell. Doucement.

C'est à cet instant qu'elle comprit qu'il ne s'agissait pas là d'un cauchemar dont elle allait s'éveiller à l'aube. Son père était bien mort. Assassiné. Tué par balle.

Monahan l'aida à regagner sa chaise. Elle tremblait convulsivement. C'était la première fois de sa vie qu'elle perdait connaissance. Elle hoqueta dans un sanglot :

— Où est-il ?

— Là-haut.

— Conduisez-moi auprès de lui.

— Prenez le temps de respirer encore une minute. Buvez un peu d'eau.

Elle repoussa la main qui lui tendait un verre.

— Je veux le voir. Tout de suite.

Monahan l'escorta jusqu'au premier étage. La porte de la bibliothèque était close.

— Il faut que je vous avertisse...

Elle repoussa de nouveau la main du policier gentiment posée sur son bras.

— Laissez-moi entrer.

3

Le détective Monahan ouvrit la porte de la bibliothèque, s'effaça pour laisser passer Béatrice. Elle s'arrêta court, atterrée. Devant elle s'étendait un champ de bataille. Sur le plancher s'amoncelaient les livres précieux, le dos cassé, la couverture arrachée, certains amputés d'une partie de leurs pages. Les vitrines habituellement fermées à clé, où John O'Connell conservait ses plus beaux manuscrits, béaient comme celles des magasins au lendemain d'une émeute, leurs trésors dispersés parmi les autres ouvrages. Tous les tiroirs du bureau avaient été forcés et vidés de leur contenu. Renversée, l'encre de l'antique écritoire masquait d'éclaboussures noires les motifs du tapis persan, et les morceaux de la lampe Tiffany craquèrent sous les pieds de Béatrice, lorsqu'elle s'avança, muette d'horreur, au milieu du désastre. Où l'ordre avait triomphé, dans le « petit jardin du savoir » si cher à son père, régnait à présent le chaos.

On s'activait dans la vaste pièce : certains prenaient des photos, d'autres saupoudraient les objets pour les empreintes, d'autres encore passaient au crible le décor saccagé en quête d'indices. Mais c'est à peine si Béatrice remarqua cette agitation. Elle n'avait d'yeux que pour le cadavre qui gisait devant la fenêtre aux lourds rideaux tirés. Un à un, les hommes suspendirent leurs occupations pour la regarder passer. L'inspecteur Monahan la suivait.

Arrivée près du corps, Béatrice s'arrêta, incrédule. Était-il possible que ce fût son père ? On eût dit un mannequin brisé, jambes tordues l'une par-dessus l'autre, bras ouverts comme pour une accolade. Une odeur d'excréments montait du pantalon souillé par l'urine. Du sang séché colorait la chevelure blanche et simulait sur les joues une étrange barbe rousse. L'orbite de l'œil droit, énucléé par un des projectiles, n'était plus qu'une horrible cavité débordante de sang noir. Gonflée et grise, la langue pendait...

Pétrifiée, Béatrice contemplait l'insoutenable spectacle. Le silence autour d'elle était absolu. Tous guettaient sa réaction. Finalement, elle tomba à genoux, gémissante :

— Papa... Papa... Oh ! Papa !

Se balançant sur place, elle mordait son poing pour ne pas hurler. Elle se retourna enfin vers Monahan :

— Est-ce que je peux le toucher ?

Il fit un signe affirmatif. Secouée de sanglots, elle se pencha, mouillant de ses larmes le sang séché. Elle écarta doucement une mèche poisseuse et, longuement, embrassa la joue glacée.

— Pardonne-moi, Papa, je t'en prie, pardonne-moi... Je t'aime... Je t'aime... Pardonne-moi...

Monahan l'aida à se relever et la fit asseoir sur le canapé, intimant d'un geste à ses hommes l'ordre de reprendre leur travail.

— Ça va, mademoiselle ?

— Je ne peux pas le croire... Comment est-ce arrivé ?

Elle interrogeait le policier, telle une fillette effrayée attendant d'un adulte qu'il lui explique l'incompréhensible.

— Qui a fait ça ? Qui a pu faire ça ? C'était le meilleur des hommes. Tout le monde vous le dira.

— Nous allons nous efforcer de découvrir le coupable. Êtes-vous en état de répondre à quelques questions ?

Elle acquiesça. Il lui tendit un mouchoir en papier. Elle s'essuya les yeux et se moucha. Monahan sortit de sa poche un calepin et un stylo bille :

— Où avez-vous passé la journée, mademoiselle O'Connell ?

La question la troubla. Elle hésita.

— J'étais à Harlem, pour mon travail.

— Y avait-il quelqu'un avec vous ?

Elle se sentit rougir.

— Oui. Un travailleur social du nom de Diaz.

— Toute la journée ?

— Oui, toute la journée.

— Vous nous direz où nous pourrons le contacter ?

— Oui, naturellement.

— Connaissiez-vous des ennemis à votre père ?

— Non ! Tout le monde l'aimait, je vous l'ai dit. Il était médecin. Chirurgien. Il soignait et guérissait. Qui peut avoir fait une chose pareille ?

Elle se remit à sangloter. Monahan attendit patiemment qu'elle se fût calmée pour reprendre son interrogatoire, mais ses paroles se brouillaient parfois. Béatrice avait l'impression qu'il parlait une langue étrangère. De temps à autre, elle glissait un regard dans la direction du cadavre. N'allait-il pas se relever tout à coup et enlever ce masque hideux en riant aux éclats, comme s'il s'agissait d'une plaisanterie de carabin attardé ?

L'arrivée de Nellie Riley, soutenue par un policier, fit diversion. Le visage de la vieille gouvernante, habituellement lisse malgré son grand âge, était ravagé. Les yeux rouges, les lèvres tremblantes et les joues sillonnées de larmes, elle se précipita vers Béatrice, qui se levait pour l'accueillir.

— Oh ! mademoiselle Béatrice, pardonnez-moi, pardonnez-moi, je ne pouvais pas savoir !

Béatrice étreignit la vieille dame qui pleurait bruyamment, à gros sanglots convulsifs. Monahan intervint :

— C'est Mme Riley qui a découvert le corps et qui nous a téléphoné.

Resserrant son étreinte, Béatrice compatit :

— Oh ! ma pauvre Nellie, quel choc vous avez dû recevoir !

— Je n'avais pas compris. Je ne savais pas. Ce n'est pas ma faute.

— Bien sûr, Nellie, que ce n'est pas votre faute.

Par-dessus l'épaule de la gouvernante éplorée, Béatrice vit deux policiers déposer le corps sur un brancard et le recouvrir d'un grand carré de toile. Soudées par leur chagrin, les deux femmes suivirent des yeux le chariot qui emportait la dépouille du docteur O'Connell. Nellie se signa, tandis que Béatrice tentait sans y parvenir de se remémorer une prière. Les mots lui échappaient...

« Notre Père qui êtes aux cieux, comment avez-vous pu permettre une telle abomination ? »

Monahan essaya ensuite de poursuivre son interrogatoire. Mais les réponses de Nellie Riley étaient incohérentes. Elle ne savait que demander pardon à Béatrice. Finalement, après lui avoir donné un sédatif, on décida de la faire reconduire chez elle. Apitoyée, Béatrice commenta :

— Elle aura du mal à s'en remettre. Si elle s'en remet jamais...

Tard dans la nuit, Monahan se retira, non sans avoir conseillé à Béatrice de visiter la maison dès qu'elle en aurait le courage pour vérifier s'il ne manquait rien et de dresser, le cas échéant, la liste des objets dérobés. Un homme resterait de garde à l'extérieur. Lui-même reviendrait vers neuf heures le lendemain.

— Bouclez portes et fenêtres, branchez l'alarme... et recevez, de nouveau, mes sincères condoléances.

Béatrice marmonna un remerciement et referma

le portail derrière lui. Dès qu'elle se retrouva seule dans le vestibule, le poids de cette journée terrible l'accabla. Glissant au pied d'un mur, elle se roula en boule et pleura à en perdre les sens. Quand elle retrouva la force de se mouvoir, elle se dirigea vers l'escalier et, cramponnée à la rampe, se hissa jusqu'au premier étage.

Une fois dans sa chambre, elle se dévêtit et passa sous la douche où elle se savonna des pieds à la tête. Elle découvrit sur sa peau de petites marques rouges, de menues meurtrissures causées par la bouche et les mains de Luis Diaz. Écœurée jusqu'à la nausée, elle se savonna encore et s'étrilla sauvagement au gant de crin. Mais il en eût fallu davantage pour effacer le souvenir de ces heures passées au lit avec l'homme de Harlem. Heures qu'elle ne pourrait plus jamais évoquer sans se sentir coupable. Si elle était rentrée plus tôt, elle aurait pu sauver son père. Il était mort parce qu'elle n'était pas là, retenue à l'autre bout de la ville pour cause d'orgie sexuelle ! Pis encore, elle avait souhaité qu'il fût châtié de ses trahisons envers son épouse... Elle avait beau faire, elle ne parvenait pas à dissocier son déchaînement animal et la mort tragique de son père.

Elle prit un somnifère. En pure perte. Les dernières paroles du défunt ne cessaient de retentir dans sa tête : « Parle-moi, je t'en prie... Il faut absolument que tu comprennes... » Si seulement elle avait fait l'effort de comprendre ! Comment pourrait-elle oublier l'image de son père regagnant sa chambre et souffrant d'être condamné sans appel ? Elle lui pardonnait, à présent. Tout. Mais il ne le saurait jamais. Et cette pensée était aussi insupportable que sa mort.

Comprenant qu'elle ne trouverait pas le sommeil, elle se releva et descendit à la bibliothèque. Elle prit garde de ne piétiner aucun livre et s'avança, le cœur étreint, jusqu'à l'endroit où son père était tombé. Elle contempla longuement la silhouette dessinée sur le plancher au ruban adhésif. Elle s'agenouilla et toucha le sol, comme s'il se fût agi là d'un espace consacré. Puis elle joignit les mains et courba la tête :

— Pardonne-moi, Papa. Je te comprends maintenant. Je trouverai le coupable et je te vengerai. Je le jure.

Elle récita le *Notre Père* et se signa, les joues ruisselantes de larmes. Quand elle se redressa, suffoquant à demi, elle éprouva un vertige à l'idée de la solitude qui serait désormais la sienne.

Elle erra à travers la bibliothèque. Pourrait-elle y rétablir l'ordre ? Comment avait-on pu maltraiter ainsi les trésors de John O'Connell, et pourquoi ? S'agissait-il de simple vandalisme ? Elle entreprit de ramasser les ouvrages les moins endommagés et de les remettre sur leurs étagères. Au début, la tâche lui parut insurmontable. Mais au fur et à mesure qu'elle remettait en place les volumes, dont elle caressait les reliures et lisait parfois quelques lignes, naissait en elle un sentiment de soulagement et même de consolation. A s'occuper ainsi des « amis » de ce père tant aimé, elle se sentait proche de lui.

Elle travailla toute la nuit, s'interrompant de temps en temps, le regard attiré par la forme esquissée sur le plancher. Ses efforts acharnés avaient un effet bénéfique. Les heures passaient. Elle constata soudain que le jour se levait et elle ouvrit les rideaux.

Rien ne manquait à première vue. Pas même parmi les plus précieux des manuscrits enluminés du XIVe et du XVe siècle. Celui qui avait commis ce sacrilège ne cherchait pas à voler des ouvrages rares. Béatrice se préparait à aller vérifier au premier étage l'argenterie familiale et les bijoux de sa mère rangés dans sa chambre, quand elle se souvint du grimoire.

Où était le grimoire ?

Saisie d'une sorte de frénésie, elle repassa rapidement en revue les volumes, intacts ou à restaurer, déjà replacés sur leurs étagères. Pas de grimoire. Elle courut jusqu'à la chambre de son père au cas où il l'eût emporté la veille. Il n'y était pas non plus. Elle explora les autres pièces. Bien qu'elles aussi eussent été bouleversées, rien ne semblait avoir été volé. L'argenterie, les bijoux, les objets d'art, rien ne manquait. Mais le grimoire, lui, restait introuvable.

Le cœur battant, Béatrice s'assit sur le canapé de la bibliothèque, s'exhortant au calme. Une pensée l'obsédait. Si seul le grimoire avait disparu, alors le signor Antonelli n'était pas étranger au meurtre de son père ! Suivant son impulsion, elle appela l'hôtel où était descendu l'Italien. On lui apprit qu'il l'avait quitté la veille. Elle essaya de joindre Monahan, mais il n'était pas encore arrivé à son bureau.

S'habillant en vitesse, elle alla acheter les journaux du matin et revint attendre le policier à la maison. « UN CHIRURGIEN RENOMMÉ SAUVAGEMENT ASSASSINÉ », titrait le *New York Times* en première page. Tous les journaux rappelaient que le docteur O'Connell avait été décoré pendant la Seconde Guerre mondiale pour actes de bravoure. On y évoquait le chercheur de pointe en matière de chirurgie thoracique, mais aussi le bibliophile. Un seul article précisait : « Le docteur O'Connell laisse derrière lui une fille, Béatrice. »

Elle était dans la cuisine où elle lisait et relisait les journaux quand, à neuf heures précises, Monahan sonna à la porte. Elle se précipita et, tout en le conduisant à la bibliothèque, elle dit, très excitée :

— Je crois savoir qui peut être impliqué dans le meurtre de mon père !

Elle lui raconta la visite de Giuseppe Antonelli, au cours de laquelle il n'avait été pratiquement question que du grimoire.

Le policier questionna :

— Vous dites que rien d'autre n'a été dérobé ?

— Pour autant que j'aie pu voir.

— Puis-je savoir ce qu'est exactement un « grimoire » ?

— Un livre de magie noire.

Fronçant les sourcils, Monahan inscrivit le mot et sa définition sur son carnet de notes.

— Vous pensez qu'il peut y avoir un rapport ?

— J'en suis sûre. L'ouvrage fascinait le signor Antonelli. Il a offert de l'acheter pour le compte d'un de ses clients, amateur de ces « bizarreries »... c'est le mot qu'il a employé. Naturellement, papa a refusé de le lui vendre.

— Pourquoi, naturellement ?

— Parce que mon père ne se séparait jamais d'aucun livre entré dans sa bibliothèque. Comme je souhaiterais qu'il n'eût pas voulu garder celui-là !

— Mais pour quelle raison y aurait-il un lien entre ce... grimoire et le meurtre de votre père ?

— Je vous l'ai dit. C'est la seule chose qui ait disparu. Tout le reste, bijoux, argenterie, objets plus ou moins précieux, téléviseur, magnétoscope, et jusqu'à mon ordinateur dernier cri, rien ne manque. Croyez-vous qu'un banal cambrioleur aurait négligé tout cela ?... Ce matin, j'ai appelé l'hôtel d'Antonelli. Il l'a quitté hier après-midi, alors qu'il prévoyait de rester à New York plusieurs jours.

Cette dernière révélation ne parut pas impressionner le détective qui insista :

— Votre père ne pourrait-il avoir rangé ce bouquin ailleurs ?

— Il aurait pu le monter dans sa chambre. Je suis allée voir. Le livre n'y est pas. Il ne laissait jamais traîner dans la maison les ouvrages destinés à sa bibliothèque.

— Vous avez bien cherché partout ?

— Partout.

— Puis-je vous demander de vous en assurer ?

Béatrice soupira. Monahan commençait à lui porter sur les nerfs.

— Soit. Mais il n'est plus là, je le sais. Antonelli voulait ce livre. Il est sans doute déjà reparti pour Rome. Il faut que vous le retrouviez.

— Quel âge a-t-il ?

— Plus de soixante-dix ans, comme Papa. Pourquoi ?

— J'essaie de me faire une idée du personnage. Et vous dites que ce monsieur vend des livres ?

— Achète et vend. S'il est rentré à Rome, pourrez-vous l'extrader ?

— N'allons pas si vite ! Cet ouvrage était-il le plus précieux que possédait votre père ?

— Certainement pas ! Il y a un Livre d'Heures qui doit valoir près d'un demi-million de dollars. Mais ce grimoire recelait quelque chose dont Antonelli ne nous a pas parlé. Quelque chose qui n'avait rien à voir avec l'argent.

— Comment le savez-vous, s'il n'en a pas parlé ?

— J'étais là ! Et je l'ai vu pâlir d'envie devant ce maudit volume ! Je suis prête à parier qu'il a téléphoné à mon père hier pour lui en offrir une somme astronomique.

— Comment ça, prête à parier ?

— Il avait dit qu'il le rappellerait. Malheureusement, je n'ai pas été là de la journée, et je... je n'ai pas revu mon père vivant.

Les yeux de Béatrice se remplirent de larmes. Monahan lui tendit un mouchoir en papier.

— Là, remettez-vous. Je vais m'occuper de cet individu.

Il sortit de sa poche un chausson aux pommes enveloppé de plastique transparent.

— Mon petit déjeuner... si vous permettez, s'excusa-t-il.

Béatrice se détourna. Monahan avait le comportement de quelqu'un qui n'attend plus grand-chose de la vie, mais se résigne à faire de son mieux dans la mesure de ses moyens. Peut-être était-il malgré tout digne de confiance...

— Vous allez le faire rechercher, à Rome ?

— Oui, si nécessaire.

— Comment, si nécessaire ? Le grimoire a disparu et Antonelli le voulait. Pas besoin d'être Sherlock Holmes...

Monahan s'informa la bouche pleine :

— Vous connaissez son adresse, à Rome ?

— Son ancienne adresse. S'il n'y est plus, vous n'aurez sûrement aucun mal à....

Un agent en uniforme pénétra sans frapper dans la bibliothèque.

— Hé ! Frank, il y a un type en bas qui veut voir Mlle O'Connell.

— Tu n'aurais pas retenu son nom, par hasard ?

— Si, un nom italien. Monelli ou...

— Antonelli ?

— Ouais, c'est ça.

Béatrice et le détective échangèrent un regard. Monahan ordonna :

— Fais-le monter.

L'agent quitta la pièce. Béatrice hoqueta :

— Je ne le crois pas. Je ne peux pas le croire.

— Voilà qui va nous épargner un voyage à Rome. Dommage, en un sens !

— Je suis sûre qu'il est pour quelque chose dans l'affaire. Je le sens.

— N'oubliez pas que toute personne est présumée innocente jusqu'à ce que sa culpabilité soit prouvée.

— Dans son cas, je dirais plutôt le contraire. Il ne m'a jamais été sympathique.

Un instant plus tard, escorté de l'agent qui se retira aussitôt, l'Italien fit son entrée dans la bibliothèque, les bras tendus, la parole abondante :

— *Dio mio !* Qu'ont-ils fait de cet endroit béni ? *Cara Béatrice !* J'ai lu la nouvelle dans les journaux du matin et je ne voulais pas y croire ! Mon cher vieil ami... assassiné ! Comment tout cela peut-il être possible ?

Béatrice se leva et, les bras collés le long du corps, subit l'accolade du vieil homme.

— Signor Antonelli, je vous présente l'inspecteur Monahan. C'est lui qui est chargé de l'enquête.

— Giuseppe Antonelli.

Les deux hommes se serrèrent la main. L'Italien s'assit, très raide, sur une chaise en face du canapé.

— Pas plus tard qu'avant-hier, nous étions ici avec John...

Habitué aux épanchements verbaux de certains témoins, Monahan prévint une nouvelle tirade en interrogeant brutalement :

— Monsieur Antonelli, question de pure routine, puis-je vous demander où vous étiez entre douze et quinze heures hier après-midi ?

— Hier, j'ai déjeuné avec un ami.

— Son nom ?

— Le père Morton, de l'église Saint-Xavier. Vous le connaissez peut-être ?

— Tout le monde dans cette ville connaît le père Morton.

— Nous ne nous étions pas vus depuis plusieurs années...

— Et combien de temps êtes-vous restés ensemble ?

— Je l'ai quitté vers trois heures et demie. Nous avions tant à nous dire...

Monahan regarda Béatrice, qui observait l'Italien. Il enchaîna :

— Le père Morton nous confirmera tout cela. Mlle O'Connell me dit que vous vous êtes vivement intéressé avant-hier à un ouvrage que le docteur O'Connell vous a montré.

— Ah ! oui... Le grimoire.

— J'aimerais en savoir plus.

— John m'avait écrit à propos de ce livre ; il souhaitait mon avis. Je n'aurais pas fait le voyage pour cette seule raison, mais j'avais plusieurs personnes à voir, dont le père Morton. Je suis donc venu dîner avant-hier soir et John m'a montré le fameux grimoire. Béatrice était là. Nous l'avons examiné tous les trois.

Bien qu'elle ne le quittât pas des yeux, Béatrice ne décelait aucun signe d'embarras ou d'inquiétude sur le visage de l'Italien. Au contraire. Il avait l'air sincèrement ému et répondait sans hésiter aux questions de l'inspecteur.

— Avez-vous offert au docteur de le lui acheter?

Antonelli haussa les épaules :

— Pas exactement. J'ai dit que j'avais un client qui collectionnait ces bizarreries. Je lui ai d'ailleurs téléphoné pour lui demander s'il serait éventuellement acheteur.

— Son nom, je vous prie.

Avec un demi-sourire, Antonelli éluda :

— Secret professionnel. Mon client préfère l'anonymat.

— Il était preneur?

— Tout à fait. Il m'a autorisé à en offrir une somme rondelette!

— Combien, si je puis me permettre?

— Cinquante mille dollars.

Pour la première fois depuis le début de l'enquête, Monahan parut impressionné.

— Et qu'en a dit le docteur O'Connell?

— Exactement ce qu'il avait déjà dit et que j'étais sûr de l'entendre redire. Qu'il n'était pas vendeur! John O'Connell était avec ses livres comme un père avec ses enfants. Il ne les aurait cédés à aucun prix.

— Vers quelle heure lui avez-vous transmis cette offre?

— Vers onze heures hier matin.

Incapable de se contenir plus longtemps, Béatrice intervint :

— Et hier après-midi, vous avez quitté votre hôtel!

Son ton accusateur fit sursauter Antonelli.

— Oui, ma chère enfant. Je vous avais dit que je n'étais pas satisfait de la nouvelle direction. Je leur ai fait mes doléances... et je suis allé m'installer ailleurs!

— Où? s'informa Monahan.

— Au Carlyle, dans la 76ᵉ Rue.

Les explications d'Antonelli étaient plausibles. Quant à son attitude, elle n'était décidément pas celle d'un coupable. Il semblait profondément affecté par la mort tragique de son ami.

— Quand vous avez parlé au docteur O'Connell, êtes-vous convenus d'un nouveau rendez-vous ?

— Oui. Nous devions nous revoir ce matin. Mais j'ai lu les journaux et j'ai appris...

Antonelli essuya d'un revers de la main une larme invisible.

— Je n'arrive pas à le croire. Béatrice, mon enfant, y a-t-il quelque chose que je puisse faire ? Je devais repartir pour Rome aujourd'hui, mais si je puis vous être utile...

Elle le regarda droit dans les yeux.

— Vous voulez toujours le grimoire ?

— Oui, naturellement... si vous souhaitez le vendre.

— Seulement voilà, je ne l'ai plus !

La consternation se peignit sur le visage du vieil homme.

— Mais alors... qui l'a ?

— Le voleur ! C'est la seule chose qui a été volée.

— La seule chose ?

— Oui.

— C'est extraordinaire.

— Pourquoi ? s'enquit Monahan.

— Si vous vous y connaissiez en livres rares, vous ne poseriez même pas la question ! Aussi intéressant qu'il soit, cet ouvrage n'a pas grande valeur, comparé à certains des trésors que renferme cette bibliothèque.

Non sans irritation, Monahan releva :

— Cinquante mille dollars, c'est une somme !

— Que seul est prêt à débourser un collectionneur que le voleur ne peut pas connaître. Intrinsèquement, le grimoire ne vaut guère plus de deux à trois mille dollars... Si le voleur essaie de le vendre, j'en serai probablement informé. Mon client est en Italie le plus grand collectionneur d'ouvrages de cette nature. Tous aboutissent entre ses mains. Tôt ou tard.

Brutal, Monahan aboya :

— Trêve de cachotteries ! Dites-nous comment s'appelle ce mystérieux client.

— Mon cher monsieur, je suis comme un prêtre, un avocat ou même un médecin. Je ne peux divulguer l'identité de mes clients. Je risquerais fort de perdre leur clientèle !

— Veuillez ne pas quitter la ville jusqu'à nouvel ordre.

— Naturellement. Puis-je me retirer ?

Le détective inclina la tête. Antonelli sortit de sa poche un mince étui en or massif. Il en tira deux cartes de visite qu'il remit à Béatrice et à Monahan.

— Ma chère enfant, ajouta-t-il, je ne saurais exprimer ce que je ressens. Votre père était un grand homme. Il me manquera plus que je ne saurais le dire, et j'imagine ce qu'il en est pour vous. Ma seule consolation, c'est que je ne vais pas tarder à le rejoindre. Je me fais vieux et je ne tiens plus trop à la vie.

Béatrice le raccompagna jusqu'au rez-de-chaussée. Au moment de la quitter, il prit entre les siennes les mains de la jeune femme :

— Si vous avez besoin de réconfort, allez voir mon vieil ami le père Morton. C'est un excellent prêtre, il fera l'impossible pour vous aider, vous pouvez lui faire confiance.

Il l'embrassa sur les deux joues. Elle referma la porte, remonta lentement l'escalier et rejoignit le détective dans la bibliothèque.

— Il se pourrait que je me sois trompée...

— Avec le père Morton, en tout cas, il ne peut avoir meilleur alibi !

Monahan glissa dans son calepin la carte de visite de l'Italien tandis que Béatrice, furieuse et déçue, bougonnait :

— Ce n'était qu'une hypothèse. Et maintenant ?

— Maintenant, je vais aller embêter vos voisins. Peut-être l'un d'entre eux a-t-il vu quelqu'un ou quelque chose... En attendant les rapports du laboratoire et du médecin légiste. Pourriez-vous me remettre aussi l'agenda et le carnet d'adresses de votre père, ainsi que la liste de ceux qui le connaissaient bien... Les médecins avec qui il travaillait, par exemple.

Béatrice acquiesça. Le policier dit encore :

— Je vous tiendrai au courant dès que j'aurai des nouvelles. Voilà ma carte... Elle est moins belle que celle de votre ami, mais vous y avez le numéro de ma ligne directe au commissariat.

Il en inscrivit un autre au verso.

— Et celui-là, c'est mon numéro personnel. Vous pouvez m'appeler à toute heure du jour et de la nuit.

4

Monahan repartit, laissant à plusieurs de ses hommes la mission de poursuivre la recherche d'indices dans la maison.

Anéantie par le chagrin, Nellie sanglotait au bout du fil. Béatrice décida de lui accorder sa journée. Puis elle débrancha le téléphone afin d'échapper aux messages de condoléances et aux questions des journalistes. Enfermée dans la bibliothèque, elle poursuivit le travail entrepris pendant la nuit, rangeant les livres selon l'importance des dommages qu'ils avaient subis.

Surgies du monde merveilleux de son enfance, des images lui revenaient à l'esprit. Souvenirs ensoleillés d'arbres de Noël, de fêtes aperçues du haut des épaules de son père, d'histoires écoutées avant de s'endormir, d'œufs de Pâques dénichés avec l'aide de sa mère dans un décor enchanteur. Elle avait été si heureuse, si gâtée ! Et l'accord parfait entre ses parents l'avait si mal préparée à l'échec de son propre couple... Sans doute n'avait-elle pas eu assez d'oreille pour discerner les fausses notes. A la lumière des révélations de son père remontaient du fond de sa mémoire certains claquements de portes, tard dans la nuit, et certains dîners où personne ne parlait, surtout pas elle qui se persuadait alors d'avoir provoqué par quelque bêtise la colère de ses parents. Plus grande, elle s'était efforcée, en se montrant brillante à l'école et enjouée à la maison, de dissiper les tensions qu'elle percevait sans les comprendre. Notamment les longues soirées silencieuses où son père se retranchait dans la bibliothèque, tandis que sa mère, seule dans sa chambre, multipliait les coups de fil ou rédigeait les invitations aux fêtes de charité qu'elle organisait, chaque année plus nombreuses et plus ambitieuses. Béatrice avait toujours eu à cœur de tenir sa place dans une vie familiale sans tache, refusant de voir les fissures du décor.

Et puis, Stephen était entré dans sa vie. Liz O'Connell souriait le jour du mariage, mais elle n'avait pas caché à sa fille son aversion pour ce journaliste aux idées d'avant-garde. « Il ne m'inspire pas confiance », disait-elle. La suite, hélas, lui avait donné raison.

Bien qu'elle n'eût jamais soupçonné l'existence d'autres femmes, Béatrice ne pouvait plus ignorer que ce couple qu'elle avait cru idéal ne l'avait pas été. Elle comprenait que la perfection de Liz, paroissienne dévote, mère et hôtesse, masquait un puritanisme farouche. Elisabeth O'Connell, au fond d'elle-même, détestait le sexe, avait peur des hommes et reportait sur sa fille son désespoir d'être née femme.

Vers quatre heures de l'après-midi, Béatrice constata que les policiers avaient quitté la maison. Épuisée, elle se traîna jusqu'à sa chambre où elle s'endormit tout habillée en travers de son lit.

Quand elle se réveilla, la tête embrumée, il était sept heures. On sonnait à la porte. Lissant ses vêtements froissés, elle descendit rapidement et risqua un œil à travers le judas. L'homme lui était inconnu. Elle mit la chaîne de sécurité et entrouvrit la porte.

— Qui êtes-vous ?

— Simon Lovelock.

Le nom ne lui disait rien.

— Que désirez-vous ?

— J'ai rendez-vous avec le docteur O'Connell.

Le cœur de Béatrice battit plus vite. Était-il possible que quelqu'un n'eût pas encore appris la nouvelle ? Elle prit la carte écornée que l'homme lui tendait par l'entrebâillement et lut : « SIMON LOVELOCK — Livres rares ». Suivaient une adresse et un numéro de téléphone.

Elle considéra le visiteur. Un homme mince et de taille moyenne au teint mat, au nez aquilin et au regard vif. Son visage anguleux était couronné d'une tignasse brune parsemée de quelques cheveux blancs. Il était vêtu de sombre et plutôt négligé. Levant jusqu'à sa bouche étroite des doigts tachés de nicotine aux ongles mal taillés, il tira une bouffée de sa cigarette avant de jeter le mégot dans le caniveau.

— Pour quelle raison deviez-vous rencontrer mon père ?

— Je n'en sais rien.

Béatrice ne put réprimer un sursaut.

— Comment ça, vous n'en savez rien ?

— C'est lui qui m'a téléphoné hier pour me fixer ce rendez-vous. Nous avions dit six heures et demie parce que je ferme ma boutique à six heures. Je suis un peu en retard, mais il y a eu une panne dans le métro.

L'orage qui menaçait depuis un bon moment grondait au loin. Il commençait à pleuvoir. Pour s'abriter, M. Lovelock se colla à la porte.

— Puis-je voir le docteur O'Connell ?

— N... non.

— Dans ce cas, puis-je vous demander de lui remettre ma carte ? Je le rappellerai demain matin. Voulez-vous lui dire combien il me tarde de faire sa connaissance ?

Il s'éloigna en remontant le col élimé de son veston. Elle le suivit des yeux à travers l'œilleton. Il s'arrêta pour allumer une nouvelle cigarette, protégeant des deux mains la flamme de son briquet. Puis il pressa le pas, car la pluie tombait dru. La pitié et la curiosité poussèrent Béatrice à rouvrir la porte.

— Monsieur Lovelock ! Revenez ! Attendez au moins qu'il cesse de pleuvoir !

Il ne se le fit pas dire deux fois. Elle repoussa le battant derrière lui. Il s'essuya le visage avec son mouchoir.

— Ce n'est pas de refus.

Il souriait, révélant des dents bien plantées et légèrement jaunies. Béatrice se présenta. Il serra la main qu'elle lui tendait et se déclara enchanté. Puis il cessa de sourire quand elle lui annonça que son père ne pourrait le recevoir.

— Mais pourquoi ? Puisque c'est lui qui...

Elle dit sans le quitter des yeux, avec une brutalité calculée :

— Il a été assassiné, hier après-midi. Au cours d'une tentative de cambriolage.

Battant des paupières comme quelqu'un qui ne peut en croire ses oreilles, Lovelock accusa le coup :

— Mais c'est horrible !

— Je suis étonnée que vous ne l'ayez pas su. La nouvelle est dans tous les journaux.

— Je n'ouvre jamais un journal... Je ne savais pas... Pardonnez mon intrusion... Je suis sincèrement désolé... Je crois que je ferais mieux de partir.

Nerveusement, il allongeait la main vers la poignée de la porte. Elle lui suggéra d'attendre que la pluie eût cessé et le conduisit à la cuisine où elle emplit et brancha la bouilloire :

— Monsieur Lovelock, vous souvenez-vous de l'heure à laquelle mon père vous a téléphoné hier ?

— Aux environs de midi. Midi et quart, peut-être. J'étais sur le point d'aller déjeuner.

Très peu de temps avant le meurtre, pensa Béatrice.

— Avez-vous idée de ce qu'il voulait ?

— Non. Je suppose que c'était au sujet d'un livre. C'est mon métier...

— Vous a-t-il dit de quel livre il s'agissait ?

— Non.

La bouilloire sifflait. Béatrice prépara le thé. Quand ils furent assis face à face à la table de la cuisine, devant une tasse fumante, la jeune femme relança :

— Vous ne connaissiez pas mon père. Pourquoi avez-vous accepté ce rendez-vous ?

Il protesta :

— Je n'avais jamais eu le privilège de le rencontrer, mais je le connaissais. A tous ceux qui s'intéressent aux livres rares, le nom de O'Connell est familier.

Un nom, songea Béatrice, c'est tout ce qu'il restait de lui, avec le souvenir. Elle tenta sans y parvenir de retenir ses larmes :

— Je suis désolée, balbutia-t-elle.

— Nous ne devons jamais avoir honte de nos larmes. C'est la pluie du ciel sur la poussière aveuglante de la terre...

— Joli...

— Charles Dickens avait le sens de la formule.

— Quand je pleurais, enfant, je disais que je pleuvais... Monsieur Lovelock, avez-vous jamais souhaité pouvoir revivre les derniers moments passés avec quelqu'un qui vient de mourir ?

— Pas seulement les derniers...

Elle avait apparemment touché en lui un point sensible.

La pluie ayant cessé, il manifesta l'intention de se retirer. Elle lui resservit une tasse de thé qu'il accepta. Il émanait de lui compassion et chaleur. Il semblait avoir vécu lui aussi une rude épreuve dans un passé récent. Spontanément, elle proposa de lui montrer la bibliothèque de son père. Le visage de

Simon Lovelock s'éclaira comme s'il eût reçu un cadeau d'une valeur inestimable.

— J'en serais fort heureux. Si cela ne vous dérange pas...

— Au contraire. C'est être près de mon père que montrer sa bibliothèque à un autre amoureux des livres.

Sur le palier du premier, elle le prévint :

— Préparez-vous à subir un choc. La pièce a été saccagée. J'ai déjà travaillé des heures pour tenter de mettre de l'ordre, mais il reste beaucoup à faire.

Elle poussa les battants d'acajou et Lovelock poussa un cri d'horreur :

— Diable !

Il ramassa un livre endommagé qu'il garda avec précaution entre ses mains comme s'il se fût agi d'un animal blessé.

— Mon Dieu, mon Dieu ! Pauvre petite chose ! Comment a-t-on pu te faire ça ?

Béatrice eut un pâle sourire. La tendresse avec laquelle Lovelock caressait l'ouvrage abîmé lui rappelait son père. Il ne faisait pas de doute que cet acte de vandalisme avait à ses yeux valeur de massacre.

— Papa aimait tant ses livres...

— Tout peut être réparé, vous savez.

Elle le contredit doucement :

— Pas tout, non. Moi, on ne pourra pas me réparer...

— Il faudra laisser le temps au temps...

Elle lui tendit un autre volume. Il s'agissait du *Roman de la Rose*.

— Mon préféré. Le seul que je tienne à conserver.

— Une très jolie pièce. Mais qui a souffert aussi. Si vous me le permettez, je serai très honoré de le restaurer.

— C'est très gentil.

— J'aimerais tellement pouvoir faire davantage.

Il tomba en arrêt devant le dessin sommaire sur le plancher autour du sang séché.

— La police a-t-elle idée de qui a pu faire ça?

— Non, mais ils trouveront. Et s'ils ne trouvent pas, moi, je trouverai. Je n'aurai de cesse que le coupable soit châtié... J'ai besoin de boire quelque chose. Prendrez-vous un cognac avec moi?

— Volontiers.

Quand elle revint avec les verres remplis de la fine champagne favorite de son père, Lovelock, extasié, était en train d'admirer les illustrations magnifiques du Livre d'Heures de Del Cherico.

— Je ne pense pas que le motif ait été un simple cambriolage. Ce volume n'a pas de prix!

— Et il n'a pas été emporté.

Ils s'assirent chacun à un bout du canapé. Lovelock sortit de son paquet une cigarette, sollicita du regard l'autorisation de Béatrice et l'alluma tandis qu'elle poursuivait :

— Le livre que je ne parviens pas à retrouver est un grimoire. Vous savez de quoi il s'agit, je suppose?

— Les traités d'occultisme et de magie sont une de mes spécialités.

— Voilà pourquoi mon père désirait vous consulter!

Lovelock, pensif, plissa les paupières.

— Je n'aurais jamais cru que votre père pût se passionner pour ce genre de choses. C'est un domaine très particulier et je connais à peu près tous ceux qui s'y intéressent.

— C'était le cadeau d'un de ses patients. Reçu par la poste, il y a trois semaines environ. Je l'ai vu. C'est un ouvrage assez terrifiant.

— Vous l'avez vu! Pouvez-vous me le décrire?

Elle s'exécuta, s'aidant de sa mémoire visuelle de documentaliste exercée. Elle décrivit les gravures pornographiques et les planches obscènes du chapitre nécromantique. Quand elle mentionna la citation latine : « *Videmus nunc per speculum in aenigmate, tunc autem facie ad faciem* », les yeux de Simon Lovelock s'allumèrent. Elle s'exclama :

— Croyez-vous qu'il puisse avoir une grande valeur?

— Difficile à dire. Il faudrait que je le voie. Rien de commun, en tout cas, avec certains des trésors de cette bibliothèque. Quelqu'un d'autre l'a-t-il eu en main?

— Le signor Antonelli, un courtier en livres italien, ami de mon père depuis des années.

— Giuseppe Antonelli?

— Oui, vous le connaissez?

— De réputation. Il vit à Rome.

— Exact. L'ouvrage l'a fasciné.

— Vous ne m'étonnez pas.

Le ton de Lovelock était ambigu. Béatrice ne put s'empêcher d'ajouter :

— Entre nous, monsieur Lovelock, je n'ai pas confiance en cet homme. Il ne m'a jamais inspiré une grande sympathie et, la nuit dernière, quand j'ai constaté la disparition du grimoire, j'ai pensé qu'il pouvait être impliqué...

— Vous ne le pensez plus?

— Je ne sais pas... Il est revenu ce matin. Il avait l'air sincèrement bouleversé. Mais il convoitait ce grimoire. Il voulait l'acheter pour un de ses clients. Devant moi, il a dit à l'inspecteur chargé de l'enquête que ce client était prêt à en offrir cinquante mille dollars. Mon père aurait refusé l'offre qu'il lui a faite avant-hier par téléphone.

— Vous êtes bien certaine que le grimoire a disparu?

— Je l'ai cherché dans toute la maison. J'ai essayé de piéger Antonelli en lui demandant s'il était toujours intéressé et il a paru enthousiaste à l'idée de l'acquérir. Difficile dans ces conditions de croire qu'il l'a volé. A moins qu'il n'ait joué la comédie...

— Selon vous, l'assassin de votre père a volé le grimoire?

— Comment ne pas lier les deux choses? Il semble évident que mon père désirait vous consulter au sujet de ce livre. Pouvez-vous, sans l'avoir vu, lui donner une valeur ?

— Sa valeur marchande n'irait guère au-delà de deux à trois mille dollars, mais tout dépend de l'acheteur.

— C'est-à-dire ?

Lovelock s'agita, mal à l'aise.

— Eh bien ! il y a des gens qui prennent les grimoires au sérieux.

— Autrement dit... qui croient à la magie noire !

— Et pour qui un tel livre n'aurait pas de prix.

— Quelqu'un de cette sorte paierait n'importe quelle somme pour l'avoir...

— Oui.

— ... et pourrait tuer si on le lui refusait ?

— Ce n'est pas impossible.

Béatrice soupira en se renversant sur les coussins du canapé. Lovelock, de plus en plus nerveux, rallumait une cigarette au mégot de la précédente.

— Monsieur Lovelock, vous pensez comme moi que c'est à cause du grimoire que mon père est mort, n'est-ce pas ?

— Je n'ai pas dit cela.

— Je le lis dans vos yeux. J'y lis également que vous n'êtes pas un mauvais homme... J'aimais mon père, monsieur. Je veux savoir qui l'a tué.

Rejetant par le nez la fumée de sa cigarette, Lovelock opina. Béatrice, qui tentait de maîtriser son excitation, enchaîna :

— J'ai cru comprendre que les passionnés d'occultisme, ceux qui seraient capables de tout pour se procurer un tel ouvrage, sont peu nombreux... et que vous les connaissez tous. Avez-vous une idée, même vague, qui puisse me permettre de remonter jusqu'au coupable ?

Lovelock tirait sur sa cigarette sans désemparer, disparaissant presque derrière l'écran de sa fumée. Enfin il parla, sans émotion apparente :

— J'aimerais vous aider, mademoiselle O'Connell, mais je ne puis me mêler de cette histoire.

— Pourquoi ? Vous avez peur ?
— Ce n'est pas la peur.
— Quoi d'autre, alors ?
— Je dois partir. Je regrette.
Il quitta si rapidement la bibliothèque que Béatrice dut courir pour le rejoindre avant le rez-de-chaussée.
— Attendez ! Pardonnez-moi d'insister, mais j'ai besoin de savoir ce que vous savez.
Il continua de descendre. Arrivé à la porte, il se retourna et la regarda, l'air compatissant :
— Ce serait différent si vous aviez le grimoire.
— Pourquoi ?
— Ce serait différent, c'est tout. Ne me demandez pas de vous l'expliquer.
— Mais je vous le demande !
— Je ne peux vous en dire davantage.
A bout de nerfs, elle cria depuis l'escalier :
— Pourrai-je au moins venir vous voir à votre boutique ?
— Tous les jours sauf le dimanche, entre dix et dix-huit heures. Vous serez la bienvenue.
Il ouvrit la porte. La pluie avait cessé, mais la brume l'avait remplacée. Une fois encore, Lovelock pivota sur lui-même.
— Vous êtes sûre qu'Antonelli sait que vous n'avez plus le grimoire ?
— Oui, pourquoi ? Je vous en prie, dites-moi ce que vous pensez.
— Je ne pense rien. Merci pour tout, la bibliothèque, le thé, le cognac... J'aurais aimé faire votre connaissance en d'autres circonstances.
Sur le point de refermer la porte, il ajouta gravement :
— Mademoiselle O'Connell... Oubliez ce grimoire.
— Impossible, monsieur Lovelock. C'est me demander de faire un trait sur le meurtre de mon père.
Elle avait descendu les dernières marches.

L'intensité du regard de Simon Lovelock, l'anxiété qui faisait vibrer sa voix la frappèrent :

— Si bonnes que soient vos raisons, il est des choses auxquelles il vaut mieux ne jamais toucher!

Et, relevant son col, il plongea dans la moiteur de la rue. Béatrice s'avança sur le perron pour suivre des yeux la silhouette noire qui s'éloignait sous la bruine. En repoussant la porte, elle jura aux mânes de son père qu'elle arracherait tôt ou tard à ce drôle de type tout ce qu'il n'avait pas voulu dire.

5

Quinze jours plus tard, un service funèbre à la mémoire de John O'Connell fut célébré à Saint-Thomas-More, une petite église de l'Upper East Side. Bien que son père détestât ce genre de manifestations, Béatrice tenait à ce que son souvenir fût commémoré selon le rite catholique qui avait présidé à sa naissance et à son éducation.

Trois cents personnes assistèrent à la messe. L'organiste joua Bach et Mozart, les compositeurs préférés de John O'Connell. Sur un chevalet, à droite de l'autel, on avait placé un agrandissement d'une photo de lui prise dans sa jeunesse. Assise au premier rang, Béatrice garda la main de Nellie dans la sienne, tandis que monseigneur Regan rappelait que la mort n'est que le passage de la pauvre vie terrestre à la vie éternelle annoncée par le Christ.

Contre toute attente, Béatrice ne fut pas insensible aux beautés de la cérémonie, à la bénédiction du pain et du vin, à l'odeur de l'encens et à la voix du prêtre qui psalmodiait la liturgie. L'humilité et la simplicité de monseigneur Regan la réconfortèrent. Bien qu'elle eût incliné pour la voie rationaliste de son père, elle avait toujours pensé que, dans les moments d'affliction, l'âme ne se nourrit pas seulement de logique. Elle avait grand besoin en la circonstance du secours de l'Église.

Tandis qu'une demi-douzaine de collègues et d'amis du défunt prononçaient ses éloges, Béatrice se rappela les moments bénis qu'elle avait partagés avec lui. Elle le revit, devant un feu de bois, lui lisant quelque histoire. Ou quand il lui apprenait à nager dans les eaux glacées de l'Atlantique. Elle se souvint comme il était toujours prêt à rire, en dépit de la tristesse qui hantait son regard, et comme il s'animait quand il parlait de sa bibliothèque. Elle lui en avait voulu parfois de lui interdire la télévision, qu'il appelait « le fléau des temps modernes ». Elle avait plus d'une fois souffert de ne pouvoir discuter des dernières émissions avec ses camarades d'école. Mais aujourd'hui, elle était heureuse qu'il fût parvenu à lui transmettre son amour des livres. Grâce à lui et grâce à eux, elle saurait surmonter l'épreuve et faire face à sa solitude.

Pourquoi avait-il fallu que, juste avant de disparaître, il se confie à elle ? Depuis, des détails qu'elle ignorait avoir enregistrés et qui lui faisaient voir différemment son passé ne cessaient de lui revenir en mémoire. Si leur couple n'avait pas connu la réussite qu'elle avait crue, du moins ses parents étaient-ils restés ensemble, probablement pour elle, alors que Stephen...

Elle avait espéré découvrir son ex-mari au sein de l'assistance, mais apparemment il n'était pas là. Aucun enfant n'était venu consolider leur couple. C'était peut-être mieux ainsi. Peut-être ?... Non, puisque cet échec l'avait conduite un jour chez Luis Diaz pendant qu'un inconnu assassinait son père. Et de cela, hélas, elle se sentirait à jamais coupable... Elle se mit à pleurer doucement. Plus d'une fois, depuis le tragique événement, elle avait failli téléphoner à Diaz, mais, Dieu merci, elle s'en était abstenue.

Parmi ceux qui vinrent lui présenter leurs condoléances à la fin de l'office, elle eut la surprise de voir s'avancer un prêtre. Assez corpulent, le visage rond et amical, il déclara sans s'embarrasser des circonlocutions convenues :

— Je suis le père Morton. Giuseppe Antonelli vous a parlé de moi. Il m'a demandé de le remplacer auprès de vous en ce jour. J'espère que vous viendrez me voir à Saint-Xavier ou que vous m'autoriserez à vous rendre visite.

Nellie vint se ranger au côté de Béatrice, qui la présenta. Le père Morton lui serra la main avec la même chaleur avant de s'éloigner. Visiblement impressionnée, la vieille gouvernante souligna :

— C'est un honneur que le père Morton soit venu...

— Vous le connaissez ?

— Pas personnellement, bien sûr ! Mais tout le monde a entendu parler du père Morton. Aurez-vous besoin de moi, cet après-midi ?

— Non, Nellie. Rentrez vous reposer.

Les remerciements prirent fin. Béatrice s'apprêtait à héler un taxi lorsqu'une main se posa sur son épaule. Elle se retourna, espérant découvrir Stephen. Mais ce n'était pas lui. Vêtue d'une robe marron ornée d'un col de dentelle blanche que la chaleur commençait à défraîchir, une femme entre deux âges lui faisait face. De son mouchoir, elle essuyait ses larmes :

— Je m'appelle Mary O'Shaunessy. J'étais infirmière à l'hôpital. Je l'ai assisté dans de nombreuses interventions. Je voulais vous exprimer ma sympathie. Le docteur O'Connell était un grand homme. Un chirurgien remarquable. Dieu lui avait donné les mains d'un ange.

Béatrice fut frappée par la ressemblance entre Mary O'Shaunessy et sa mère quand elle était jeune.

— Vous étiez donc une amie de mon père ?

— Oui. C'est tout ce que je voulais vous dire. Je n'aurais pas dû vous déranger.

— Vous ne me dérangez pas. Vous avez été... plus qu'une simple amie pour mon père, n'est-ce pas ?

La femme baissa les yeux, l'air embarrassé.

— Je ne comprends pas ce que vous voulez dire.

— Mon père m'a tout raconté.

Mary O'Shaunessy jeta autour d'elle un regard désespéré. Béatrice insista :

— Je ne vous reproche rien. A lui non plus. J'aurais tant voulu pouvoir le lui dire avant sa mort. Je donnerais tout pour qu'il sache que je l'ai compris et que je l'aime.

Elle se remit à pleurer. Mary O'Shaunessy la prit par le bras.

— Lui aussi vous aimait. Plus que tout au monde.

— J'ai été si dure avec lui. Pardonnez-moi. Il me semble que si vous me pardonnez, lui aussi m'aura pardonné.

— Il n'y a rien à pardonner. Nous nous aimions, votre père et moi, mais nous savions que ça ne durerait pas. Il vous était très attaché. A vous et à votre mère. Il m'avait prévenue loyalement que jamais il ne vous quitterait. Je me contentais du temps qu'il pouvait passer avec moi. C'était un homme extraordinaire.

— C'est... ma mère qui l'a obligé à vous quitter?

— Non. Bien qu'elle répugnât au divorce, elle lui a proposé de lui rendre sa liberté. Elle voulait qu'il soit heureux. Il s'est rendu compte alors à quel point elle l'aimait. Il a compris que lui aussi l'aimait. Il m'a quittée...

— Vous saviez qu'elle était tombée malade à peu près à cette époque? Le cœur...

— Béatrice, votre mère était malade bien avant que...

— Non, c'est impossible.

— On vous l'a caché. Les choses étaient difficiles pour votre mère, et d'une certaine façon elle... approuvait ma liaison avec John. Mais personne n'avait prévu que nous tomberions à ce point amoureux...

Béatrice hésita longuement avant de poursuivre :

— Vous voulez dire que ma mère savait ?

— Oui.

— Vous est-il arrivé de la rencontrer ?

— Une seule fois, à l'hôpital, où elle était venue voir votre père. Nous nous sommes serré la main. Elle m'a souri. J'ai compris qu'elle savait.

Béatrice soupira :

— Et moi qui ne me doutais de rien...

— Votre père voulait vous protéger. Nous vous avons tous protégée. Moi aussi, si l'on y réfléchit...

Mary O'Shaunessy sourit tristement.

— J'ai quitté l'hôpital. Je suis allée à Hartford. J'ai épousé un médecin. Je n'ai pas d'enfant. Votre père a été l'amour de ma vie. Je lui dois beaucoup. Je suis heureuse de l'avoir connu... Je n'ai pas voulu y croire, quand j'ai lu dans le journal...

La voix lui manqua. Elle reprit enfin :

— Je voulais tant vous connaître. Rencontrer sa fille, même après toutes ces années...

Bouleversée, Béatrice attira Mary O'Shaunessy contre elle et la serra très fort.

— Merci, Mary. Vous ne pouvez savoir le réconfort que vous m'apportez.

— Dieu vous garde, Béatrice. Si je peux faire quelque chose...

— Vous l'avez fait. Envoyée par lui, j'en suis sûre.

— Je le crois aussi.

— Dieu vous garde, Mary O'Shaunessy, murmura Béatrice pour elle-même tandis que la femme disparaissait au coin de la rue.

Le lendemain, Béatrice se retrouva seule pour affronter son deuil. L'énormité de la perte qu'elle avait subie lui apparut. Elle passait du remords à la nostalgie, et sa peine était si intense qu'elle se trouvait incapable de réagir. Elle pensait souvent à sa conversation avec Mary O'Shaunessy et se demandait ce qu'aurait été sa vie si John O'Connell avait suivi les élans de son cœur et avait quitté sa famille. Elle voyait sa mère sous un éclairage différent et se disait qu'elle aussi aurait peut-être dû pardonner quand Stephen la suppliait... Mais il était trop tard. Leurs existences s'étaient définitivement séparées.

Convoquée par le notaire pour la lecture du testament, elle entendit sans surprise qu'elle était seule héritière de la maison, des valeurs boursières et de la bibliothèque dont, à l'exception du *Roman de la Rose,* elle devait faire don dans l'année à une université ou à un musée. En quelques jours, elle réunit les ouvrages les plus abîmés et les confia aux relieurs de son père, un vieux couple de Lexington Avenue. A l'exception du *Roman de la Rose,* qui lui servirait pour reprendre contact avec Simon Lovelock.

Peu à peu, les visites de Monahan s'espacèrent, pour cesser tout à fait. Il continuait son enquête, mais n'était guère optimiste quant à son aboutissement. Personne dans le voisinage n'avait remarqué quoi que ce soit d'insolite le jour du meurtre. L'hypothèse la plus communément admise était celle d'une effraction sans motif qui avait débouché fortuitement sur une violence sans cause...

Antonelli téléphonait de temps à autre, encourageant Béatrice à revoir le père Morton qui était, selon lui, non seulement un prêtre, mais un homme de bon conseil. Elle le lui promettait sans intention de le faire et ne pouvait s'empêcher de pincer les lèvres chaque fois qu'il lui demandait si elle avait retrouvé le grimoire. L'insistance de l'Italien réveillait ses soupçons.

Nellie, de son côté, lui posait un sérieux problème. Complètement déboussolée, la vieille gouvernante passait son temps en prières à l'église et ne trouvait plus que rarement le courage de venir faire son travail dans la grande maison, dont le silence pesait de plus en plus à Béatrice. Il n'était pas de souvenirs entre ces murs qui ne fussent empoisonnés par les images sanglantes de la tragédie. La rêverie la plus innocente débouchait fatalement sur la vision effroyable du pauvre corps mutilé. Chaque nuit, Béatrice, qui s'enfermait à double tour dans sa chambre, restait éveillée pendant des heures à guetter le moindre craquement. Elle croyait voir des fantômes et entendait dans le tic-tac de la vieille pendule les battements d'un cœur. Ce qui avait été son foyer et son refuge était maintenant un endroit maudit, plein de recoins ténébreux et de pièges diaboliques. La situation devenait intolérable. Il lui fallait aller vivre ailleurs si elle ne voulait perdre la raison.

A Nellie qui, une fois de plus, l'appelait pour la prévenir qu'elle était malade, Béatrice fit part de sa décision :

— Je mets la maison en vente, Nellie. Vous viendrez m'aider à préparer mon déménagement.

Le même jour, elle prit rendez-vous avec un agent immobilier pour la visite des lieux.

Le lendemain, elle entendit au téléphone une voix grave et sonore qu'elle ne reconnut pas tout de suite :

— Comment allez-vous, mademoiselle O'Connell ? Vous ne vous souvenez pas de moi ? Je suis le père Morton.

— Mais si, nous nous sommes rencontrés à Saint-Thomas-More. C'était très gentil de vous être déplacé.

— C'était la moindre des choses ! Je viens d'avoir Giuseppe au bout du fil. Il me dit que vous avez l'intention de faire don de la bibliothèque de votre père à une institution.

Elle n'aurait su dire pourquoi elle se sentit instantanément sur ses gardes.

— C'est vrai. Nous en avions parlé lors de sa visite.

— J'ai une proposition à vous faire. Pourriez-vous venir à Saint-Xavier pour que nous en discutions ?

— Père Morton, le signor Antonelli a dû vous dire également que mon père n'était pas très religieux. Je pense plutôt à une université ou à un musée.

— Je comprends votre point de vue. Mais, précisément, ma proposition va dans ce sens. Je ne connaissais pas votre père, mais son but était la conservation et la diffusion du savoir, n'est-ce pas ? C'est également le nôtre.

Que risquait-elle à rencontrer ce prêtre ? Elle accepta donc le rendez-vous. Prévoyant de passer aussi le lendemain à la boutique de Simon Lovelock dans la 4e Rue, proche de l'église Saint-Xavier, elle enveloppa *le Roman de la Rose.*

Le soleil d'été tapait fort quand elle sortit du métro à la station Astor Place. Elle remonta d'un bon pas jusqu'à la 5e Avenue. L'église Saint-Xavier était assurément un chef-d'œuvre de l'art gothique. Ses flèches qui se découpaient sur le bleu du ciel la transportèrent d'admiration. Cherchant le presbytère, elle contourna l'église. Elle poussa enfin une grande porte de chêne et pénétra dans une vaste salle peinte en blanc où, une fois le battant refermé, les bruits du monde extérieur ne parvenaient plus. Assise à un bureau, une femme d'un certain âge, jupe noire et chemisier blanc, tapait à la machine. Elle leva les yeux pour observer Béatrice à travers ses lunettes à monture d'écaille.

— Mademoiselle O'Connell ?

— Oui.

— Le père Morton vous attend.

Décrochant son téléphone, la femme annonça la visiteuse, la pria de s'asseoir un moment et s'activa sur son clavier. Du banc sur lequel elle avait pris place, seul autre meuble de la pièce, Béatrice remarqua une Vierge sculptée dans un bloc d'ivoire de forme ovale et soulignée de l'inscription « Defensores Fidei » gravée sur un ruban de même matière.

La sonnerie du téléphone retentit. La secrétaire répondit avant de désigner une porte à Béatrice :

— Vous pouvez entrer.

Le bureau du père Morton offrait un contraste saisissant avec le dépouillement de la pièce d'accueil. Lambrissé de panneaux aux moulures ouvragées, sous un plafond traversé de vieilles poutres d'acajou, il était meublé d'une table massive aux pieds torsadés et de hauts fauteuils recouverts de velours rouge. Aux murs, se faisant face, deux superbes tapisseries représentant la licorne, emblème de virginité. De lourdes tentures bleu marine encadraient les fenêtres qui s'ouvraient sur un jardin à la verdure luxuriante.

Gras, rose, la chevelure blanche clairsemée et le sourire à fleur de lèvres, le père Morton trônait, jumelles au poing, derrière la table. Posant les jumelles, il se leva pour accueillir la visiteuse.

— Bienvenue, mon enfant. J'espionnais les oiseaux !

En dépit de sa corpulence, il se déplaçait avec une agilité remarquable. Des gouttelettes de sueur perlaient à son front. Béatrice nota que ses vêtements noirs avaient souffert de la chaleur. Il lui serra la main. La poigne était énergique, mais la paume moite.

— Merci d'être venue. Prenez un siège et faites comme chez vous.

Béatrice pensa que sa voix, forte et profonde, devait faire merveille dans les sermons. Elle s'assit sur une chaise, croisa les jambes et posa sur ses genoux *le Roman de la Rose* dans son emballage de papier brun. Le père Morton regagna son fauteuil derrière l'énorme table chargée de papiers et d'objets. Il s'épongea le front avec un grand mouchoir blanc.

— Cette chaleur humide est un fléau pour les hommes de mon poids. Je vais demander à Maddy de nous apporter du thé glacé, cela vous convient-il ?

— Excellente idée. Merci.

Le père Morton décrocha le combiné d'un téléphone ultra-moderne, insolite dans un tel décor. Le gantelet médiéval posé près de l'appareil retint l'attention de Béatrice. Il était en mailles d'acier, avec une manchette en métal massif. On aurait dit une main coupée.

Le prêtre commanda son thé, raccrocha d'un geste large et désigna l'accessoire que Béatrice examinait :

— Une merveille, non ? Il a été porté par Frédéric II lors de la sixième croisade. En 1228, l'année de la canonisation de saint François d'Assise.

— Il y a, dans la bibliothèque de mon père, un magnifique ouvrage sur les armures. Ce sont les Allemands qui forgeaient les meilleures. Même à cette époque, disait Papa, ils savaient déjà y faire.

Le père Morton émit une sorte de gloussement.

— Regardez là-bas.

Il montrait le coin de la pièce où, sur un piédestal, se dressait une armure complète. Béatrice s'exclama :

— On ne devait pas se sentir très à l'aise là-dedans ! J'ai toujours pensé que si les femmes avaient pu faire pipi comme les hommes sans descendre de cheval, l'histoire du monde eût suivi un autre cours !

Le prêtre écarquilla les yeux et Béatrice porta sa main à sa bouche en rougissant.

— Excusez-moi, je ne sais pas ce qui m'a pris de dire une chose pareille !

Il sourit avec indulgence.

— C'est en tout cas une hypothèse qui ne manque pas d'intérêt.

— Vous avez su vous entourer de fort jolis objets. L'Église est-elle encore aussi riche de nos jours ?

— La paroisse a le bonheur d'être aidée. Par des amis aussi fidèles que Giuseppe l'était envers votre père. Il me parlait souvent de lui et de vous. En termes d'affection et d'estime.

— J'en suis heureuse. Puis-je fumer ?

Il poussa vers elle un cendrier de cristal.

— Je vous en prie. Je suis moi-même esclave du cigare d'après-dîner.

Béatrice alluma une cigarette.

— Vous connaissez le signor Antonelli depuis longtemps ?

— Nous nous sommes connus étudiants, à Rome, il y a... une quarantaine d'années. Seigneur, comme le temps passe !

Dès qu'il se penchait un peu, son double menton cachait le col blanc de son habit et ses bajoues s'affaissaient. Il passait fréquemment sa langue sur ses lèvres. On aurait dit un bon gros chien pataud, sans malice.

— Giuseppe m'a dit que votre bibliothèque avait été mise à sac.

— Rien qui ne soit réparable. Je ne peux pas en dire autant de moi-même...

— Il faut faire confiance au temps...

— C'est ce que tout le monde me dit.

— Et votre consolation sera de voir les livres de votre père dans un endroit digne d'eux, avec son nom au-dessus de la porte.

Béatrice écrasa nerveusement sa cigarette dans le cendrier.

— C'est l'une de mes ambitions. Et le temps presse car je m'apprête à vendre la maison.

Le prêtre se renversa contre le dossier de son fauteuil, les mains jointes à hauteur de visage comme pour une prière.

— Pourquoi cette décision ?

— Après ce qui s'est passé, y séjourner m'est devenu insupportable.

— Oui, je vous comprends. J'ignore si Giuseppe vous en a parlé, mais je suis membre d'une fondation : l'institut Duarte. Ce nom vous dit-il quelque chose ?

— J'ai bien peur que non.

— L'institut Duarte se consacre aux études philosophiques. Il subventionne des chercheurs et des étudiants. Dans le monde entier. Il possède dans l'État de New York une très belle propriété. L'un des bâtiments abrite une bibliothèque qui renferme déjà plusieurs collections de livres rares et de grande valeur. La place n'y manque pas. Je crois qu'y transférer les collections de votre père serait une belle façon de perpétuer sa mémoire.

— Comme je vous l'ai dit, la religion n'était pas son fort.

— L'institut se consacre à des études philosophiques et non pas religieuses. Il ne dépend d'aucune église. Je n'en suis qu'un administrateur parmi d'autres.

S'efforçant de résister à l'effet hypnotique de cette voix trop persuasive, Béatrice s'informa :

— Avez-vous une documentation sur cet institut ?

— Le mieux serait que vous veniez le visiter. C'est un endroit extraordinaire.

Levant les mains, il pointa ses index de chaque côté :

— Ces tapisseries ont été faites là-bas.

— Vraiment ? Elles paraissent authentiques.

— Nous avons des programmes de travaux manuels. Nos étudiants y apprennent les techniques artisanales d'autrefois. L'institut Duarte est une oasis dans le modernisme outrancier de notre époque. Vous verrez...

— J'y viendrai avec plaisir... Dès que j'aurai un peu plus de temps...

Elle s'agita sur sa chaise et *le Roman de la Rose* glissa. Dans sa chute, il sortit de son emballage. Les yeux luisant d'intérêt, le père Morton la regardait ramasser le petit incunable.

— C'est un livre que vous avez là ?

— Oui. L'un de ceux qui ont été endommagés. Je vais le faire réparer.

— Puis-je le voir ?

Elle allait le lui tendre quand on frappa à la porte. Il sursauta, comme un homme agacé d'être dérangé, et aboya :

— Entrez!

Il ne fut pas très aimable avec la secrétaire, qui leur servait le thé et lui rappelait son rendez-vous avec l'évêque à onze heures. Dès qu'elle eut quitté la pièce, il dit à Béatrice :

— Vous alliez me montrer ce petit livre...

Elle le lui remit. Il l'ouvrit et la déception se peignit sur son visage.

— Oh... *Le Roman de la Rose.* Il appartenait à la bibliothèque de votre père?

— Oui. C'est le seul volume que j'entends conserver.

Il le lui rendit avant de boire d'un trait son verre de thé.

— Pardonnez-moi, mais cette chaleur me tue... Et ce fameux grimoire?

Béatrice faillit avaler de travers.

— Qui vous a parlé du grimoire?

— Giuseppe, naturellement. Pourquoi? Est-ce un secret?

— Non. Je me demande simplement ce qui l'a poussé à vous en parler.

— Ma chère enfant, je suis moi-même bibliophile. Quel autre sujet de conversation aurions-nous avec Giuseppe? D'après lui, ce petit bouquin était fort intéressant... Vous ne l'avez toujours pas retrouvé?

Béatrice haussa les épaules.

— Non. Et jusqu'à preuve du contraire, rien d'autre n'a été volé.

— Si jamais vous le récupérez, j'aimerais beaucoup le voir.

— Vous n'êtes pas le seul!

— Qui, par exemple?

De plus en plus soupçonneuse, Béatrice décida de ne pas parler de Simon Lovelock.

— Antonelli et son mystérieux client... par exemple!

Tempérant d'un sourire la brutalité de sa question, elle ajouta :

— Et si c'était vous, père Morton, le client d'Antonelli ?

Le prêtre éclata de rire.

— Moi ? Quelle idée ! Giuseppe m'a parlé de son amateur d'occultisme. Mais il ne m'en a pas révélé non plus l'identité.

Il y eut un bref silence. Puis :

— Vous vous méfiez de moi, Béatrice. Pourquoi ?

— Je trouve exagérée l'excitation soulevée par ce grimoire. Exagérée et... inquiétante !

— Au point de vous méfier d'un homme d'Église ?

— J'ai beaucoup aimé l'office célébré pour mon père. Monseigneur Regan est si réconfortant.

— Oui, c'est un très bon élément. Un peu trop progressiste, à mon goût, mais capable de ramener à la foi bien des brebis égarées.

— Ma mère, qui était très croyante, disait que la foi est un don du ciel. On l'a ou on ne l'a pas. Quand on ne l'a pas, il est vain d'espérer l'obtenir.

— Une minute, voulez-vous ? En quoi avez-vous foi ?

Béatrice n'hésita pas une seconde :

— En certains livres.

— Vous êtes bien la fille de votre père. Mais puis-je vous demander pourquoi ?

— Parce qu'ils sont sources de connaissance et de réconfort.

— Nous y voilà ! Les bons livres détiennent le pouvoir de guérir et de fortifier les âmes. En révélant la pensée d'autres êtres, l'existence d'autres âmes et d'un autre univers. Mais qui a créé ces esprits différents, ces âmes et cet univers avec lesquels vous aimez communiquer ?

— J'aimerais pouvoir vous faire la réponse que vous attendez, mon père, mais je vous l'ai dit, quand on n'a pas la foi...

Il lui décocha une œillade complice.

— ... rien n'empêche de s'efforcer de l'acquérir. Si tout le monde l'estimait inaccessible, je serais au chômage !

— Un point pour vous ! Merci de m'avoir reçue.

Il l'escorta jusqu'à la porte.

— Si vous avez besoin de moi, vous savez où me trouver. N'hésitez pas à me téléphoner. Et pensez à ce que je vous ai dit au sujet des livres de votre père.

— Je vous promets d'y réfléchir.

Il lui prit la main, la serra chaleureusement entre les siennes avant d'ouvrir la porte. Et suivit des yeux sa visiteuse jusqu'à ce qu'elle eût disparu.

Respirant profondément, Béatrice pressa le pas dans la rue baignée de lumière. Elle éprouvait un soulagement dont l'intensité la surprenait. Ce presbytère luxueux et cet homme au visage débonnaire avaient créé en elle un réel malaise. Sous sa candeur apparente, le père Morton était un homme dangereux, elle en était persuadée. Que voulait-il exactement ? Beaucoup plus, sans doute, que les collections de son père. Et pourquoi son intérêt pour ce maudit grimoire ?

Le Roman de la Rose à la main, elle longea les rues bordées d'arbres de Greenwich Village, le cœur étreint d'une appréhension d'autant plus pénible qu'elle ne lui trouvait aucune explication raisonnable.

6

La boutique de Simon Lovelock occupait le premier étage d'une vieille bâtisse délabrée, au-dessus d'un magasin désaffecté. Fixé à l'entrée de l'immeuble, un écriteau annonçait, en grosses lettres écrites d'une plume incertaine : « LOVELOCK — LIVRES RARES — Premier étage — Sonnez, s.v.p. ». Béatrice pressa plusieurs fois le bouton noir. Sans résultat. Elle recula d'un pas, une main en visière, et découvrit la baie vitrée, où l'on pouvait lire également en capitales d'imprimerie : « LOVELOCK — LIVRES RARES ». Aucune lumière à l'intérieur du local. Elle sonna de nouveau. Elle allait repartir, quand la vibration d'une serrure électrique lui signala l'ouverture de la porte.

Elle poussa le battant et s'engagea dans un couloir chichement éclairé au bout duquel s'amorçait un escalier étroit. Presque invisible dans le clair-obscur, une silhouette mince se tenait en haut des marches.

— Monsieur Lovelock? Je suis Béatrice O'Connell, vous vous souvenez?

— Bien sûr que je me souviens! Montez! Montez!

Elle s'exécuta, cramponnée à la rampe branlante. Lovelock la regardait monter. Il était vêtu de noir comme à leur première rencontre. Les manches de sa chemise étaient retroussées et la fumée d'une de ses sempiternelles cigarettes pendant au coin de sa bouche lui faisait fermer à demi les yeux.

— Désolé d'avoir été si long à répondre. Vous m'avez surpris au milieu d'une opération délicate. Je suis heureux que vous soyez venue.

Elle le suivit dans la librairie.

— C'est moi qui suis confuse de vous déranger en plein travail, monsieur Lovelock.

— Vous ne me dérangez pas... Mais si ça ne vous ennuie pas, je finis ce que j'ai commencé et je suis à vous.

Il lui souriait, visiblement enchanté de la revoir.

— Ne vous gênez pas, regardez tout ce qui vous intéresse. J'arrive tout de suite.

Il disparut dans la pièce voisine, la laissant visiter les lieux à sa guise. La pièce était fraîche, mais sentait le renfermé. Les murs disparaissaient derrière des rayonnages de livres plus ou moins anciens, plus ou moins poussiéreux. Devant la baie, une longue table de lecture et quelques chaises.

Les volumes étaient classés avec méthode. Des

étiquettes écrites à la main précisaient le contenu de chaque section, depuis Afrique, Alchimie, Amérique, Anges, Animisme, Antéchrist, Apparitions, Aquin (saint Thomas d'), Arabes, Arithmancie, Assassins, Astral (monde), Astrologie, Atlantide... jusqu'à Yoga, Zodiaque et Zoroastre.

Quelle place pouvait bien occuper le vénérable Thomas d'Aquin parmi tous ces ouvrages d'occultisme? Béatrice s'empara d'un exemplaire écorné de la biographie du saint homme publiée en 1933 par G.K. Chesterton. Elle le déposa sur la table avec l'intention de le feuilleter. C'est alors qu'elle entendit, venant de l'arrière-boutique, un fracas épouvantable. Empoignant son *Roman de la Rose,* elle alla frapper à la porte. Ne recevant aucune réponse, elle poussa le battant et trouva Lovelock à quatre pattes au milieu de boîtes et d'instruments qui venaient de tomber.

— Tout va bien, monsieur Lovelock?

Il se releva sur un genou, penaud.

— Oui, oui, merci. Simple maladresse de ma part.

— Puis-je vous aider?

Il secoua la tête en se redressant tout à fait.

— Non, ça ira.

Regardant autour d'elle, Béatrice reconnut les accessoires d'un matériel de reliure assez rudimentaire. Une antique presse à papier en bois verni voisinait avec une table d'examen en verre dépoli, éclairée de l'intérieur. Des fioles remplies de liquides colorés et, sur une corde tendue d'un mur à l'autre, un vieux manuscrit gondolé en train de sécher.

Non sans fierté, Lovelock dit :

— Soyez la bienvenue dans mon petit hôpital! Chaque semaine, je me jure de tout ranger et, chaque semaine, le désordre empire... Ainsi va la vie! Je suppose que j'y parviendrai, tôt ou tard... comme à cesser de fumer! J'étais en train d'opérer l'un de mes plus vieux patients.

— Puis-je vous regarder travailler ?

— Si vous voulez. Installez-vous près de la porte, c'est à peu près le seul endroit non encombré. J'essaie de rafistoler un fragment des *Confessions* de saint Augustin. XIIIe siècle.

Il désignait un parchemin en mauvais état, posé sur la plaque de verre. Le texte latin, très dense, était couvert de taches roussâtres à travers lesquelles transparaissaient l'or et l'argent de quelques lettrines. Béatrice murmura :

— C'est beau.

Il rectifia :

— Ce *sera* beau... Enfin, j'espère ! Vous voyez cette blessure en plein milieu ? C'est là que se situe la maladie. Si nous n'y prenons garde, l'infection va s'étendre. Courage, petit bonhomme, papa s'occupe de toi !

Écrasant sa cigarette dans une boîte de café soluble usagée déjà remplie de mégots, Lovelock choisit une feuille de parchemin vierge dans la petite pile posée sur la seule étagère propre de l'atelier. Il la compara à l'original, la rejeta et examina trois autres feuilles avant de trouver celle qui se rapprochait le plus en texture, couleur et épaisseur du fragment à restaurer. Puis, sur le fond lumineux de la table d'examen, il traça les contours de la déchirure et, à l'aide d'une lame de rasoir, découpa habilement dans le parchemin choisi une pièce semblable. Ses gestes étaient économes et précis, comme ceux d'un chirurgien. Il trempa dans une fiole un bâton de matière translucide, large comme la moitié d'un abaisse-langue. Béatrice chuchota :

— Qu'est-ce que c'est ?

— Une solution « gélatine-acide acétylsalicylique ». Le meilleur adhésif pour ce type de collage.

Elle le regarda enduire avec d'infinies précautions les bords de la déchirure, puis appliquer délicatement la pièce préparée.

— Voilà. Nous allons le laisser sécher à la chaleur des ampoules. Ensuite, nous le mettrons sous presse et, ni vu ni connu, guérie la blessure !

Amusée et touchée par le soin qu'il prenait à son travail, Béatrice lui tendit son livre.

— Tenez, j'aimerais que vous le traitiez aussi bien !

— Je suis très honoré de soigner votre *Roman de la Rose.*

Et, s'adressant au livre : « Par ici, mademoiselle ! »

Béatrice questionna :

— Où avez-vous appris les finesses de votre art, monsieur Lovelock ?

Il alluma une nouvelle cigarette.

— Ici et là, au fil du temps. Restaurer un parchemin n'est pas difficile. C'est avec les premiers papiers faits main que les choses se compliquent. Comme pour cette chère antiquité, là-haut !

Il montrait la feuille qui pendait à la corde.

— Un fragment de Pline à moitié pourri. J'en ai eu du mal, hier, à transférer le texte sur papier neuf ! Heureusement que les encres anciennes résistent au temps et ne coulent pas.

Reprenant sa veste accrochée à un clou derrière la porte, il la jeta sur son bras et ils repassèrent dans la librairie.

— Quelque chose vous a intéressée dans mon capharnaüm ?

— Un capharnaüm organisé. Oui, j'allais me plonger dans la biographie de saint Thomas d'Aquin.

Il s'esclaffa :

— Vous vous demandez ce qu'un saint aussi respectable peut bien faire dans cet antre !

— Pas seulement. Saint Thomas m'intéresse aussi parce qu'il figure dans *la Divine Comédie.* Ce n'est pas pour rien que mon père m'a appelée Béatrice.

— Il est fascinant, vous savez, ce « docteur angélique », comme le nomme l'Église. Savez-vous qu'il s'est frotté à l'occultisme ?

— Le père fondateur de la doctrine catholique ! Je ne peux pas le croire.

— Et pourtant !

Les yeux noirs de Lovelock étincelaient de malice sous ses sourcils broussailleux.

— Il semblerait que son tuteur ait été Albertus Magnus, autrement dit le Grand Albert, le fameux alchimiste. Magnus a passé trente ans de sa vie à fabriquer un bonhomme tout en cuivre et à le doter de pouvoirs magiques. L'automate aurait eu le don de la parole. On raconte que Thomas d'Aquin, qui avait horreur du bruit, a fini par le réduire en pièces parce qu'il ne cessait de parler !

Il éclata de rire, le poing devant la bouche comme pour cacher ses dents tachées de nicotine. Béatrice protesta :

— Vous me faites marcher !

— Je vous répète la légende. On raconte enfin que Thomas, ayant appris de son maître certaines recettes alchimiques, aurait fabriqué un petit cheval de cuivre et l'aurait enterré sous la route menant à sa demeure. Ainsi, même éperonné au sang par son cavalier, aucun cheval ne pouvait plus s'approcher de sa maison. Ce qui lui assurait silence et tranquillité. Ce sont ces petites légendes, plus les traités d'alchimie qu'on lui a longtemps attribués, qui lui valent d'occuper une place dans ma boutique.

— Ne me dites pas que vous prêtez foi à ces sornettes !

— Bien sûr que non. En fait, il a été prouvé que la paternité de ces livres magiques lui avait été faussement attribuée par ceux qui voulaient le discréditer aux yeux de l'Église. Mais l'occultisme se soucie peu de vérité objective. L'occultisme est affaire de mystère, de perception individuelle et de croyance. Vous savez que le mot provient du latin *occulere* : cacher. Je ne prétends nullement qu'on puisse accorder foi à mes livres. Je les présente simplement comme parties intégrantes d'une littérature fantastique... pour ceux qui s'y intéressent.

— Et comment vous y êtes-vous intéressé vous-même ?

— Ça, c'est une longue histoire...

— Et une magnifique librairie! Mais vous devriez la faire épousseter de temps à autre.

— J'ai déjà bien du mal à entretenir mon appartement au-dessus. De toute façon, la poussière sied aux vieux livres comme aux vieilles bouteilles.

— Ce sera long, la réparation de mon petit préféré?

— Je ne peux pas m'en occuper tout de suite.

— Rien ne presse. Je le sais en de bonnes mains.

Béatrice griffonna son numéro de téléphone au dos d'une carte de la librairie.

— Appelez-moi quand il sera prêt.

Lovelock glissa la carte dans une poche de son pantalon.

— Je vous offre un thé? Un café?

— Merci, je ne peux pas rester.

Visiblement déçu, il la raccompagna jusqu'à la porte.

— Navré que vous vous soyez dérangée. J'aurais pu venir le chercher.

— J'étais dans le coin. Je sors de chez le père Morton.

Lovelock s'arrêta court.

— Le père Morton!

— Vous le connaissez?

— De réputation. Puis-je vous demander la raison de votre visite à Saint-Xavier?

— Il était question de la bibliothèque de mon père.

Curieusement agité, la respiration courte et l'expression tendue, il demanda :

— Comment êtes-vous entrée en contact avec ce prêtre?

— C'est un proche de Giuseppe Antonelli, un ami de mon père. Il s'occupe d'un certain institut Duarte, où il aimerait recueillir les livres de Papa.

— Ça, je veux bien le croire!

— Selon lui, cet institut se spécialise dans les recherches philosophiques et la formation de la jeunesse. Vous le connaissez?

— De réputation, dit Lovelock toujours tendu.
— Que se passe-t-il? Qu'est-ce qui ne va pas?
— Rien, rien... Je ne veux pas vous retenir plus longtemps....
— Je sens que vous ne me dites pas tout.
— C'est simplement que...
— Que quoi? Parlez donc!
A contrecœur, Lovelock grommela :
— A votre place, je ne lui ferais pas confiance... Il ne vous a parlé que de la bibliothèque?
— En fait, je crois qu'il voulait surtout savoir si j'avais retrouvé le grimoire.
— Ce n'est pas le cas, j'espère?
Il semblait inquiet. La réponse négative de Béatrice eut l'air de le soulager. Agacée, la jeune femme le prit par le bras. Il frissonna.
— Monsieur Lovelock! Vous avez déjà fait des mystères à ce sujet l'autre fois. S'il y a quelque chose que je doive savoir à propos de ce livre, dites-le-moi, par pitié!
Il regardait la main de Béatrice sur son bras. Elle la retira. Il marmonna :
— Ne vous mêlez pas de cette histoire. Renoncez.
— Et si je ne veux pas?
— Moi, je ne veux pas m'en mêler!
Elle comprit qu'il n'en dirait pas davantage. Elle sortit rageusement. Il la raccompagna jusqu'au rez-de-chaussée et lui promit de s'occuper le plus tôt possible de son ouvrage. Les yeux dans ses yeux, il ajouta en lui serrant longuement la main :
— Faites bien attention à vous.

Elle partit sans se retourner, plus intriguée qu'effrayée, et décida de rentrer à pied. La marche lui ferait du bien et lui permettrait de réfléchir. Elle se demandait encore comment avait pu lui échapper ce commentaire inepte sur l'incapacité des femmes à cheval. Ce n'était pas des choses à dire à un prêtre!
Un moindre mal, quoi qu'il en soit, en comparai-

son des questions qu'elle se posait et qui étaient tout sauf convenables. Le père Morton avait-il connu des femmes ? Et Simon Lovelock ? Son amour des vieux livres, et le peu de soin qu'il attachait à son apparence physique, faisaient de lui le contraire d'un séducteur. Mais quand il lui avait tenu la main, il s'était passé quelque chose. Avait-elle été seule à le ressentir ?

Que signifiait cette obsession du sexe qui la hantait depuis peu ? La devait-elle à Luis Diaz ? Au succube du grimoire ? A l'aventure de son père avec Mary O'Shaunessy ? A la passivité de sa mère et à sa peur des hommes ? N'avait-elle pas, en rejetant Stephen, imité Liz O'Connell, que la passion n'avait sûrement jamais effleurée ? Une seule certitude aujourd'hui : il y avait en elle une « louve », une ténébreuse puissance, qu'il suffirait de peu pour activer.

Elle chercha son reflet dans la vitrine d'un magasin. Depuis sa rencontre avec Luis Diaz, elle se sentait davantage femme. Elle n'imaginait pas qu'elle pût être enceinte puisque, consciente des dangers de toute « brève rencontre », elle avait exigé de Diaz l'usage d'un préservatif. Non, son épanouissement ne pouvait venir de là. Il lui semblait plutôt qu'en donnant libre cours à ses désirs refoulés, son corps se fût gonflé de sève. Quant à ces désirs qui l'habitaient, ils orientaient indéniablement ses pensées.

Elle défit son chignon et secoua la tête, regardant dans la vitre ses cheveux cascader sur ses épaules. Elle n'avait pas oublié le moment où Diaz les avait défaits chez sœur Marléou et elle savait qu'elle ne résisterait plus très longtemps à l'envie de le revoir. Songeant à cette perspective, elle poursuivit sa route avec un incroyable sentiment de liberté. Ce qui ne lui était pas arrivé depuis des années.

A la maison, elle trouva Nellie, qui empilait les effets de John O'Connell dans de grands sacs destinés à la Croix-Rouge.

— Nellie ! Je croyais que vous aviez pris votre semaine...

— Mademoiselle Béatrice, vous m'avez fait peur. Je me suis dit qu'il était temps que je revienne vous aider. Vous avez vu le père Morton ?

— Comment savez-vous que je devais le voir ?

— Vous m'avez dit que vous alliez à Saint-Xavier ce matin. Que pensez-vous de lui ?

— Il a l'air très bien, dit Béatrice sans se compromettre.

Elle reprit dans l'un des sacs le pull-over en cashmere beige qu'elle avait offert à son père pour son dernier anniversaire, et le jeta sur ses épaules avant d'en nouer les manches sur sa poitrine.

— Celui-là, je le garde, Nellie. Il aimait tellement le porter que je ne pourrais m'en défaire.

Acquiesçant d'un signe de tête, la gouvernante reprit :

— Je suis sûre que cette entrevue avec le père Morton vous a réconfortée.

— Vous le connaissez donc si bien ?

— Pas vraiment. Mais je vais quelquefois à Saint-Xavier écouter ses sermons. C'est un excellent prêtre. Toutes mes amies sont du même avis.

Les amies de Nellie étaient de bonnes catholiques irlandaises, veuves pour la plupart et très dévotes. Curiosité ou taquinerie, Béatrice dit malicieusement :

— Il s'intéresse beaucoup à la bibliothèque de Papa !

La réaction de Nellie ne se fit pas attendre :

— Vous ferez bien de suivre ses conseils !

— L'ennui, c'est que je suis une mécréante.

— Je n'en serais pas si fière, à votre place. Vous ressemblez à votre père, Dieu ait son âme. Mais c'est votre mère que vous devriez imiter. C'était une sainte, et si attachée à notre Église.

Aux yeux de Nellie n'existaient au monde que deux catégories de personnes : les chrétiens, fidèles au dogme de leur Sainte Mère l'Église catholique, et les autres, les païens.

Les deux femmes continuèrent de trier les affaires de John O'Connell. Béatrice rangea dans un carton la montre et la pipe de son père, ainsi que ses diplômes, ses décorations et les vieux carnets d'ordonnances qu'il utilisait pour prendre des notes. De temps à autre, un objet la bouleversait plus qu'un autre, parce que plus intime : sa brosse à dents, une chaussette dépareillée, son rasoir, ses lunettes...

Un coup de sonnette les arrêta. Nellie descendit. Lorsqu'elle remonta, son expression béate persuada Béatrice que l'intrus devait être un ecclésiastique. Elle se trompait.

— Qui est-ce, Nellie ? Vous savez bien que je ne veux voir personne.

— Cette personne-là, vous allez la recevoir !

Le visiteur l'attendait dans la bibliothèque, debout à l'endroit où John O'Connell avait été tué. Quand Béatrice le reconnut, l'émotion la figea sur place.

— Stephen !

Il la prit dans ses bras et l'y serra un long moment.

— Comment va ma petite fée ?

Béatrice se mit à pleurer, reconnaissant que Stephen était resté le même. Toujours en jean et blazer, chemise ouverte et pieds nus dans des mocassins avachis. Il avait le sourire facile et la désinvolture de son père. Comme son père, il gagnait aisément la confiance des autres. Mais alors que le docteur O'Connell utilisait son charisme pour communiquer avec ses malades et mieux les guérir, Stephen ne se servait du sien que pour obtenir les informations dont il avait besoin pour ses reportages. Il expliqua, tandis qu'elle s'essuyait les yeux :

— Je viens seulement d'apprendre la nouvelle. J'étais au Pérou et en Colombie.

— Pour préparer quoi ?

— Un livre sur la drogue.

— Enquête facile, comme d'habitude !
— Qui ne risque rien...
Le danger avait toujours attiré Stephen. En tant que reporter, il avait couvert la révolte des Kurdes en Irak, vécu chez les rebelles d'Afghanistan, infiltré une bande de trafiquants d'armes en Floride. Puis il avait abandonné le journalisme pour se recycler dans l'ouvrage documentaire. C'est ainsi qu'un jour il avait engagé Béatrice pour qu'elle fît les recherches historiques nécessaires à la rédaction d'un ouvrage, qui allait devenir un best-seller, sur les luttes tribales et idéologiques dans les régions du golfe Persique. Ils étaient tombés amoureux l'un de l'autre.
— Laisse-moi te regarder, Béa. Toujours superbe !
— Non. Toi, en tout cas, tu n'as pas changé.
— Si, mais ça ne se voit pas. J'ai lu l'essentiel dans les journaux. La police a une piste ?
— Je ne crois pas.
— Qui est chargé de l'enquête ?
— Un inspecteur du nom de Frank Monahan. Il connaît son boulot. Mais il n'a encore rien trouvé.
— Tu m'en veux toujours ?
— Comment répondre ? Ce n'est pas si simple... Laisse-moi me faire à l'idée que tu es là.
— Viens t'asseoir...
Ils s'installèrent côte à côte sur le canapé.
— Quel choc ça a dû être ! Je sais à quel point tu étais proche de ton père. Je l'aimais beaucoup... C'était un sacré bonhomme.
— Et toi ? Qu'as-tu fait pendant tout ce temps ? A part risquer ta vie...
Il ne répondit pas. Il lui prit la tête entre ses deux mains, effleura ses lèvres...
Raidie sous son baiser, elle protesta :
— Ça rime à quoi ?
— Je ne sais pas. J'en avais envie.
— Après trois ans...
— Tu n'as pas vraiment changé, mais je te sens... différente.

Elle seule aurait pu dire à quel point elle était différente.

— Je suis épuisée, voilà tout. Le chagrin m'a lessivée. Rien de pire ne pouvait m'arriver... Pourquoi es-tu venu? Avec tant de retard!

— Je te l'ai dit, j'étais à Lima. Sur la trace d'un envoi de cocaïne à un agent de la CIA. Je suis rentré hier soir. Un ami m'a appris la nouvelle. Bon sang, Béa, tu sais bien que je t'aime et que je t'ai toujours aimée.

Il l'attirait contre lui. Elle se blottit au creux de son épaule, espérant y trouver le bien-être qu'elle y cherchait naguère. Mais la magie n'opérait plus. Elle se dégagea doucement et leva les yeux vers lui.

— C'est toi qui es parti, Stephen.

— A quoi bon revenir là-dessus?

— J'étais enceinte, te souviens-tu?

— Je me suis conduit comme un salaud, je le reconnais. Mais aujourd'hui, je voudrais que tu m'écoutes. J'avais peur d'avoir une famille, de me retrouver pieds et poings liés...

— Pour qui n'a pas peur de se faire tirer dessus...

— C'est une mort plus rapide.

— Amusant!

— Tu me reproches ta fausse couche. Je m'en veux aussi. Il ne se passe pas un jour sans que je regrette l'enfant perdu... Et le reste.

Il se recoiffa nerveusement. Sans résultat appréciable.

— Maintenant que le temps a passé... ne peux-tu trouver la force de me pardonner?

Elle s'écarta de lui, se leva et se mit à arpenter la pièce. Les dernières paroles de son père retentissaient en sa mémoire.

— Papa n'était pas plus fidèle que toi. Il a trompé ma mère. Il a aimé une autre femme.

— Qui te l'a dit?

— Lui-même, la veille de sa mort.

— Tu plaisantes!

— Je n'en ai pas envie, j'ai été si dure avec lui!

— Pourquoi sa confession ?

— Il s'inquiétait pour moi. Il craignait que je ne gâche ma vie à rechercher chez les autres une perfection qui n'existe pas. Il voulait m'aider. Je n'ai vu que sa trahison et je l'ai détesté.

— De qui s'agissait-il ?

— D'une infirmière. Quelqu'un de bien.

Elle lui retraça dans le détail sa rencontre émouvante avec Mary O'Shaunessy.

— Il ne saura plus que j'ai pardonné. Il est trop tard...

— Peut-être pas pour nous ?

— J'ai cru comprendre que ma mère n'était pas... portée sur la chose.

— Toi non plus, Béa !

Elle sursauta :

— Comment ça ?

— J'avais parfois l'impression que c'était pour toi une corvée.

— Alors, pourquoi m'avoir épousée ?

— Après notre rupture, mon psy m'a ouvert les yeux. J'étais à la recherche d'une « vraie » femme. Le syndrome de la « pute vierge », comme disent les réducteurs de tête. Tu m'attirais pour des raisons évidentes. Tu étais jolie, brillante et pleine d'humour. Catholique, bien élevée, innocente, tu correspondais à mon idéal. Je pensais qu'une fois mariée, tu te libérerais.

— Comment ça ?

— Que tu te montrerais moins réservée.

— Tu es en train de me dire que j'étais frigide ?

— C'est à peu près cela.

Elle haussa les épaules, pensant à Diaz.

— Tu as peut-être raison.

— Je ne me cherche pas d'excuses, mais j'ai senti que l'arrivée du bébé n'arrangerait rien. Et je ne me voyais pas continuer à vivre avec une femme qui me subissait, sexuellement parlant.

Béatrice réfléchissait, s'efforçant à l'objectivité.

— Alors pourquoi es-tu là ? Tu prétends m'aimer encore, mais si je suis à ce point... insuffisante.

— En agissant comme je l'ai fait, je ne nous ai donné aucune chance. Je sais maintenant ce que j'attends de la vie.

— C'est-à-dire ?

Ému, il la regarda droit dans les yeux :

— Toi ! C'est toi que j'aime et que je veux. Et je crois que nous sommes mûrs à présent pour tenter l'aventure une seconde fois.

Elle interrogea, provocante :

— Tu penses que tu saurais me faire perdre... ma réserve ?

— Oui, je le pense !

— Ce n'est peut-être pas impossible. Je ne me connaissais pas moi-même.

— Le sexe est une affaire sérieuse, Béa. Chacun doit y trouver son compte. Tu ne m'as pas dit si tu m'aimais encore.

— Je n'en sais rien. Une seule chose compte pour moi aujourd'hui : retrouver l'ordure qui a tué mon père.

— Laisse-moi t'aider.

— Mais ce livre que tu prépares ?

— Il peut attendre.

— J'ai besoin d'aide, c'est un fait. Mais j'ai besoin aussi de savoir...

— Quoi ?

— Tu as une liaison, actuellement ?

— Non. Je n'ai connu depuis trois ans que des aventures sans lendemain.

— Aucune n'a eu d'importance ?

— Pourquoi ces questions ?

— Je veux savoir.

— Une seule. Avec une journaliste de Boston. Ça fait plus d'un an que nous avons rompu. Et tu sais pourquoi ?

— Dis toujours !

Il rit silencieusement.

— Elle prétendait que je t'aimais encore. Elle n'avait pas tort. Et toi ?

Bien que le souvenir de Diaz vînt à nouveau la troubler, Béatrice répondit :

— Moi, je n'ai personne.
— Je te crois. Pourtant, il y a en toi...
Il s'interrompit :
— Bon, il ne s'agit pas de cela aujourd'hui. Je veux t'aider. Une façon comme une autre de racheter mes erreurs. Dis-moi comment les choses se sont passées.
— Sais-tu ce qu'est un grimoire ?
— Un livre de magie noire.
— Moi, je l'ignorais.
— J'ai dû faire un papier là-dessus un jour.
— Y a-t-il quelque chose que tu ne saches pas ?
— Vivre sans toi.
— Tu as toujours eu le sens de la repartie. Mais entendons-nous bien, Stephen. Si tu m'aides, c'est sans promesse de contrepartie, sans engagement de ma part.
— Mais sans préjuger non plus du lendemain. Le temps est le seul maître... Maintenant, raconte !
Béatrice lui résuma précisément l'affaire, depuis la visite d'Antonelli jusqu'à ses rencontres avec Simon Lovelock et le père Morton. Quand elle mentionna l'institut Duarte, il l'arrêta :
— L'institut Duarte... Voyons... J'en ai entendu parler ces temps-ci. Mais par qui ? Ça va me revenir. Continue.
— Peu de chose à ajouter, sinon que je me méfie de ce père Morton. Bien qu'il m'ait convoquée à propos des collections de Papa, j'ai eu l'impression qu'il ne pensait qu'à ce fameux grimoire.
Stephen haussa les épaules.
— Catholicisme et magie noire, c'est bonnet blanc et blanc bonnet. Il n'y a rien de surprenant à ce qu'il s'y intéresse.
— Lovelock n'a pas l'air de l'aimer non plus.
— Un personnage douteux lui aussi, non ?
— Je ne sais pas. Un curieux bonhomme assurément. Sans âge, gentil, excentrique. Il parle des livres comme de créatures humaines, il les appelle ses « patients », ses « malades »... J'aurais tendance à lui faire confiance.

— Je voudrais bien savoir qui m'a parlé de cet institut Duarte. De toute façon...

— Allons faire un tour, j'ai besoin de prendre l'air.

Ils sortirent et longèrent l'East River, suivant des yeux les bateaux qui passaient. Un énorme cargo-poubelle voguait paisiblement vers l'estuaire. Secouant la tête de dégoût, Stephen commenta :

— Penser que l'humanité va continuer à déverser ses ordures dans l'océan... jusqu'à ce qu'elle trouve un moyen de les expédier dans l'espace ! L'homme est vraiment l'animal le plus malfaisant qui soit. Je me demande ce qu'était ce pays avant... Si j'ai tant aimé l'Afghanistan, c'est parce que je m'y sentais dans un autre siècle. Mais tout change si vite.

— Le changement est-il aussi profond qu'on le prétend ? N'est-ce pas seulement « l'emballage » de la vie qui change ?

Béatrice s'accouda à la rambarde, les yeux perdus dans l'étendue d'eau miroitante.

— Je venais souvent me promener par ici avec Papa, quand j'étais petite.

Stephen essuya doucement les larmes qui perlaient aux yeux de la jeune femme.

— Je voudrais tellement pouvoir te rendre ce que tu as perdu.

— Je vais perdre la maison aussi. Je l'ai mise en vente.

— Pourquoi ne viendrais-tu pas habiter chez moi ?

— Dans ton trou à rat ? Merci bien. Je n'ai pas compris que tu l'aies gardé après notre mariage.

— C'est mon bureau.

— Ta garçonnière, tu veux dire !

— Faisons la paix, veux-tu ?

— D'accord. Je vais rentrer et finir de trier les effets personnels de Papa, avec Nellie. C'est un crève-cœur de retomber sur ses lunettes, ses stylos...

— Si je peux vous aider...

— Non... Rentre chez toi et tâche de te rappeler qui t'a parlé de l'institut Duarte, et ce qu'on t'en a dit. Appelle-moi.

Stephen l'embrassa sur la joue.

— Un baiser fraternel... en attendant mieux.

— Je suis heureuse de t'avoir revu.

— Comment te croire ?

— Je suis assez bête pour ça.

Elle sourit et lui caressa le menton, d'un doigt léger. Il répéta, l'air grave :

— Donne-moi une nouvelle chance. Tu n'auras pas à le regretter, cette fois.

— A bientôt, Stephen.

7

Sans qu'on lui eût rien demandé, Nellie tint à donner son avis. Selon elle, « Monsieur Stephen » n'avait pas changé. Il était toujours aussi beau garçon. Et s'il avait un peu maigri, c'était qu'il aimait encore sa femme.

— Vous devriez vous remarier et avoir un bébé, mademoiselle Béatrice. Ce n'est pas bon de rester comme ça. Il vous faut un mari et une famille. Votre mère le disait, et votre père aussi. Personne ne rajeunit, vous savez !

— Merci de me le rappeler !

Étant seule au monde, Nellie s'était toujours entichée des familles de ses employeurs à qui elle prodiguait sans supplément de salaire des conseils qui lui paraissaient indispensables. C'était à la fois attendrissant et agaçant. Nellie ne parlait jamais de sa propre vie. On savait seulement qu'elle avait été orpheline très jeune et qu'elle avait été élevée, ainsi que son frère aîné, dans un orphelinat catholique du comté de Cork. Ce frère qu'elle adorait était entré dans la Garde irlandaise pour y mourir dans un accident de la route, à l'âge de vingt et un ans. A son arrivée aux États-Unis, Nellie en avait vingt-quatre.

Elle était presque septuagénaire à présent et travaillait pour les O'Connell depuis près de dix ans. Béatrice savait que la mort de son père avait frappé la gouvernante presque aussi durement qu'elle-même. Elle savait aussi qu'elle s'en remettrait assez vite, car elle ne tarderait pas à accepter l'épreuve comme elle acceptait tous les deuils et chagrins de la vie, dans lesquels elle ne voyait que « la volonté de Dieu ». Nostalgique de la messe en latin, elle se rendait à l'église tous les jours, mangeait du poisson le vendredi, trouvait Vatican II trop libéral et priait pour les non-catholiques.

Il ne resta bientôt plus à vider que le panier à linge de la salle de bains, où John O'Connell avait déposé la veille de sa mort ses effets sales.

— On les ajoute au reste, ou on les lave avant de les donner? demanda Nellie

— Ce serait mieux de les laver.

La gouvernante gloussa :

— Comme si ces gens-là allaient voir la différence!

— Tout est dans la façon de donner, répondit Béatrice, surprise du manque de charité de la gouvernante... Mais il se fait tard. Vous verrez ça demain.

— Demain matin, je vais faire dire une autre neuvaine pour le repos de votre père.

— En attendant, je vais mettre tout ça dans la machine.

Sur le point de sortir, Nellie marqua une pause.

— Dieu l'a voulu ainsi. Ses voies sont impénétrables.

— Je vais essayer de m'en souvenir, Nellie.

Dès qu'elle fut seule, Béatrice, le cœur serré, retourna le panier d'osier. Au milieu du linge qu'elle voulait trier avant de le mettre en machine, elle aperçut un objet noir. Elle le ramassa. Ses mains tremblaient.

— Seigneur Dieu ! Le grimoire !

Elle le contemplait sans y croire. A l'intérieur, elle trouva la lettre du patient de son père et un billet de dix dollars, montant du pari qu'ils avaient fait ensemble. Sans réfléchir, elle composa le numéro de Stephen et laissa sur son répondeur un message demandant qu'il rappelle. Puis elle déposa le grimoire dans sa chambre, prit un bain, enfila un peignoir et, bien qu'il fût encore très tôt, se glissa dans son lit.

Le livre lui parut beaucoup moins inquiétant qu'en son souvenir. La pensée que son père ait pu être assassiné à cause de cette « bizarrerie », comme disait Antonelli, lui semblait ridicule. Seules les gravures suggestives du cahier central étaient toujours impressionnantes. En particulier celles qui dépeignaient la transformation d'une femme attirante en un succube aux crocs acérés et aux griffes sanglantes.

De nouveau, Béatrice vit dans l'allégorie l'expression de la crainte primitive du mâle face à la sexualité de la femelle. Tentatrice et dévoreuse, la femme était l'incarnation du mal. Alors qu'elle se remémorait, non sans sourire, le « syndrome de la pute vierge », le téléphone sonna. Elle bondit, souhaitant que ce fût Stephen. C'était bien lui, il venait de trouver son message... Elle l'interrompit :

— Devine ce que je suis en train de regarder !

— Un porno, et tu as besoin de compagnie...

— Tu y es presque. Un porno vieux de plusieurs siècles. Je viens de retrouver le grimoire !

— Où ça ?

— Dans le panier de linge sale. Avec les dix dollars que nous avions pariés, Papa et moi. Il l'y a donc caché après qu'Antonelli l'eut rappelé le lendemain.

— J'arrive.

— Non, je suis couchée.

— Raison de plus.
— Stephen !
— Quel mal y a-t-il à rêver ? Figure-toi que moi aussi j'ai des nouvelles ! De ton ami Lovelock, d'abord. Tu connais une librairie qui se trouve au coin de Columbus Avenue ?
— Oui.
— Le propriétaire est un de mes vieux copains, Fred Viner. Il connaît Lovelock. Il paraît que c'est un drôle de type. Ancien jésuite. Fred ne sait pas s'il a été viré de l'ordre ou s'il a défroqué. Mais attends la suite : Lovelock a travaillé à la Bibliothèque vaticane.
— Non ?
— Il était chargé de produire des fac-similés coûtant une fortune. Livres d'Heures, bibles illustrées, bref, toute la panoplie pour les amateurs de bondieuseries. Fred l'a connu en lui passant commande pour un de ses clients. Lovelock est rentré à New York il y a six ans et a ouvert sa librairie de sciences occultes. Il paraît qu'il est imbattable dans cette spécialité. Qu'est-ce que tu dis de ça ?
— Je dis qu'on va aller voir Lovelock demain matin pour lui montrer le grimoire.
— Tu ne veux vraiment pas que je vienne ?
— Non. Ou tu respectes mes volontés, ou...
— Pas un mot de plus ! Mais demain, je carillonne à la première heure.
— Stephen...
— Oui ?
— Si j'étais la vierge, qui était la pute, la fille avec qui tu es parti ?
— La « pute vierge », c'est une métaphore, Béa. Un raccourci pour désigner un fantasme, comprends-le.
— Bonne nuit, Stephen. A demain.
Elle raccrocha, plaça le grimoire sous une pile de livres sur sa table de chevet et sombra dans le sommeil.

Le lendemain, pour la première fois depuis des

années, Béatrice soigna sa toilette et son maquillage. Elle appliqua sur son visage une légère couche de fond de teint, de quoi avoir une mine resplendissante, et s'aspergea d'eau de Cologne. Elle ressortit une des robes moulantes et décolletées auxquelles elle avait renoncé. Par chance, la robe lui allait encore. Bien qu'ayant négligé son apparence physique depuis son divorce, elle avait au moins gardé la ligne. Pour finir, elle adopta la coiffure que Stephen préférait : les cheveux crêpés en auréole autour de la tête.

Il sonna à la porte alors qu'elle descendait, le grimoire à la main.

— Bonjour, madame ! Voilà pour vous.

Il lui tendait un bouquet de fleurs des champs.

— Oh ! Des mauvaises herbes ! Comment sais-tu que je les aime ? s'exclama-t-elle pour le taquiner en lui déposant un léger baiser sur la joue.

Il riposta :

— Désolé, il n'y avait rien d'autre chez le marchand de fruits du coin !

Elle prit le bouquet et lui remit le grimoire.

— Entre, je vais leur chercher un vase pendant que tu jettes un œil là-dessus.

Quelques minutes plus tard, en arrangeant les fleurs :

— Alors ? Qu'en penses-tu ?

— Que j'aurais dû t'apporter des fraises. Elles étaient plus fraîches que le bouquet !

— Je ne parle pas des fleurs !

Stephen s'assit à la table de la cuisine et maugréa :

— Dommage que je lise si mal le français.

Béatrice prit un peu de recul pour admirer son œuvre.

— Et voilà ! Un peu fanées, sans doute, mais personne n'y échappe !

— Tu n'aurais pas un peu de café ?

— Je vais en faire. Après ça, on file chez Lovelock.

— Voyons ce qu'on peut en tirer, d'abord...

Cessant de le feuilleter au hasard, Stephen posa le livre sur la table et l'ouvrit à la première page.

— Commençons par le commencement. Page un. Qu'est-ce qui te reste de ton latin ? « *Videmus nunc per...* »

— « Car à présent, nous voyons à travers le miroir, vaguement, mais désormais face à face. »

Elle versa le café moulu dans la cafetière avant de continuer :

— C'est une citation de saint Paul. Antonelli dit qu'il s'agit probablement d'une mystification de l'auteur pour faire croire à un ouvrage religieux.

— Tu te souviens du film de Bergman, *A travers le miroir,* que tu as fui avant la fin ?

— Je n'ai pas fui !

— Et comment ! On a quitté la salle au moment où l'hélico ressemble à une araignée et on est rentré faire l'amour comme jamais on ne l'avait fait de toute notre vie.

— A t'écouter, ce fut plutôt rare. Je devrais m'en souvenir.

— Ne sois pas vexée.

— Je ne le suis pas. Je me demande seulement si j'ai pu, si je peux être capable d'une telle prouesse.

— Le meilleur moyen de s'en assurer...

Elle leva les yeux au ciel et brancha la bouilloire. Il fit semblant de bouder :

— On pourrait tout de même flirter un peu !

— Stephen, on a autre chose à faire.

— Alors pourquoi t'être pomponnée et parfumée... et pourquoi cette robe ? Tu l'appelles comment, ton parfum ?

Elle dit sans rire :

— « Eau repoussante ».

— C'est raté.

— Tourne donc la page !

Il obéit et ânonna :

— « Grimoire du pape Honorius avec un recueil des plus rares secrets. A Rome. MDCLXX. » 1670, c'est bien ça ? Viennent ensuite un drôle de petit dessin, une étoile à cinq branches dans un cercle avec une demi-lune. Plus quelques lions.

Passant à la page suivante, il poursuivit sa lecture laborieuse. Incapable d'en supporter davantage, Béatrice lui reprit le grimoire et lut sans la moindre hésitation le début du premier paragraphe : « Constitutions du pape Honorius le Grand, où se trouvent les conjurations, recettes qu'il faut faire contre les Esprits des ténèbres... »

Stephen l'interrompit :

— Traduction simultanée, s'il te plaît ?

Elle s'exécuta :

— « Le Trône apostolique à qui les clefs du Royaume de Dieu ont été données par ces mots de Jésus à saint Pierre : "Je te donne les clefs du Royaume de Dieu", le seul pouvoir de commander au Prince des Ténèbres et à ses Anges qui, en tant que serviteurs de leur maître, doivent honneur, gloire et obéissance, par ces autres mots de Jésus Christ : "Tu serviras ton seul maître, par le pouvoir des clefs de l'Église, tu as été fait Seigneur de l'enfer." »

Stephen gémit, les yeux ronds :

— Mais que signifie ce charabia ? Que le pape a été fait seigneur de l'enfer par la grâce de ce bouquin ?

— Je n'en ai pas la moindre idée. Regarde donc ça.

Elle lui tendit le livre ouvert aux pages centrales. Il commenta, égrillard :

— Je préfère mes succubes à moi. Elles sont nettement mieux roulées... Il n'y a qu'à te regarder.

— Tais-toi et vois plus loin.

Il ouvrit le livre à la dernière page.

— Table... Avec deux affreux petits démons sur la barre du T. Table des matières ?

Béatrice approuva d'un signe de tête et reprit le grimoire.

— Page 2 : « Bulle du même pape, où se trouvera

la manière de donner à cet ouvrage la force de contraindre les Esprits et de les faire obéir. »

— Une bulle papale! Voyez-vous ça!

— Je me demande qui était ce pape Honorius III.

— Probablement un pape détesté.

— Je saute des passages... « Conjuration universelle... Conjurations des Démons... Conjurations des Morts... Conjuration du Livre... »

— Reporte-toi à cette page...

— Page 21. Je lis : « Conjuration du Livre... Je te conjure, Livre, d'être utile et profitable à tous ceux qui te liront pour la réussite de leurs affaires... »

— Laisse-moi te dire...

— Oui?

— Tu es très en beauté. Je suis heureux d'être là.

Il se leva pour servir le café. Elle le suivit des yeux, un peu gênée. Son ton et son attitude enfantine la déconcertaient. Elle continua :

— « Je te conjure, par la vertu du sang du Christ présent chaque jour dans le calice, d'être utile à ceux qui te liront. Je t'exorcise au nom de la Sainte Trinité. »

— C'est tout? Reprends la table des matières.

— Voilà... « Conjurations pour les jours de la semaine : lundi, mardi, mercredi », etc. « Pour les maux de gorge, les maux de tête, les trésors cachés... »

— Traduis-nous celle-là.

Béatrice se reporta à la page indiquée, parcourut des yeux le texte et s'esclaffa :

— Voilà qui va te plaire... « Prendre le cerveau d'un coq, de la poudre prélevée dans un cercueil, de l'huile de noix et du suif de chandelle. Les mélanger intimement et les envelopper dans un parchemin vierge sur lequel seront inscrits les mots *Trinitas, Omnipotens, Deus, Aeternus, Summum bonum infinitas, Amen,* ainsi que le petit dessin ci-contre »... Regarde ce dessin.

Il s'agissait d'un triangle, d'un pentacle et d'un œil irrégulièrement juxtaposés à l'intérieur d'un cercle. Haussant les épaules, Stephen bougonna :

— Ensuite !

— « Brûler le mélange et de grands prodiges vous seront révélés. Attention : cette recette ne doit pas être réalisée par des gens craintifs. »

— Ou intelligents !... En parlant de brûler...

Béatrice se précipita pour débrancher le grille-pain qu'elle avait oublié. Elle jeta dans l'évier les tranches carbonisées. Stephen se reversa du café.

— Je me demande si ce n'est pas là un avertissement... Bon, oublions les toasts et voyons le reste.

— « Conjuration pour faire danser une fille nue », ça te va ?

— Plutôt deux fois qu'une !

Béatrice le regarda, l'air réprobateur, et psalmodia :

— « Écrire sur un parchemin vierge l'initiale du prénom de la fille à l'aide d'un croc de bête sauvage trempé dans du sang de chauve-souris. L'enrouler autour d'une pierre bénie et poser la pierre sur un missel. Enterrer la pierre sous la porte par laquelle passe la personne. A peine aura-t-elle fait ce trajet qu'on la verra entrer en transes, se déshabillant entièrement, et dansera jusqu'à sa mort, si l'on n'ôte pas le caractère, avec des grimaces et des contorsions qui font plus de pitié que d'envie. »

— Je vais de ce pas chercher une pierre, un parchemin et une chauve-souris qu'on voie ce que ça donne !

— Tu n'es pas sérieux.

— Au contraire ! Faire danser les filles nues, guérir ses migraines et ses angines, ça n'a rien d'effrayant.

Béatrice commençait à perdre patience :

— Mais regarde les gravures ! La femme, surtout. Représentée d'abord en sublime tentatrice, puis en séductrice maléfique, sous la forme de cet horrible succube !

Stephen haussa les épaules.

— C'est souvent ainsi dans la vie, non ?

— Et c'est ainsi que les hommes voient les femmes !

— Tex Avery entre autres...

Stephen referma le livre et le plaça cérémonieusement sur la table. Puis il prit Béatrice dans ses bras et, lui parlant presque paternellement :

— Béa, ce grimoire pourrait figurer dans le *Guinness des Records* à la rubrique « Œuvre la plus ridicule jamais écrite ». Cependant, compte tenu du nombre de personnes intelligentes qui semblent s'y intéresser, je veux bien réserver mon jugement jusqu'à ce que l'on en sache davantage. Et puisque nous ne sommes qualifiés ni l'un ni l'autre pour estimer cet ouvrage à sa juste valeur, je pense que Lovelock est notre homme.

Il se leva et se mit à marcher de long en large, épaules relevées et mains enfoncées dans les poches de son jean.

— Ce qui rend les échanges difficiles entre hommes et femmes, c'est qu'ils ne réagissent pas de la même façon aux tentations du sexe. La plupart des mâles y succombent et réfléchissent ensuite. Question d'hormones !

— Autrement dit, la fidélité masculine est un leurre ?

— Pour ceux qui sont dominés par leur libido, le problème n'est pas de savoir s'ils seront infidèles, mais quand ils le seront... Quitte à provoquer l'occasion.

— Dans ces conditions, on se demande comment le mariage peut encore exister. Sans parler des risques de contagion. Comment vivre avec quelqu'un en qui on n'a pas confiance ?

Stephen secouait la tête, mais son apparent désespoir était plus comique que pathétique.

— Là est le problème ! Avec les meilleures intentions du monde, n'importe qui peut faire un faux pas, ou deux, ou douze ! Puis culpabiliser avant de s'acheter une conduite. D'autres se contentent de se taire et récidivent à la première occasion. J'en connais qui mènent une double vie et s'en accommodent ! Je ne pourrais pas. Mais je ne sais pas non plus si je pourrais être fidèle toute la vie. Même à toi. Le quotidien émousse la passion... Tu m'en veux de parler ainsi ?

— Non, je te comprends.

Il recula d'un pas pour la regarder attentivement.

— Voilà qui est nouveau !

Elle plaisanta :

— Oui, ça vient de sortir !

— C'est à une meilleure compréhension de la sexualité masculine que t'ont menée tes recherches ?

— De la sexualité féminine, plutôt.

— Elle est si différente.

— Peut-être pas tant que tu le crois.

— Oh ! que si. Même si l'occasion s'en présente, aucune femme ou presque ne suivra un inconnu...

Béatrice objecta courageusement :

— Rien n'est moins sûr.

— Tu le pourrais, toi ?

Elle ne répondit pas.

— Béa ! Je sais que tu ne pourrais pas. Je te connais !

— Je croyais aussi me connaître.

Incrédule, il dit sur un ton faussement détaché :

— Non, pas toi !

Puis, d'une voix méconnaissable :

— Avec qui ?

— Un travailleur social que j'ai connu en faisant des recherches sur la Santeria. Il s'appelle Luis Diaz.

— Tu plaisantes !

— Non. Ça te choque ?

— Oui, je crois que oui.

— Moi aussi. En fait, Diaz m'a révélé la part inconnue de moi-même que ni toi ni moi n'avions explorée. Parce qu'elle ne m'intéressait pas, diras-tu. Moi, je pense que c'est toi qu'elle n'intéressait pas.

— Que veux-tu dire ?

— Que les filles dites convenables n'étant pas

censées éprouver certaines sensations, tu avais peur de me les faire connaître.

Stephen s'éclaircit la gorge.

— Comment était-il ?

— Porté sur la chose. Jusqu'à la violence.

— Seigneur ! Il t'a fait mal ?

— Oui. Mais pas plus que je ne le désirais. Moi aussi, je lui ai fait mal. Au fond de moi, il y a aussi de la violence, Stephen. Une violence inemployée.

— Je ne peux même pas t'imaginer dans ce rôle.

— C'est un tort. Veux-tu savoir qui je suis vraiment ?

— Je t'écoute.

— Elle !

L'index de Béatrice désignait le succube déchaîné du grimoire. Stephen protesta faiblement :

— Tu es tellement plus jolie !

— Elle n'est affreuse que parce qu'elle représente la façon dont vous, les hommes, voyez les femmes qui osent vivre leur sexualité comme vous. Cette audace menace votre virilité. Vous vous en défendez en en faisant une monstruosité.

— Les femmes ne se rendent pas compte du pouvoir qu'elles ont sur les hommes.

— Un pouvoir limité dans le temps. A plus de soixante-dix ans, un homme peut encore fonder une famille. C'est peut-être pour ça que nous prenons vos trahisons tant à cœur.

— Vous êtes tellement plus fortes que nous.

— Tu le crois vraiment ?

— Vous êtes le mystère. Votre corps est magique. Vous saignez sans blessure. Vous suivez les phases de la lune. Vous donnez la vie... Tant de pouvoirs...

— Et vous avez peur qu'on vous prive des vôtres ?

— Peut-être...

— Ces gravures ne disent pas autre chose, Stephen. Elles traduisent la peur de l'homme face à la femme qui se transforme en démon pour le réduire à l'impuissance.

— Il se peut qu'on ait peur de vous...
— Le *vagina dentata,* n'est-ce pas ?
— Le vagin qui peut mordre. Une image forte !
— Les hommes craignent les femmes, et les femmes envient les hommes ! Pas étonnant que tout aille si mal entre nous...

Béatrice s'écarta de la table sur laquelle reposait le grimoire ouvert. Stephen lui prit le visage entre ses mains et l'embrassa tendrement sur la bouche.

— Dieu sait si je regrette le mal que je t'ai fait, Béa...
— Je regrette aussi ce qui nous est arrivé. La perte du bébé, surtout...

L'émotion de Stephen la gagnait. Une émotion douce, issue de la mémoire plus que de la passion. Un retour à des eaux paisibles que ne tourmentait plus le désir. Si Diaz avait éveillé sa « louve », Stephen ne semblait pas près d'y parvenir. Dans un souffle, il proposa :

— Si on faisait l'amour...

Elle plongea ses yeux dans les siens. Elle aurait aimé pouvoir répondre à son désir, mais il était trop... civilisé. Et elle avait envie d'autre chose que de civilisation. Elle se dégagea :

— Pas maintenant, Stephen. Allons voir Lovelock.

8

Le nez en l'air devant la boutique, ils attendaient que Lovelock leur ouvre la porte. Stephen ne put s'empêcher de revenir à ce qui l'intriguait le plus :

— Raconte-m'en un peu plus sur ce Luis Diaz, Béa.
— Ce n'est pas un sujet de conversation.
— J'aimerais savoir comment m'y prendre avec toi.

Il la dévorait du regard.

— Je veux qu'on se retrouve, tous les deux.

Elle leva la main pour lui caresser la joue.

— Donne-moi le temps de me retrouver moi-même.

Dès qu'elle entendit le déclic de la serrure, Béatrice poussa le battant et Stephen la suivit dans le couloir sombre. Lovelock les attendait sur le palier du premier, vêtu de noir selon son habitude.

— Bonjour, monsieur Lovelock. Je vous présente un ami, Stephen Carson. Stephen, je te présente Simon Lovelock.

Intuitive, la jeune femme sentit tout de suite que la présence de Stephen agaçait Lovelock. Mais il s'effaça courtoisement pour les laisser entrer. Le capharnaüm organisé de la boutique éveilla l'intérêt de Stephen. Lovelock s'excusa d'assez mauvaise grâce :

— Je n'ai pas encore eu le temps d'ausculter à fond votre *Roman de la Rose.*

— Ce n'est pas pour cela que nous sommes venus.

— Alors, que puis-je faire pour vous ?

— J'ai trouvé le grimoire.

Lovelock ne broncha pas. Mais il y eut un long silence avant qu'il ne reprît :

— Où l'avez-vous trouvé ?

— Mon père l'avait caché dans un panier à linge.

— Vous l'avez apporté ?

Béatrice tira de son sac le petit livre qu'elle tendit au libraire. Lovelock s'en saisit et le posa à plat sur la table de lecture, devant la baie vitrée. Sous les yeux de Stephen et de Béatrice qui l'observaient sans mot dire, il feuilleta l'ouvrage, lentement, méthodiquement. Dès qu'il eut tourné la dernière page, il s'enquit à mi-voix :

— Que voulez-vous savoir au juste ?

Stephen grogna dans un haussement d'épaules :

— Tout ! A quoi rime ce fichu bouquin ?

Béatrice rappela :

— Monsieur Lovelock, quand vous êtes venu chez moi et que je vous ai parlé du grimoire, j'ai eu l'impression que vous alliez m'en dire davantage à son sujet. Et vous vous êtes ravisé... Quand nous nous sommes revus, ma rencontre avec le père Morton et sa curiosité concernant le grimoire ont paru vous inquiéter. Je crois que vous en savez beaucoup plus long que vous ne voulez en dire. Est-ce que je me trompe?

Lovelock ferma les yeux, plissant les paupières comme si la question lui était pénible :

— Non, vous ne vous trompez pas.

— Dites-nous ce que vous savez.

Allumant une cigarette, Lovelock fit asseoir ses visiteurs en face de lui, de l'autre côté de la longue table, et, toujours murmurant :

— Que savez-vous des grimoires?

— Rien, en dehors de ce qu'Antonelli nous en a dit, à mon père et à moi.

— A savoir que ce sont essentiellement des traités de magie noire? Les trois plus célèbres sont le *Grimorium Verum,* traduit de l'hébreu d'après les mémoires du roi Salomon, dit-on, et publié en 1517; le *Grand Grimoire,* publié par Antonia del Rabina, également fondé sur les écrits de Salomon si l'on en croit la légende; et le grimoire du pape Honorius III — le pape hérétique —, qui prétend nantir de la caution papale les sorciers, les jeteurs de sorts et autres nécromanciens.

Béatrice souligna :

— Le nôtre!

— Exactement. Il en existe bien d'autres. Leur but est d'invoquer diables et démons pour se servir d'eux et découvrir des trésors cachés que leur inventeur consacrera ensuite aux meilleures causes. Mais, avant de pouvoir exploiter un grimoire, il faut jeûner, prier et pratiquer les rites de l'Église. C'est pourquoi la plupart d'entre eux se donnent dès les premières pages des airs de livre saint. Aucun esprit rationnel ne saurait les prendre au sérieux tant leur contenu est ridicule.

Stephen ricana :

— C'est le moins qu'on puisse en dire !

— Sans doute. Mais nombreux sont ceux qui prennent les grimoires au sérieux.

— Qui, par exemple ?

Irrité par les interventions de Stephen et par son scepticisme, Lovelock rétorqua sèchement :

— J'allais y venir ! Au cours des cinquante dernières années, en fait depuis la guerre, l'intérêt suscité par les grimoires n'a cessé de croître, comme le goût pour l'occulte d'une façon générale. Les ouvrages les plus importants sont devenus introuvables. En dix ans, un ou deux seulement ont été mis en vente, et les enchères sont montées très haut. Ce genre d'ouvrages est hors de portée de courtiers ordinaires tels que moi. Le bruit court que votre ami Antonelli achète tout ce qui se présente sur le marché. Pour le compte d'un de ses bons clients.

Béatrice confirma, méprisante :

— Ah ! oui. Le fameux client...

— Les courtiers qui ne peuvent suivre les ventes aux enchères recourent à des sources privées. Voilà environ sept ans, j'ai entendu parler d'un grimoire figurant dans une collection de livres anciens, en France. J'ai sauté dans le premier avion et j'ai pris contact avec le vendeur. Malheureusement, je suis arrivé trop tard.

— Un autre acheteur vous avait précédé.

— Non, mademoiselle. Le propriétaire du grimoire était mort dans d'étranges circonstances et l'ouvrage s'était volatilisé.

Retrouvant instinctivement une habitude du passé, Béatrice posa sa main sur le bras de Stephen. Elle surprit la réaction agacée de Lovelock, qui dut s'éclaircir la gorge avant de continuer :

— Il y a trois ans, Jeffreys, un de mes confrères et ami, m'a conté une histoire semblable. Il revenait d'Angleterre, où il devait acheter un grimoire à une vieille famille aristocratique. A son arrivée là-bas, le vieux lord était mort et l'ouvrage avait disparu.

— Seigneur Dieu !

— Ce n'est pas tout. J'avais l'habitude de travailler avec Jeffreys. Un jour, il me téléphona pour m'annoncer qu'il avait déniché un grimoire fort rare en Pennsylvanie et me demander si j'étais disposé à le prendre en dépôt dans ma boutique. Comme cela représentait une assez jolie somme, je lui ai dit que je désirais le consulter auparavant. Nous sommes convenus d'un rendez-vous. Il n'y est pas venu.

— Pourquoi ?

— Parce que, sans raison explicable, sa voiture est tombée dans un marais du haut d'un pont. La police n'a retrouvé son corps qu'un mois plus tard.

Horrifiée, Béatrice chuchota :

— Et le grimoire ?

— Escamoté, évidemment. Il ne figurait même pas sur les registres de Jeffreys.

Béatrice et Stephen échangèrent un regard. Lovelock alluma une nouvelle cigarette.

— Quand mon père vous a prié de venir le voir...

— J'ignorais ce qu'il me voulait. Mais quand vous m'avez appris sa mort violente et la disparition du grimoire...

— Qu'est-ce que cela signifie ? Qui peut être derrière tout cela ?

Lovelock abattit sa main droite sur le petit livre posé devant lui.

— Je le répète, ce grimoire est l'un des plus précieux, sinon le plus précieux de tous. Une sorte de référence dans le monde de l'occultisme. J'en ai entendu parler pour la première fois quand je travaillais à Rome dans les années 60. Un de mes amis, très au fait de ces choses, m'avait dit que Pie XII avait possédé un tel grimoire. Plusieurs personnes étaient en mesure de l'attester car elles avaient vu l'ouvrage et pouvaient le décrire. Mais, au cours de la Seconde Guerre mondiale, il a disparu sans laisser de trace.

Convulsivement, Béatrice ouvrit son sac à main.

— Mon père l'a reçu d'un de ses patients qui l'avait trouvé pendant la guerre ! J'ai là sa lettre.

Elle la tendit à Lovelock, qui la lui rendit après l'avoir lue attentivement.

— C'est bien ce que je pensais. Il ne peut s'agir que du même grimoire.

— Mais pourquoi est-il si important ?

— Il y a deux écoles. Les zélateurs de l'occulte croient que le livre renferme la formule, égarée depuis la nuit des temps, qui permettait au roi Salomon de réaliser l'opération de sorcellerie la plus difficile de toutes : l'évocation des morts. Des esprits plus pragmatiques ou moins portés sur la magie, si vous préférez, pensent qu'il contient la clef d'un fabuleux trésor.

— Quel trésor ?

— D'après l'opinion la plus communément admise, il s'agirait de la carte codée de Jacques de Molay menant au trésor des Chevaliers du Temple, la célèbre organisation militaire et commerciale du Moyen Age.

Exaspéré par l'intérêt manifeste que Lovelock portait à Béatrice, Stephen commenta, sarcastique :

— Militaire, c'est connu. Mais commerciale... c'est une façon curieuse de parler des Templiers !

Du même ton didactique, Lovelock riposta :

— Défenseurs des pèlerins en Terre sainte, les Templiers en sont arrivés à gérer une énorme entreprise commerciale, avec succursales dans la majeure partie de l'Europe occidentale. La chrétienté, en ce temps-là, était une affaire de gros sous.

— En ce temps-là seulement ? ironisa de nouveau Stephen.

— Sur ce point, nous sommes d'accord, concéda Lovelock.

— Qui était Jacques de Molay ?

— Jacques de Molay, mademoiselle O'Connell, était le Grand Maître de l'ordre du Temple, un ordre fondé au début du XIIe siècle. A ce titre, il en administrait la trésorerie à laquelle tous les chevaliers contribuaient régulièrement. Les Templiers se servaient de cette immense fortune pour propager leur foi... et leurs négoces. Mais Molay avait deux ennemis, puissants et dangereux. Philippe IV le Bel, jaloux du pouvoir et de la richesse des Templiers, et le pape Clément V, qui craignait leur influence toujours croissante. Désireux de les ramener sous la férule de l'Église, Clément V s'entendit avec Philippe le Bel pour abattre Molay et interdire l'ordre du Temple. Molay fut arrêté, inculpé d'hérésie, torturé et finalement brûlé en 1314 à Paris. En France, et partout où ils s'étaient implantés, les Templiers furent persécutés, torturés, exterminés. Leur fortune personnelle, dûment confisquée, échut à parts égales au roi Philippe et au pape Clément. Mais avant de mourir, Molay avait pu donner du fond de son cachot l'ordre de cacher le grand trésor des Chevaliers du Temple. Un trésor qui, depuis des siècles, reste un merveilleux sujet de légende.

Incrédule, Béatrice s'exclama :

— Après six cents ans ? Il faut être idiot pour y croire encore. Pardon, monsieur Lovelock, j'espère que...

— Je n'ai aucune opinion là-dessus. Mais souvenez-vous que *l'Iliade* a passé pour fiction jusqu'à ce que Schliemann la prenne au sérieux et découvre Troie. Même chose pour le Machu Picchu, qu'un ethnologue, Hiram Bingham, a fini par trouver. Tout ce qui est fantastique n'est pas obligatoirement faux. Les vieilles légendes contiennent souvent davantage de vérité qu'on ne l'imagine.

Vaguement ébranlé, Stephen intervint :

— Vous dites que ce grimoire est censé receler une carte ou une marche à suivre pour accéder au trésor des Templiers ?

— Ce n'est pas moi qui le dis, mais le grimoire. Si vous regardez de près les gravures sur bois, vous y verrez un thème récurrent : celui de l'épée inversée, emblème des Chevaliers du Temple. Il n'y a pas de noms sur leurs tombes. Rien d'autre que cet emblème.

S'emparant du livre, Stephen s'absorba dans l'examen des gravures et reconnut à contrecœur :

— C'est exact. Regarde, Béa. Là, et là... un peu partout.

— Mais ce n'est pas le seul exemplaire existant ? Même si c'est l'un des grimoires les plus célèbres, il n'est pas forcément unique.

— Tous les grimoires sont uniques. Il n'en existe pas deux exactement semblables. Leurs reliures sont différentes et chacun d'eux contient des pages, voire des annotations manuscrites, que l'on ne retrouve pas dans les autres. Celui d'Honorius III, que vous possédez, est le seul à comporter la citation de saint Paul en exergue. Preuve, soit dit en passant, qu'il recèle un code secret.

Béatrice leva la main.

— Admettons-le. Et son autre signification possible ? Ésotérique et magique ? Y a-t-il aussi des gens pour y croire ? Êtes-vous de ceux-là ?

— Oui à la première question. Beaucoup y croient... Pour répondre à votre seconde question, je me servirai d'une citation de Shakespeare : « Il y a plus de choses dans le ciel et la Terre que n'en contiennent toutes vos philosophies. » Puis-je vous faire remarquer que vous passez à côté de l'essentiel ? Comme tous ceux, d'ailleurs, que ce livre intéresse jusqu'à l'obsession !

— Que voulez-vous dire ? demanda Béatrice.

Penché en avant et d'un ton agressif, Stephen répéta :

— Oui, que voulez-vous dire au juste ?

— Que le vrai problème n'est pas de savoir si ce grimoire contient des formules magiques ou la carte d'un trésor, ni même si des hommes sont prêts à tuer pour entrer en sa possession, mais ce que le pape Pie XII, guide spirituel de l'Église catholique et porteur de la parole de Dieu en ce monde, pouvait bien trouver à ce traité de magie noire.

Un frisson glacé parcourut Béatrice. De plus en plus ébranlé, Stephen pencha la tête de côté. Lovelock continua de tirer sur sa cigarette. Après une pause, Stephen se fit une fois de plus l'avocat du diable :

— L'histoire de l'Église et celle de la magie noire ont toujours été intimement liées... Ce livre figurait simplement dans la bibliothèque papale, parmi des tas d'autres !

— Avouez qu'il est tout de même insolite de trouver un tel ouvrage dans la bibliothèque personnelle d'un pape ! Un grimoire ! C'est-à-dire un manuel de travaux pratiques dicté par l'Ennemi.

— L'ennemi ?

— L'Ennemi avec un E majuscule. Les grimoires sont censés être l'œuvre du diable. L'Église a passé plus de mille ans à démasquer ces livres et à les détruire ainsi que leurs auteurs, leurs serviteurs et leurs pratiquants. Comme monsieur Carson le fait remarquer, les relations entre l'Église et la magie noire ont toujours été étroites. On en a pour preuve l'Inquisition.

— Mais ça remonte à des siècles !

Lovelock souriait à Béatrice :

— Vraiment ? Et Salem ?

Stephen protesta :

— Il y a toujours eu des chasses aux sorcières. Mais, de nos jours, l'idée qu'on se fait du bien et du mal n'est plus aussi manichéenne !

Un peu dépassée par la tournure que prenait la conversation, Béatrice renchérit :

— La vie est tellement plus complexe que jadis. Aujourd'hui, on ne parle plus de bien et de mal, mais de modes de vie différents. Le bien et le mal, en tant que tels, sont des conceptions périmées !

Levant les deux mains pour exhorter au calme, Lovelock dit en souriant :

— Notre époque chaotique de télécommunications, de mass-media et de recherche forcenée du confort matériel ne néglige qu'une chose : l'âme ! La vie moderne au quotidien est spirituellement dangereuse. L'objectif premier de l'Église est de sauver les âmes et de leur permettre d'accéder à la vie éternelle. Pour les hommes d'Église, le bien et le mal ne sont pas des abstractions. La guerre que Satan livre à Dieu pour la possession des âmes est pour eux aussi réelle, sanglante et destructrice que toutes celles qui ont ravagé notre planète... et beaucoup pensent que Satan est en train de la gagner.

Stephen demanda à Lovelock une cigarette. Il l'alluma et se mit à tousser. Le libraire expliqua :

— Avec la quantité que je fume chaque jour, je ne peux m'offrir du tabac de meilleure qualité ! Vous ne voyez toujours pas ce que Pie XII pouvait trouver à un tel ouvrage ? Ni pourquoi la Bibliothèque vaticane a toujours possédé ses propres collections d'ouvrages magiques et pornographiques ?

Les yeux larmoyants, Stephen écrasa sa cigarette à peine entamée avant de ricaner entre deux quintes :

— Le porno, je savais ! Après tout, le célibat a ses limites ! Mais la magie ?

— Réfléchissez, monsieur Carson. Wellington aurait-il détruit les plans et les cartes de Napoléon s'il avait pu s'en emparer ? Franklin Roosevelt aurait-il brûlé les papiers secrets d'Adolf Hitler ? Allons donc ! Tout document de l'ennemi qui tombe entre vos mains doit être soigneusement étudié.

— Selon vous, l'Église traiterait les grimoires comme des documents de l'ennemi ?

L'incrédulité transparaissait dans la voix de Béatrice. Secouant la tête de bas en haut, Lovelock se pencha vers elle par-dessus la table.

— Oui, parce que l'Église prend au sérieux cet ennemi et les manifestations de sa puissance corruptrice... Tel ce traité de magie noire !

Stephen reprit :

— Et alors ? Qu'est-ce que ça change ?

— Tout ! Quand une maladie est prise au sérieux, on tente de la guérir, ou tout au moins de la combattre. Mais il arrive souvent que le remède ne soit pas moins mortel que la maladie. En essayant de soigner un cancer, la médecine peut tuer le patient...

— Je ne comprends pas, avoua Béatrice.

— Ce que je veux dire, c'est que ceux qui prennent ces ouvrages au sérieux sont aussi dangereux que le mal qu'ils entendent juguler. Car ils se posent en juges et exécuteurs de quiconque leur paraît mettre en péril la souveraineté de l'Église ! Ce sont des gens qui croient à la nécessité de combattre le feu par le feu.

— Mais eux, qui les prend au sérieux ? Monsieur Lovelock, êtes-vous en train de me dire que ces gens-là ont pu tuer mon père ?

Lovelock hésita longuement avant de répondre :

— Ou le faire tuer, qui sait ?

Béatrice s'était relevée d'un bond. Stephen la prit par la main et la fit se rasseoir.

— Que savez-vous du père Morton ?

Lovelock fit la moue et répondit sans se compromettre :

— C'est le curé de Saint-Xavier.

Béatrice ne tenait plus en place. Elle lui rappela :

— Vous m'avez déjà mise en garde contre lui. Est-il un de ceux dont vous parlez ?

— Et qu'en est-il de cet institut Duarte ?

— Un endroit maléfique. A ne pas approcher.

— Mais encore ? Croyez-vous que le père Morton soit pour quelque chose dans le meurtre de mon père ?

Lovelock se leva et se mit à marcher de long en large, la tête baissée.

— Vous n'avez aucune idée de ce que vous allez affronter. Ce sont des gens très dangereux.

— Dites-nous ce que vous en savez, monsieur Lovelock. Ne nous laissez pas nous embarquer à l'aveuglette.

Le libraire respira profondément plusieurs fois de suite, luttant visiblement contre une agitation croissante.

— Ce qu'est cet institut n'a rien à voir avec ce qu'ils vous en disent. A les en croire, on s'y consacre aux recherches philosophiques. La vérité est tout autre, mais je ne saurais vous en parler avec impartialité... Je regrette.

Les yeux dans ceux du libraire, Stephen interrogea :

— Seriez-vous compromis avec eux ?

Lovelock le foudroya du regard tandis que Béatrice implorait :

— Monsieur Lovelock, je vous en conjure... S'ils ont été pour quelque chose dans la mort de mon père, je dois le savoir.

Lovelock consulta sa montre :

— Je ne puis vous en dire davantage... Maintenant, pardonnez-moi, j'ai un rendez-vous...

— De quoi avez-vous peur, monsieur Lovelock ?

Il se retourna vers Béatrice, les traits crispés par l'angoisse :

— Vous avez raison, mademoiselle, j'ai peur ! Mais il n'y a pas que ça. Il est des liens dont on ne peut se libérer. Quoi qu'on fasse ! Un jour, peut-être, vous me comprendrez.

— Vous ne voulez pas nous aider ?

— J'ai fait tout ce qu'il m'était possible de faire et je vous en ai dit beaucoup plus que je n'aurais dû.

Béatrice remit le grimoire dans son sac à main.

— Viens, Stephen, nous n'avons plus rien à faire ici.

Lovelock l'arrêta :

— Un conseil encore. Si vous n'avez pas l'intention de le lui donner, ne dites jamais au père Morton que vous avez retrouvé le grimoire.

— Pourquoi ?

— Parce que s'il sait que vous l'avez, il vous le prendra. D'une façon ou d'une autre...

— Il ne le saura pas. A moins que vous ne le lui disiez vous-même !

— Moi ? Que je dise quelque chose au père Morton ?

Il rit si fort qu'il eut une quinte de toux. Lorsqu'il retrouva sa respiration, il tira son mouchoir de sa poche et s'essuya méthodiquement les yeux et le coin des lèvres.

— Excusez-moi, l'idée est tellement ridicule... Mais faites bien attention à vous !

Béatrice et Stephen s'engagèrent dans l'escalier. Ombre dressée dans l'ombre du palier, Lovelock les rappela :

— Si vous découvrez des choses dont le sens vous échappe... vous savez où me trouver.

Sur le trottoir, Stephen explosa :

— Pour qui se prend-il ? Pour l'oracle de Delphes ?

— Je crois qu'il a vraiment peur. Je me demande ce qu'est cette histoire de liens dont il ne peut se libérer...

— Foutaise ! Il veut se donner de l'importance, c'est tout ! J'en ai interviewé des tas comme lui qui faisaient semblant de tout savoir et ne savaient rien ! Qu'il aille au diable... c'est le cas de le dire ! On se passera de son aide.

Il prit Béatrice par la taille et l'attira contre lui :

— Et si on allait voir à quoi ressemble cet institut ?

— Lovelock nous a bien recommandé de ne pas y mettre les pieds !

— Raison de plus pour y aller ! Et toutes affaires cessantes !

9

Harmonieuse et grave, la voix du père Morton résonna dans le téléphone :

— Béatrice, ma chère, quelle bonne surprise ! Je

suis ravi de vous entendre. Quand venez-vous visiter notre petit institut ?

— Le plus tôt sera le mieux.

Par la porte ouverte, Béatrice apercevait dans la bibliothèque Stephen qui écoutait la conversation, l'oreille collée au combiné.

— Pourquoi pas après-demain ? C'est dimanche.

— Excellente idée. Je viendrai avec un ami.

— Quel genre d'ami ?

— Stephen Carson, mon ex-mari.

— Je vois.

— Cela vous ennuie ?

— Non, je suis heureux qu'il puisse vous accompagner. Comptez à peu près deux heures de voiture. Arriverez-vous avant midi ?

Stephen lui fit un signe. Elle traduisit :

— Onze heures, si cela vous convient.

— Parfait. Le temps de faire un tour avant le déjeuner. A Milbern, vous traversez la ville et vous suivez le parcours fléché. Vous ne pouvez pas nous manquer. D'ailleurs, si vous vous perdiez, n'importe qui vous renseignerait. Tout le monde sait où nous sommes.

— Eh bien ! à dimanche, père Morton.

— Je m'en réjouis d'avance, mon enfant.

— *Alea jacta est !* conclut Béatrice en raccrochant.

La voiture qu'ils avaient louée était une grosse cylindrée. Ils atteignirent Milbern en moins de deux heures. Cette petite ville était bâtie autour d'un jardin aux fleurs multicolores et aux allées ombragées de grands arbres. L'église de bardeaux blancs et le palais de justice de brique rouge délimitaient la rue principale bordée de boutiques et de maisons pimpantes. Tout respirait l'ordre et la tranquillité.

— Quel endroit délicieux ! dit Béatrice

Comme l'avait indiqué le père Morton, un écriteau taillé en forme de flèche annonçait : « INSTITUT DUARTE ». Ils roulèrent en pleine forêt, de flèche en flèche, et parvinrent à une clairière.

— Je crois que nous y sommes.

Stephen tourna à gauche dans l'étroit sentier qui trouait les frondaisons. Deux cents mètres plus loin, ils débouchèrent sur une large allée de gravier blanc qui menait à une sorte de ferme aux nombreuses dépendances. L'ensemble était ceint d'une haute palissade en bois. Le premier bâtiment visible était une vaste grange du XIXe siècle, massive et grise. Une magnifique girouette en forme de vache coiffait son toit en pente, veillant sur les chevaux et le bétail qui paissaient dans les pâturages environnants. Des champs clos de grands arbres s'étendaient à perte de vue.

Alors que Stephen stoppait devant la grille, il y eut un déclic et les deux battants s'écartèrent.

— Œil électronique, remarqua Stephen en désignant la petite caméra cachée parmi les feuilles.

Au-delà des champs, ils traversèrent une nouvelle étendue boisée, puis d'autres terres cultivées parsemées d'ouvrages de maçonnerie que le temps avait patinés : murs bas, fontaines, bancs et statues du dieu Pan ou d'autres créatures sylvestres nichées au creux des feuillages. Ils passèrent un pont de pierre qui enjambait un petit cours d'eau, contournèrent des chenils apparemment vides et ralentirent à la fourche que balisait un écriteau double signalant à gauche « INSTITUT DUARTE » et à droite « COTTAGES ».

C'est alors que Béatrice aperçut au loin une silhouette.

— Attends ! cria-t-elle

Stephen freina sec.

— Que se passe-t-il ?

— Tu vois ce type, là-bas ? Juste après les arbres...

Stephen se pencha :

— Je ne vois rien du tout.

— Il est parti.

— Un type en balade... La belle affaire !

— Mais il était en soutane ! Comme autrefois.

— Ils en portent encore dans bien des pays et des ordres religieux.

— Avoue que c'est le genre de silhouette que l'on n'a pas l'habitude de voir marcher dans les bois! Elle semblait venue d'un autre siècle.

— En attendant, il est onze heures et demie, et le père doit se demander ce qu'on fabrique!

Accélérant, Stephen suivit une allée circulaire et se gara devant une énorme bâtisse de pierre blanche flanquée d'ormes et d'érables. Debout devant la grande porte à double battant, le père Morton regardait sa montre. Quand Stephen et Béatrice mirent pied à terre, il descendit rapidement les marches du perron monumental en s'écriant :

— Soyez les bienvenus! Soyez les bienvenus!

Il pressa la main de Béatrice entre les siennes. Ses paumes étaient moites. Mal à l'aise, la jeune femme soupira :

— Bonjour, père Morton. Excusez notre retard.

— Aucune importance. Voilà donc votre ami, monsieur...

— Steve Carson.

Les deux hommes se serrèrent la main.

— Enchanté, monsieur Carson.

— Mon ex-mari, rappela Béatrice.

— Il est bien que vous soyez restés bons amis... Si vous le voulez, je vous emmène faire un petit tour.

— Nous sommes à votre disposition.

Ils gravirent l'escalier et suivirent leur cicérone.

— Notre institut se consacre à des recherches philosophiques. D'un peu partout dans le monde, des étudiants viennent puiser dans le fonds de connaissances que nous mettons à leur disposition.

Stephen, attentif, interrogea :

— Quel genre de fonds?

— Des collections de livres inestimables. Telle celle de votre père, chère Béatrice. Des collections que nous avons acquises au fil des ans et que nous avons classées, répertoriées, pour les rendre accessibles.

Le prêtre ouvrit la double porte et entra le premier dans une vaste pièce aménagée en salle d'accueil.

— Nous appelons ce bâtiment le Bungalow. Il a été construit en 1914 par la fille du fondateur de ce domaine. Il nous sert aujourd'hui de centre administratif.

Peints en blanc, les murs étaient nus, à l'exception d'une plaque de bronze au-dessus de la cheminée, où l'on pouvait voir un profil et une inscription : « INIGO DUARTE — 1890-1968 ». Derrière un large comptoir de bois se tenait au garde-à-vous un jeune homme au visage grêlé, costume et cravate noirs.

— C'est là, expliqua le père Morton, que se font inscrire nos étudiants en visite. Une chambre leur est attribuée. Ils portent sur une fiche les sujets qui les intéressent. Le contenu de cette fiche est enregistré sur ce terminal relié à notre ordinateur central, qui leur fournit la liste des livres et du matériel disponibles. Quand ils se rendent à la bibliothèque, ils savent déjà ce qu'ils peuvent demander.

Pendant que le père Morton parlait, Béatrice croisa le regard du réceptionniste. Elle lui sourit, mais le jeune homme se détourna, regardant obstinément droit devant lui. Stephen s'informa :

— Combien d'étudiants pouvez-vous recevoir ?

— Vingt pour le moment. Mais nous sommes en train de nous agrandir. Prenons votre voiture et faisons le tour de la propriété.

A l'intention du réceptionniste, il ajouta :

— Prévenez le central.

Béatrice plaisanta :

— Voilà qui fait très service secret !

Sans sourire, Morton rétorqua :

— Nous avons un système de sécurité très élaboré. A cause de la valeur des livres, mais aussi de l'étendue de la propriété.

— C'est-à-dire ?

— Plus de mille deux cents hectares en circuit

fermé. Comme une petite île. L'histoire de ce domaine est intéressante. Je vous la raconterai en chemin.

Ils s'installèrent dans la voiture. Le père Morton, assis près du conducteur, se tourna pour se faire entendre de Béatrice qui avait pris place à l'arrière

— Tout droit et à gauche, monsieur Carson... Ce domaine date du XIXe siècle. Il est l'œuvre d'un immigré allemand du nom de Wilhelm Dieter, inventeur d'une pompe à gaz qui avait fait de lui un millionnaire. Il a acheté le terrain en 1880 et fait venir d'Italie ses maçons.

— Nous avons remarqué en arrivant de nombreux ouvrages de maçonnerie.

— En effet ! Il a parsemé la propriété de fontaines, de ponts et de personnages hétéroclites. Sans parler des magnifiques caves voûtées. C'est à Dieter que la ville de Milbern doit son importante communauté italienne, dont la majeure partie descend de ces fameux maçons. Il a fait construire ici plusieurs bâtiments, mais aussi des chenils, des granges, une écurie et quelques serres. Quand sa fille a hérité du domaine en 1912, elle a fait ériger le Bungalow, que nous venons de quitter. Comme vous le constaterez, Dieter avait, en matière d'architecture, des goûts particuliers. Sa fille n'a jamais pu s'accommoder de sa maison. Elle l'a fait murer et en a fait bâtir une autre qui lui convenait mieux. Ruinée dans les années 30, elle a vendu la propriété à un magnat du pétrole nommé Walters, qui ne l'a pratiquement jamais habitée et encore moins entretenue. Après la guerre, Inigo Duarte en a entendu parler. C'était ce qu'il cherchait pour abriter son institut. Il a pu l'acquérir grâce à des amis qui croyaient en son travail. Naturellement, les locaux ont été réaménagés... Nous essayons de rester à la page...

Une large antenne parabolique, posée telle une soucoupe volante au beau milieu d'un pré, vint confirmer ses dires.

— Quelles sont, pour vos étudiants, les conditions d'admission ? demanda Stephen

— Ils doivent être parrainés par d'anciens élèves ou par un membre du conseil d'administration.

Suivant les indications du père Morton, ils prirent à droite une route au bout de laquelle se dressait une maison en moellons irréguliers, très laide, au toit posé sur de grosses poutres débordantes. Éclatant de rire, Béatrice commenta :

— On dirait un hybride des contes d'Hoffmann et des mégalithes de Stonehenge !

Le père Morton rit :

— Il faut que je retienne la comparaison... Nous y avons installé nos ateliers. Venez voir.

Les cloisons d'origine avaient été abattues et le rez-de-chaussée partagé en trois grandes salles. Dans la première trônaient plusieurs métiers à tisser d'un modèle ancien. Le père Morton fit fièrement remarquer :

— Vous vous souvenez des deux tapisseries de mon bureau, Béatrice ? C'est ici qu'elles ont été réalisées.

L'atelier étant désert, la jeune femme demanda :

— Par qui ?

— Par des stagiaires à qui nous enseignons les méthodes ancestrales.

Le prêtre passa dans la seconde salle.

— Voilà quelque chose qui va vous amuser... Nous fabriquons ici notre savon, nos bougies et nos cierges.

Stephen et Béatrice se penchèrent sur les cuves remplies de suif et s'arrêtèrent devant les moules à bougies et à savons accrochés aux murs. Béatrice s'étonna :

— Pourquoi diable vous donnez-vous cette peine ?

— Tant de savoir-faire s'est perdu dans la nuit des temps. L'institut Duarte, qui perpétue de nombreuses traditions, ne se contente pas de celles que renferment les livres.

Il poursuivit en les introduisant dans la troisième salle :

— Et voilà notre forge. Nous y ferrons les chevaux et y réparons selles et harnais. Nous y fabriquons même des instruments agraires et de la chaudronnerie. Nombre de nos étudiants viennent assister à ces travaux pratiques. Le plus souvent, ils y participent. Ils se font ainsi une idée de ce que pouvait être la vie d'autrefois.

Penchée vers le sol, Béatrice ramassa, près d'une enclume, une double boucle métallique que prolongeait un tronçon de chaîne.

— De quoi s'agit-il ?

Clignant des yeux dans la lumière chiche, le père Morton haussa les épaules avec indifférence.

— Une entrave pour les chevaux ou le bétail, je suppose. Je crois qu'on appelle ça un abot... Avant d'aller déjeuner, j'aimerais vous montrer la bibliothèque.

Ils reprirent la voiture. Leur étape suivante fut une bâtisse tarabiscotée pleine de fenêtres et d'ornements architecturaux disparates. Construite sur le flanc d'une colline, elle était entourée d'un jardin au centre duquel coulait une fontaine aux multiples jets d'eau.

— La première résidence de Wilhelm Dieter. Plus de cinquante pièces. Nous en avons fait notre bibliothèque.

Béatrice n'en croyait pas ses yeux :

— Je comprends que sa fille l'ait détestée !

— Oui, elle est monstrueuse. Mais conforme à nos besoins, avec toutes ses pièces ! Quant aux chambres des domestiques, elles servent de studios à nos étudiants.

Ils pénétrèrent dans un hall lambrissé. Un jeune homme aux traits émaciés siégeait derrière un bureau. Le père Morton lui adressa un petit signe de tête et précéda les visiteurs dans un large escalier. Les pièces du premier étage étaient garnies de livres, du sol au plafond. On avait disposé dans la plupart d'entre elles une longue table de lecture et des chaises confortables. Parfois, une plaque fixée au mur rappelait le donateur de la collection. Dans d'autres pièces s'entassaient des livres plus ordinaires, classés par rubriques et auteurs. Toutes les fenêtres étaient grillagées.

Sur le palier du dernier étage, le père Morton leur montra un long couloir sur lequel s'ouvraient de nombreuses portes.

— Les anciennes chambres de bonne que nous avons converties en studios.

Au fond, une vaste pièce meublée de sièges et de bureaux.

— Et voici la salle d'étude où les étudiants consultent les ouvrages plus fragiles qu'ils ne peuvent emporter.

Béatrice désigna d'un geste large la pièce vide.

— Et où sont les étudiants ?

— De sortie quelque part, probablement.

— A notre arrivée, j'ai cru apercevoir un prêtre, dans les bois.

— Vraiment ?

— Il m'a semblé qu'il portait une soutane.

— C'est bien possible. Il nous vient des visiteurs de tous les pays.

— Y compris des prêtres ?

— Quelques-uns. Nous n'excluons personne.

Stephen prit la main de Béatrice et la pressa pour l'inviter à ne pas insister. Ils suivirent en silence le père Morton, qui redescendait l'escalier.

Au sous-sol, parmi les tuyaux du système de climatisation, il désigna avec fierté un ordinateur Cray de grande dimension.

— Notre cerveau central. Tous les ouvrages et documents jusqu'au moindre fascicule y sont enregistrés. Avec leur histoire et leur date d'entrée.

Stephen eut un sifflement admiratif.

— Sacré morceau !

— Je vous l'ai dit. Bien que très attaché au passé, l'institut Duarte ne méprise pas les avantages de la technologie de pointe.

Sur une porte noire, on lisait l'inscription : « DANGER — ENTRÉE INTERDITE ». Béatrice s'informa :

— Et derrière cette porte ?

— La chaufferie et autres machines... Venez, je vous prie.

Ils remontèrent au rez-de-chaussée. Alors qu'ils allaient quitter le bâtiment, Béatrice remarqua un livre exposé dans une vitrine près de la porte.

— Quel est cet ouvrage ?

Le père Morton vint se planter auprès d'elle :

— Le joyau de notre bibliothèque ! Une édition originale du *Malleus Maleficarum,* le « Marteau des sorcières ». Une œuvre magnifique du XVe siècle, rédigée par deux dominicains, Jakob Sprenger et Heinrich Krämer. Exemplaire unique aux États-Unis. Vous le connaissez ?

Béatrice se souvenait d'avoir entendu Giuseppe Antonelli y faire allusion, mais elle préféra mentir :

— Non. De quoi s'agit-il ?

— De l'étude la plus exhaustive qui soit sur la sorcellerie, les sorcières et leurs pratiques, en même temps qu'un guide pour les traquer et purifier la Terre de leur présence maléfique.

Le visage du prêtre s'était empourpré tandis qu'il s'expliquait avec un respect et une ferveur indéniables. Sur la petite plaque dorée de la vitrine, Béatrice lut à haute voix : « Le *Malleus Maleficarum.* Don de Desmond Crowley. »

Elle tenta d'intercepter le regard de Stephen, mais celui-ci semblait fasciné par la vitrine et son contenu. Elle se retourna vers le père Morton.

— Qui est Desmond Crowley ?

— Un membre de notre conseil de direction. Un érudit et un grand collectionneur de livres. La collection de votre père, en supposant que vous nous en fassiez don, occuperait là-haut la salle adjacente à la salle Crowley. Un voisinage que votre père lui-même n'eût certainement pas désavoué.

Ils déjeunèrent dans un réfectoire aux murs d'un

blanc immaculé. Une large baie donnait sur un paysage de collines aux versants abrupts avec, à l'arrière-plan, une forêt de conifères. Assis sur d'inconfortables sièges de bois à l'extrémité d'une longue table, ils furent servis par une femme au visage sévère, vêtue de noir de la tête aux pieds.

Prenant une généreuse portion de chou et de bœuf bouillis, le père Morton rompit le silence :

— Quel est votre métier, Stephen ?

— Écrivain.

Le prêtre tiqua :

— Journaliste ?

— Dans le temps, oui. Maintenant, j'écris.

Soulagé, Morton suggéra :

— Peut-être vous ai-je déjà lu ?

— J'en serais étonné. A moins que vous ne vous intéressiez aux Kurdes, aux Afghans et, plus généralement, au Moyen-Orient.

Béatrice intervint :

— Il est trop modeste. C'est un merveilleux écrivain. Il a remporté un prix...

— Félicitations, monsieur Carson. La politique n'est pas exactement mon domaine, mais je vais essayer de vous lire... A ce propos, permettez-moi de vous signaler que nous ne souhaitons aucune publicité.

— Pourquoi ? Je trouve cet endroit extraordinaire.

— Oui, mais nous nous méfions des Journalistes. La plupart d'entre eux ont le don de déformer les faits. Il y a quelques mois, un reporter du *New York Times* a voulu écrire un article sur notre institut. Nous l'avons finalement éconduit. Nous nous consacrons aux recherches philosophiques et ne souhaitons pas que notre existence soit trop largement connue. Du moins, pas encore.

Béatrice vit s'allumer le regard de Stephen et, pour couper court à une éventuelle controverse :

— Comment tout cela est-il financé ?

— Par des subventions privées. Certains donateurs sont extrêmement généreux. Ils pensent, et j'ai plaisir à le souligner, que perpétuer les connaissances du passé contribue à fournir à l'homme les clefs de son avenir.

— A l'homme... et à la femme !

— Cela va de soi, ma chère enfant.

Ils continuèrent à bavarder et leurs voix résonnaient dans la vaste salle au plancher de chêne. Le père Morton, émaillant sa conversation d'anecdotes littéraires et religieuses, évitait habilement toute autre allusion à l'institut. Vers la fin du repas, alors que, sans raison explicable, Béatrice se sentait de plus en plus mal à l'aise dans ce décor austère, le père Morton s'enquit :

— Vous avez mis votre maison en vente, n'est-ce pas ?

Béatrice prit, dans la salade de fruits que la serveuse venait de poser devant elle, quelques tranches d'orange et de pamplemousse.

— C'est exact. Comment l'avez-vous su ?

— J'ai vu une annonce dans je ne sais plus quel magazine. Vous allez donc devoir vous décider rapidement quant à la bibliothèque de votre père.

— Je vais m'en occuper incessamment.

— Et le grimoire ? Toujours pas retrouvé ?

Le regard de Béatrice croisa celui de Stephen.

— Non. Y a-t-il d'autres grimoires dans vos collections ?

— Oh ! non. Nous avons failli en acquérir naguère, mais le conseil s'y est opposé. Ce genre d'ouvrages aurait attiré ici des indésirables.

Après le déjeuner, le père Morton les reconduisit à leur voiture.

— On dirait qu'il va pleuvoir. Roulez prudemment. Merci d'être venus. J'espère avoir répondu à toutes les questions que vous vous posiez.

Dès qu'ils furent sortis de la propriété, Béatrice se carra sur son siège avec un soupir de soulagement.

— Un beau domaine. Mais sinistre, tu ne trouves pas ?

— Béa ! Il me l'a remis en tête ! Dieu le bénisse, il me l'a remis en tête !

— Mais de quoi parles-tu ? Et pourquoi cette excitation ?

— Je t'avais dit qu'on m'avait parlé de cet institut ? Eh bien ! je me souviens maintenant. C'est mon vieux copain Cap Goldman, spécialiste des questions religieuses au *Times*. C'est lui qu'ils ont viré.

Hochant la tête, Béatrice alluma deux cigarettes et en tendit une à Stephen.

— On va le voir ?

— Et comment ! Tu sais que leur Cray est l'un des ordinateurs les plus puissants au monde ? Tu peux y sauvegarder le contenu de cent mille bouquins, il te restera encore assez de place pour y ficher dans le détail tous les citoyens américains !

— Quel besoin ont-ils d'un engin pareil ?

— C'est exactement la question que je me pose !

— Et ces fameux étudiants, où sont-ils ? En pèlerinage dans le désert de Gobi ? Et ces fers que j'ai ramassés ? S'ils sont réservés aux vaches, elles ont les chevilles fines !

— S'ils sont ce qu'ils font semblant d'être, la bibliothèque de ton père serait en de bonnes mains...

— Oui. Mais ils ne sont pas ce qu'ils prétendent être ! Ça se sent.

— Leur organisation est impressionnante. Et le père Morton est un sacré bonimenteur ! Je suis heureux qu'on en ait fini avec eux.

— J'ai plutôt l'impression que cela ne fait que commencer.

10

Dans le hall du *New York Times,* Stephen décrocha le téléphone intérieur et composa le numéro de Cap Goldman.

— Cap ? C'est Steve Carson. Je suis en bas avec Béatrice. On peut monter te voir ?

— Sûr. Passe-moi le gars de la sécurité.

Le vigile remit aux visiteurs des badges qu'ils fixèrent à leur revers et leur désigna les ascenseurs. Cap Goldman les attendait au troisième étage dans la salle de rédaction. Il était aussi corpulent que le père Morton, mais il travaillait en bras de chemise, bretelles et lavallière au vent.

— Salut, Steve, comment te portes-tu ?

— Je me supporte. Et toi ?

— Je survis.

— Je te présente Béatrice. Je crois l'avoir déjà fait lorsque nous nous sommes mariés.

Les traits poupins de Cap Goldman s'épanouirent.

— Mais nous ne nous sommes jamais mariés, Steve. Tu m'as demandé ma main, mais je te l'ai refusée, souviens-toi !

Puis, serrant avec chaleur la main de Béatrice, il ajouta :

— Excusez cette plaisanterie de potache. Je suis ravi de vous revoir. Asseyez-vous, les enfants !

Stephen récupéra plus loin deux chaises en rotin et tous trois s'installèrent. Cap se pencha vers Béatrice.

— J'ai appris... pour votre père. Je suis vraiment navré.

Elle le remercia d'un signe de tête. Sur le bureau du journaliste s'empilaient des coupures de presse aux titres racoleurs : « Le pape et le sexe : conflit ouvert », « Aux armes pour les droits de la religion ! », « Les déclarations du pape font des bulles », « Un cardinal jure de balayer la dissidence », « Les intégristes raflent des centaines de votes », etc.

Quand Béatrice reporta son attention sur les deux hommes, Stephen était déjà entré dans le vif du sujet et Cap Goldman l'incitait du geste à modérer son ardeur :

— Allons-y doucement, veux-tu ? Qu'avez-vous à voir avec l'institut Duarte ?

Prévenant Stephen, Béatrice répondit sobrement :

— Le curé de Saint-Xavier veut la bibliothèque de Papa.

— Morton ?

— Oui.

— Il fait effectivement partie du conseil de l'institut...

— ... que nous venons de visiter.

Cap sursauta légèrement et se tourna vers Stephen :

— J'espère que tu ne leur as pas dit comment tu gagnais ta vie ! Les journalistes les rendent paranos. Et pourtant je n'ai rien contre la paranoïa ! De nos jours, il n'y a plus qu'elle qui vous ouvre les yeux !

— Rassure-toi, j'ai dit que j'étais écrivain.

— Morton a quand même dû faire une drôle de tête. Si je peux me permettre de vous donner un conseil, les amis, allez jouer ailleurs !

— Raconte !

— O.K. ! Ça fait six mois que je planche sur le sujet. Un vrai merdier. Des tas de bruits qui courent, mais aucun qu'on puisse vérifier. Cette propriété de Milbern vaut une fortune. D'où sort le fric ? Sûrement pas du tissage des tapisseries ou de la fabrication du savon !

— Bienfaiteurs généreux et nombreux étudiants venus du monde entier, si l'on en croit Morton.

— Venus étudier quoi ? C'est ce que j'ai tenté de découvrir, mais ce sont de foutus cachottiers !

— Oui et non, intervint Béatrice. Après tout, il m'a invitée là-bas.

— Cette blague ! Vous détenez quelque chose qu'il convoite. La bibliothèque de votre père vaut de l'or ! Ils en ont pourtant des tonnes de bouquins ! Même s'ils ne vous montrent que ce qu'ils veulent bien montrer. A les entendre, c'est le paradis de la culture. Mais si vous voulez mon avis, Satanas en surveille la porte.

— Qu'est-ce qui vous fait dire ça, monsieur Goldman ?

— Appelez-moi donc Cap... Ce qui me fait dire ça ? Mon intuition ! Mais aussi des infos édifiantes. Que je tiens de bonne source. Issu d'une famille modeste, Duarte est né en Espagne vers 1900. Ordonné prêtre, il est devenu une sorte d'éminence grise de Pie XII. Toujours dans l'ombre. La plupart des gens ne savent même pas qu'il a existé.

Béatrice l'interrompit :

— Ordonné prêtre ? Je croyais qu'ils ne se rattachaient à aucune confession !

— Une anomalie parmi d'autres. Je pourrais vous en citer des douzaines.

S'adressant à Stephen, Béatrice s'exclama :

— Tu te rappelles à quel point papa haïssait Pie XII. Il disait que s'il avait eu le courage de menacer d'excommunication ceux qui soutenaient les nazis, la guerre n'aurait pas eu lieu. Je crois que c'est à ce moment-là qu'il s'est détourné de la religion.

— Je le comprends ! Vers la fin des années 20, Duarte a fondé, au sein de l'Église, une société secrète d'extrême droite nommée Defensores Fidei.

Stephen abattit son poing sur la table en hurlant :

— Bon Dieu ! Tu plaisantes ou quoi ?

Dans la salle de rédaction, certains levèrent le nez avant de se remettre au travail avec l'indifférence de qui doit boucler d'urgence sa propre rubrique.

— C'est pour ça que je t'en avais parlé, Steve. Parce que tu partais pour l'Amérique du Sud.

— Defensores Fidei ! Misère !

— Tu as vu là-bas ce que je voulais dire ?
— Et comment !
Béatrice protesta :
— Hé ! je suis là, et j'aimerais comprendre... Dans son presbytère de Saint-Xavier, le père Morton a une madone en ivoire qui porte l'inscription « Defensores Fidei ». De quoi s'agit-il ?
— De défendre la foi, comme il est dit. Et ce vieux Morton est dans l'affaire jusqu'au cou, j'en suis sûr. Plus réac que ne l'était Gengis Khan !
— Et qui sont exactement ces « défenseurs de la foi » ?
Stephen coupa :
— Je t'expliquerai, Béa. Dis-moi ce que tu as appris depuis, Cap.
— Des tas de choses. Pour l'instant, on n'a évoqué que la partie émergée de l'iceberg. On n'a pas le temps d'approfondir maintenant parce que l'édition va tomber. Mais je vous le répète : oubliez l'institut Duarte ! Si vous le retrouvez sur votre chemin, faites un détour. Ce n'est qu'une façade... J'en suis sûr, même si je ne peux encore le prouver.
— Quand vas-tu sortir ton papier ?
— Sans doute jamais. Il me faudrait pour l'étayer des faits précis, et Morton a des amis haut placés...
— Pourrais-tu nous passer tes notes ?
— Sûr. Elles sont chez moi. J'y joindrai un bouquin qui vous emballera.
— Un grimoire ?
— Non. Un document historique. Ils en vendent des fac-similés là-bas. L'édition originale y est exposée en permanence.
D'une seule voix, Stephen et Béatrice s'écrièrent :
— Le *Malleus Maleficarum* !
— Dans le mille !
— On l'a vu ce matin dans le hall du centre administratif.
— Ils n'en reviennent pas de posséder un tel trésor ! Moi qui l'ai lu, je peux vous dire que c'est quel-

que chose ! Bizarre que le père Morton ne vous en ait pas proposé une reproduction. Il a peut-être pensé qu'après l'avoir lu vous ne leur donneriez plus un seul livre. Pas même une B.D. d'occasion !

Béatrice s'impatienta :

— Dites-nous de quoi il s'agit !

— Vous jugerez par vous-même. Je pars demain pour une quinzaine, mais je vais tâcher de vous faire parvenir le paquet ce soir.

Stephen insista :

— Sans faute, Cap, c'est urgent. Je te laisse mes coordonnées.

Il griffonna sur une feuille de bloc, que Cap Goldman mit dans sa poche avant de les raccompagner jusqu'aux ascenseurs.

— Le devoir m'appelle. Et si vous trouvez quelque chose que je puisse utiliser, ne m'oubliez pas.

Stephen le lui promit.

Une glace à la framboise dans chaque main, Stephen revint vers Béatrice :

— Tu vois que je n'ai pas oublié ton parfum favori !

— Merci.

Elle dégusta la boule fruitée alors qu'ils remontaient sans se presser la 8e Avenue.

— Ces « défenseurs de la foi », tu savais qu'ils existaient ?

— Tu sais que je suis allé en Amérique du Sud pour l'essai que je prépare sur la drogue. Un de mes informateurs chiliens m'a parlé d'une mission de Jésuites qu'ils ont exterminée, là-bas... Après quoi ils ont fait assassiner le chef de la police pour arrêter l'enquête.

— Tu en es sûr ?

— Tout à fait... Ils sont tous plus ou moins liés au trafic de la drogue. C'est de là que provient l'essentiel de leurs fonds.

— Les généreux bienfaiteurs des Defensores Fidei pourraient donc être des trafiquants de drogue ?

— Ce n'est pas impossible.
— Pourquoi exterminer une mission de Jésuites ?
— Pour se débarrasser d'une opposition. Il y a là-bas une guerre d'influence sans merci. J'aime bien les Jésuites. Certains d'entre eux sont parfois de grands penseurs libéraux... Beaucoup trop libéraux pour les « défenseurs de la foi ».
— Mais puisque tout le monde le sait...
— On n'a pas de preuves ! Et tout le monde a peur ! Ces types-là sont les princes des ténèbres. Aussi redoutables que la bonne vieille Inquisition.
— Selon toi, le monde serait le théâtre d'une immense conspiration ?
— A n'en pas douter !
Il acheva sa glace, brisa le cornet et le jeta dans le caniveau. Béatrice lui donna un coup de coude.
— Tu n'es qu'un vil pollueur !
— Ce sont eux, les pollueurs ! Pollueurs des esprits ! Ils abhorrent les femmes, les homos, les minorités, les activistes... bref, tout ce qui menace la souveraineté d'un monde catholique, blanc et macho. « Un jour, l'Église dominera le monde », telle est leur devise.
— Que cherchent-ils au juste ?
— D'après mon Chilien, ils ambitionnent de ramener la société au XVe siècle. En Amérique du Sud, je les soupçonne de vouloir prendre en main les gouvernements et le trafic de la drogue par l'intermédiaire de l'Église. C'est en gros l'hypothèse sur laquelle je travaille.
— Et l'Église ferme les yeux ?
— L'Église ne voit rien parce que ces gars-là cachent leur jeu. En vrais fanatiques qu'ils sont. L'Église n'est qu'un alibi pour eux ! Je doute que le pape sache seulement qu'ils existent. Comme toutes les sociétés secrètes, ils opèrent sous plusieurs enseignes.
— Tel l'institut Duarte ?
— Entre autres.

— Soit. Mais les États-Unis ne sont pas un pays catholique du tiers monde. Quels objectifs peuvent-ils espérer atteindre chez nous ?

— Personne ne le sait. Mais ils prospèrent et progressent. Et ils commencent à montrer le bout de l'oreille. Le cas de l'institut Duarte est exemplaire. Pas besoin d'être sorcier pour...

— Oh ! Stephen, regarde...

En riant, Béatrice désignait l'affiche placardée sur la façade d'un cinéma porno. Le film s'intitulait *les Sorcières de la nuit* et l'on voyait sur l'affiche trois jeunes femmes aux seins plantureux, vêtues de lingerie noire transparente et coiffées de chapeaux pointus, se lover autour d'un gaillard au visage sans expression. En veste, chemise et cravate, il était nu au-dessous de la ceinture et arborait un sexe énorme dont l'érection se perdait dans les crins d'un balai.

— Tu crois que ce chef-d'œuvre a été sélectionné pour Cannes ?

— Je n'en ai pas entendu parler.

— Chiche qu'on va le voir !

— Tu ne parles pas sérieusement ?

— Je n'en ai jamais vu...

— Moi si. Ces salles-là sont toujours crasseuses. Quant aux films...

— J'aimerais tant en voir un, une fois dans ma vie, avec toi...

Haussant les épaules, Stephen se dirigea vers la caisse, où on lui signala d'un ton morne :

— La séance est en cours.

— Tant mieux. Proche de la fin, j'espère !

Et ils pénétrèrent dans la salle. Dans la pénombre, une douzaine d'hommes. Ni femmes, ni couples. Ça sentait la sueur. Les sièges étaient plus que fatigués, certains même défoncés.

Sur l'écran, trois jeunes femmes lourdement maquillées et déguisées en sorcières agaçaient de la bouche et de la main le pénis extraordinairement développé du zombie de l'affiche. Par intermittence, elles se livraient entre elles à des ébats qui semblaient ennuyer prodigieusement l'étalon de service.

Stephen bâilla bruyamment :

— Comme chacun sait, l'important, dans un film, c'est l'histoire !

Auprès de lui, Béatrice, hypnotisée et troublée, ne manquait rien du spectacle.

Quand ce fut fini, Stephen soupira en marchant vers la sortie :

— J'ai besoin d'un bon bain.

— Et moi, j'ai besoin de toi, lui murmura-t-elle.

Le studio de Stephen, dans la 73e Rue, n'avait pas changé. Peu de meubles, des livres partout, des dossiers, un ordinateur, une imprimante laser, un fax et des objets hétéroclites rapportés de ses voyages. L'antre d'un écrivain nomade.

Il prit deux verres dans la vaisselle sale qui encombrait l'évier, les rinça et s'empara d'une bouteille de vin blanc. Sans lui laisser le temps de la déboucher, Béatrice vint se lover derrière lui et le caressa à travers son jean. Quand elle eut défait sa braguette, il se retourna vers elle. A genoux devant lui, elle l'attira, la bouche vorace. Stephen ne pouvait en croire ses yeux.

— Béa ! Qu'est-ce que tu fais ?

— Tu en as toujours rêvé, non ?

— Bon sang, chérie...

Il posa la bouteille de vin au petit bonheur. Et, l'attrapant par les cheveux, il lui donna furieusement ce qu'elle demandait. Puis il la releva tout en se déshabillant. Ravie, la jeune femme gloussait comme une collégienne. Il la poussa jusqu'à son lit, s'y effondra avec elle. Enfiévrés par leurs baisers, ils se cherchaient. Soudain, Béatrice se dégagea. Stephen haleta :

— Qu'y a-t-il ?

— Je veux être nue moi aussi.

— C'est mon affaire !

Il l'aida à se dévêtir, faisant glisser la lingerie

soyeuse le long de ses jambes parfaites. Elle se renversa sur le lit, la pointe des seins dressée, tandis qu'il précisait ses baisers.

— Ça te plaît ?

Elle le guida là où elle l'attendait :

— A ton tour...

Elle gémit de plaisir tandis qu'il s'exécutait, non sans une certaine retenue. Elle ordonna encore :

— Plus fort !

Roulant en travers du lit, elle s'étira telle une odalisque. Il recula pour admirer sa nudité écartelée.

— Dieu, que tu es belle !

— Je suis une pute et une sorcière !

— Je ne te reconnais plus.

— Viens !

Il se coucha sur elle. Synchronisant leurs ardeurs, ils s'activèrent joyeusement et Béatrice crut un moment qu'ils allaient réussir là où ils avaient toujours échoué. Mais, si fort que Stephen s'appliquât, elle ne sentait pas venir la volupté qu'elle avait connue avec Luis Diaz. Déçue et frustrée, elle se résigna à la simuler. Persuadé de l'avoir satisfaite, Stephen prit son plaisir et s'endormit en la tenant dans ses bras.

Quand il se réveilla, elle fumait une cigarette, debout près de la fenêtre entrebâillée.

— Quelque chose ne va pas, chérie ?

— Non, rien.

— J'aimerais en être sûr.

— Et moi, j'aimerais pouvoir t'aimer comme tu voudrais que je t'aime.

— Ce n'est pas ce que tu viens de faire ?

— Tu le penses ?

— Ça t'a plu, pas vrai ?

— Naturellement.

— Tu es beaucoup plus... sensuelle que tu ne l'étais.

— Je sais.

— J'avais toujours l'impression d'être seul à prendre du plaisir.

— C'était sans doute vrai. Je devais être comme ma mère.

— Ta mère ?

— Je crois qu'elle voyait dans la sexualité une menace.

— Toi aussi... Mais plus maintenant ?

— Ce n'est pas si simple.

— Que veux-tu dire ?

Elle secoua la tête et chercha ses sous-vêtements à travers la pièce.

— Je voudrais partager toutes tes sensations au lit, mais dans la mesure où je te connais et où je t'aime... c'est difficile.

— Quelles sensations ?

— Les mots sont insuffisants. Disons... la volupté... l'extase...

Il gémit :

— Et cette fois... non ?

— Pas tout à fait.

— Autrement dit, c'est raté !

Elle s'emporta :

— J'essaie d'être honnête avec toi ! C'est notre seule chance de pouvoir nous rejoindre... Sois patient.

— Je le serai.

Elle acheva de se rhabiller et s'assit au bord du lit.

— Quand je pense à mon pauvre père... Il paraissait si vieux et si fragile après notre dispute. Si seul aussi. J'ai failli le rappeler pour lui dire que je l'aimais, et quelque chose en a empêché la bien-pensante que j'étais... Je ne l'ai pas revu vivant.

— Ça n'a pas d'importance.

— Oh ! si.

— Il savait que tu l'aimais.

— Il me manque tellement. Notre bébé aussi, bien que j'ignore si j'aurais été une bonne mère...

— Il n'est pas trop tard pour le savoir.

Stephen se leva, les yeux embués.

— Je donnerais n'importe quoi pour ne pas avoir

agi comme je l'ai fait et pour que tu n'aies jamais rencontré ce Diaz.

Après une courte pause :

— Tu ne m'as pas trouvé aussi bien que lui ?

Elle le regarda, stupéfaite.

— Quelle drôle de question !

— Réponds quand même.

— C'est mieux quand il y a du sentiment.

— Ce n'est pas une réponse.

— Avec toi, c'est différent, voilà tout !

Blessé dans son orgueil, il bougonna :

— Compris. Je ne suis pas à sa hauteur.

— Différent, je le répète. A quoi riment ces comparaisons ?

— Il est mieux monté que moi, c'est ça ?

Choquée, Béatrice sursauta :

— Rien d'autre ne vous importe donc, à vous les hommes ? Comme si c'était une question de taille.

— Je veux savoir, Béa. Ce Diaz t'a rendue folle bien plus que je n'ai su le faire ?

Béatrice haussa les épaules sans répondre.

— C'est pour te mettre en condition que tu as voulu voir ce porno minable ? Sinon...

— Tais-toi.

— On dirait que tu as rattrapé ton retard en ce domaine...

— Ça te contrarie ?

Stephen réfléchit longuement.

— Le temps de m'y habituer...

Il était plus de dix-neuf heures et le soir commençait à descendre. Béatrice déboucha la bouteille de vin blanc, en servit deux verres et trinqua avec Stephen.

— A ta santé !

Elle s'installa près de lui, sur la literie bouleversée.

— Je me demande si Lovelock croit vraiment à la sorcellerie.

— Aucun marchand de vin n'est anti-alcoolique ! J'imagine qu'il doit y croire un peu...

— Un ancien jésuite, sorcier, c'est inattendu. Tous les sorciers sont-ils malfaisants ?

— Toi, en tout cas, tu es une sorcière malfaisante. Plus de trois ans qu'on n'avait pas... Est-ce que tu te rends compte ?

— Qu'est-ce que Pie XII pouvait faire de ce grimoire, selon toi ?

Stephen se résigna :

— J'ai compris ! Fini la bagatelle !

Sautant à bas du lit, il enfila une robe de chambre, s'assit devant son ordinateur, l'alluma et y glissa une disquette vierge.

— Il faut traiter cette histoire comme un sujet de reportage. As-tu un titre ?

— Pourquoi pas « Magie noire » ?

— Pourquoi pas...

Il pianota sur le clavier et les deux mots apparurent sur l'écran.

— Les chapitres, maintenant. Grimoire. Antonelli. Lovelock. Père Morton. Institut Duarte.

Les rubriques s'inscrivirent en capitales. Stephen ménagea entre elles de grands espaces.

— Le nom du gars qui a envoyé le livre à ton père ?

Béatrice ressortit le grimoire de son sac et en tira la lettre jointe.

— Il s'appelle Schroeder.

Stephen nota.

— Quand je pense que mon père et d'autres ont été tués à cause de cette petite horreur ! Qu'est-ce qu'on en fait ?

— Donne-le-moi. Mais garde la lettre.

Il glissa le grimoire dans le dernier tiroir du meuble, sous son ordinateur, et mit par-dessus un paquet de feuilles dont il ne se servait jamais.

— Maintenant, on va entrer sur cette disquette les informations dont nous disposons. Procédons par rubrique. « Grimoire », par exemple : rarissime. Censé contenir des formules pour réveiller les morts et/ou trouver le secret du trésor des Templiers. A figuré parmi d'autres ouvrages d'occultisme dans la bibliothèque du Vatican. Perdu au cours de la Seconde Guerre mondiale. Envoyé au docteur O'Connell par Schroeder, ancien patient. Cause possible du meurtre d'O'Connell. Partie intéressée : Antonelli, pour un de ses clients. Quel client? Le père Morton? Quelqu'un d'autre?

Assise auprès de lui, l'œil rivé sur l'écran, Béatrice suggéra :

— A père Morton tu peux ajouter : « Defensores Fidei. Bureau somptueux. Veut le grimoire. »

— Pourquoi « bureau somptueux » ?

— Parce que je l'ai vu à Saint-Xavier. Ajoute aussi : « Gantelet médiéval sur table de travail. »

— Il en a un?

— Oui, c'est tout à fait frappant.

— Et ça peut servir à frapper, au sens littéral! Rien d'autre?

Ils complétèrent ainsi toutes les rubriques. Puis Stephen sauvegarda le fichier, tant sur le disque dur que sur la disquette, l'imprima en double et tendit un des exemplaires à Béatrice qui le relut soigneusement.

— Nous n'avons pas grand-chose sur Schroeder et sur l'institut Duarte.

— On va arranger ça tout de suite.

Il feuilleta rapidement un gros annuaire en marmonnant :

— Fondations... Fondations pédagogiques exemptées d'impôts... Ah! voilà. Je suis un inconditionnel des banques de données et toujours abonné aux principales... Tu vas voir.

Il entra sur l'ordinateur son numéro de téléphone, puis son numéro de code : K008QBB. Après quelques secondes, la question : « Quelle rubrique désirez-vous? » s'afficha sur le moniteur. Stephen tapa : « Fondations pédagogiques exemptées d'impôts ». Et il ajouta : « Institut Duarte — Milbern — État de New York. »

Béatrice se pencha pour déchiffrer l'information qui s'inscrivait sur l'écran.

— Mon Dieu !

En tête des sept membres du conseil de direction de l'institut figuraient les noms du père Morton et de Giuseppe Antonelli. Suivaient ceux de Bart Winslow, président de la Fidelity Bank, de Chuck Kraus, membre du congrès, de George Cahill, doyen du cabinet juridique Keegan et Goddard, de Phil Burgoyne, célèbre animateur-télé d'extrême droite, et enfin de Desmond Crowley, à qui l'institut devait le *Malleus Maleficarum.*

Impressionné, Stephen commenta en se renversant sur sa chaise :

— Prestigieux comité de direction pour un petit institut ! Rien que de grosses pointures. Et sans relations évidentes les uns avec les autres... On avance, Béa. Voyons la suite... « Déclarée en 1966 à Milbern. Association culturelle se consacrant à toutes branches de recherches philosophiques, métaphysiques, logiques, épistémologiques, esthétiques et plus particulièrement éthiques... » Quel genre d'éthique, je me le demande. Je crois que je vais aller rendre visite à ce Schroeder.

— Pourquoi toi ?

— Il est peut-être dangereux.

— Un ancien patient de mon père !

— On ne sait rien de lui. Sinon qu'il a envoyé ce drôle de cadeau.

— C'est à moi d'y aller Je te suis très reconnaissante de m'aider comme tu le fais, Stephen, mais je veux garder dans cette affaire ma liberté de manœuvre.

— Si c'est ce que tu veux...

— J'irai dès demain. Je vais l'appeler tout de suite.

Il la retint par le bras.

— Tu as le temps, on est en avance d'une heure sur l'Oklahoma. Rien ne presse.

— Pourquoi remettre à plus tard ?

— C'est ce que je pense aussi.

Il ouvrit sa robe de chambre et Béatrice, convaincue de l'urgence, se laissa recoucher et déshabiller.

— Je vais te faire oublier ce salopard de Diaz. Après, tu pourras appeler Schroeder.

11

Dans l'avion qui l'emportait vers l'Oklahoma, le lendemain, Béatrice repensa à Stephen et à Luis Diaz. Elle connaissait trop bien Stephen. Jamais elle ne goûterait dans ses bras le plaisir qui l'avait bouleversée dans ceux de Diaz. Elle savait aussi que, à présent qu'elle y avait goûté, elle rechercherait ce plaisir. Tôt ou tard.

Elle n'en était pas moins reconnaissante à Stephen de la guider dans ses recherches. Il avait la réputation d'être un chasseur d'informations tenace et intuitif. Elle admirait son instinct de chien d'arrêt qui savait flairer la bonne piste et la suivait jusqu'au bout. Sa tendance à la paranoïa, qui lui faisait soupçonner la présence d'anguilles sous toutes les roches et de noirs complots derrière toutes les façades, pourrait se révéler précieuse dans l'enquête qu'elle menait. Pour démasquer les coupables, elle était prête à sortir de la réserve prudente qui avait présidé jusque-là à son existence. Son audace nouvelle, sa volonté d'aller de l'avant, coûte que coûte, n'étaient pas sans rapport avec son éveil sensuel et son désir obsessionnel de revoir Diaz.

Après une courte escale à Dallas, l'avion se posa à Oklahoma-City un peu avant l'heure prévue. Béatrice se mit d'accord avec un chauffeur de taxi. Il la conduirait chez Schroeder et reviendrait l'y chercher à deux heures et demie. Elle pourrait ainsi prendre le vol de retour pour New York.

Le temps était gris et orageux. Béatrice s'installa confortablement sur la banquette. Le chauffeur l'interpella :

— Vous arrivez d'où, mam'selle ?

— De New York.

— J'aimerais bien aller à New York. Mais ma femme prétend qu'on s'y ferait tuer. Faut pas croire tout ce qu'on lit dans les journaux, qu'est-ce que vous en dites ? Vous croyez qu'on devrait y aller ?

— Pourquoi pas ?

— Des crimes, il s'en commet aussi chez nous ! Mais ça, ça n'a pas l'air de la déranger, ma femme. Y a même un pasteur qui a descendu son épouse et ses gosses, l'autre jour, à Enid. Les affaires du bon Dieu n'ont pas l'air d'aller si bien que ça !

Tout en ricanant dans sa barbe, il poursuivait son bavardage et n'attendait de Béatrice aucune réponse. Le paysage qui défilait se composait essentiellement d'enseignes au néon, de fast-foods, de stations-essence, de cinémas multi-salles et de centres commerciaux. A quoi servaient donc ces urbanistes qui sortaient chaque année des écoles, bardés de diplômes ? Pourquoi d'aussi longues études pour en arriver à cette laideur, ici comme ailleurs ?

Béatrice ferma les yeux. Quand elle les rouvrit, la voiture débouchait dans une zone résidentielle plus séduisante, avec des rues tranquilles, de grands arbres, des maisons avec patios et barbecues, des allées fleuries et des pelouses entretenues. Le chauffeur dut ralentir pour éviter une bande de gamins qui s'aspergeaient avec un tuyau d'arrosage. Réplique souriante de la grande ville, où des gosses moins bien vêtus jouaient de la même façon avec l'eau d'une borne d'incendie dans des rues peuplées de clochards et de drogués.

Comme si le fait de l'avoir conduite à la bonne adresse eût constitué un exploit, le chauffeur annonça triomphalement :

— Nous v'là dans la 18e ! Z'avez dit quel numéro, déjà ?

Béatrice se reporta à la lettre de Schroeder.

— 3141.

— On y est presque.

Le numéro 3141 était écrit en lettres dorées sur la boîte aux lettres. Au-dessous, sur un tableau où le fusil d'un chasseur visait un vol de canards sauvages, se détachait, en capitales noires sur fond blanc, le nom du propriétaire.

Le taxi s'arrêta au pied du perron et Béatrice en descendit :

— Attendez une seconde, je vous prie.

Elle monta les marches d'ardoise, l'œil fixé sur le drapeau américain planté à droite de la porte. Pas de sonnette. Elle levait la main vers le heurtoir de cuivre en forme d'aigle lorsque le battant s'ouvrit sur un petit homme trapu au regard vif et aux cheveux blancs coupés en brosse. Il se tenait très droit, histoire de se grandir sans doute, et portait des bottes de cow-boy, une chemise de sport bleu marine et un pantalon kaki au pli impeccable.

— Mademoiselle O'Connell ? Je suis Hank Schroeder. Vous êtes ponctuelle !

Sa voix était grave et sonore. Il lui serra énergiquement la main. Tout en lui évoquait le militaire.

— Monsieur Schroeder, je vous remercie de me recevoir. Le taxi reviendra me chercher à deux heures et demie, si vous n'y voyez pas d'inconvénient.

— Pas du tout. Entrez donc !

Béatrice fit signe au chauffeur, qui acquiesça d'un hochement de tête et repartit en marche arrière. Schroeder lui demanda si elle avait déjeuné et parut réjoui que ce ne fût pas le cas.

— Parfait ! Ma femme nous prépare des sandwichs. Savez-vous que vous ressemblez à votre père ?

— On me l'a souvent dit.

— Un homme merveilleux, votre père. Merveilleux.

Schroeder la fit entrer. La climatisation entretenait à l'intérieur une température un peu trop fraîche. L'endroit était spacieux, agréable et bien tenu. D'habiles reproductions de meubles de style colonial étaient disposées sur des tapis de chiffon tressé richement colorés. A l'extrémité de la rampe d'escalier se dressait un aigle en cuivre, plus gros que celui du heurtoir.

— J'ai rapporté ces assiettes murales d'un voyage à Winterthur, avec ma première femme. Et cette chaise est une copie authentique de celles du Mont Vernon...

Une copie authentique... Béatrice ne put s'empêcher de sourire.

Schroeder lui fit les honneurs d'un petit salon lambrissé de sapin clair et meublé de cuir fauve. Deux superbes mousquets pendaient au-dessus de la cheminée. Un tapis de sisal recouvrait le plancher. Dans une vitrine capitonnée de velours bleu ciel voisinaient des souvenirs de la dernière guerre : un casque nazi, un pistolet Walther PPK, une dague de SS... Fièrement, le maître de maison souleva le couvercle de la vitrine pour en extraire une Croix de Fer à feuilles de chêne qu'il fit admirer à Béatrice.

— J'ai cueilli ce trophée à Rome sur le cadavre d'un officier. On dira ce qu'on voudra des Allemands, mais leurs artistes savaient travailler !

Il replaça soigneusement la décoration dans la vitrine et, montrant à un endroit le velours aplati et plus foncé :

— C'est là que se trouvait le livre que j'ai envoyé à votre père.

La gorge serrée, Béatrice jeta un coup d'œil au reste de la pièce. Elle remarqua dans les bibliothèques encastrées la présence de nombreux ouvrages techniques sur le forage et l'exploitation pétrolière.

— Quel est votre métier, monsieur Schroeder ?

— Ingénieur sismologue.

— Ce qui veut dire ?

— Je repère les gisements de pétrole à l'aide des techniques sismographiques. Voyez-vous cet engin ?

Il désignait un objet bizarre sur une étagère.

— C'est le trépan à l'aide duquel j'ai creusé mon premier puits en 1954. Le pétrole m'a porté bonheur. Aujourd'hui, je suis à la retraite. Retraite dont je profite pleinement grâce à votre père. Comment va-t-il ? Je n'ai pas eu de ses nouvelles depuis mon envoi.

Le regard de Béatrice plongea dans celui de son hôte.

— Mon père est mort, monsieur Schroeder.

Une émotion sincère crispa les traits du septuagénaire.

— Mon Dieu... Comment est-ce arrivé ? Si je puis me permettre...

— C'est de cela que je suis venue vous parler. Pouvons-nous nous asseoir ?

— Naturellement. Suzie va nous apporter de quoi déjeuner.

Béatrice prit place sur un des canapés qui flanquaient la cheminée. Schroeder s'assit en face d'elle. Il lui montra le bol de cacahuètes posé sur la table basse. Elle refusa d'un geste tandis qu'il se servait copieusement. Il se mit à grignoter pendant qu'elle lui résumait le début de l'affaire.

— ... et cette nuit-là, mon père a été tué par balle, dans sa bibliothèque.

— Tué par balle ! Doux Jésus !

— Rien ne semblait avoir été volé. Puis j'ai découvert que votre livre avait disparu...

— Lui seul ?

— Lui seul, monsieur Schroeder.

— Je ne sais que vous dire. Sinon que je suis terriblement désolé. Pensez-vous qu'il puisse y avoir un lien avec le meurtre de votre père ?

— Franchement, je n'en sais rien. C'est ce que je m'efforce de découvrir et c'est pourquoi je suis venue vous voir. Vous devez tout me dire sur ce livre, monsieur Schroeder. Comment vous l'avez trouvé, où et quand... Le moindre détail peut avoir son importance.

— Je vois.

— Vous éprouviez de l'amitié pour mon père, n'est-ce pas ?

Schroeder sortit sa chemise de son pantalon et la déboutonna, révélant son thorax que barrait une longue cicatrice.

— Voilà ce que votre père a fait pour moi. S'il n'avait pas été là, il y a longtemps que je ne serais plus... Alors, si je peux faire quelque chose, je le ferai... Bien que je ne voie pas quel rapport il pourrait y avoir entre ce vieux bouquin et la mort du docteur O'Connell.

— Vous avez écrit qu'il était tombé entre vos mains pendant la guerre. De quelle façon ?

— Peu banale, c'est le moins qu'on puisse dire.

— Vous permettez que je prenne des notes ?

— Je vous en prie.

Béatrice sortit son calepin et son stylo tandis qu'il reboutonnait sa chemise. Il choisit une pipe au râtelier posé sur la table, la bourra et l'alluma posément, le regard lointain, comme quelqu'un qui doit battre le rappel de souvenirs oubliés.

— C'était en août 1944. A Rome. Une de nos patrouilles avait repéré un prêtre qui, à l'aide d'une torche électrique, envoyait des signaux à un avion en maraude. Drôle d'activité pour un homme d'église ! Nos gars l'ont ramassé. Il ne s'agissait pas d'un prêtre, évidemment, mais d'un officier allemand. Ils l'ont amené au QG où j'ai procédé à son interrogatoire. Il n'avait rien d'autre sur lui que des faux papiers... et ce livre. Simple souvenir de guerre, d'après lui. Ramassé au milieu des ruines. Nous avons naturellement pensé que l'ouvrage pouvait receler la clef d'un code secret et nos services cryptographiques l'ont passé au peigne fin. En pure perte. Pour finir, nous l'avons confisqué.

— Saviez-vous qu'il s'agissait d'un grimoire ?

— Un quoi ?

— Un grimoire. Un livre de magie noire.

— Je savais que c'était un drôle d'ouvrage, mais j'ignorais qu'il portait un nom ! Certaines de ses illustrations nous ont fait hurler de rire à l'époque, mais, pour autant que nous puissions en juger, elles n'avaient aucune valeur stratégique !

— Ne vous êtes-vous pas demandé ce que l'homme voulait en faire ?

— A vrai dire, nous pensions que sa présence dans le secteur avait d'autres mobiles.

— Qu'il vous a révélés ?

— Il a fini par parler, mais nous avons dû pour cela... enfreindre quelque peu les conventions de Genève.

— Vous voulez dire que...

— Oui, c'est ce que je veux dire... et je vous ferai grâce des détails...

Il tira sur sa pipe avec un sourire contraint.

— S'il n'est pas mort en captivité, notre ami le faux prêtre n'a sûrement plus regardé une batterie d'accumulateurs sans...

Il s'interrompit. Une jeune femme venait d'apparaître sur le seuil. Le teint olivâtre, de longs cheveux noirs réunis en queue de cheval par une barrette d'argent, elle avait à l'évidence du sang indien. Elle portait une chemise d'homme ouverte sur un jean blanc et un T-shirt agrémenté d'un collier de grosses perles turquoise. Plus typée que jolie, elle annonça d'une voix douce :

— C'est prêt. Puis-je vous apporter le déjeuner ?

Schroeder lui fit signe d'approcher.

— Suzie, je te présente Mlle O'Connell, la fille du docteur O'Connell.

Béatrice se leva alors que Schroeder achevait les présentations :

— Ma femme, Suzie. Viens serrer la main de Mlle O'Connell, mon ange.

Il lui parlait comme un adulte parle à un enfant.

La poignée de main qu'elle échangea avec la visiteuse fut plus formelle que cordiale. Son extrême jeunesse surprit Béatrice. Elle aurait pu être la petite-fille de Schroeder.

— Je suis ravie de vous connaître.

Suzie inclina la tête sans mot dire. Schroeder dit :

— Que voulez-vous boire ? Moi, je suis au régime lacté.

— De l'eau, tout simplement.

La surprenante Mme Schroeder repartit comme elle était venue. Schroeder crut devoir expliquer :

— C'est une infirmière diplômée. Je l'ai connue à l'hôpital, après ma première crise cardiaque. Elle s'est occupée de moi pendant ma convalescence. C'est une Osage pure race, élevée dans une réserve à cent cinquante kilomètres d'ici. Ma première femme est morte, Dieu la bénisse, après trente-huit ans de mariage. Nous avons eu quatre enfants. Suzie est plus jeune que ma cadette, mais ils s'entendent tous très bien.

— Vous êtes mariés depuis longtemps ?

— Une dizaine de mois. Certains de mes amis n'ont pas compris. C'est un arrangement auquel nous trouvons l'un et l'autre notre compte. Elle me soigne avec dévouement et je la fais vivre dans une belle maison. J'ai besoin de quelqu'un de compétent et d'efficace. Elle parle peu, ce qui me convient, et ne se plaint jamais. Ginny, paix à son âme, ne cessait de geindre. Je l'aimais tendrement et je m'y étais habitué. Mais je ne le supporterais plus aujourd'hui.

Sa candeur fascinait Béatrice. N'était-ce pas là le rêve de tout homme en fin de parcours ? Une infirmière aux petits soins, et muette si possible. En échange de la sécurité matérielle et de l'honorabilité. Car, malgré les progrès du féminisme, les femmes seules sont encore en butte à bien des préjugés...

Suzie revint, portant un plateau chargé de canapés au thon et au beurre de cacahuète, d'un saladier de chips et d'un bol de sauce épicée. Le visage impassible, elle remit à chacun une assiette et un couvert. Les yeux obstinément baissés, elle se conduisait plus en servante qu'en épouse. Comme elle se retirait, Béatrice s'étonna :

— Elle ne déjeune pas avec nous ?

— Non. Elle est très timide... Où en étions-nous ?

Il mordit dans un sandwich, tandis que Béatrice attaquait le sien avec sa fourchette.

— Aux accumulateurs.

— C'est ça. A partir de là, le courant est passé entre nous, si j'ose dire... Il nous a donné les six agents de la cinquième colonne du lieu, à qui il était venu apporter argent et instructions.

— Qui étaient ces agents ?

Schroeder se remémora, comptant sur ses doigts :

— Deux carabiniers, un cheminot, un employé du téléphone et un prêtre du Vatican ! Je ne me souviens pas du sixième.

— Vous rappelez-vous le nom du prêtre ?

— Non.

— Mais il était au Vatican ? Il n'est pas impossible, alors, que votre prisonnier ait rencontré le pape.

Schroeder haussa le sourcil.

— Le pape ?

— Oui. J'ai toutes les raisons de penser que le livre venait de la bibliothèque personnelle du pape.

— Qu'est-ce qui vous fait croire cela ?

— Je le tiens de bonne source.

— J'en doute.

— Pourquoi ?

— L'homme n'était qu'un vulgaire messager. Il n'était pas si facile de rencontrer le pape... même pour un nazi !

— Sans doute. Mais je reste persuadée que la raison principale de ce voyage à Rome était précisément de rencontrer le pape et d'en recevoir ce fameux livre.

Pensif, Schroeder buvait son lait à petites gorgées.

— Pourquoi le pape lui aurait-il donné ce livre-là, précisément ?

— C'est ce que j'essaie de découvrir.

Essuyant sa moustache de lait, Schroeder marmonna :

— Pour un drôle de bouquin, c'était un drôle de bouquin ! Mais je ne vois toujours pas...

— Vous n'avez jamais su ce que l'homme comptait en faire ?

— Ça n'avait aucune importance.

Béatrice faillit s'étrangler :

— Aucune importance !

— Il n'y avait rien dans le livre qui soit en rapport avec la guerre. Nous tenions le bonhomme, nous savions ce qu'il était venu faire et nous avions coffré tous ses contacts...

— C'est lui qui vous a possédés, oui, en vous en donnant assez pour vous faire oublier sa mission véritable.

Schroeder soupira. Il secoua la tête avec la supériorité indulgente de qui, ayant vécu les événements, sait de quoi il parle.

— Je ne crois pas qu'il nous ait possédés, comme vous dites. On n'a pas idée de ce qu'est la guerre tant que l'on n'y a pas participé. C'est un peu comme entrer dans une maison de fous. On y arrive sain d'esprit, mais au bout d'un moment on déraille comme les autres. Vous n'avez plus qu'un objectif, et cet objectif tourne à l'idée fixe. J'ai vu deux de mes camarades se faire descendre devant moi. Je ne sais toujours pas pourquoi, moi, j'en ai réchappé !

Il se tut un instant, perdu dans ses pensées.

— Vous ne pouvez pas comprendre. Tout ce qui m'intéressait, c'était de démasquer les contacts de ce faux prêtre. Nous venions d'occuper Rome et notre position était précaire car nos lignes fourmillaient d'éléments douteux. L'important, c'était de faire parler le prisonnier. A n'importe quel prix. C'était mon idée fixe et c'est ce que nous avons fait. Nous les avons tous arrêtés... sauf le prêtre du Vatican.

— Pourquoi avoir conservé le livre ?

— Un souvenir... Comme ce type avait fait. Personne n'en voulait.

Il désigna sa vitrine.

— Comme vous le voyez, ce n'est pas la seule chose que j'aie gardée.

— L'homme a-t-il dit où il l'avait trouvé ?

— Dans les décombres d'une librairie, j'imagine.

— Pouvez-vous m'en dire davantage sur l'homme même ?

— Je sais son nom et sa ville d'origine. Pas de danger que je les oublie. C'est tout ce qu'il a répété sans se lasser durant les premières heures de son interrogatoire ! Il s'appelait Erich von Nordhausen. Il venait de Hambourg.

Béatrice nota sur son calepin, en capitales d'imprimerie.

— Noble ?

— Cette pourriture de nazi n'avait rien de noble !

— Je veux dire, de famille aristocratique... A cause du « von ». Savez-vous ce qu'il est devenu ?

— Après l'avoir interrogé, nous l'avons passé à la police militaire. J'imagine qu'il a terminé la guerre dans un camp de prisonniers.

— Comment pourrais-je le retrouver ?

— Autant chercher une aiguille dans une meule de foin. En menant une enquête à Hambourg, peut-être ? Il ne devait pas être beaucoup plus âgé que moi... et je suis toujours là.

Il ajouta avec un petit rire :

— Enfin... presque ! Grâce à qui vous savez... Mais vous ne mangez pas !

— Je n'ai pas très faim.

— Croquez au moins quelques chips. Elles sont bonnes avec cette sauce.

Il se servit, tandis que Béatrice reprenait :

— Monsieur Schroeder, je ne connais rien à la guerre et je sais que beaucoup d'eau a coulé sous les ponts. Mais je dois savoir... Qui, à part vous, connaissait l'existence de ce livre ?

— Ma femme, bien sûr.

— Pourquoi l'avoir envoyé à mon père après tout ce temps ?

— Croyez bien que je le regrette... quoique je ne puisse toujours imaginer qu'il soit à l'origine de sa mort... Je le savais amateur de livres rares.

— Ce livre est maudit. Moi, j'en étais sûre !

Schroeder et Béatrice se retournèrent. Suzie se tenait sur le seuil et ses yeux lançaient des éclairs. La jeune Indienne, que Béatrice avait vue si effacée, s'était métamorphosée. A mesure qu'elle parlait, sa voix acquérait une intensité, une force de persuasion extraordinaires.

— Je le lui avais dit. Je lui avais dit qu'il portait malheur.

— Comment le saviez-vous ?

— Je le sentais.

Agacé, Schroeder intervint, comme pour excuser sa femme :

— Suzie est tellement superstitieuse.

— Je ne suis pas superstitieuse. Je sais reconnaître les objets maléfiques. Je lui avais dit de le brûler. Ose dire le contraire, Hank !

Schroeder admit, mal à l'aise :

— C'est vrai. Mais je ne brûle pas les livres. Ce sont les nazis qui brûlaient les livres.

Suzie ajouta :

— Les gens de mon peuple comprennent la magie. Nous nous intéressons tous aux choses de l'invisible.

Le commentaire frappa Béatrice qui, dans un élan de sympathie, adressa à la femme un sourire de connivence. Suzie le lui rendit en silence comme si toutes deux appartenaient à la même société secrète.

— Mon père était comme vous, monsieur Schroeder. Pragmatique et fidèle à ses principes. Le livre ne l'intéressait qu'en tant qu'objet de collection. Mais j'ai bien peur d'être d'accord avec votre femme. J'ai senti tout de suite que ce livre était maléfique et j'en ai été profondément troublée, parce que je ne crois pas à la magie noire.

— La magie reste la magie, murmura Suzie.

Schroeder dit, sur la défensive :

— Je ne peux pas vous suivre sur cette voie. Von Nordhausen était à Rome pour contacter ses agents. Nous l'avons interrogé et nous avons liquidé sa cinquième colonne. Le livre ne contenait rien de particulier. Il n'a jamais été pour moi qu'un souvenir de guerre.

— La guerre, répéta Suzie. Tous les hommes aiment la guerre.

Schroeder protesta :

— C'est faux. Nous n'aimons pas la guerre. Mais il faut parfois se battre pour défendre les valeurs auxquelles on croit.

— Ou pour combattre les valeurs auxquelles d'autres croient.

Schroeder explosa :

— Je sais qu'en tant qu'Indienne tu as plus de raisons que les autres de raisonner ainsi ! « Il se peut que tu ne t'intéresses pas à la guerre, mais la guerre s'intéresse à toi. » Ce n'est pas moi qui le dis, c'est Léon Trotski... Penses-tu que tout irait mieux si les femmes étaient au pouvoir ?

— Quand leur donnera-t-on l'occasion de gouverner ?

L'œil sur ses notes, Béatrice revint à la charge :

— Je dois absolument retrouver Erich von Nordhausen. S'il est encore de ce monde. Selon vous, comment dois-je procéder ?

— En consultant les archives des anciens combattants titulaires de pensions, peut-être. Ou l'annuaire de Hambourg. Avec de la chance, on ne sait jamais.

Suzie murmura :

— Si j'étais à votre place, je renoncerais.

Béatrice lui sourit de nouveau :

— Ce n'est pas la première fois que l'on me donne ce conseil. Mais c'est impossible.

Elle consulta sa montre.

— Il est presque l'heure. Merci de votre accueil... et de votre aide.

Schroeder et sa femme l'accompagnèrent sur le perron. Le taxi l'attendait.

— Bonne chance, dit Schroeder.

— Merci. Je vais en avoir besoin.

Comme la voiture démarrait, Béatrice se retourna. Schroeder était déjà rentré mais, debout sur les marches, Suzie levait le bras, la main ouverte, comme pour lui donner sa bénédiction. Elle la remercia d'un signe de tête et le regard qu'elles échangèrent fit d'elles des sœurs.

12

Dans l'avion du retour, Béatrice songea à ces dernières années où sa vie s'était enlisée dans une routine stérile. Elle était lasse de travailler pour les autres. De n'être qu'une bête de somme littéraire et de ne connaître que la peine et jamais les honneurs. Désormais, elle travaillerait pour son compte, dans ce domaine comme dans les autres... « La magie reste la magie », avait dit l'Indienne. Pour la première fois de sa vie, Béatrice sentait la puissance de sa propre magie.

Elle appela Diaz de l'aéroport.

— Luis ?

— Oui.

Sa voix était ensommeillée.

— Je t'ai réveillé. Excuse-moi.

— Qui s'excuse ?
— Béatrice O'Connell. Tu te souviens ?
Il ne put s'empêcher de rire.
— La louve !
Elle hésita un court instant.
— J'aimerais te voir.
— Quelle heure est-il ?
— Minuit.
— Où es-tu ?
— A La Guardia.
— Et tu veux venir ?
— Si tu es disponible.
— Je suis toujours disponible. Je viens te chercher. Le coin est dangereux, la nuit.
— Le jour aussi. J'arrive.
Lorsqu'elle débarqua du taxi, Diaz l'attendait, assis sur les marches. En jean et T-shirt, il fumait une cigarette. Il se leva pour l'accueillir. Aussi beau que dans son souvenir.
— Un plaisir auquel je ne m'attendais pas. Comment vas-tu ?
Il se tenait près d'elle, son odeur la grisait.
— Je n'ai pas envie de parler.
Il fit glisser un ongle le long de son dos et elle se mit à trembler. Il lui souffla :
— De quoi as-tu envie ?
— Emmène-moi.
Diaz la prit par la taille et la serra contre lui, en montant l'escalier. Elle l'empoigna par les cheveux et l'embrassa goulûment. Jamais elle n'avait désiré quiconque avec une telle intensité. Ils grimpèrent l'escalier et pénétrèrent dans l'appartement.

Rentrée chez elle au petit matin, Béatrice se coula dans un bain de mousse et frotta son corps d'huile parfumée, toute frissonnante encore du plaisir que venait de lui donner Luis Diaz. Pourquoi ne pouvait-elle connaître la même volupté avec Stephen, qu'elle aimait ? Tout se passait comme si la confiance et la tendresse inhibaient sa sensualité.

Diaz était le diable et il n'y avait aujourd'hui pour elle rien de plus tentant que le fruit défendu qu'il lui offrait.

Le téléphone sonna alors qu'elle se séchait. Ce devait être Stephen. Elle se précipita pour décrocher.

— Béatrice ? Comment allez-vous ?

Le son de cette voix, trop sonore et trop joviale, la pétrifia sur place.

— Bien, merci, mon père. Et vous ?

— Très bien. Êtes-vous très occupée ?

— J'essaie de remettre un peu d'ordre dans mon petit univers.

— A la bonne heure. Mais songez à vous détendre. Je suis sûr qu'un petit voyage vous ferait le plus grand bien.

Était-il déjà au courant de son expédition en Oklahoma ?

— J'espère que vous pensez toujours à ma proposition concernant la bibliothèque de votre père ?

— Je ne pense qu'à ça !

Ç'avait été plus fort qu'elle ! Tant pis s'il avait perçu l'ironie de sa réponse. Elle ajouta :

— Si je peux, je vous appellerai dans la semaine.

— Parfait, mon enfant. Ne nous oubliez pas.

— Aucun risque !

— Dieu vous bénisse.

Elle raccrocha, songeuse. Pourquoi diable ce prêtre lui donnait-il toujours l'impression de la surveiller ?

Un peu plus tard, elle rejoignit Stephen dans une cafétéria du quartier, un endroit sympathique à la décoration surannée. Deux cuistots en tablier blanc s'affairaient derrière un comptoir de formica rose. Une odeur de bacon embaumait l'espace.

Louvoyant parmi les consommateurs absorbés dans la lecture de leur journal, elle retrouva Stephen au fond de la salle. En s'asseyant, elle aperçut sur la table une grosse enveloppe.

— Qu'est-ce que c'est ?
— Les notes de Cap. Et toi ? Bonne chasse ?
— Excellente. Je sais comment le grimoire est tombé entre les mains de Schroeder. Et j'ai appris le nom de celui qui le transportait. Erich von Nordhausen.
— Formidable. J'ai découvert aussi quelques petites choses.
— Intéressantes ?
— Très. Mais commandons d'abord, j'ai faim. Comment va ma sorcière ?
Il l'observait par-dessus le menu plastifié. Béatrice entra dans son jeu, non sans quelque impatience :
— Elle se porte bien !
— Je lui ai manqué ?
— Beaucoup.
— Tu es si froide, ce matin !
— Je n'en avais pas conscience.
Stephen plissa les paupières.
— Pourquoi ne m'as-tu pas téléphoné dès ton retour. Je me suis inquiété.
— Il était plus de minuit. A quoi bon te réveiller ?
— Je t'ai appelée. Tu n'étais pas là.
— J'étais épuisée. J'ai décroché le téléphone et je me suis couchée.
— Ce n'est pas vrai. Où étais-tu ?
— Au lit, je viens de te le dire.
Il marqua une pause.
— Au lit, peut-être. Mais pas dans le tien !
— Tout ça ne rime à rien, Stephen.
— Tu veux ta revanche, c'est ça ?
— Ne sois pas idiot. Appelle la serveuse.
— Tu étais avec Diaz !
Elle lui prit la main par-dessus la table et sentit qu'il tremblait.
— Tu étais avec Diaz !
Voulant l'épargner, elle mentit encore :
— Puisque je te dis que non.
Il dégagea sa main.

— Qu'est-ce que je dois croire ?
— Si tu posais moins de questions...
— Quand je t'ai épousée, tu étais tellement innocente... C'était moi qui... Aujourd'hui, on dirait que tu as inversé les rôles. Je ne peux pas m'y faire !
— J'étais innocente, peut-être, mais tout de même pas idiote !
— Tu étais ma petite fille.
— Eh bien ! maintenant, tu es mon petit garçon.
Il soupira :
— Je ne sais plus par quel bout te prendre.
Elle s'esclaffa. Puis, changeant de conversation :
— Je me demande si le père Morton ne me fait pas surveiller. Il m'a téléphoné ce matin.
L'air épuisé, le cheveu terne pendant en mèches et le crayon sur l'oreille, la serveuse vint prendre leur commande. Thé et toasts pour Béatrice, crêpes, saucisses, jus d'orange et café pour Stephen.
— Au moins, la jalousie ne te coupe pas l'appétit ! Montre-moi les notes de Cap.
— Honneur aux femmes... Parle-moi d'abord de Schroeder.
— Honneur aux femmes, quelle foutaise ! Nous ne sommes à l'honneur dans aucun domaine !
— Pas de polémique féministe dès le matin, Béa ! Qu'en est-il de Schroeder ?
Elle lui rapporta l'entrevue en détail. Il l'écouta distraitement et le visage soucieux, comme s'il pensait surtout à Diaz. Quand elle se tut, il constata, maussade :
— Pour Schroeder et pour ses collègues des S.R., le bouquin n'était alors qu'anecdote.
— Ils n'en ont rien tiré, et von Nordhausen les a convaincus que ce n'était qu'un souvenir de guerre ramassé dans les ruines. Mais je suis sûre qu'il les a bernés. N'oublie pas qu'il était déguisé en prêtre et que l'un de ses contacts était un authentique prêtre officiant au Vatican. De là à conclure que le pape n'était pas étranger à l'affaire...

— C'est ce que pense aussi Lovelock.

— En admettant que ce grimoire ait appartenu à Pie XII, pourquoi l'aurait-il remis à un Allemand? Qu'est-ce que les nazis comptaient en faire? Et pourquoi suscite-t-il toujours autant de convoitises?

— Il faut retrouver la trace de ce von Nordhausen.

La serveuse déposa devant eux leur petit déjeuner. Béatrice regarda avec envie Stephen beurrer ses crêpes et les inonder de sirop d'érable, tandis qu'elle-même enduisait ses toasts d'une mince couche de marmelade.

— Comment fais-tu pour ne pas grossir?

La bouche pleine, il décida :

— Je vais aller au consulat d'Allemagne. Peut-être pourront-ils nous aider.

— Notre homme est peut-être mort depuis longtemps.

— Pourquoi diable Schroeder a-t-il envoyé ce bouquin à ton père après toutes ces années?

— Sa femme le considérait comme un objet maléfique et voulait qu'il s'en débarrasse. Sachant que Papa était collectionneur de livres rares, Schroeder a pensé que ce serait une bonne façon de le remercier. Je ne crois pas qu'il faille imaginer autre chose...

— Moi non plus.

— Mais tu penses toujours comme moi que mon père a été tué à cause de ce livre?

— Ouais. Je crois aussi que rien ne serait arrivé si ton père ne l'avait pas montré à Antonelli.

— Pourquoi?

— Parce qu'il est l'unique lien entre ton père et Morton.

— Qui, selon toi, serait peu recommandable?

— Il ne peut l'être s'il marche avec les Defensores Fidei! L'institut Duarte est un de leurs fiefs, on en est à peu près certain, et Morton fait partie du conseil de direction...

Les larmes aux yeux, Béatrice murmura :

— Si seulement Schroeder n'avait pas eu la malencontreuse idée de...

— Il aurait fallu que ton père ne lui sauve pas la vie. Aucun effet n'est indépendant de sa cause...

— Il me manque tellement.

Repoussant son assiette vide, Stephen prit la main de Béatrice et la serra fort.

— Je sais... Dis-moi, Béa, tu étais avec Diaz cette nuit ?

Elle sursauta, furieuse :

— C'est une idée fixe ! Si on s'occupait plutôt de choses sérieuses ?

Il capitula et ouvrit la grosse enveloppe :

— D'accord. Commence par lire ça...

Elle parcourut avec un intérêt croissant les coupures de presse qu'il lui tendait.

— Certaines remontent à 90 ou 91. Je prends les plus récentes... « On craint la mort d'une journaliste d'Utica »... « Glenn Falls : une mère de trois enfants disparaît à la sortie d'un centre commercial »... « Helena Roberts toujours introuvable »... Helena Roberts... le nom me dit quelque chose...

— Tu te rappelles cette histoire d'adoption demandée par un couple de lesbiennes...

— J'y suis.

Elle lut à haute voix le début de l'article :

— « On se souvient comment Mme Roberts et sa compagne, Judith Osner, avaient défié la loi de leur État en cherchant à adopter un bébé. » Je me souviens très bien. Et que s'est-il passé ?

— Rien, puisque Helena Roberts a disparu avant que le tribunal ne statue.

— Sans blague ?

— Tout est là... Jette un œil à celui-là aussi.

— « Disparition d'une conseillère d'État de New York »... Ça date de l'année dernière.

— Lis-le-nous.

Béatrice s'exécuta :

— « La police recherche des informations sur Pat Slivka, membre du conseil d'État de New York, disparue de son domicile depuis mardi soir. Son mari a signalé sa disparition le lendemain matin, etc. Durant sa campagne électorale, Mme Slivka s'était présentée non comme une "féministe", mais comme une "humaniste". Élue de justesse après une bataille acharnée, elle s'était mis à dos la phalange conservatrice en soutenant le projet d'amendement pour l'égalité des droits et la légalisation de l'avortement. Elle milite également pour l'abolition des mesures restrictives concernant les mariages homosexuels. La police n'a encore découvert aucun indice. L'hypothèse d'un crime n'est pas exclue... »

Une autre coupure à la main, Stephen ajouta :

— La journaliste d'Utica s'appelait Tina Brand. Elle militait pour les droits des femmes. Sa disparition remonte à six mois. Tu as vu sa photo ? Belle fille. Quant à Patricia Hall, une mère de trois enfants, elle s'est volatilisée voilà une quinzaine de jours à sa sortie du centre commercial de Glenn Falls.

— L'article précise qu'elle était très active en matière de politique scolaire locale.

— Oui. C'est peu, mais c'est ce que Cap a relevé de plus récent. Faisons donc un saut à Glenn Falls, histoire de fouiner un peu. J'ai appelé le journaliste qui a signé l'article. Il nous attend.

— C'est loin, Glenn Falls ?

— Dans le Connecticut. Près de New Haven. La porte à côté.

Béatrice reposa les articles près de la grosse enveloppe.

— Le point commun entre ces femmes qui ont disparu, c'est que toutes militaient pour des causes controversées...

— Exact... Et voilà la reproduction promise.

Il poussa le volume vers Béatrice, qui le retourna pour en déchiffrer le titre, imprimé en noir sur la couverture rouge.

— Le *Malleus Maleficarum* de Heinrich Krämer et Jakob Sprenger.

Deux gravures encadraient les noms des auteurs. L'une représentait une sorcière aux cheveux de flamme, montant à l'envers une bête féroce dont elle tenait la queue dressée comme un phallus. La seconde montrait une autre sorcière sur un bûcher, sa langue verte pendant hors de la bouche de façon obscène.

— Curieux que Giuseppe Antonelli ait affecté de mépriser ce livre, alors qu'ils le vendent à l'institut, commenta Béatrice.

Au dos de l'ouvrage, Cap Goldman avait griffonné, outre la liste des directeurs de l'institut Duarte, Phil Burgoyne, George Cahill, Chuck Kraus, le père Morton, Bart Winslow, Giuseppe Antonelli et Desmond Crowley, celle des femmes dont les coupures de presse parlaient. Fronçant les sourcils, Béatrice bougonna :

— Il ne t'a pas donné d'autres précisions ?

— Je ne l'ai pas revu avant son départ. Il m'a envoyé le paquet avec une petite carte disant qu'on se verrait à son retour.

— Quelle écriture ! On dirait que les journalistes n'écrivent pas mieux que les médecins ! Qu'est-ce que c'est que ce mot illisible après les noms des directeurs ? Pré...

— Présentateur. D'après Cap, tous ces gens-là seraient des présentateurs.

— Présentateurs de quoi ?

— Aucune idée. J'ai appelé chez lui, mais il était déjà parti.

— On ne peut pas le joindre ?

— Ça me paraît difficile. Il pêche dans les grands lacs canadiens... Tu as vu que le mystérieux Desmond Crowley est le seul à ne pas être présentateur ? Juste G.I.

— Ce qui signifie ? Il ne peut pas pêcher auprès d'un téléphone, ton ami ? G.I. ? Comme dans l'armée ou comme « Grimoire Immonde » ?

— Voilà une vraie G.I. ! Une Grande Idée !

— Selon lui, il y a un rapport entre ces femmes et l'institut Duarte ?

— Oui.

Béatrice feuilleta rapidement le *Malleus*.

— J'ai hâte de lire cette autre G.I.... comme « Grosse Insanité ». Que fait-on maintenant ?

— On fonce à Glenn Falls.

Pendant le trajet, Béatrice relut les coupures de journaux. Elle soupira en les remettant dans l'enveloppe :

— Dieu, ce que certaines femmes peuvent avoir une vie difficile !

Stephen rectifia :

— Ce que certains, hommes ou femmes, peuvent avoir une vie difficile !

Béatrice s'absorba dans la contemplation du paysage, morne décor industriel.

— C'est difficile d'être une femme.

— Il est difficile de vivre, tout bonnement. Qu'on soit mâle ou femelle.

— La plupart des femmes sont des victimes-nées. Tu es un homme, tu ne peux pas comprendre. Je n'en avais pas conscience quand j'étais jeune parce que je menais une vie privilégiée et que l'avenir me semblait ouvert. Maintenant que je vieillis, je comprends par expérience que les femmes sont broyées par le système.

— Broyer les individus, c'est la fonction de tout système. Le système nous broie tous.

— Les femmes surtout. Prends l'exemple de Schroeder. Il est veuf, il vit à l'aise et il est servi au doigt et à l'œil par une épouse qui pourrait être sa petite-fille... Quelle chance peut avoir une veuve de soixante-dix ans de refaire sa vie avec un garçon qui pourrait être son petit-fils et qui serait aux petits soins pour elle, je te le demande ? Aucune.

— La mort nous obsède davantage...

— Peut-être parce que vous ne donnez pas la vie. Mettre les enfants au monde est notre unique consolation. Mais vous avez tellement plus de choix dans votre vie amoureuse, et tellement plus longtemps que nous! Passées leurs années fécondes, la plupart des femmes sont bonnes à jeter!

— Tout le monde est bon à jeter, tôt ou tard. Personne n'est irremplaçable. C'est la grande leçon de la vie.

— Oui, mais les femmes sont interchangeables, pas les hommes. En Occident, elles gagnent du terrain, c'est entendu. A la condition de se battre comme des enragées pour se faire accepter dans un monde d'hommes. Ailleurs, elles ne sont rien de plus que des juments poulinières. Elles n'ont pas de statut personnel, elles n'existent que par leur mari et les enfants qu'il leur fait.

— Il y a du vrai dans ce que tu dis, mais tu schématises un peu trop...

— Écoute ça : « Pat Slivka s'est fait connaître en défendant une fille de quatorze ans qui, enceinte à la suite d'un viol, s'était vu interdire l'avortement par ses parents »... Mon Dieu! Qu'est-ce que tu penses de l'attitude de l'Église catholique vis-à-vis des femmes?

— Tu es catholique, non?

— Je l'étais. Excommuniée depuis notre divorce... C'est une Église d'hommes qui n'aime pas les femmes, interdit l'avortement, la contraception, l'accès à la prêtrise... Nous approchons du troisième millénaire et nous devrions toujours porter le hennin et la ceinture de chasteté!

Stephen ne put réprimer un gros rire.

— Tu trouves ça drôle? C'est plutôt affligeant!

— Tu ferais un drôle de prêtre, Béa!

— Meilleur que toi, je suis sûre!

Il se rebiffa :

— Je serais le roi du confessionnal, j'ai le don pour poser les bonnes questions. Je saurais faire cracher leurs petits secrets à tous les pénitents...

Amusée, elle lui tapota affectueusement la cuisse.

— Tu ne confondrais pas le prêtre avec le psy?

Troublé, il retint sa main.

— Concentre-toi plutôt sur ta conduite!

— Ça te plaît, Béa, qu'on voyage ensemble ?

— On dirait, oui...

Elle ferma les yeux.

— Je ne suis plus très sûre de grand-chose, mais je pense aux femmes comme je n'y avais jamais pensé auparavant... Nous sommes menacées par un courant insidieux de fureur et de haine...

— Ne crois pas qu'il soit facile d'être un homme.

— Vous êtes tellement moins vulnérables.

— Cela reste à démontrer.

— Pourquoi ces femmes ont-elles disparu ? Et pourquoi ton ami voit-il un lien entre ces disparitions et l'institut Duarte ?

— C'est ce qu'on va tâcher de découvrir, dit Stephen en s'engageant sur la bretelle de sortie.

13

Bâtie au XIXe siècle pour y fabriquer des pièces destinées aux armureries du sud du Connecticut, Glenn Falls était une petite ville grise que le temps n'avait pas épargnée. Clouées à la diable, de grosses planches obstruaient certaines des vitrines de la rue principale. Un peu partout, des écriteaux annonçaient des soldes et des braderies sensationnels. Les rues étaient presque désertes. C'était l'heure du déjeuner et l'animation se concentrait autour de La Luna, une pizzeria devant laquelle chahutait un groupe de très jeunes gens.

Béatrice et Stephen sillonnèrent la ville en quête du bar où ils avaient rendez-vous avec le journaliste. Ils repérèrent enfin l'enseigne clignotante, en forme de verre à cocktail, de La Boîte à Joe. Stephen se gara devant l'établissement. Ankylosée par le voyage, Béatrice s'étira en mettant pied à terre, tandis que Stephen fourrait sous son bras la grosse enveloppe.

Lambrissée de bois sombre, la salle ne payait pas de mine, malgré les nappes à carreaux, les banquettes de skaï rouge et les publicités lumineuses qui s'efforçaient de l'égayer. Un vieux juke-box y distillait du Sinatra de la grande époque. A l'affût de visages nouveaux et de distractions inédites, les piliers de bar levèrent le nez lorsque Stephen demanda au serveur qui essuyait les verres derrière le long comptoir :

— Vous connaissez Dick Ramsey ?

L'homme au torchon appela :

— Hé ! Ramsey, tu as de la visite.

Suivant la direction de son regard, les deux visiteurs découvrirent l'homme entre deux âges qui, louchant par-dessus des lunettes à double foyer, leur faisait signe de venir le rejoindre. Il était chauve, avec un teint cireux et de larges cernes sous les yeux. Le col de sa chemise, déboutonné, bâillait dans le nœud relâché de sa cravate.

Ils se présentèrent et se serrèrent la main. Celle de Ramsey était lourde et molle, comme celle d'un homme épuisé.

— Bière pour tout le monde ?

Stephen regarda Béatrice, qui approuva d'un hochement de tête. Ramsey brailla :

— Trois autres bières, Joe !

Ils s'installèrent. Ramsey ôta ses lunettes et les essuya méthodiquement à l'aide d'une des serviettes en papier rouge.

— Tout s'est bien passé ? Vous avez trouvé facilement le chemin ?

Stephen haussa les épaules :

— Bonne route ! Disons... pittoresque. Comme la ville !

Ramsey glissa ses lunettes dans la poche de son veston fatigué.

— Qu'est-ce qui vous amène dans un bled aussi pittoresque ? Vous m'avez parlé de Patricia Hall, au téléphone.

Stephen ouvrit la grosse enveloppe, en tira

l'article titré « Glenn Falls : une mère de trois enfants disparaît au centre commercial », et le tendit à Ramsey.

— C'est bien toi qui as fait ce reportage pour *La Gazette de Glenn Falls* ?

— Reportage... c'est beaucoup dire !

— As-tu écrit la suite ?

— Non. Pour la bonne raison qu'il n'y a pas eu de suite. Tout ce qu'on sait est là-dedans. On a vu Patricia Hall pour la dernière fois au centre de Parsons Mall, à trois cents mètres de la ville, aux environs de... Qu'est-ce que je disais dans mon article ?

Il s'y reporta.

— Huit heures et demie, c'est ça. Un employé du supermarché s'est souvenu de l'avoir servie. Mais elle n'est pas rentrée chez elle et on a retrouvé sa voiture le lendemain sur le parking du centre. La police pense qu'elle a été enlevée.

— Monsieur Ramsey...

— Appelez-moi Dick.

— Moi, c'est Béa. Connaissiez-vous Patricia Hall ?

— De nom et de vue. Glenn Falls est une petite ville.

— Dick... Je suppose que vous avez votre idée quant à cette disparition ?

Visiblement heureux que Béatrice se soucie de son opinion, Ramsey se redressa et s'éclaircit la gorge :

— Le bruit a couru qu'elle avait pu filer avec quelqu'un. D'après la rumeur, son mariage battait de l'aile. Mais je n'y crois pas.

— Pourquoi ?

— A cause des enfants. Une mère n'abandonne pas trois enfants si jeunes.

— Alors, selon toi ? insista Stephen.

— Difficile à dire. Les Hall ne sont pas riches. D'ailleurs, il n'y a pas eu de demande de rançon.

— Que fait le mari ?

— Il est propriétaire d'une petite scierie. Pour

moi, c'est soit un crime de sadique, soit une de ces agressions stupides qui rapportent vingt dollars à leur auteur. Je suis sûr qu'un jour ou l'autre on va retrouver son corps...

L'indifférence du commentaire fit frémir Béatrice. Joe apporta les bières commandées. Assoiffé, Stephen but d'un trait la sienne et rappela :

— Ton article parle d'activisme politique... dans le domaine scolaire.

— Oui, cette chère Patricia entrait dans la catégorie des libres-penseurs. Son militantisme acharné faisait pas mal de vagues.

— Quel genre de vagues ?

— Comme toute ardente libérale, elle brandissait des étendards qui prenaient les gens d'ici à rebrousse-poil ! Elle préconisait les préservatifs pour les ados et l'éducation sexuelle obligatoire. Chacun, à l'entendre, devait pouvoir vivre à sa guise. Elle militait aussi contre la prière à l'école et contre la fermeture de la clinique d'avortement.

Stephen échangea un regard avec Béatrice. La jeune femme enchaîna :

— Une féministe, selon vous ?

Ramsey gloussa :

— Sauf votre respect, c'était une sacrée petite fouteuse de merde !

Plus sèchement qu'elle ne l'aurait désiré, Béatrice releva :

— Ce que sont pour vous toutes les féministes ?

Piégé, Dick Ramsey se hâta de battre en retraite.

— Mais non. Je ne suis qu'un petit journaliste qui se borne à rapporter des faits. Mais comprenons-nous bien. Ce que je dis, c'est qu'elle fourrait son nez partout et particulièrement à l'école, et qu'elle prônait toujours le plus grand libéralisme.

Il s'interrompit, attaqua sa seconde bière et lécha d'un coup de langue sa moustache d'écume blanche. Béatrice l'encouragea :

— Je vous en prie, continuez.

— Vous devez bien comprendre que la plupart

des gens, et pas seulement dans les petites villes, ont une sainte horreur du changement. Surtout quand il s'agit de leurs mômes. Patricia Hall avait la langue bien pendue et jouissait d'une large audience.

— Si large que ça ?

— D'après ceux qui l'ont bien connue, c'était une nana...

Devant la réaction de Béatrice, il rectifia précipitamment :

— C'était une femme très charismatique, très convaincante...

Puis, fixant ses interlocuteurs droit dans les yeux, l'un après l'autre, en homme qui a décidé de tout dire :

— Voulez-vous savoir jusqu'où allait la rumeur à son sujet ? Eh bien ! on racontait qu'elle couchait avec le président du conseil d'administration des écoles.

— C'était vrai ?

Ramsey eut une mimique évasive.

— C'est ce qui se disait ! Une affaire a éclaté, juste avant sa disparition. Elle y allait de plus en plus fort et Midge Finlay, la femme du directeur, l'a traitée de sorcière...

Béatrice haussa les sourcils :

— A cause de son physique ?

— Ça ne risquait pas ! Elle était plutôt jolie, dans son style... De longs cheveux noirs et un pendentif égyptien autour du cou. On la disait originaire du Vermont. Elle faisait des poteries qu'elle exposait pour les vendre devant sa porte. Une sorte de hippie...

Comme pour ponctuer ses dires, la pub lumineuse de la bière Budweiser au-dessus du bar se mit à clignoter et à faire des étincelles avant de s'éteindre. Tous trois se retournèrent tandis que Joe le barman jurait :

— Saloperie de bidule !

L'incident ayant arrêté Dick Ramsey dans sa tirade, Stephen relança :

— Tu as entendu parler de l'institut Duarte ?
— Pas que je sache.
— Et d'un nommé Desmond Crowley ?
— Inconnu au bataillon. Je devrais ?
— Pas vraiment. Ça fait un bail que tu vis ici, non ?
— Pas loin de vingt ans. *La Gazette* est un bon petit canard. On n'y décrochera pas le Pulitzer, mais nos infos sont fiables.
— Eh bien ! merci, Dick. C'est sympa de nous avoir reçus.
Stephen se leva et Béatrice l'imita. Ramsey remarqua :
— Vous n'avez presque pas touché à votre bière, Béa...
— Je n'avais pas soif.
— Vous permettez ? Moi, j'ai encore soif...
— Je vous en prie... Une chose encore, Dick... Toutes ces causes pour lesquelles Mme Hall militait, où en sont-elles maintenant qu'elle a disparu ?
Ramsey reposa le verre vide et s'essuya la bouche d'un revers de main.
— Au point mort. Les gens ont bien d'autres chats à fouetter. La récession touche tout le monde.
— Croyez-vous que ses propositions auraient abouti si elle n'avait pas disparu ?
Le journaliste réfléchit un instant :
— Qui sait ? C'était une sacrée bonne femme !
Puis dans un sourire :
— Ne voyez là rien de péjoratif. Au contraire !
Stephen alla régler les consommations
— Je peux savoir pourquoi Patty Hall vous intéresse ?
— Une femme qui disparaît sans laisser de traces, c'est curieux, non ?
— Je ne dis pas le contraire. Mais Glenn Falls n'est pas New York. Comment êtes-vous tombés sur *La Gazette* ?
— Parmi d'autres cas semblables.

— Mais c'est de l'histoire ancienne. Ancienne et enterrée, puisque la police n'a rien découvert. Auriez-vous appris quelque chose ?

Béatrice éluda :

— C'est moins l'histoire que la femme qui nous intéresse. Sa personnalité. Ses antécédents.

— Eh bien ! maintenant, vous êtes fixés, conclut Dick Ramsey en faisant signe à Joe de le resservir.

Immense et désert à cette heure de la journée, le centre commercial de Parsons Mall était impressionnant. Béatrice soupira :

— Tous ces magasins, et ce parking qui n'en finit plus... Quoi de plus facile, à neuf heures du soir, que d'assommer quelqu'un, de le jeter dans un coffre de voiture, ni vu ni connu, je t'enlève ! Je crois que je préfère encore l'insécurité de Manhattan !

Stephen redémarra lentement, l'esprit ailleurs.

— Comme les autres femmes disparues, Patricia Hall choquait. Socialement et... sexuellement.

— Au point de représenter une menace ! Ne serait-ce qu'avec cette histoire d'avortement. Elle a tout à fait sa place à la rubrique « militantes escamotées », ton ami a raison.

— Il sait avoir mis le doigt sur quelque chose d'important. Il nous dira ce qu'il a pêché à son retour. Et pas seulement dans les lacs canadiens !

Stephen et Béatrice passèrent la nuit ensemble. Ils firent l'amour, mais, cette fois encore, sans qu'elle ressentît le frisson qu'elle avait connu dans les bras de l'Espagnol. Plus ardent que jamais, Stephen déploya pourtant tout son savoir-faire. Mais elle n'y pouvait rien, elle était plus spectatrice qu'actrice. Elle déplorait sa froideur, espérait qu'il n'en était pas conscient et, le moment venu, se résigna à simuler.

Le lendemain, après le petit déjeuner, Stephen se rendit au consulat d'Allemagne pendant qu'elle s'installait près de la fenêtre sur le vieux canapé déglingué avec une bouteille d'eau minérale et le fac-similé du *Malleus Maleficarum*. La préface assurait qu'il s'agissait de « l'un des ouvrages les plus efficaces et les plus toniques, dans le chœur immense des écrits sur la sorcellerie » et qu'il était « le mieux adapté à notre époque par sa logique, sa clarté et sa compréhension du système judiciaire ». Le « Marteau des sorcières » était un « livre pour l'éternité ». Et c'était signé Desmond Crowley.

Ainsi, l'énigmatique M. Crowley avait rédigé cet avant-propos. Il tardait à Béatrice d'en faire part à Stephen. D'ici là, elle en saurait davantage sur ce chef-d'œuvre du XVe siècle. Elle se plongea dans la lecture ardue de ce texte archaïque.

LA PREMIÈRE PARTIE, TRAITANT DES TROIS INGRÉDIENTS NÉCESSAIRES À LA SORCELLERIE, QUI SONT LE DIABLE, UNE SORCIÈRE ET LA PERMISSION DU TOUT-PUISSANT.

PREMIÈRE PARTIE
QUESTION 1

Ici commence, sous d'heureux auspices,
la première partie de cet ouvrage.

Que la croyance qu'il existe des sorcières fait tellement partie intégrante de la foi catholique que maintenir obstinément l'opinion contraire fleure manifestement l'hérésie.

Intriguée, Béatrice ne tarda pas à s'immerger dans sa lecture. Un sentiment d'horreur l'envahit au fur et à mesure qu'elle lisait la rhétorique la plus misogyne qu'elle eût jamais rencontrée. Incrédule, elle décida de recopier in extenso certains passages significatifs à l'intention de Stephen.

Extraits du *Malleus Maleficarum* de Heinrich Krämer et Jakob Sprenger :

Question VI : Pourquoi les femmes sont-elles principalement affligées de superstitions pernicieuses ? (...)

Considérons donc à présent les femmes. Pourquoi cette sorte de perversion se rencontre-t-elle davantage dans ce sexe fragile que chez les hommes ? Notre enquête sera tout d'abord générale et portera : primo, *sur la condition générale des femmes;* secondo, *s'efforcera de déterminer quelle sorte de femme est la plus encline à la superstition et à l'hérésie. (...)*

La perversité des femmes est clairement évoquée dans l'Ecclésiaste, chapitre XXV : « Je demeurerais avec un lion et un dragon, plutôt que de cohabiter avec une femme perverse. » (...)

Toute la perversité du monde n'est rien à côté de la perversité d'une femme. (...) D'où ce précepte tiré du texte de saint Chrysostome : « Il n'est pas bon de se marier. Qu'est donc une femme, sinon une ennemie de l'amitié, un châtiment inéluctable, un mal nécessaire, une tentation naturelle, un péril domestique, un dommage délectable, un être maléfique paré par la nature de couleurs séduisantes ! »

Quand une femme pense seule, elle pense au mal.

D'où les imprécations que nous lisons contre les femmes, où le mot femme est employé au sens de luxure.

Ainsi qu'il est écrit : « J'ai trouvé une femme plus amère que la mort, en la personne d'une femme apparemment bonne mais soumise à la luxure. »

Car pour ce qui concerne l'intellect ou la compréhension des choses spirituelles, leur nature semble différente de celle des hommes. Un fait avéré par la logique des autorités, fondé sur des exemples puisés dans les Écritures.

On notera qu'il y eut un défaut dans la formation de la première femme, puisqu'elle fut formée à partir d'une côte, os du thorax recourbé dans la direction contraire à l'homme. Et puisqu'en raison de ce défaut la femme est un animal imparfait, elle n'est que tromperie. Caton l'a écrit : « Quand une femme pleure, c'est qu'elle vise à trahir un homme. »

Une femme perverse est donc, par nature, plus prompte à renier sa foi et, par conséquent, plus à même d'abjurer cette foi, ce qui constitue la racine même de la sorcellerie.

Quant à son autre qualité mentale, à savoir sa volonté naturelle : lorsqu'elle déteste quelqu'un qu'elle a aimé, elle bouillonne de colère et d'impatience dans toute son âme, tout comme les marées de la mer écument et battent sans cesse.

Peut-il être qualifié d'homme libre celui que sa femme gouverne, à qui elle impose ses lois, donne ses ordres et interdit de faire ce qu'il voudrait, de sorte qu'il ne peut ni n'ose lui refuser ce qu'elle demande ?

Considérons une autre de ses propriétés : sa voix. Car étant menteuse par nature, sa voix blesse alors même qu'elle charme.

Considérons également sa démarche, son allure et ses habitudes, qui sont autant d'expressions de la vanité des vanités. Il n'existe aucun homme au monde qui s'évertue davantage à plaire au bon Dieu que la femme la plus ordinaire ne s'évertue, par ses vanités, à plaire aux hommes.

Elle est plus amère que la mort, parce que la mort physique est un ennemi terrible mais toujours évident, alors que la femme est un ennemi insidieux et secret.

Toute sorcellerie provient de la luxure qui, chez la femme, est insatiable.

Trois vices semblent exercer un empire particulier sur les femmes : l'infidélité, l'ambition et la luxure. De ces trois vices, le troisième prédomine puisque les femmes sont insatiables.

Question VIII : Que les sorcières possèdent le pouvoir d'endormir la puissance génésique, ou d'empêcher l'acte vénérien. (...)

La catholicité maintient que les sorcières peuvent empoisonner l'esprit des hommes avec l'amour irrésistible de femmes étranges et enflammer leur cœur au point que nulle honte et nul châtiment, nul acte et nulle parole ne puissent les arracher à de telles amours. Et que, de façon similaire, elles peuvent susciter une telle haine dans les couples mariés qu'ils ne puissent accomplir, de quelque façon que ce soit, les fonctions procréatrices du mariage : de telle sorte que, dans le silence de la nuit, ils couvrent de grandes distances, en quête de maîtresses ou d'amants illicites.

Les serpents sont plus vulnérables aux atteintes de la magie que les autres animaux. C'est la même chose dans le cas d'une femme car le diable peut obscurcir son entendement au point de lui faire voir son mari sous des traits tellement ignobles que pour rien au monde elle ne lui permettrait de partager sa couche. Par la suite, le mari se demande pourquoi davantage d'hommes que de femmes sont envoûtés ainsi dans l'accomplissement de cette action. Et il se dit qu'une telle obstruction affecte généralement le conduit séminal ou rend impossible l'érection, ce qui peut arriver plus facilement aux hommes, et c'est ainsi que davantage d'hommes que de femmes sont envoûtés.

Quand le membre ne réagit en aucune manière, et ne peut réaliser le coït, c'est un signe de frigidité naturelle. Mais, quand il réagit en devenant rigide sans pouvoir remplir son office, c'est un signe de sorcellerie.

Notez en outre que le Canon parle d'amants licencieux qui, pour épargner la honte à leur maîtresse, utilisent des contraceptifs tels que potions ou tisanes qui vont contre nature, sans aucune aide du Diable. De tels pénitents doivent être châ-

tiés en tant que criminels homicides. Et les sorcières qui réalisent ces choses par sorcellerie sont également justiciables de la peine capitale.

En foi de quoi les médecins catholiques opèrent la distinction suivante, que l'impuissance causée par la sorcellerie peut être temporaire ou permanente. Si elle est temporaire, elle n'annule pas le mariage. Elle est présumée temporaire si elle peut être guérie, par tous moyens utilisables, dans les trois ans de la cohabitation, avec l'aide des sacrements de l'Église ou de tous autres remèdes. Hostiensis, Godfrey, médecins et théologiens, ont beaucoup écrit sur l'impuissance.

Question IX : Que les sorcières sont capables, par quelque tour de prestidigitation, d'engendrer l'illusion que l'organe mâle puisse paraître entièrement écarté et séparé du corps.

Il n'y a aucun doute que certaines sorcières puissent pratiquer des opérations merveilleuses sur les organes mâles, car ceci concorde avec ce que beaucoup ont vu et entendu, et avec tout ce qui a pu être établi au sujet de ce membre par l'usage des sens de la vue et du toucher.

Le membre de Peter lui a été ravi et il ignore si c'est par sorcellerie ou de toute autre façon par le pouvoir du diable avec la permission de Dieu. Existe-t-il des moyens de faire la différence et la distinction entre les deux ?

Primo, *que ceux à qui ces choses arrivent le plus communément sont des adultères et des fornicateurs. Car lorsqu'il leur est impossible d'exaucer la demande de leur maîtresse ou s'ils souhaitent s'en éloigner et s'attacher à d'autres femmes, leur maîtresse, par vengeance, amène cette chose à se produire ou, par quelque autre pouvoir, provoque la perte totale de leur membre.*

Quand Béatrice termina sa lecture, il était près d'une heure. L'esprit enfiévré, elle se leva, alluma une cigarette et se mit à marcher de long en large en relisant ses notes. Plus elle examinait ces morceaux choisis, plus son incrédulité grandissait.

Telle était donc, au XVe siècle, la vision que les ecclésiastiques avaient des femmes. Et certains prétendaient que le monde était pire aujourd'hui. Quelle dérision !

Elle relut la préface de Desmond Crowley. La phrase présentant le livre comme « une œuvre impartiale et scrupuleusement réfléchie » augmenta encore sa stupéfaction. Compte tenu de la haine des femmes dont cet ouvrage faisait preuve de bout en bout, comment cet homme avait-il pu écrire une prose pareille ? Datée de 1955, avant l'émergence du féminisme moderne, cette préface n'en était que plus fantastique. Pourquoi les éditeurs l'avaient-ils reproduite ? Elle était convaincue que quelque chose d'effroyable se préparait et elle était bien déterminée à découvrir quoi.

La première personne susceptible de l'aider dans sa quête était Simon Lovelock. Elle l'invita, par téléphone, à un déjeuner tardif et, sans se faire prier, il accepta de la rejoindre dans un petit restaurant de Spring Street, proche de sa boutique.

Il était un peu plus de deux heures quand Béatrice entra dans la salle avec son paquet sous le bras. Le bistrot en question était un endroit clair et aéré, murs blancs, sol carrelé, plantes en pot suspendues. Malgré l'affluence, Béatrice repéra immédiatement la silhouette vêtue de noir assise dans un coin sous une fougère. Lovelock se leva pour l'accueillir. Il avait fait un effort de toilette en son honneur. Très homme du monde, il tint sa chaise pour qu'elle s'assît, s'assura qu'elle était bien installée et reprit place en face d'elle sous la fougère.

— C'est mon annexe d'été. L'hiver, je préfère le petit restau du coin où l'on déjeune à la bougie. Quand vient le froid, j'ai tendance à rechercher les endroits obscurs. Je me demande bien pourquoi.

— Envie d'hiberner, peut-être ?

Il examina le problème, avec sérieux comme il le faisait de toutes choses.

— Non, je rechercherais plutôt la chaleur. J'ai toujours associé chaleur et obscurité.

— Nostalgie de la période intra-utérine, alors ? le taquina-t-elle.

— C'est bien possible.

Il sourit, et Béatrice remarqua que ses dents n'étaient plus tachées de nicotine.

— Oublions mes tares ! Avez-vous faim ?

— De plus en plus à mesure que le temps passe.

— Laissez-moi vous dire ce qu'il y a de bon sur ce petit menu. Cette maison se spécialise dans ce que j'appelle la cuisine hippie gourmande. Je vous suggère leur sandwich aux légumes grillés. C'est ce que je prends tous les jours. Mais sans poivrons. Je déteste les poivrons.

— Je me fie à vous, monsieur Lovelock.

La réponse parut lui plaire. Il continua :

— Que voulez-vous boire ? Ils ont un cocktail de fruits à base de soda et de framboises écrasées. C'est très rafraîchissant.

— Parfait pour moi.

Un garçon pour qui Lovelock était un familier vint prendre leurs commandes.

— Sans poivrons, bien sûr ?

Lovelock acquiesça, alluma une de ses inévitables cigarettes et se tourna vers Béatrice.

— J'ai été ravi de vous entendre. Notre dernière rencontre ne m'avait pas enthousiasmé.

— J'ai découvert pas mal de choses depuis, monsieur Lovelock.

— Simon... par pitié !

— Simon... Vous avez dit que je pouvais revenir vous poser des questions.

— Naturellement. Je veux vous aider... bien que ma position soit délicate.

Béatrice lui tendit le *Malleus Maleficarum*.

— Oh ! Puis-je vous demander où vous l'avez déniché ?

— Il appartient à un ami de Stephen. Un journaliste. Il l'a obtenu à l'institut Duarte.

Le nom de l'institut fit grimacer le libraire.

Béatrice ajouta :

— Ils vendent des fac-similés de l'édition originale... Je l'y ai vue.

— Vous l'y avez vue !

— Oui. Nous sommes allés là-bas.

Soudain blême, Lovelock s'emporta :

— Je vous avais pourtant dit de vous en tenir à l'écart !

— Je voulais voir.

— Qui vous a servi de guide ?

— Le père Morton.

— Personne d'autre ?

— Non, pourquoi ?

— Il faut que vous me promettiez... que vous me juriez... de ne plus jamais y mettre les pieds.

— D'accord, mais pourquoi ? Ce n'est qu'une grande école privée.

— C'est bien autre chose, je vous assure.

— Mais quoi ? Dites-le-moi.

Il s'agitait de plus en plus sur sa chaise.

— Revenons plutôt au *Malleus*. Vous ne choisissez pas des sujets faciles, Béatrice. Je peux vous appeler Béatrice ?

— Naturellement. Je dirais plutôt que ce sont les sujets qui me choisissent !

Il tournait et retournait le livre comme s'il voulait en évaluer le poids. Puis il le feuilleta posément.

— C'est l'édition la plus complète. Avec la bulle du pape Innocent VIII, datée de 1484.

Refermant le volume, il le posa devant lui sur la table.

— Vous avez changé de coiffure. Puis-je vous dire à quel point vous êtes jolie ?

Déconcertée, Béatrice murmura :

— Merci.

— Je n'aurais peut-être pas dû...

— Mais si !

— J'ai beaucoup pensé à vous. Je voulais vous appeler, mais je me suis dit que ce ne serait pas correct.

— Pourquoi ?

— Vous étiez avec... un ami. J'ai supposé que...

— Stephen est mon ex-mari. Nous sommes restés très proches.

Il approuva d'un hochement de tête et la contempla comme s'il eût voulu graver en sa mémoire tous les détails de son visage. Puis il se reprit et s'éclaircit la gorge :

— Traduit littéralement, *Malleus Maleficarum* signifie « Le Marteau des sorcières » ou, selon certains, « Le Marteau de sorcière ». Rédigé par deux fanatiques, Heinrich Krämer et Jakob Sprenger, il a été publié en 1484, date communément admise par les spécialistes. Il a connu quatorze éditions entre 1487 et 1520 et une quinzaine entre 1574 et 1669. Toutes en France, en Allemagne et en Italie. Comme vous le voyez, l'ouvrage a été largement diffusé et l'influence qu'il a exercée a été considérable. Elle l'est toujours aujourd'hui.

Il s'interrompit, plongé dans ses pensées.

— Je vous en prie, continuez.

— Oui... Krämer était allemand, né près de Strasbourg. Prieur dominicain devenu grand inquisiteur pour le Tyrol et les régions avoisinantes, Bohème, Moravie, etc. Sprenger est né à Bâle où, très vite, il fut considéré comme un génie doublé d'un mystique. Lui aussi a été dominicain avant d'être inquisiteur, dans la région de Cologne. Toutes les chroniques en font un saint et certaines vont jusqu'à le nommer « Beatus ». Il a été enterré à Strasbourg. Krämer et Sprenger ont beaucoup écrit. Mais le *Malleus,* fruit de leur collaboration, est leur œuvre maîtresse.

— Simon... Je l'ai lu en partie ce matin et je suis encore sous le choc. Pouvez-vous me dire ce que c'est sinon une violente diatribe contre les femmes ?

— Diatribe contre les femmes, oui, mais c'est

bien davantage que cela. Comment vous dire ? Tout magistrat consciencieux de l'époque possédait son exemplaire du *Malleus*. Il constituait la référence suprême et irréfutable en matière de lutte contre la sorcellerie. Reconnu comme tel par les protestants comme par les catholiques. Non seulement il analysait la nature profonde des sorcières et indiquait la marche à suivre pour les démasquer, mais il expliquait dans le détail comment les capturer, les juger et les châtier.

— Un ouvrage de droit, en quelque sorte.

— Vous êtes en dessous de la vérité. Durant plus de deux siècles, le *Malleus* a été LE livre ayant force de loi en matière de sorcellerie. Un ouvrage unique et universellement respecté.

— Mais toutes ces superstitions... c'est tellement ignoble !

— En ce temps-là, on n'appelait pas cela des superstitions. Tout le monde y croyait. Croire est beaucoup plus fort que savoir, Béatrice. Croire exclut toute logique. Croire relève de l'émotion.

— Alors, la religion...

— L'amour, l'espoir, la peur...

— La haine...

— La haine, oui, je ne le sais que trop... La sorcellerie, voyez-vous, était très difficile à prouver. Elle comportait des degrés, et les sorcières elles-mêmes se classaient dans différentes catégories. On ne les traitait pas toutes de la même façon. Il y avait celle qui confessait son hérésie, mais exprimait des remords. Celle qui confessait son hérésie, mais n'exprimait pas de remords. Celle qui refusait de confesser quoi que ce soit, bien que convaincue de sorcellerie. Celle encore qu'une autre sorcière accusait de sorcellerie. Cas particulièrement épineux... Et ainsi de suite jusqu'au moindre détail. Après quoi le *Malleus* passe aux divers châtiments.

— Comme l'autodafé, sur le bûcher ?

— Précisément.

Leurs plats arrivant, Lovelock écrasa sa cigarette

dans un cendrier et glissa le coin de sa serviette sous le col de sa chemise. Il ouvrit son sandwich et en attaqua les légumes à la fourchette, attentif à n'en déguster qu'une variété à la fois. C'est ainsi qu'il mangea les carottes grillées avant d'entamer les courgettes, les aubergines avant les tomates, pour terminer par les choux de Bruxelles. Entre deux bouchées, il avalait une petite gorgée de son cocktail à la framboise et se tamponnait délicatement les lèvres du coin de sa serviette. Le tout sans maladresse, avec rapidité et précision.

Fascinée par le côté méthodique de l'opération, Béatrice décida de le laisser manger avant de reprendre la conversation. Finalement, il reposa sa fourchette, ôta sa serviette, se cala sur son siège avec un petit soupir de satisfaction et chercha une cigarette.

— Encore un que l'Inquisition n'aura pas !

— Simon, puis-je vous demander quelque chose ?

— Je vous en prie.

— Pourquoi prendre un sandwich et pas simplement une assiette de légumes, puisque vous ne mangez pas le pain ?

— J'aime voir le pain dans mon assiette. Le pain est vital. Et je trouve qu'il ajoute quelque chose au goût des légumes.

La main en éventail, il chassa la fumée de sa cigarette.

— J'espère que ma fumée ne vous dérange pas ?

— Pas du tout.

— Avez-vous apprécié l'aneth dont ils agrémentent leurs légumes ?

— J'ignorais ce que c'était, mais j'ai trouvé cela délicieux.

— Une plante aromatique très intéressante. Dans certains pays, elle est censée conjurer les sorts jetés par les sorcières.

— Vous croyez à la sorcellerie, Simon, n'est-ce pas ?

— Ce n'est pas la première fois que vous me posez la question. Revenons plutôt à notre *Malleus*.

— Parlez-moi de cette bulle papale publiée en même temps.

— Que savez-vous des bulles papales ?

— A peu près rien, bien que je sois catholique.

— Le terme vient du latin *bulla,* qui signifie « bulle ».

— Comme dans « coincer la bulle » ?

Surpris pas l'incongruité de son propos, Lovelock ouvrit de grands yeux.

— Désolée, Simon. Mais je vous avoue que l'Église m'agace un peu en ce moment.

— A cause de certains, l'Église peut devenir une institution agaçante, en effet. Et même dangereuse.

— Mais aussi exaltante... grâce à d'autres.

— C'est vrai... Dans le langage populaire, le mot « bulle » désignait une sorte d'amulette métallique. En raison de leur ressemblance avec cette amulette, on a appelé ainsi les sceaux de plomb utilisés pour authentifier les écrits du pape. A la fin du XIIe siècle, le mot a désigné les écrits eux-mêmes... J'aime comment les mots évoluent...

Il leva la main et l'agita gracieusement, comme pour conduire un orchestre invisible.

— Ils évoluent deçà, delà... et tout à coup ils s'attachent définitivement à un objet sans rapport avec leur signification première.

— Je n'avais jamais envisagé sous cet angle l'évolution de la langue.

— Songez qu'une « bulle », chose évanescente et impondérable s'il en est, désigne aujourd'hui l'un des moyens d'action les plus lourds et les plus importants de l'Église. Vous ne trouvez pas ça amusant ?

Il souffla un parfait rond de fumée. Béatrice reposa son verre.

— Merci de m'apprendre toutes ces jolies choses, Simon.

Elle souriait. Il lui rendit son sourire.

— De rien... Parmi tous les édits publiés par la Cancellaria, la bulle figurait au premier plan. Une bulle papale était très différente, dans l'esprit comme dans la forme, d'une encyclique ou d'un décret, même si ces derniers sont parfois qualifiés de bulles. Elles étaient rédigées en latin dans une écriture gothique presque indéchiffrable et, fait notable, sans aucune ponctuation. Elles portaient un sceau sur chaque face, l'un représentant saint Pierre et saint Paul, l'autre le pape régnant. La bulle du pape Innocent VIII, qui présida à la sortie du *Malleus*, écrite dans le langage le plus grave qui soit, conféra à l'ouvrage un poids et un prestige considérables. Elle déclarait en substance que quiconque oserait contester l'autorité de ce texte appellerait sur sa tête la colère de Dieu et de ses apôtres.

— Je vois.

Sans finir son sandwich, Béatrice repoussa son assiette, ferma les yeux et se massa les tempes du bout des doigts. Lovelock s'inquiéta :

— Qu'y a-t-il ? Vous ne vous sentez pas bien ?

Elle le regarda, l'expression tendue.

— Je sens derrière tout cela quelque chose de très dangereux...

— Vraiment ?

— Vraiment. Et vous le sentez vous aussi. Plus exactement, vous le savez.

Il baissa les yeux.

— Oui, je le sais.

Elle fit un effort pour se redresser.

— Je vais vous dire ce que, d'après moi, représente cet ouvrage.

— Je vous écoute.

— La peur de l'impuissance qui obsède l'homme. Et, par extension, la peur et la haine de la femme.

Lovelock admit d'un ton neutre :

— Soit. Mais les choses vont beaucoup plus loin.

Béatrice secoua la tête.

— Non. Je ne pense pas que les choses aillent

plus loin que les relations entre hommes et femmes. C'est le cœur du problème. Le reste n'est que littérature.

— Développez votre point de vue, voulez-vous ?

— Selon moi, « Le Marteau des sorcières » est l'expression littérale et littéraire de la terreur atavique de l'homme face au spectre de l'impuissance. Dans l'esprit des auteurs, le mot « sorcière » est synonyme de « femme, créature inférieure », ajoutant la luxure à la dépravation. La meilleure des femmes n'en est pas moins maléfique. Son esprit faible et son corps impur font d'elle la dépositaire du mal, autrement dit une sorcière... D'accord jusque-là ?

— C'est effectivement la thèse des auteurs.

— Et quel est d'après eux l'objectif essentiel des sorcières ?

— Dites-le-moi...

— Rendre les hommes sexuellement inopérants...

Lovelock acquiesça, captivé par l'ardeur de son interlocutrice. Béatrice poursuivit :

— Soit en les vouant à l'impuissance, soit en leur inspirant des désirs si violents qu'ils ne puissent les maîtriser. Ce qui les oblige à recourir aux prostituées, sans être aucunement responsables.

— Allez jusqu'au bout de votre pensée.

Encouragée, Béatrice s'empara du livre, l'ouvrit à l'une des pages qu'elle avait marquées et lut à mi-voix :

— « Comment les sorcières entravent et empêchent le pouvoir de procréation. (...) Elles peuvent obstruer la fonction procréatrice de deux façons. *Primo,* en empêchant directement l'érection du membre destiné à la reproduction. *Secundo,* en empêchant l'arrivée des essences vitales au membre dans lequel réside la force motrice, en fermant les conduits séminaux, de telle sorte que la semence ne puisse être éjaculée ou qu'elle se répande en pure perte. La raison en est que Dieu leur accorde un pouvoir plus grand sur cet acte, par lequel fut disséminé le péché originel, que sur toute autre action humaine. »

Béatrice releva les yeux sur Lovelock qui l'observait en silence et poursuivit :

— Et, dans le pire des cas, les sorcières possèdent le pouvoir de voler le membre de l'homme, de le faire tout bonnement disparaître. Écoutez ça...

De nouveau, elle se reporta au texte :

— « Question IX : Que les sorcières sont capables, par ruse et prestidigitation, d'engendrer l'illusion que l'organe mâle puisse paraître écarté et séparé du corps. » (...) Et que penser des sorcières qui réunissent jusqu'à vingt ou trente organes mâles dans un nid d'oiseau ou dans une boîte en bois, « où ils se meuvent comme des êtres vivants et se nourrissent de blé ou d'avoine, ainsi qu'il a été constaté et attesté par de nombreux témoins ». Peut-on croire à de telles insanités ? « Car un certain homme affirme qu'ayant perdu son membre, il s'adressa à une sorcière connue et la pria de le lui rendre. Elle dit à l'homme affligé de grimper sur un certain arbre et d'y choisir un membre dans le nid de phallus qu'il trouverait là-haut. Toutefois, quand il voulut prendre le plus gros, la sorcière lui dit : "Non, pas celui-là, car il appartient au curé de la paroisse." »

Ayant refermé le livre, Béatrice se pencha en avant, les deux mains posées à plat sur la table.

— Et vous me dites que ce bouquin a fait la loi dans la chrétienté pendant plus de deux siècles. Simon... C'est l'ouvrage le plus malsain que j'aie jamais lu. Il présente les femmes comme des prédatrices, des avorteuses, des tueuses de fœtus. Il évoque en termes clairs les aspects les plus vils du subconscient.

Elle abattit son poing sur la table.

— C'est une abomination ! Et le virus n'a pas infecté la seule Église catholique, mais toute la civilisation occidentale jusqu'à nos jours. Ce livre est cause de la façon dont les femmes sont perçues dans le monde entier. Laissez-moi vous lire encore quelques-uns des joyaux de la préface... Voilà : « Un chef-d'œuvre... un ouvrage convaincant et scrupuleusement fondé sur les faits... étonnant par son modernisme... digne, même aujourd'hui, de l'attention du genre humain tout entier. »

Il y eut un long silence. Lovelock le rompit enfin d'une voix douce :

— Il y a du vrai dans ce que vous dites. Votre analyse est intéressante.

Béatrice se rebiffa :

— Une analyse intéressante ? C'est tout ? Écoutez, Simon. A qui applique-t-on le mot « sexy » ? Aux femmes. Et qui charme principalement l'autre sexe ? Les femmes. Or, jeter un charme, c'est jeter un sort. Et pourquoi ai-je ignoré si longtemps ce livre ? Pourquoi n'en parle-t-on pas dans les manuels d'histoire, sinon peut-être par un renvoi en bas de page ?

Elle se pencha vers Lovelock, l'index pointé, accusatrice et menaçante :

— Je vais vous dire pourquoi. Parce qu'il traite des femmes et qu'en raison même de son sujet il ne compte pas !

Elle reprit haleine et s'épongea le front de sa serviette. Plusieurs clients attablés la regardaient avec curiosité, certains avec réprobation. Lovelock lui fit signe de se calmer.

— Doucement, Béatrice...

Elle baissa la voix et secoua la tête :

— Aidez-moi, Simon. A notre dernière rencontre, vous avez laissé entendre que des gens dangereux opéraient de façon occulte. Des gens qu'il importait de prendre au sérieux. Ce sont les mots que vous avez employés, n'est-ce pas ?

— Oui.

— Alors, qui sont ces gens ? A quoi veulent-ils en venir ? Qui est ce Desmond Crowley pour qui le

Malleus est un chef-d'œuvre et qui dirige l'institut Duarte où on le diffuse... Et George Cahill, Chuck Kraus, le père Morton, Giuseppe Antonelli, Bart Winslow, Phil Burgoyne... Dieu sait si ce dernier est un réac bon teint ! Je ne peux pas écouter ses maudits talk-shows sans mal de cœur... Tous ces gens-là font partie d'une terrible conspiration dirigée contre les femmes. Répondez-moi, Simon...

Lovelock ne parvenait plus à cacher son émotion.

— Je voudrais tellement pouvoir vous répondre.

Elle lui tendit le livre, dos en l'air.

— Vous m'avez dit de chercher certaines réponses par moi-même afin de vous poser les bonnes questions. C'est ce que j'ai fait. Voilà la liste des hommes que je viens de vous citer, griffonnée par Cap Goldman, le journaliste ami de Stephen. Que signifie le mot « présentateur » derrière leurs noms ? Et « G.I. » après celui de Crowley ?

Lovelock s'agitait, de plus en plus mal à l'aise.

— Je ne peux pas vous le dire.

— Pourquoi ? Vous avez juré le secret ?

— D'une certaine façon.

— Pour Cap Goldman, Stephen et moi, ces personnages importants sont impliqués dans des rapts et peut-être d'autres crimes. Qui protégez-vous ?

Troublé, il fixa Béatrice.

— Vous !

— Que voulez-vous dire ?

— Vous commencez à cerner la vérité de trop près. Je ne pourrai vous aider qu'en restant neutre. Même si, au fond de moi, je ne le suis pas. Dieu m'est témoin que je voudrais pouvoir vous répondre. Mais c'est impossible...

Deux larmes perlèrent au coin de ses paupières.

— Croyez-moi, je ferais n'importe quoi pour vous. Mais je ne peux pas... Pas tout de suite.

— Vous refusez de m'aider.

Il balbutia, l'air misérable :

— Comme vous voudrez.

Elle lui prit la main.

— Si vous avez peur de quelque chose... en joignant nos forces, nous pourrions combattre cette chose... Quelle qu'elle soit.

La tête baissée, Lovelock pressait la main de Béatrice entre les siennes avec dévotion.

— Vous n'êtes pas « l'Ennemi », Simon ?

Elle avait posé la question d'une voix suave, en appuyant sur la première syllabe du mot « Ennemi ».

Il sursauta, horrifié.

— Béatrice ! Je crois que je pourrais mourir pour vous.

Émue, mais perplexe, elle objecta :

— Vous me connaissez à peine.

— Je vous ai reconnue dès notre première rencontre. J'ai su, tout de suite... Je n'ai aimé qu'une seule fois dans ma vie. Et de la même façon instantanée.

— Puis-je vous poser des questions personnelles, Simon ?

— Je vous en serai reconnaissant.

— Quel âge avez-vous ?

— La cinquantaine.

— Où êtes-vous né ?

— A Albany.

— Fils unique ?

Il hésita.

— Oui.

— Vos parents sont-ils toujours de ce monde ?

Il hésita encore, comme si répondre lui était pénible.

— Mon père, oui.

— Vous êtes très proche de lui ?

— Nous avons été très proches... à une certaine époque.

— Pourquoi avez-vous quitté les Jésuites ?

Les yeux écarquillés, il interrogea :

— Comment l'avez-vous appris ?

— Par un libraire que Stephen connaît bien.

— Il est vrai que ce n'est pas un secret d'État.

— Vous avez travaillé à la Bibliothèque vaticane.

— C'est vrai.

— Permettez-moi d'insister... Pourquoi avez-vous quitté les Jésuites ?

Lovelock resta sans réaction pendant un temps qui parut interminable à Béatrice. Elle le sentait face à un dilemme et elle n'osait le brusquer. Il parla enfin :

— Je vais vous dire ce que je n'ai jamais dit à âme qui vive. Je ne sais pas pourquoi je vais vous le dire, mais c'est ainsi...

Elle retint sa respiration.

— J'ai eu jadis une liaison avec une femme. Quelqu'un que j'aimais profondément. Elle a...

Faisant effort sur lui-même, il articula :

— Elle a attenté à ses jours.

— Mon Dieu, Simon, je ne sais que vous dire... Je suis désolée...

— J'avais trahi mon ordre et failli à mon vœu de célibat, mais ce n'est pas pour cela que je suis parti... Je n'ai pu trouver en fait la moindre consolation dans l'Église.

— Je comprends.

Les bruits du restaurant s'étaient éloignés, les isolant, pour un court instant, dans la tour d'ivoire d'une intimité partagée. Finalement, Lovelock se leva.

— Je dois retourner à ma boutique.

— Le temps de régler l'addition.

— C'est fait, je suis chez moi, ici... Béatrice, n'oubliez jamais une chose.

— Laquelle, Simon ?

— Je suis avec vous. Je ne laisserai personne vous faire du mal tant qu'il me restera un souffle de vie.

Il semblait soudain très fatigué, et, pour garder son équilibre, il dut se rattraper au dossier d'une chaise.

— Mais évitez l'institut Duarte et surtout Desmond Crowley. Jurez-le-moi...

— Je vous le jure.

Courbé sous le poids du fardeau invisible qui pesait sur ses épaules, il sortit du restaurant sans se retourner.

14

Béatrice s'attarda un instant. Quel drôle d'homme que ce Simon Lovelock! Elle l'avait d'abord trouvé peu attirant, avec ses cigarettes inextinguibles et ses vêtements noirs et négligés. Même ses manies alimentaires avaient de quoi rebuter. Mais elle savait par expérience que l'essence profonde d'un être se confond rarement avec ce qui en apparaît; l'impression qu'elle gardait d'une personne rencontrée n'avait souvent rien à voir avec ce qu'elle avait éprouvé en sa présence. Le père Morton, par exemple, lui avait paru sympathique au premier abord... Il était intelligent, chaleureux, loquace. Pourtant, quelque chose lui disait qu'elle ne devait pas lui faire confiance... A l'inverse, Lovelock avait une drôle d'allure, il était timide et gauche. Mais il y avait en lui une émotion d'une telle intensité! Elle devait bien admettre que cet homme-là l'attirait, quoique d'une manière fort différente de Stephen ou de Diaz.

Il était le chevalier qui l'admirait et veillait sur elle. Son comportement évoquait l'amour courtois du Moyen Age, tel que le chantaient les troubadours dans les cours du sud de la France. Pour Chrétien de Troyes, Henri d'Andéli, Jean Renart, Marie de France et, bien sûr, Guillaume de Lorris à qui l'on devait la première partie de l'inoubliable *Roman de la Rose*, l'amour ennoblissait l'âme quand il s'adressait à une gente et vertueuse dame. Et c'est par sa bravoure, un code de conduite strict et la patience du cœur que le chevalier conquérait celle qu'il aimait. En faisant de la passion chaste la forme la plus haute de l'amour, ces poètes idéalisaient la femme, qui devenait l'inspiratrice et l'enjeu de hauts faits.

Lovelock enchantait Béatrice. Cet « amour courtois » qu'il lui vouait l'émouvait autant que la luxure affichée de Diaz. Entre les deux, Stephen, qui la voulait pour femme... Lovelock, Diaz, Stephen, les hommes de sa vie. Si l'on exceptait son père, qui l'avait aimée, lui, sans conditions.

Elle décida de regagner l'appartement de Stephen. Dans une petite rue de Greenwich Village, elle aperçut de l'autre côté de la chaussée une boutique qui l'intrigua. Elle traversa pour y regarder de plus près. Au centre de la vitrine, parmi divers accessoires, vibromasseurs et autres harnais de cuir, se dressait une effigie féminine coiffée d'un hennin et vêtue d'un corset noir style « veuve joyeuse », avec bas résille et escarpins de satin noir. Dans la main droite, le mannequin tenait une cravache couronnée d'une touffe de crins raides et noirs. « Spécial Halloween », précisait une pancarte. Halloween, la fête de toutes les sorcières ! Le spectacle réveilla en Béatrice la louve qui sommeillait. Elle se risqua à l'intérieur de la boutique.

Un grelot tinta lorsqu'elle poussa la porte du petit magasin. Sur un comptoir trônait une vieille caisse enregistreuse auprès de laquelle on avait exposé des préservatifs « aux goûts variés » et aligné en bon ordre, comme autant de soldats de plomb sans tête, des godemichés de toutes tailles. Sur les étagères murales, magazines et cassettes vidéo porno s'offraient à la convoitise de la clientèle. Au centre de la boutique, un autre mannequin arborait un porte-jarretelles rouge, un soutien-gorge aux bonnets percés et des cuissardes de cuir verni. Derrière, d'autres tenues de sport en chambre, en cuir, latex ou soie.

De l'arrière-boutique surgit un gros homme au

visage poupin. Il portait un pantalon de cuir noir collant et un gilet assorti ouvert sur une poitrine velue. Ses cheveux blonds, plutôt gras, étaient coiffés en queue de cheval. Il enfourna le reste d'un sandwich, se lécha les doigts et les essuya sur son pantalon, profitant de l'occasion pour faire briller le diamant de sa chevalière, avant de dédier à la visiteuse un large sourire.

— Salut ! Que puis-je faire pour vous ?

Écœurée, Béatrice faillit ressortir. Mais il était trop tard. Presque malgré elle, elle désigna le mannequin de la devanture :

— Combien ce costume dans la vitrine ?

— Elle vous plaît, Glenda ? Je l'appelle Glenda, comme la « bonne sorcière du Nord », dans *Le Magicien d'Oz*. Billie Burke, vous vous souvenez ? Elle tape dans l'œil de beaucoup de gens.

— Son costume est à vendre ?

— Tout est à vendre, ici. Moi compris !

— Combien ?

— Pour moi ou pour le costume ?

— Rien que le costume, merci.

— Avec le chapeau et tout ?

— Quelle pointure, les souliers ?

— Trente-neuf.

— Alors, le tout.

— Voyons... Le corset est une pièce unique. La cravache vient d'un grand magasin d'équitation. Maroquinerie extra et vrai crin de cheval...

— Inutile de me faire l'article. Le prix, simplement.

— Disons quatre cents dollars. A ce prix-là, c'est donné, mais c'est la morte-saison. En dehors des capotes, bien sûr. J'aurais dû investir dans les modèles parfumés.

— Je le prends.

Elle lui tendit sa carte de crédit. Il parut surpris, toisa Béatrice, puis haussa les épaules et s'empara de la carte.

— Vous êtes du quartier ?

— Pas exactement.

En lui rendant sa carte, il commenta :

— J'ai une tante qui s'appelle Béatrice. Elle a horreur qu'on l'appelle Béa. Ça vous arrive qu'on vous appelle Béa ?

— Quelquefois. Excusez-moi, mais je suis pressée.

— Tout de suite, tout de suite !

Il grimpa dans la vitrine pour y décrocher le costume de Glenda, tandis que Béatrice faisait le tour de la boutique, fascinée par la marchandise et les affichettes, toutes plus suggestives les unes que les autres : « Les menottes de Cindy... pour ceux qui l'aiment sado », « Super-poupée gonflable... souffler n'est pas jouer », « L'esclavage en liens de soie... ou les nœuds de l'amour », « Le masque du vampire », « Comme on connaît ses seins... les vraies ventouses suceuses ».

L'homme remit à Béatrice ses achats, fourrés en vrac dans un sac en plastique et avec un clin d'œil lui souhaita :

— Bon Halloween !

— Il est un peu tôt, non ?

— Vous rigolez ? Dans notre coin, on n'attend pas la Toussaint. C'est tous les jours Halloween. Bonne chance... et bonne chasse !

— Où étais-tu donc passée ? Je me suis fait un sang d'encre !

Béatrice ne put s'empêcher de rire, secrètement ravie que Stephen se fût inquiété pour elle.

— J'ai déjeuné avec Lovelock. Et ensuite, j'ai fait un peu de lèche-vitrine.

— Il est près de six heures ! Pourquoi ce déjeuner avec Lovelock ? Il t'a appelée ?

— Non, c'est moi qui l'ai invité.

Elle déposa son sac avant d'ajouter :

— Je crois avoir découvert quelque chose d'important.

— Quoi ?

— Le temps de me rafraîchir... Et cesse de jouer les mères poules, veux-tu ?

Il retourna s'asseoir sur le canapé et vida d'un trait le reste de son scotch.

— Qu'as-tu acheté ?

— Je te montrerai plus tard.

De la salle de bains, elle l'interrogea :

— Et toi, qu'as-tu fait aujourd'hui ?

— J'ai passé ma journée chez les Boches. Je sais maintenant ce qu'a dû ressentir la Pologne en 1939. Tu veux un verre ?

— Sûr !

— Quelle journée !

Il prépara deux scotches et se rejeta sur le canapé en ôtant ses mocassins. Béatrice s'assit en face de lui et prit le verre qu'il lui tendait.

— Stephen, tu n'as aucune idée de ce à quoi on s'attaque.

— J'ai dû affronter aujourd'hui la bureaucratie allemande et, crois-moi, ce n'est pas mal non plus ! Mais je crois avoir localisé von Nordhausen.

— Félicitations. Où ?

— Attends que je sorte mes notes.

Il se pencha en avant pour tirer un calepin de sa poche-revolver.

— Je suis crevé ! Bon, tu m'écoutes ? Pour commencer, rien à faire avec la retraite des anciens combattants. Archives légalement protégées en Allemagne. Impossible donc de remonter jusqu'à notre homme par ses états de service. Mais les Boches, très organisés, ont l'Einwohnermeldeamt.

— Le quoi ?

— Ne me demande pas de répéter. C'est une administration municipale placée sous le contrôle du Bundeskriminalamt, autrement dit la police. Tout citoyen allemand qui change d'adresse doit le signaler dans les dix jours, sous peine de sanctions. Dans les villages, le service en question s'appelle Gemeindeamt, et dans les grandes villes Einwohnermeldeamt. L'ayant découvert, j'ai suggéré au gars du consulat de téléphoner au bureau de Hambourg pour demander s'ils pouvaient retrouver la trace de von Nordhausen.

— Et il l'a fait ?

— Il l'a fait. Mais j'ai dû parlementer une bonne heure pour le convaincre. Il semblait craindre... que ch'aie l'indention de le duer !

— Et comment lui as-tu prouvé tes bonnes intentions ?

— Je lui ai dit que je préparais un papier sur la nouvelle Allemagne et les vétérans de la Seconde Guerre mondiale. Tu me connais. Je sais être persuasif quand c'est nécessaire.

— Conclusion ?

— Erich von Nordhausen est parti pour Londres en 1947. Il vit à Highgate. J'ai son adresse et son téléphone.

Il arracha une page de son calepin et la tendit à Béatrice qui déchiffra avec peine :

— Quelle écriture ! 12 Delphinium Street. Mais en 1947 ! Ça fait tant d'années. Tu crois qu'il est encore de ce monde ?

— J'y viens. J'ai fait le numéro, à Londres. Une voix de femme enjouée, typiquement britannique, m'a répondu. J'ai demandé à parler à monsieur von Nordhausen. Il y a eu un silence. J'ai répété : « Monsieur von Nordhausen, je vous prie. » Nouvelle pause, puis un déclic et plus personne.

— Erreur de numéro ?

— Non, la femme n'aurait pas hésité après ma première demande. Je sens ce genre de choses. Elle savait fort bien de qui je parlais. Sinon elle aurait dit : « Vous vous trompez, il n'y a personne de ce nom, ici » ou : « Il a déménagé et j'ignore où il est allé »...

Il avala son scotch et s'étrangla. Enfin, quand il put poursuivre :

— Cette dame connaissait très bien von Nordhausen. Mais, pour une raison que j'ignore, elle ne voulait pas que je lui parle ou, plus exactement, elle ne voulait pas qu'il me parle.

— C'est possible.

— On ne va pas tarder à le savoir. On part pour Londres dès demain. Tu te souviens du petit hôtel de Sloane Street ? Si on y passait notre seconde lune de miel ?

— Avant d'en décider, laisse-moi te montrer quelque chose.

Elle se leva et tira de son sac les feuillets couverts de son écriture appliquée d'écolière. Stephen fit la moue :

— Je ne lirai qu'en échange d'un baiser !

Les yeux au ciel, Béatrice l'embrassa vite fait. Il protesta :

— C'est ça que tu appelles un baiser ?

— Stephen ! Redresse-toi un peu et lis ça sans penser à autre chose...

Elle l'obligea à rectifier sa position et lut avec lui, par-dessus son épaule. Au bout d'une page, il releva les yeux vers elle :

— Qu'est-ce que c'est que ce galimatias ?

— Continue !

Quand il eut achevé sa lecture, Stephen posa les notes sur ses genoux.

— Ce sont des citations extraites du *Malleus Maleficarum* ?

— Qu'en penses-tu ?

— Avoue... Tu as composé ça pour me faire une blague !

— Tu sais bien que non. Que dis-tu du nid de pénis nourris au blé et à l'avoine ?

— Incroyable !

— Le plus incroyable, c'est qu'on n'ait jamais entendu parler de cet ouvrage, qui pendant plus de deux siècles a gardé force de loi. Présent sur le bureau de tous les magistrats, protestants comme catholiques ! Tout ça parce qu'il concerne les femmes.

— C'est vrai qu'on n'avait pas l'air de les aimer beaucoup en ce temps-là !

— Qu'y a-t-il de changé ?

— Tu plaisantes ! Les mentalités ont évolué depuis. Est-ce que je te vois comme...

Il se reporta aux notes.

— « ... une ennemie de l'amitié, un châtiment inéluctable, un mal nécessaire, un péril domestique, un être maléfique paré par la nature de couleurs séduisantes » ? Quoique le côté tentateur...

Il leva la main pour lui caresser les cheveux. Elle s'écarta, agacée. Il gloussa :

— Allez, mon petit dommage délectable, viens batifoler avec ton mâle nécessaire !

— Je t'assure qu'il n'y a rien de changé. Relis les extraits de la préface écrite en 1955 : « Une des plus grandes œuvres de la littérature universelle... Impartiale, dit l'auteur, et d'une logique scrupuleuse. » Lis...

Il obéit, toujours incrédule.

— « Le *Malleus Maleficarum* est l'un des plus grands livres jamais écrits, car il expose en pleine lumière l'éternel conflit entre le bien et le mal, et représente par conséquent non seulement un précieux tribut, mais une source d'inspiration pour tout homme qui cherche la vérité au-delà des réalités superficielles de ce monde... » Qui a pu pondre de pareilles âneries ?

— Devine...

— Comment veux-tu ?

— C'est Desmond Crowley.

— Non ?

— Selon moi, à l'institut Duarte, ils font plus que diffuser ce bouquin. Ils l'enseignent.

— C'est troublant, je te l'accorde.

— Troublant ? Et ces féministes escamotées ? Probablement parmi des tas d'autres. Cap voit un lien entre ces disparitions et l'institut. C'est pour cela que je suis allée voir Lovelock.

— Que t'a-t-il dit ?

— Pas grand-chose. A mon avis, il sait ce qui se trame, mais il ne peut ou ne veut pas me le dire. Pour me protéger ! Il m'a cependant confirmé que j'étais sur la bonne piste en me prévenant contre Desmond Crowley... Pour la petite histoire, lui-même a quitté les Jésuites à la suite d'une liaison avec une femme qui s'est suicidée !

— J'ai toujours pensé que tu ferais un sacré reporter. Tu as le chic pour accoucher les gens de leurs secrets les plus intimes.

— C'est pourquoi j'irai seule à Londres.

— Pas cette fois ! Nous sommes dans l'affaire jusqu'au cou maintenant... et je ne veux pas que tu t'esquives encore pour retourner chez ce Diaz.

— Toi, c'est du côté de Crowley et de l'institut Duarte qu'il faut que tu creuses... Je sens qu'on approche de la fosse aux serpents.

— Sérieusement, Béa, ça peut être dangereux !

— Je suis assez grande pour me défendre.

Il sourit sans gaieté.

— Tu as vraiment changé ! Toi qui autrefois avais peur de ton ombre...

— Ce temps-là n'est plus. Je suis aujourd'hui Athéna brandissant son épée. Les femmes de ce pays sont en danger, et, d'une façon ou d'une autre, Dieu m'a confié la mission de découvrir lequel... J'irai seule à Londres.

— Je ne peux pas t'en empêcher et je le regrette. J'espérais un petit voyage romantique...

— Foin du romantisme ! Je pars en guerre !

Elle décrocha le téléphone et réserva sa place dans un vol pour Londres le lendemain.

— Voilà qui est fait... A propos, Lovelock est amoureux de moi.

— Ne me dis pas que je devrais être jaloux de ton chevalier à la triste figure !

— De moins en moins « triste figure » et de plus en plus « chevalier ». A ta place, je me ferais du souci !

Il grogna :

— Quel rôle joues-tu ? Celui de la putain du monde occidental ? D'abord Diaz et maintenant Lovelock !

Béatrice rampa jusqu'à lui, l'enlaça et d'une langue audacieuse força ses lèvres réticentes.

— Grand Dieu, qu'est-ce qui te prend ?

— J'inverse les rôles. La guerre me donne de l'appétit. J'ai envie de te baiser. Tu ne veux pas ?

— Baiser ? Pourquoi pas « faire l'amour » ?

— Ce n'est pas faire l'amour que je veux. Je veux...

— Maintenant ?

— Pourquoi pas ?

— C'est Lovelock qui t'a mise dans cet état ?

— Peut-être.

— Qu'est-ce qui t'arrive, Béa ? On te dirait obsédée par le sexe !

— Ça te déplaît ?

— Je crois que non.

Mais le cœur n'y était pas. Elle le déshabilla méthodiquement et le caressa jusqu'à ce qu'il crie grâce. Comme il voulait la porter sur le lit, elle se dégagea et courut dans la salle de bains, raflant au passage le sac qu'elle avait apporté.

— Garde la pose, baisse les stores et allume les bougies.

— Pourquoi diable ?

— Pour me faire plaisir. Dépêche-toi.

Béatrice se sangla du corset de cuir, enfila le soutien-gorge pigeonnant et les bas résille qu'elle accrocha aux jarretelles noires du corset. Elle libéra ses cheveux et souligna ses yeux d'un lourd trait de crayon. Stephen cria depuis la chambre qu'il ne trouvait qu'une seule bougie.

— Parfait. Allume-la.

— C'est fait. Mais qu'est-ce que tu fabriques là-dedans ? Je n'y tiens plus.

— Tiens le coup, bonhomme !

Elle enfonça le chapeau de sorcière sur sa tête. Quand elle se regarda dans le miroir, elle ne se reconnut pas. Ce n'était plus Béatrice O'Connell, jeune femme bon genre, qu'elle découvrait dans la glace, mais unc créature déchaînée, échappée de son subconscient. Montrant les dents, elle gronda comme une louve et, de ses doigts déployés, ébouriffa sa toison. Étrangement excitée, elle écarta les cuisses et se caressa un moment. Puis elle fit claquer les élastiques des jarretelles et s'immobilisa, contemplant son double avec une joie perverse. Elle se baissa pour ramasser la cravache. Elle était prête.

La chambre baignait dans la pénombre. Une lueur diffuse filtrait à travers les stores. L'unique bougie se consumait sur la table de nuit. Allongé sur le lit, nu, Stephen semblait prêt lui aussi. Il roula sur le côté et, médusé, s'assit sur le bord du lit pour la regarder se camper, les mains sur les hanches, au centre de la pièce.

— Qu'est-ce que c'est que ça ?

Brandissant la cravache, Béatrice s'approcha, la démarche ondulante.

— Béa ! Pour l'amour de Dieu...

Elle lui promena l'extrémité de la cravache en travers de la poitrine. Il protesta, un peu confus :

— Arrête, ça me chatouille !

Elle recula, leva la cravache et lui cingla l'avant-bras. Stupéfait, il poussa un cri. Quand elle fit mine de récidiver, il bondit et lui agrippa le poignet.

— Ça suffit, nom d'un chien ! Tu es complètement folle !

Elle renonça à la cravache et, se jetant sur lui, le renversa sur le dos et le chevaucha. Les yeux brillants de convoitise, elle exigea :

— Prends-moi, embroche-moi...

Il l'attira et la dévora de baisers. Elle y répondit à pleine bouche sans cesser de le caresser d'une main savante. Elle se félicitait de ses bonnes dispositions quand elle sentit la chair gorgée de sang mollir entre ses doigts.

— Je ne comprends pas.

Couché sur le dos, l'air navré, il ne bougeait plus. Elle chuchota :

— Je vais t'aider. Laisse-toi faire.

Parcourant son corps de sa langue, elle descendit insensiblement jusqu'à son ventre où elle s'activa habilement. Stephen grognait de bien-être. Sitôt que sa bonne nature eut repris le dessus, elle le chevaucha de nouveau :

— Maintenant, ordonna-t-elle, prends-moi toute !

Elle s'empala elle-même et s'emballa. Mais pour la seconde fois, il connut la panne. Elle se pencha pour l'embrasser. Il la repoussa, visiblement malheureux.

— Je ne sais pas ce qui m'arrive.

— Ne t'inquiète pas. Faisons un entracte.

Elle se pelotonna contre lui. Il haleta :

— J'ai dû trop boire.

— Tu crois ?

— Que veux-tu que ce soit ?

— Tu n'as peut-être pas envie avec... une sorcière ?

— Tu n'es pas une sorcière.

— Toutes les femmes sont des sorcières refoulées.

— Pas toi.

— Si. Et tu as peur de ce que tu ne soupçonnais pas.

— Je n'ai pas peur de toi.

— Lui, si !

Stephen gifla, par jeu, la chose flasque qu'elle désignait. Elle insista :

— Quoi que tu en dises, je crois que tu as peur...

— Je ne sais pas.

Il se leva pour aller jusqu'au réfrigérateur.

— Tu es ridicule dans cet accoutrement.

Elle recouvrit ses seins de ses mains en coupes.

— Moi, je me sens sexy dans ce costume.

— Je n'ai pas l'habitude de te voir déguisée en...

— En quoi ?

— En putain.

Il ouvrit le réfrigérateur.

— Ça te choque ?

— Oui, parce que tu n'es pas une putain.

— Et s'il me plaît d'en être une dans ces moments-là ?

— Pourquoi ?

— Parce que c'est une part de ma nature profonde. Je te l'ai dit, Stephen, toutes les femmes sont des sorcières. Et toi, tu as peur d'être émasculé par la sorcière que je suis...

— C'est bien possible.

Il se servit une bière et revint s'asseoir sur le lit, adossé au mur.

— Tu veux qu'on allume la télé ?

Béatrice lui caressa la tête.

— Je ne voulais pas t'effrayer.

— Est-ce un échantillon de ce que tu as fait avec ce maudit travailleur social ?

— On ne s'aimait pas, je pouvais être sorcière avec lui.

— Tu veux dire putain ?

— Si tu veux.

— Autrement dit, ça ne l'a pas inhibé comme moi.

— Ça pourrait te plaire aussi... Question de circonstances.

— Quelles circonstances ? Ta mise en scène sado-maso, avec cuissardes et fouet ?

Il but une gorgée de bière tandis qu'elle reprochait :

— La vérité est que tu ne veux pas affronter la louve qui est en moi.

— Qu'est-ce que tu veux, Béa ? Me fouetter ? Que je te gifle ? Que je te frappe ? C'est ça ?

— Non, ce n'est pas aussi simple. Ce qui me plaît, c'est le pouvoir...

— De quel pouvoir parles-tu ? Explique-toi, bon Dieu !

— Le pouvoir du fantasme, qui me permet de te dominer. Je pourrais t'émasculer avec les dents, mais je ne le fais pas. Tu pourrais m'étrangler, mais tu ne le fais pas...

— Ce n'est plus de l'amour, c'est... pathologique !

— Non, puisqu'il n'y a pas passage à l'acte. Il est vrai que ce n'est pas de l'amour non plus... Mais je n'ai jamais connu façon plus intense de me sentir vivante.

— Ça ne te rapproche malheureusement pas de ton partenaire. Ça ne va pas plus haut que la ceinture.

— Voilà pourquoi je voudrais vivre cela avec toi.

— Pourquoi moi, puisque tu as Diaz ?

— Parce que j'ai confiance en toi.

— Tu n'as pas confiance en lui ?

— Toi seul peux m'aider à recoller mes morceaux. Je suis tellement cloisonnée qu'il me faut aujourd'hui trois hommes...

— Trois ? Quel est le troisième ?

— Lovelock. Il m'aime. Comme un chevalier aimait sa dame... Ce que je voudrais, c'est trouver l'amour, le sexe et l'estime chez un seul homme.

— Moi, je veux que tu sois la mère de mes enfants. Et je ne veux pas que la mère de mes enfants soit une sorcière... Je comprends surtout que tu essaies de me rendre le mal que je t'ai fait...

— Il ne s'agit pas de toi mais de moi.

— Tu ne te sens pas sexy avec moi ?

— Pas comme avec Luis. Et ce que tu éprouves pour moi n'a rien à voir avec...

— ... ce qu'éprouve Lovelock ?

— Voilà... Je me demande pourquoi tu m'as épousée.

— Parce que je t'aimais.

— Pourquoi ?

— Est-ce que je sais ? Pourquoi les gens s'aiment-ils ? Ils s'aiment, c'est tout.

— Je crois que c'est parce que je ne représentais aucune menace pour toi, sexuellement parlant.

— Tu te trompes.

— Tu l'as dit toi-même, je n'étais pas portée là-dessus. La fille avec qui tu as filé...

— ... n'a été qu'une diversion.
— C'était une affaire?
— Oui.
— Plus que moi.
— A ce moment-là, sans aucun doute.
— Et ça te plaisait?
— Oui.
— Pourquoi n'avoir pas épousé quelqu'un qui...?
— Parce que c'est toi que j'aimais... Malgré ta réserve.
— Malgré ou à cause de? Là est la question... Maintenant que je ne suis plus réservée, tu perds tes moyens.
— Je suis toujours amoureux.
— Tu aimes surtout jouer les saint-bernard.
— C'est-à-dire?
— Hier, tu voulais me sauver de ma famille. Aujourd'hui, tu voudrais me sauver des forces des ténèbres...
Stephen réfléchit :
— Et toi, pourquoi m'as-tu épousé?
— Tu menais une vie différente. Tu étais écrivain, marginal, mécréant, et ma mère désapprouvait mon choix. Je t'ai épousé pour échapper à mon milieu.
— Mais tu étais amoureuse?
Elle hésita avant de répondre :
— Je n'en sais plus rien. Dans un couple, l'entente sexuelle amortit les conflits et les coups durs. Faute de cet amortisseur, notre mariage a été un échec.
Il mit son visage dans ses mains. De belles mains, musculeuses et fortes. Quand il parla, sa voix sortit curieusement étouffée :
— Écoute, Béa, ton style « nuit de Walpurgis », très peu pour moi! Il est vrai que ton innocence m'avait séduit... Tu n'aurais pas un juste milieu entre la frigidité et ce... vampirisme?
— Trop noir pour ton goût?

Il but un peu de bière et réprima un rot.
— J'ai peur que oui.
— Il faudra bien que tu t'y habitues.

15

Il bruinait légèrement lorsque Béatrice descendit d'avion, à Heathrow. Le ciel couvert était d'un gris sale. Elle changea de l'argent à l'aéroport et monta dans le premier taxi disponible.
— Highgate, s'il vous plaît.
— C'est parti !
Avec un savoureux accent cockney, le chauffeur lui dit :
— Vous avez fait bon voyage ?
— Excellent, merci.
— Vous venez de quel coin des États-Unis ?
— New York.
— Ah ! New York. J'y suis allé. J'adore les Américains. Vous n'avez pas du tout l'accent new-yorkais.
Béatrice hocha la tête sans répondre. Elle était lasse. Mais l'autre ne se découragea pas. Il enchaîna :
— Vous venez voir le cimetière, pas vrai ?
— Quel cimetière ?
L'homme lui jeta un coup d'œil dans le rétroviseur et sa voix se teinta d'incrédulité :
— Celui de Highgate, bien sûr !
— J'avais oublié. Non, pas exactement.
— Personne ne vient à Highgate sans visiter le cimetière. A moins que vous ne l'ayez déjà vu. De toute façon, il vaut une seconde visite.
— J'en suis sûre.
— Vous avez l'air d'une intellectuelle... si je peux me permettre. Il y a des tas d'écrivains à Highgate. George Eliot. William Wordsworth, le poète. Et Karl Marx par-dessus le marché ! Tout le monde

veut voir la tombe de Karl Marx, à cause de sa grosse tête sur le mausolée. On dirait un lion. Il doit faire des bonds dans sa tombe, le vieux lion, avec les malheurs qu'ils ont en Russie ! J'aurais jamais cru vivre assez vieux pour les voir craquer, les Russkoffs. Le monde est en train de tourner à l'envers, pas vrai ?

Il s'interrompit pour glousser dans sa barbe.

— Mais moi, ma tombe préférée, c'est celle de Frederick William Lillywhite.

A l'entendre, on comprenait qu'à ses yeux le défunt était important.

— Je suis sûr que vous ne savez même pas qui c'était.

— Ma foi non.

— Un grand joueur de cricket, tout simplement ! Mais vous ne suivez pas la coupe de l'autre côté de la mare. Moi, je suis à la télé votre football, les grandes finales. Je préfère le foot américain à notre foot européen. Ne me demandez pas pourquoi.

Béatrice n'en avait pas l'intention. Elle regardait un paysage morne défiler de l'autre côté de la vitre et ressentait les effets du décalage horaire. La voix ronronnante du chauffeur ne tarda pas à l'assoupir. Elle sursauta quand elle l'entendit crier :

— Quelle adresse, à Highgate ?

— Oh !... 12, Delphinium Street.

— On va vous trouver ça, vite fait ! Nous autres taxis, on est comme Scotland Yard. On trouve toujours !

Tout à fait réveillée, Béatrice constata que Highgate avait l'air d'une banlieue prospère parfaitement ordonnée. D'un côté de la rue principale s'espaçaient de grandes maisons de style élisabéthain. L'autre était réservé aux commerces : pharmacie, boulangerie, boucherie, épicerie, magasins de vêtements, cafés et restaurants. Un rond-point entouré de verdure marquait le centre ville où se dressait l'église paroissiale. Les passants, toutefois, n'avaient pas l'allure satisfaite des communautés confortablement installées. Malgré le décor agréable, leur air morose témoignait de la récession que l'Angleterre connaissait.

Le chauffeur tourna à droite dans une petite rue puis remonta à gauche une allée aux vieux pavés inégaux.

— Delphinium Street. J'vous ai pas dit qu'on trouvait toujours ?

Il s'arrêta devant une maison de deux étages en brique claire. « SALON DE THÉ — GÂTEAUX — SANDWICHES » annonçait l'enseigne au-dessus de la porte. Lestée de son sac de voyage et de son sac à main, Béatrice descendit. Le chauffeur la remercia pour son pourboire et redémarra en criant :

— Bon séjour ! Et n'oubliez pas le cimetière !

Debout devant la maison, Béatrice respira très fort, rejeta les épaules en arrière et poussa la porte vitrée.

Le salon de thé était vide, à l'exception d'un homme d'âge mûr au visage rougeaud qui lisait dans le fond de la salle. A l'entrée de Béatrice, il appela :

— Katrine ! Client !

Des enfants riaient dans l'arrière-boutique. L'homme avait déjà repris sa lecture. Béatrice s'assit à une table proche de la porte, empila ses sacs sur une chaise et jeta un regard au décor. La couleur des rideaux était passée, la peinture des murs jaunes s'écaillait par endroits. Sur chacune des nappes roses délavées qui recouvraient les tables reposaient quatre grandes tasses retournées sur leur soucoupe et quatre couverts enveloppés d'une serviette rose. Les fleurs disposées dans de petits vases sur chaque table étaient fanées, mais une bonne odeur de pain chaud chatouillait les narines.

Béatrice passait en revue la carte de la maison, quand une jolie femme un peu forte sortit de la cuisine, escortée de deux enfants, garçon et fille, qui chahutaient autour d'elle. Irritée, elle tapa sur la tête du garçon avec son carnet de commandes en grondant. Puis, désespérant de se faire entendre, elle attrapa le gosse par l'oreille.

— Ou vous vous calmez, ou vous montez là-haut ! Allez auprès de votre père. Maman a du travail.

— Ici, petits monstres ! aboya le type rougeaud.

Les mioches obéirent et la femme s'approcha de Béatrice.

— Excusez-les. Vous savez comment sont les enfants...

Sous son tablier taché, elle portait un pull trop grand, un pantalon de toile kaki, et elle avait aux pieds de grosses chaussures de marche. Sur ses cheveux blonds coupés court, des épingles maintenaient tant bien que mal une coiffe de dentelle. Elle souriait amicalement :

— Une seule personne ?

— Oui.

La femme écarta prestement les tasses et les couverts inutiles.

— Qu'est-ce que ce sera ? Petits pains aux raisins frais sortis du four ou cake au citron cuit d'hier ?

— Rien que du thé, merci.

— Chine ou Ceylan ?

— Aucune importance.

— Le Chine va avec tout. Un petit pain aux raisins ? Une part de cake ? Quelques toasts ?

— Du thé, simplement.

— Rien d'autre, vous êtes sûre ? Vous n'êtes pas d'ici ?

— J'arrive de New York.

— Qu'est-ce qui vous amène à Highgate ? Le cimetière, j'imagine ? C'est ce que les touristes viennent voir ici.

— J'irai sans doute. Mais je voudrais parler à votre propriétaire, si possible.

La femme pencha la tête de côté, plissant les paupières afin d'examiner sa cliente.

— C'est moi la propriétaire. Enfin... moi et mon mari. Que pouvons-nous faire pour vous ?

— Je cherche un nommé von Nordhausen.

Le visage de la femme se ferma aussitôt.

— Désolée. Je ne connais personne de ce nom-là.

Elle mentait. Béatrice le sentit immédiatement.

— Écoutez, je ne suis pas certaine d'avoir frappé à la bonne porte mais, grâce aux services d'état civil de Hambourg, nous avons pu retracer le parcours de monsieur von Nordhausen jusqu'ici. Avant-hier, mon... ami a appelé de New York. Quand il a parlé d'Erich von Nordhausen, la personne qui était au bout du fil a hésité puis raccroché. Il se peut que ce soit vous... Si vous savez où est von Nordhausen, je vous supplie de me le dire.

Le regard dur, la femme éleva la voix :

— Aaron, viens ici, veux-tu ?

Recommandant aux enfants de se tenir tranquilles, l'homme se leva et vint prendre la femme par les épaules.

— En quoi puis-je être utile ?

— Elle dit qu'elle cherche un certain von Nordhausen.

Il la serra plus étroitement contre lui et s'informa d'un ton paisible :

— Pourquoi cherchez-vous ce monsieur ?

— Il faut que je lui parle. C'est urgent. Savez-vous où je pourrais le voir ?

— Non. Nous n'avons jamais entendu parler de lui, n'est-ce pas, Katrine ?

La femme se borna à secouer la tête.

— C'est une question de vie ou de mort. Tout ce que j'attends de lui, ce sont quelques renseignements.

L'homme laissa échapper :

— Quelle sorte de renseignements ?

— Il faut que je lui parle personnellement.

L'homme haussa les épaules et trancha :

— Alors, nous ne pouvons rien faire pour vous.

— Mais vous le connaissez.

— Et si cela était ?

Béatrice surprit le sursaut d'Aaron, qui pressait

plus étroitement Katrine pour la faire taire. Mais, obstinée, la femme répéta :

— Si cela était ?

— Vous pourriez lui transmettre un message ?

— Non, dit l'homme.

— Peut-être, dit la femme

Il y eut un silence. Puis :

— Quel serait le message ?

— Dites-lui que quelqu'un aimerait lui parler du grimoire. Il comprendra.

Katrine eut un sursaut. Aaron se pétrifia et foudroya Béatrice du regard.

— Qui êtes-vous ?

— Vous voulez bien vous asseoir avec moi ?

Ils échangèrent un regard et s'assirent en face d'elle.

— Je m'appelle Béatrice O'Connell. Mon père était chirurgien. Il collectionnait les livres rares. Il y a quelques semaines, un patient, dont il avait sauvé la vie, a voulu lui témoigner sa gratitude en lui envoyant un vieux livre. Ce livre était un grimoire... Je lis sur vos visages que vous savez de quoi je veux parler.

Tous deux hochèrent affirmativement la tête.

— Ce patient avait joint à son envoi une lettre disant qu'il s'agissait là d'un souvenir de guerre. Peu après avoir reçu ce cadeau, mon père...

Béatrice ne put terminer sa phrase. Elle tenta de déglutir, mais sa bouche était sèche.

— ... mon père a été assassiné et le livre a disparu. J'ai retrouvé son expéditeur et il m'a dit tenir le grimoire d'un Allemand déguisé en prêtre que ses services avaient arrêté. L'homme s'appelait Erich von Nordhausen. Je suis sûre que vous savez où je pourrais le joindre. Il peut m'aider à retrouver le meurtrier de mon père.

Katrine se retourna vers son mari et murmura :

— Excusez-nous un instant.

Ils allèrent discuter à voix basse à l'autre bout de la salle. Béatrice ne les quittait pas des yeux. Finalement, l'homme haussa les épaules et rejoignit les enfants. Katrine revint vers Béatrice :

— Laissez vos affaires ici. Mon mari va s'en occuper. Nous nous appelons Aaron et Katrine Silvers. Venez avec moi.

Elle cueillit sur le portemanteau un gilet qu'elle jeta sur ses épaules. Béatrice la suivit. Elles traversèrent sans parler une partie de la ville et grimpèrent la côte abrupte qui menait au fameux cimetière. Katrine paya les tickets d'entrée. Elles passèrent devant l'imposant mausolée de Karl Marx. Au-dessous de l'énorme buste taillé dans le granit, on pouvait lire : « Travailleurs de tous pays, unissez-vous. » Le chauffeur de taxi avait raison. Karl Marx avait tout d'un vieux lion.

Les souliers de Béatrice s'enfonçaient dans la boue de l'allée détrempée par les dernières pluies. Katrine s'engagea sur un étroit sentier envahi par la broussaille. Arrivée à une petite clairière, elle s'assura que Béatrice la suivait toujours. Puis elle s'agenouilla devant une pierre tombale et se signa. Béatrice se pencha pour déchiffrer l'inscription gravée sur la stèle : « ERICH NORTH — 1916-1988 ».

— Vous vouliez rencontrer Erich von Nordhausen. Le voilà.

— Il avait changé de nom.

— Comme vous voyez.

— Vous l'avez bien connu ?

— C'était mon père.

— Désolée. Je ne savais pas.

Elles s'assirent sur un banc de pierre tapissé de mousse. Katrine sortit de sa poche un paquet de cigarettes.

— Vous fumez ?

— Oui, merci.

Katrine lui donna du feu et tira longuement sur sa cigarette, les yeux perdus dans la grisaille qui baignait le cimetière.

— Je venais souvent ici. Mon père était un homme déchiré... Je l'aimais. Il y a des mois que je n'étais pas venue.

— De quoi est-il mort ?
— Crise cardiaque. Tel a été le verdict officiel.
— Que voulez-vous dire ?
Les yeux de Katrine s'emplirent de larmes.
— Qu'il est mort de la guerre. Qu'il est mort longtemps avant qu'on ne l'enterre.
— Parlez-moi de lui.
Katrine soupira.
— Par quoi commencer ? Mon père est né à Nordhausen. Il descendait d'une très vieille famille d'aristocrates. Mon grand-père était baron et monarchiste. J'ai des photos de lui. C'était le sosie de Bismarck. Mon père était un jeune homme brillant, cultivé, mystique. Il avait l'intention d'entrer dans les ordres. Mais il a bifurqué vers la philosophie. C'était un inconditionnel de Fichte. Le nom de Johann Fichte vous dit quelque chose ?
— Non. Je suis désolée.
— Il n'y a pas de quoi. Fichte est un philosophe allemand de la fin du XVIIIe siècle. Kant l'admirait beaucoup, mais Fichte finit par rejeter ses théories. Mon père a rédigé sur lui une thèse qui a attiré l'attention d'Adolf Hitler.
Elle cracha les quatre syllabes plus qu'elle ne les prononça. Béatrice l'encouragea :
— Pourquoi ?
— Selon Fichte, le peuple allemand est l'*Urvolk*, le peuple choisi par la nature. Dans les relations entre États ne compte qu'une loi, celle de la force. Contrôlée par un prince qui, du fait de sa souveraineté, est au-dessus de toutes les autres lois comme du destin...
— Pas étonnant que Hitler l'ait aimé.
— Il se servait de Fichte pour justifier ses objectifs démentiels. Étudiant à l'université de Hambourg, Papa était promis à une brillante carrière. Hitler aimait ces jeunes issus de familles monarchistes, qui brûlaient de s'opposer à leurs parents et de se ranger à son côté... Mon père était jeune, impressionnable, idéaliste. Il n'était pas assez

dégagé de sa formation académique pour comprendre vraiment quelle sorte de monstre était Adolf Hitler. Le Führer l'a séduit par sa passion pour Fichte. Mon père m'a raconté qu'il passait des heures à discuter avec lui les thèses de leur philosophe favori, considérées comme le fondement du nationalisme germanique. Hitler savait flatter et exploiter les enthousiasmes juvéniles. Lié très jeune au Führer par un serment du sang, mon père était devenu l'un de ses poulains préférés. Mon grand-père ne l'a pas supporté et n'a plus jamais adressé la parole à son fils.

Katrine jeta son mégot et alluma une autre cigarette.

— Je sais que je ne devrais pas fumer comme ça, mais chaque fois que j'évoque sa mémoire...

Béatrice se demanda quels souvenirs poussaient Lovelock à fumer au même rythme que cette pauvre femme.

— Continuez...

— Je ne cherche pas d'excuses à mon père. Il ne s'en cherchait pas non plus. Certains prennent de mauvais tournants, très jeunes... trop jeunes... et passent le reste de leur vie sur des chemins qu'ils n'avaient pas vraiment envisagé de parcourir. Après la guerre, Papa est venu s'installer ici sous un autre nom. Il y est devenu menuisier, il aimait travailler le bois, et il ne s'est plus jamais occupé de philosophie. Il a épousé ma mère, une femme ni cultivée, ni particulièrement intelligente, mais bonne et compréhensive. Je crois qu'il l'a épousée parce qu'il a compris qu'il pourrait tout lui dire et qu'elle ne le jugerait jamais. J'ai été leur unique enfant.

Un coup de vent bouscula les cheveux de Katrine, lui arrachant presque sa coiffe de dentelle.

— Mon Dieu ! j'ai gardé cette chose ridicule sur la tête.

Elle acheva de la détacher et la fourra nerveusement dans la poche de son tablier.

— Nous vivions bien et j'ai grandi sans me soucier du passé de mon père. Mais, en vieillissant, on se pose des questions. Tout ce que je savais de lui, c'était qu'il était né en Allemagne et qu'il était venu s'établir ici, après la guerre... Un jour, je devais avoir vingt ans, j'étais avec lui dans son atelier et je le regardais assembler une table. Je ne sais pas ce qui m'a pris. Je lui ai demandé ce qu'il avait fait pendant la guerre. Jamais je n'oublierai cet instant. Il a posé son maillet, il est resté silencieux et immobile un long moment et il a éclaté en sanglots. Je n'avais jamais vu pleurer mon père. Il m'a fait asseoir sur son établi et m'a conté son histoire. Plus tard, dans sa chambre, il m'a montré des photos de son père, de sa mère et de lui-même en compagnie d'Hitler.

— Qu'avez-vous fait ?

— Je l'ai écouté. Il m'a dit qu'il n'a commencé à soupçonner qui était réellement le Führer qu'en 1942, mais qu'il se refusait à l'admettre. Hitler proposait alors de déporter les Juifs au Mozambique. Les camps d'extermination fonctionnaient à plein rendement. Tout le monde savait, quoi qu'on ait pu dire par la suite. Mais Papa était lié à ce fou par le serment du sang, et son code de l'honneur était... comment dire ?... tordu, contre nature !

— Dieu du ciel ! Comment avez-vous réagi ?

Katrine siffla entre ses dents serrées :

— Je l'ai haï. D'une haine que vous ne pouvez imaginer. J'ai refusé de le voir et de lui parler pendant plus d'un an. Je me sentais souillée par ce sang qui coulait dans mes veines. Je me suis mise à boire, à me droguer, à coucher... Je sais à présent que le passé de mon père était l'excuse que j'avais trouvée pour me détruire.

Spontanément, Béatrice lui entoura les épaules de son bras tandis qu'elle poursuivait :

— Et puis, un jour, j'ai fait la connaissance d'Aaron, chez des amis. Ses parents avaient survécu aux camps de la mort. Nous avons été tout de suite attirés l'un vers l'autre. Une de ces rencontres mystiques, vous voyez ? Nous avons passé la nuit à parler de la guerre, de notre enfance et du pardon. Surtout du pardon. De la nécessité de pardonner si l'on ne veut pas périr soi-même, empoisonné par ses sentiments. Je lui ai parlé de mon père.

— Il a été choqué ?

— Il a été amusé.

— Amusé ?

— Il a ri. Il voyait, dans cette rencontre de la fille d'un favori de Hitler et d'un fils de rescapé des camps, une ironie du sort ! Il trouvait cela surréaliste. Quoi qu'il en soit, nous nous sommes aimés. Je me suis convertie au judaïsme et nous nous sommes mariés. Et c'est lui qui m'a poussée à faire la paix avec mon père.

— Quel homme merveilleux !

— C'est le mot. J'ai eu beaucoup de chance.

— Lui aussi, Katrine.

— Merci. Venez, on va marcher un peu, sinon on va attraper du mal.

Émues, les deux femmes se promenèrent à travers le cimetière, s'arrêtant devant les tombes intéressantes.

— D'une certaine façon, je vous envie, dit Béatrice.

— Pourquoi ?

— Votre père a su que vous lui pardonniez. Le mien, non.

— Que voulez-vous dire ?

— Une trop longue histoire. Mon père est mort en s'imaginant que je le méprisais. J'avais l'intention de lui dire que je lui pardonnais, ou plutôt que je n'avais rien à lui pardonner et que seule mon étroitesse d'esprit m'avait poussée à le juger. Mais je n'en ai pas eu le temps.

— Je suis sûre qu'il savait que vous l'aimiez. Mon père m'a dit qu'il l'avait toujours su. Un père comprend toujours.

— Katrine, l'homme qui a tué mon père m'a enlevé le meilleur ami que j'aie jamais eu. Il m'a aussi empêché de lui dire que je me sentais vraiment sa fille.

— Je vous ai raconté ma vie. Mais je suppose que c'est le grimoire qui vous intéresse ?

Béatrice sentit s'accélérer les battements de son cœur.

— Tout ce que vous pourrez me dire à son sujet me sera très précieux, j'en suis sûre.

Aaron salua cordialement le retour des deux femmes :

— Heureux de vous revoir. Vous avez tout mis au point ?

La table qu'il occupait avec les enfants disparaissait sous les albums à colorier et les boîtes de crayons de couleur.

— Pas tout. On va monter. Il faut que je montre certaines choses à Béatrice.

Aaron gémit :

— Et qui va s'occuper des clients ?

Katrine lui caressa la joue.

— Il n'y en a jamais à cette heure.

— Et qui va faire mon travail ?

— Tu le feras plus tard... Noah... Rachel... Je vous présente Béatrice, une amie de Papa et Maman.

Rachel, jolie blonde de neuf ans, fit la révérence et serra avec gravité la main de Béatrice. Noah, lutin de six ans aux cheveux de jais, se cacha sous la table en tirant la langue. Katrine le gronda :

— Noah ! Tu vas arrêter de faire l'imbécile ?

— Non ! glapit le garçonnet.

— Tu ne perds rien pour attendre !

Suivie de Béatrice, Katrine traversa la cuisine et gravit un escalier de bois plutôt raide.

— Que fait votre mari, Katrine ?

— Il est poète.

— Un métier difficile.

— Un de ses recueils doit sortir l'année prochaine. Heureusement que mon père nous a laissé un peu d'argent...

— Et votre commerce ?

Katrine haussa les épaules.

— Nous sommes dans une rue peu passante et, comme vous avez pu le constater, les gens ne font pas la queue devant chez nous. Alors je vends mes gâteaux aux salons de thé de la rue principale. J'adore faire de la pâtisserie. C'est mon côté germanique.

Elle introduisit Béatrice dans une chambre à coucher aux rideaux de chintz clair, essentiellement meublée d'un grand lit en cuivre. Du placard encastré, elle sortit une grande boîte en carton qu'elle posa sur le lit avant de l'ouvrir. S'y entassaient pêle-mêle des photos, des albums, des médailles militaires, de vieilles lettres et des cartes postales. Elle en tira un portrait qu'elle tendit à Béatrice.

— Le baron von Nordhausen, mon grand-père.

Béatrice examina la photo collée sur carton, à l'ancienne mode.

— Vous avez raison. Il ressemble à Bismarck. Il a belle allure, avec son haut-de-forme.

— Papa me disait que Grand-Père s'habillait toujours pour dîner. Avec médailles et tout... Voilà ma grand-mère.

— Elle est très élégante.

— Un peu grassouillette, non ?

— C'était la mode.

— Et voilà mon père.

Béatrice exposa la photo couleur sépia à la lumière du jour. On y voyait un jeune homme mince au teint pâle et au visage ascétique. Debout dans sa tenue d'escrimeur, un paquet de livres sous le bras gauche et une cigarette à la main droite, il regardait l'objectif sans sourire, presque hostile.

— Prise à l'université. Il détestait qu'on le photographie.

— Il était joli garçon.

— Vous trouvez que je lui ressemble ?

Le regard de Béatrice allait de la photo au visage de Katrine.

— Il y a un air de famille. Les yeux et le front, surtout.

— Je tiens de ma mère qui, hélas, n'était pas une beauté.

En soupirant, elle rejeta la photo dans la boîte et se pencha pour y chercher autre chose.

— Voilà ce que je voulais vous montrer... Mon père... en compagnie du diable !

Moins beau, mais souriant et détendu, Erich von Nordhausen était perché sur un muret au-delà duquel une forêt se découpait sur fond de ciel bleu. Assis près de lui, un berger allemand à ses pieds, Adolf Hitler le regardait et souriait lui aussi. Béatrice remarqua que le père de Katrine avait les dents irrégulières et les oreilles légèrement décollées.

Un troisième homme se tenait debout à côté, les deux poings enfoncés dans ses poches et le col de sa veste relevé. Un chapeau mou ombrageait son visage et une pipe pendait au coin de sa bouche.

— Qui est-ce ?

— Le comte Borzamo. Le propriétaire du grimoire... En 1944, mon père a été l'un des rares aristocrates à dénoncer von Stauffenberg et les autres conspirateurs, héros malheureux de l'attentat manqué du 20 juillet contre Adolf Hitler. C'est alors que le Führer lui a confié une mission ultra-secrète. Mon père ne m'en a parlé qu'une fois. Il avait ordre de se rendre au Vatican, où le pape lui remettrait un certain ouvrage... qui n'était autre, vous l'avez deviné, que le grimoire du comte Borzamo.

Béatrice écoutait, fascinée.

— Qu'est-ce que ce livre faisait entre les mains du pape ?

— Je n'en sais rien. Borzamo pourrait sans doute vous le dire. Lui et mon père ont correspondu pendant des années.

— Il est toujours en vie ?

— Je n'en sais rien non plus, mais j'ai son adresse en Italie. Elle figurait dans l'agenda de mon père. Je vais vous la donner.

— Vous avez conservé leur correspondance ?

— Non. Avant de mourir, mon père a brûlé la majeure partie de ses papiers. Tout ce qu'il en reste est ici, photos, diplômes, citations, quelques lettres d'amis. Rien d'important, croyez-moi, je les ai lus et relus tant de fois...

— Votre père n'a jamais rien dit de plus au sujet du grimoire ?

— Si, une seule chose...

— Laquelle ?

— Si quelqu'un venait me parler de ce grimoire, je devais lui répéter ce qu'il m'avait dit et insister sur le fait que le grimoire n'était pas et n'avait jamais été en notre possession. Il me l'a fait promettre je ne sais combien de fois.

— On est déjà venu vous en parler ?

Katrine secoua la tête.

— Vous êtes la première.

Pour elle-même plus que pour Katrine, Béatrice murmura :

— Je savais que la vraie raison du voyage à Rome de votre père était le grimoire.

— Il n'y a pas de doute. Sa mission avait été minutieusement préparée. S'il était fait prisonnier, son déguisement de prêtre ne tiendrait pas longtemps. Il devait alors donner les noms des contacts locaux qu'il était censé avoir rencontrés... après s'être laissé interroger et torturer le temps qu'il fallait. Ce qu'il a fait. Il n'a jamais révélé le but véritable de sa mission. Il en était très fier.

— Il ne vous a jamais dit pourquoi Hitler voulait ce grimoire ?

— Je crois qu'il ne le savait pas lui-même. Mais Borzamo devait le savoir.

— Votre père n'a jamais su ce que le livre était devenu ?

— Non. Les Américains le lui ont confisqué et, pour lui, l'affaire s'est arrêtée là. Je pense que certaines personnes sont venues le voir à ce sujet, après la guerre, mais il ne savait rien et ne voulait plus entendre parler de cette histoire ni de son passé en général... Imaginez ce qui serait arrivé si les habitants de Highgate avaient appris qu'un ancien nazi vivait parmi eux.

Katrine eut un petit rire.

— Nous nous serions fait lapider ! D'autant que c'est à Nordhausen, la ville natale de Papa, que Hitler faisait fabriquer ses V-2, dans des usines souterraines, par une main-d'œuvre réduite en esclavage. Les machines de mort qui ont décimé la population londonienne ! Je me demande si mon père y songeait parfois...

— Vous voulez bien me donner l'adresse de ce comte Borzamo ?

Katrine ouvrit le vieil agenda de son père et recopia sur une feuille les indications.

— C'est près de Terni, en Ombrie. Soyez prudente. D'après mon père, Borzamo était un type bizarre.

Fatiguée par le décalage horaire, Béatrice déclina à regret l'invitation de Katrine à déjeuner. Les deux femmes s'embrassèrent et Béatrice reprit un taxi pour l'aéroport et passa la nuit dans un hôtel voisin. Elle appela Stephen, mais n'obtint que son répondeur et dut se contenter de laisser un message : « Bien arrivée. Rencontre intéressante avec nos amis. Je pars pour l'Italie. Je te rappellerai. Ne t'inquiète pas. Tout va bien. Je t'aime. »

Elle calcula en raccrochant qu'il devait être neuf heures à New York et se demanda où pouvait être Stephen. Elle se déshabilla, prit un bain, réserva sa place pour Rome dans le premier vol du lendemain, se mit au lit et ne tarda pas à s'endormir. Réveillée à trois heures du matin, elle rappela Stephen. Elle tomba encore sur le répondeur. Où diable l'animal passait-il la nuit ? Incapable de retrouver le sommeil, elle tenta de lire. Mais son esprit revenait sans cesse au grimoire, à von Nordhausen et à Borzamo. Elle se leva, sortit de son sac la feuille de papier sur laquelle Katrine avait griffonné l'adresse : « Comte

Giovanni di Borzamo, Villa Borzamo, Borzamo, Italie. »

Elle pria Dieu qu'il fût toujours vivant car elle sentait d'instinct qu'il détenait la clef du mystère.

16

L'avion atterrit à Rome à une heure de l'après-midi. La chaleur était suffocante. Béatrice loua une voiture à l'aéroport. L'employé, qui parlait l'anglais sans accent, lui traça sur une carte au feutre rouge l'itinéraire à suivre pour se rendre à Borzamo.

— Vous allez visiter le célèbre jardin ?

— Quel célèbre jardin ?

— Celui de la villa Borzamo, bien sûr. Le Jardin aux Monstres de pierre, comme on l'appelle.

— Mon Dieu, oui. Entre autres choses.

On ne pouvait décidément aller nulle part sans être soupçonné de préoccupations touristiques ! Elle prit la direction de Terni au volant de la petite voiture blanche mise à sa disposition. Le paysage, usines et tours d'habitation, était plutôt déprimant. Peu à peu, les cubes de béton s'espacèrent pour céder la place aux fermes, aux oliveraies, aux champs de tournesol, de moutarde ou de blé. De hauts cyprès montaient la garde sur les terres labourées parsemées de meules de foin. Fuyant la chaleur, des moutons somnolaient à l'ombre des arbres.

De temps à autre, perchée sur une colline et dominant une étroite vallée, une cité médiévale, massive et chaotique, se profilait dans le lointain.

Béatrice quitta l'autoroute pour se diriger vers l'est. Suivant des routes de campagne sinueuses, elle atteignit enfin le village de Borzamo et s'arrêta dans un café pour y prendre un cappuccino.

— *Dov'è la villa Borzamo ?*

Son italien devait être meilleur qu'elle ne le pensait car le jeune garçon de café répondit :

— *Villa Borzamo ? Si, si, nei boschi, nei boschi.*

Et, volubile, il se lança dans une explication détaillée dont elle ne comprit mot. S'en rendant compte, le serveur l'emmena gentiment à l'extérieur du café, où il lui indiqua avec force gestes la route à suivre. Quittant le bourg écrasé de soleil, elle arriva bientôt en vue d'une épaisse forêt de pins. Au carrefour, un écriteau pointé vers la forêt annonçait « VILLA BORZAMO ». Elle tourna à gauche, suivit une autre flèche et s'engagea entre les arbres sur un chemin grossièrement empierré. Une lumière diffuse, irréelle, baignait le sous-bois. Elle découvrit enfin un portail de fer forgé que couronnait, en lettres géantes attaquées par la rouille, le nom du propriétaire : « BORZAMO », flanqué d'un écu aux armes de la famille. Une petite pancarte précisait que c'était ouvert. « *Aperto* »...

Béatrice se gara sur le parking à droite de l'entrée. Ses pieds s'enfoncèrent dans le tapis d'aiguilles. Elle franchit le portail entrouvert. Cent mètres plus loin, devant une guérite, un vieil homme à la barbe hirsute dormait à poings fermés, vautré sur une chaise longue. Sa chemise déboutonnée bâillait sur sa poitrine qui se soulevait au rythme de ses ronflements.

— *Scusi, signore...*

Le vieillard ronfla plus fort deux ou trois fois de suite avant de se réveiller en sursaut. Ses yeux, bleu délavé, éclairèrent son visage boucané. Il se leva péniblement, pénétra dans la cabane et en ressortit aussitôt, un bout de papier à la main, pour réclamer d'une voix enrouée :

— *Tremila lire.*

Béatrice hésita.

— Euh... *No, grazie. No biglietto. Voglio vedere il conto Borzamo, per piacere.*

Il la regarda fixement en léchant ses lèvres craquelées.

— *Non è possibile, signorina.*

— *Ma, è molto importante. E possibile che lei dice che...*

Son vocabulaire la trahissait. Pestant entre ses dents, elle tira de son sac un billet de cent mille lires qu'elle tendit au gardien.

— *Per piacere. E molto importante.*

Les traits du vieillard s'épanouirent. Il empocha l'argent et s'informa d'un ton brusque :

— Pour quelle raison voulez-vous voir le comte Borzamo ?

— Vous parlez ma langue !

— Un peu.

— Il faut absolument que je lui parle. Est-il chez lui ?

— Le comte Borzamo est à Rome. Vous êtes l'une de ses petites amies ?

Béatrice se sentit rougir.

— Non. Quel âge a le comte Borzamo ?

— La quarantaine.

— Ce n'est donc pas lui que je cherche, mais son père. S'il n'est pas mort.

Le regard bleu détaillait posément la visiteuse.

— C'est au vieux comte Borzamo que vous voulez parler ?

— Oui. Est-ce qu'il vit toujours ?

Un pâle sourire détendit fugitivement le masque buriné.

— A peine !

— Ici même ?

— Oui. Il habite ici. Dans la grande maison.

— Merci, mon Dieu ! Il faut que je le voie. Je vous donnerai ce que vous voudrez. J'ai plus d'un demi-million de lires dans mon sac. Cet argent est à vous si...

L'homme eut le même sourire fugitif.

— Je ne sais pas. Le comte ne reçoit personne, ces temps-ci.

— Pouvez-vous lui transmettre un message ?

— C'est possible.

— Dites-lui qu'une dame est venue tout exprès d'Amérique pour le voir et que c'est une question de vie ou de mort.

— Puis-je savoir de quoi vous voulez lui parler ?

— Non. C'est lui que je désire rencontrer. Pouvez-vous arranger ça ?

Le vieillard la toisa des pieds à la tête d'une façon qui la mit mal à l'aise.

— Oui, je crois que je peux arranger ça. Suivez-moi, je vous prie. *Momento*...

Il marcha jusqu'au portail, tira une grosse clef de sa poche, ferma la grille et retourna la pancarte : « *Chiuso* ». Il revint vers la visiteuse en rentrant les pans de sa chemise dans son pantalon informe, lissant avec une coquetterie inattendue les ondulations de son épaisse crinière blanche.

— Je vais vous conduire auprès du comte.

Béatrice le suivit sur un sentier partiellement ombragé par de grands arbres et bordé de buissons épineux, qui débouchait sur une clairière. Là se dressait un énorme éléphant de pierre surmonté d'un haut palanquin. La vision était si impressionnante que Béatrice s'arrêta, les yeux écarquillés, tandis que le gardien continuait sa route. Elle le rattrapa en courant à l'orée d'une autre clairière qu'occupait une tortue géante dont la patte avant droite s'était enfoncée dans le sol.

Ils traversèrent ainsi cinq autres clairières, domaines respectifs d'un cheval, d'un lion, d'un chien, d'un épervier et d'un ours tout aussi gigantesques, sculptés dans une pierre foncée, grêlée et mangée par la mousse.

— Attendez !

Le vieil homme se retourna.

— Qu'est-ce que c'est que cet endroit extraordinaire ?

— C'est le jardin de la famille Borzamo. Il a été créé au XVIe siècle par Luigi Borzamo, qui avait une passion pour les monstres. Il vous plaît ?

— Il est tellement étrange.

— Les gens le trouvent amusant. Moi, j'y suis habitué.

— Il y a d'autres statues ?

— Oui, mais on ne les montre pas aux touristes.

— J'aimerais tellement les voir.

— Impossible.

Le ton était sans réplique. Les ordres devaient être stricts. Ils parvinrent bientôt à un autre portail en fer forgé, identique au premier. Le vieillard ouvrit la grille et la poussa. Au-delà d'immenses pelouses abandonnées depuis longtemps aux mauvaises herbes, Béatrice aperçut un manoir.

— La villa Borzamo.

Il referma la grille derrière eux. Béatrice fut frappée par l'état de délabrement de la maison. La façade était lézardée, et, sur le toit, bien des ardoises manquaient. A l'entrée de la cour pavée, près des plantes d'ornement montées en graine, stationnaient une antique Mercedes-Benz dont la peinture noire s'écaillait et une vieille camionnette. Avant que le gardien eût frappé ou sonné, la massive porte de chêne que renforçaient des clous à grosse tête s'ouvrit sur une vieille gouvernante en robe de coton et fichu noir.

— *Buona sera.*

— *Buona sera,* Aldarana, répondit le vieil homme.

Ils pénétrèrent dans un vestibule sombre et frais, au plafond voûté, aux murs décorés de tapisseries et d'armes moyenâgeuses. Sur un piédestal, une armure complète montait la garde auprès d'un tableau représentant un jeune chevalier en tenue de parade, barbe blonde et regard bleu arrogant, fièrement campé sur un étalon.

— Luigi di Borzamo, le créateur du jardin.

Béatrice suivit le vieillard à travers un dédale de vastes pièces encombrées de meubles baroques et de tableaux poussiéreux. Devant une porte à panneaux moulurés, le gardien murmura :

— Attendez ici, je vous prie.

Il entra et referma la porte derrière lui. Béatrice sentit son cœur s'emballer. Quelques instants s'écoulèrent. Puis elle entendit à travers le battant une voix qui criait :

— Entrez !

Tournant le bouton de métal noir, elle se glissa dans la pièce. Il s'agissait d'un immense cabinet de travail. Deux vieux canapés de velours rouge encadraient une cheminée monumentale en pierre, sculptée en forme d'aigle aux ailes déployées. Le cuir repoussé qui tapissait les murs s'était desséché avec le temps. Sur le mur derrière un grand bureau, plusieurs eaux-fortes représentant des serpents s'échelonnaient, artistement encadrées. Sur un piano à queue, quelques photos de famille dans des cadres d'argent guilloché. L'air sentait le vieux bois et le tabac blond. Le gardien avait disparu.

Un nuage de fumée s'élevait d'une chaise à haut dossier disposée face à la fenêtre dans le coin le plus reculé de la pièce.

— Comte Borzamo ?

— Oui ?

La visiteuse fit un pas vers le nuage.

— Je m'appelle Béatrice O'Connell. Merci de me recevoir.

— Béatrice, prononça doucement la voix à l'italienne. Comme la chaste héroïne de Dante.

— C'est à cause d'elle que mon père m'a donné ce prénom.

Elle était près de la chaise, impatiente de découvrir son hôte.

— Votre père est donc un littéraire ?

— D'une certaine façon... Il était médecin, chirurgien, mais aussi bibliophile.

— Comme moi. Quelle coïncidence !

L'occupant de la chaise se leva et pivota. Il portait une veste de smoking en velours rouge râpé et souriait en tirant sur sa pipe. Avec stupéfaction, Béatrice reconnut le gardien :

— Vous êtes le comte Borzamo ?

— Pour vous servir.

Il contourna sa chaise, ôta la pipe de sa bouche et s'inclina courtoisement en lui indiquant un des canapés.

— Prenez place, je vous prie. Je vais vous faire goûter une petite liqueur très spéciale.

A peine revenue de sa surprise, Béatrice le regarda s'approcher d'une longue crédence et verser une liqueur jaune dans deux verres. Elle cherchait la ressemblance entre ce gros homme négligé et le séduisant jouvenceau au feutre mou photographié avec Adolf Hitler et von Nordhausen... La pipe était le seul point commun entre les deux personnages.

Il revint vers elle et lui tendit un verre.

— C'est du *limoncino*. Fait à partir des citrons de ma résidence estivale de Ravallo. Goûtez et dites-moi ce que vous en pensez.

Béatrice porta le verre à ses lèvres. La liqueur était assez sucrée pour neutraliser l'acidité des citrons, et très alcoolisée.

— Une boisson délicieuse... mais certainement redoutable.

— Comme l'absinthe. Mais en petites quantités, elle éclaircit les idées. Dites-moi pourquoi vous avez fait ce voyage depuis les États-Unis.

Béatrice posa son verre devant elle sur une table basse.

— Monsieur le comte... ça vous amuse de vous faire passer pour votre propre gardien ?

— Mais, ma chère enfant, je suis mon propre gardien !

— Vous craignez qu'on ne resquille à l'entrée ?

Il éclata de rire.

— Non... La vérité, c'est que je suis très vieux et que je me fatigue vite. Je me suis donc réservé ce travail qui n'en est pas un. J'aime me prélasser au soleil en regardant les gens qui viennent visiter mon jardin. Surtout les jolies jeunes femmes...

Il jeta un coup d'œil aux jambes de Béatrice avant d'enchaîner :

— Mon fils vit à Rome. Mes amis et mes ennemis sont tous morts. Les journaux m'ennuient. Les événements se répètent, ne trouvez-vous pas ? La lecture des livres me fatigue les yeux. Alors, je garde mon portail. C'est mon seul contact avec le monde extérieur. Que pourrais-je bien faire d'autre, de toute manière ?

La métamorphose était saisissante. Elle n'avait plus devant elle le paysan misérable de la guérite, mais un aristocrate blasé, dont la désinvolture masquait mal les dégoûts forgés par les avatars d'une longue vie. Malgré son affabilité, ce vieux libertin la mettait mal à l'aise. Elle sentait qu'il devait compter dans son répertoire des rôles moins inoffensifs que ceux d'hôte cérémonieux et de vendeur de billets.

— Pourquoi êtes-vous venue me voir ?

Elle se redressa, mains jointes sur ses genoux.

— J'ai besoin de renseignements sur un livre que vous avez jadis possédé.

— J'ai possédé de très nombreux livres. J'en ai gardé quelques-uns.

— Celui-ci est très spécial. Il s'agit d'un grimoire attribué au pape Honorius III.

Impassible, il dégustait son *limoncino* :

— Continuez...

Elle résuma l'affaire, depuis le meurtre de son père jusqu'à son voyage à Londres. L'Italien ne manifestait aucune réaction, mais il était évident qu'il l'écoutait attentivement. Quand elle lui demanda s'il pouvait l'aider, il déclara sans la quitter des yeux à travers la fumée de sa pipe :

— Mon fils vous plairait. C'est un très bel homme. Vous aimez les beaux hommes ?

Déconcertée, Béatrice s'agita sur son siège :

— Euh... je suppose que oui.

— Mon fils a quarante ans. C'est peut-être un peu vieux pour vous. Mais c'est très jeune pour moi.

— Monsieur le comte, allez-vous m'aider ?

Il se servit un autre verre de *limoncino :*

— Vous avez à peine touché au vôtre. Puis-je vous offrir autre chose ? Un peu de vin, par exemple ?

— Non, merci.

— Êtes-vous mariée, Béatrice ?

Il prenait plaisir à répéter son prénom.

— Divorcée.

— Vous avez l'air bien jeune pour être divorcée. Quel âge avez-vous ? Je sais que la question est incivile, mais je suis assez vieux pour poser de telles questions.

— Et moi assez vieille pour ne pas y répondre.

— Bravo. J'aime les femmes qui ne veulent pas révéler leur âge. Qui donc a dit : « La femme qui avoue son âge avouera n'importe quoi » ?

— C'est là une phrase d'homme. J'ai trente-cinq ans.

— Trente-cinq ans... « *Nel mezzo del cammin' di nostra vita* »... « Au milieu du chemin de notre vie », comme l'a écrit Dante ! Ma mère était une très belle femme. Des années qu'elle est morte et mon père aussi. Nous sommes tous les deux orphelins, voilà qui crée un lien...

— S'il vous plaît de le voir sous cet angle...

— Moi-même, je me suis marié très jeune. Je n'aimais guère ma femme, mais elle était élégante et riche, et convenait à ma famille. Nous nous sommes séparés après la naissance de notre fils. Nous aurions voulu divorcer, mais, en Italie, on ne divorce pas comme chez vous autres Américains. Avez-vous un petit ami ?

— Monsieur le comte ! Je ne suis pas venue pour discuter de ma vie privée.

— C'est pourtant la seule dont il vaille la peine de discuter.

Béatrice commençait à s'impatienter.

— S'il vous plaît, parlez-moi de ce grimoire...

Il vida sa pipe dans le cendrier armorié posé sur la table basse et sortit de sa poche une blague à tabac.

— C'est une très longue histoire. Qui se confond avec celle de ma famille.

— J'ai besoin de la connaître.

— Pourquoi vous la raconterais-je ?

Il souriait malicieusement en bourrant sa pipe à petits gestes précis. Pesant chacun de ses mots, Béatrice dit :

— Parce que mon père est mort à cause de ce livre et que, si j'en apprends davantage à son sujet, je pourrai peut-être remonter jusqu'à l'assassin. Vous avez l'air d'un homme très bon.

Il ricana :

— Moi, un homme très bon ? Je suis le plus égoïste salopard que la terre ait jamais porté !

Il s'étrangla de rire et se mit à tousser d'une manière effrayante sous les yeux effarés de Béatrice.

— Si vous n'avez pas l'intention de me dire quoi que ce soit, je vais me retirer...

Elle se leva et fit deux pas vers la porte. Il dit avec effort :

— *No, no, per piacere, resta ancora.* Ne bougez pas.

Obéissant au geste de sa main levée, elle se laissa retomber sur le bord du canapé. Il hoqueta en essuyant ses yeux pleins de larmes :

— Je vous dirai tout ce que vous voulez savoir. A deux conditions.

— Lesquelles ?

— La première... que vous dîniez avec moi ce soir.

— Et la seconde ?

— Nous verrons cela quand nous aurons dîné.

Béatrice prit à peine le temps de réfléchir :

— J'accepte.

17

— A quel hôtel êtes-vous descendue ?

— Je n'y ai pas encore pensé. Je suis venue directement de l'aéroport. Il doit bien y avoir un endroit où je puisse réserver...

— Inutile. Je vais dire à Aldarana de vous préparer une chambre.

Béatrice marqua un temps d'arrêt.

— J'ai accepté de dîner avec vous. Rien de plus.

— Il faut bien que vous fassiez toilette pour dîner. Il est presque l'heure.

Elle consulta sa montre. Il était dix-neuf heures.

— J'aurais juré qu'il était beaucoup plus tôt.

— Vous n'allez pas chercher un hôtel maintenant ! Il y a trente-sept chambres dans cette maison. Toutes inoccupées. Aldarana va vous faire couler un bain et vous pourrez vous changer. Après dîner, vous irez à l'hôtel si vous en avez toujours envie.

— Je ferais peut-être mieux de retenir tout de suite.

— C'est la pleine saison touristique et tous les hôtels sont bondés. Mais les Borzamo ne sont pas inconnus ici. Si je téléphone, on vous trouvera quelque chose, faites-moi confiance.

Béatrice se résigna. Il tira sur le cordon brodé pour appeler la vieille gouvernante à qui il donna ses instructions en italien. Aldarana l'écoutait en regardant Béatrice à la dérobée, l'air dubitatif. Le comte traduisit :

— Je lui ai dit de prendre vos bagages dans votre voiture et de les transporter dans la chambre qui fut celle de ma femme. On y jouit d'une vue superbe sur la partie nord du jardin... Ne vous inquiétez pas : ma propre chambre est dans l'aile opposée.

— Je vous remercie.

Elle suivit Aldarana toujours silencieuse. Le vieil homme la rappela :

— Béatrice... A la villa Borzamo, la coutume est de s'habiller pour le souper.

— Seigneur ! Je n'ai rien de mieux dans mon sac qu'un chemisier frais et un jean propre.

— Vous trouverez tout ce qu'il vous faut dans votre chambre.

— Je ne voudrais pas vous déranger.

— Vous ne me dérangez nullement... Ne dit-on pas : « Quand on est à Rome... » Le dîner sera servi à neuf heures précises.

Dans le sillage de la vieille gouvernante, Béatrice monta un grand escalier et parcourut un corridor sans fin. Elles arrivèrent enfin à une chambre spacieuse. Les murs étaient tendus de soie damassée bleu pâle et les meubles d'époque, magnifiques, étaient rehaussés de serrures et de poignées dorées à la feuille. Il y avait des crucifix un peu partout : ciselés dans les meubles, gravés sur les colonnes du lit à baldaquin, brodés dans la courtepointe de soie, tissés dans le capitonnage des fauteuils... Sur la commode, une collection d'icônes et, auprès du lit, un portrait de la Vierge.

La pièce sentait le renfermé. Aldarana s'empressa d'ouvrir les deux portes-fenêtres donnant sur une terrasse carrelée. Après le départ de la gouvernante, Béatrice inspecta les lieux. La penderie était pleine de vêtements féminins d'une élégance surannée. Dans la salle de bains art déco, le sol était en marbre et l'immense baignoire encastrée. Elle sortit sur la terrasse pour jouir de la tiédeur du soir et du chant lointain des cigales. Elle apercevait la pinède. Songeant aux animaux de pierre qu'elle abritait, elle se demanda quels autres monstres le comte Borzamo pouvait bien cacher.

La gouvernante revint avec la valise qu'elle déposa au pied du lit, sur un meuble sculpté à deux portes. Béatrice la remercia. La vieille dame passa dans la salle de bains, ouvrit les robinets de la baignoire avant de se retirer avec la même discrétion.

Barbotant dans la baignoire monumentale, Béatrice sentit croître en elle une curieuse excitation. Ce soir, le mystère du grimoire allait lui être dévoilé. Son enquête progressait.

Revenue dans la chambre, elle eut la surprise de découvrir, soigneusement posées sur le lit, deux somptueuses robes du soir, l'une blanche, l'autre noire. Auprès d'elles, tout un choix de sous-vêtements en dentelle, quatre sacs du soir et quatre paires d'escarpins de soie, de pointures différentes. Sur un plateau tapissé de velours noir, un assortiment de colliers, de bracelets et de bagues.

L'idée de porter pour dîner avec le comte des vêtements et accessoires fournis par lui-même avait de quoi déconcerter. Elle essaya les deux robes et, tout en s'admirant dans un grand miroir mural, se remémora la dernière réplique de Borzamo : « Quand on est à Rome... » Allons, l'aventure ne manquait pas d'intérêt, pourquoi ne pas la savourer sans arrière-pensées ?

Neuf heures sonnaient lorsqu'elle redescendit. Rasé de près, cravaté de soie noire et chaussé de souliers d'intérieur de cuir noir, son hôte l'attendait au pied des marches. Le visage épanoui, il s'écria en lui tendant la main :

— Ravissante ! Je savais que vous choisiriez la robe blanche.

— Comment pouviez-vous le deviner ?

— J'étais certain que vous seriez fidèle à votre modèle de *la Divine Comédie*. Vous souvenez-vous de la scène où Béatrice reproche à son bien-aimé Dante de lui avoir été infidèle ?

— Naturellement. Le chœur des vierges doit la convaincre du sincère repentir de Dante avant qu'elle ne consente à le conduire au paradis...

— Je vois que vous connaissez bien le poème.

Il l'introduisit dans une vaste salle à manger éclairée aux chandelles. Près de la longue table dressée pour deux convives, un vieux serviteur en livrée attendait les ordres.

Le comte la fit asseoir à sa droite en ajoutant :

— Pour tout vous dire, j'ai toujours trouvé Béatrice ennuyeuse.

— Ennuyeuse ?

— Voyez un peu ce pauvre Dante. Voilà un garçon qui a traversé enfer et purgatoire pour rejoindre sa bien-aimée, et quand il la retrouve, que fait-elle ? Elle lui reproche à n'en plus finir de l'avoir cocufiée sur terre ! Drôles de retrouvailles...

Béatrice ne put s'empêcher de rire.

— C'est une interprétation très nouvelle de l'une des plus grandes allégories jamais écrites.

Le serviteur recula la chaise de son maître qui prit place à table. Dépliant une énorme serviette blanche, le comte en glissa un coin sous son col de chemise et ordonna au domestique de servir le vin mis à décanter dans une carafe de cristal. L'homme s'exécuta. Le comte goûta et fit un signe d'approbation. L'homme servit Béatrice. Borzamo s'inquiéta :

— J'espère que vous aimez le vin rouge ?

Elle dégusta une gorgée d'un bourgogne au bouquet capiteux. Le comte précisa :

— J'ai une cave qui n'est pas mauvaise. J'avais un vignoble, naguère, mais le vin qu'il donnait était médiocre. J'ai préféré vendre mes vignes. Je ne supporte que la qualité.

— Ce vin est exceptionnel !

Borzamo fit signe au serviteur de remplir les verres.

— Pour en finir avec Dante et Béatrice, la vérité est que les femmes n'ont pas du sexe la même conception que les hommes.

— Je suis de votre avis. En quoi divergent-ils, d'après vous ?

Ravi d'avoir à disserter sur le problème, le comte joignit les mains et se renversa sur sa chaise.

— Pour les femmes, le sexe est un temple où elles viennent sacrifier au rite ancestral avec plus ou moins de dévotion selon leur âge et la qualité de leurs amants. Pour les hommes, le sexe est un bain qu'ils éprouvent le besoin de prendre régulièrement... Pas toujours, hélas, dans la même baignoire. D'un côté, le sacré, de l'autre, l'hygiène...

Béatrice rit de bon cœur en levant son verre. Un autre domestique en livrée apporta le dîner sur un plateau d'argent. Béatrice prit une cuisse de poulet et quelques légumes. Contrairement à son invitée, le comte se servit largement, n'hésitant pas à utiliser ses doigts pour décortiquer sa volaille. Il savourait vin et nourriture avec une ardeur voluptueuse.

— La femme qui se donne a le sentiment d'offrir un cadeau. Et beaucoup se croient obligées d'envelopper ce cadeau d'émotion et de grands sentiments sans lesquels il manquerait de valeur.

— A leurs yeux ou aux yeux des hommes ?

Le comte se mit à rire en pointant vers son invitée l'os qu'il venait de ronger.

— A leurs yeux, naturellement. Pourvu qu'il reçoive le cadeau, l'homme se moque de l'emballage !

— N'existe-t-il pas des femmes qui abordent le sexe à la manière des hommes ? Comme un bain, pour reprendre votre expression ?

— Fort peu, si j'en crois mon expérience.

— Mais il y en a ?

— Oui. Elles sont plutôt dangereuses.

Leurs regards se croisèrent dans la lueur des bougies. Béatrice était tentée de lui demander de préciser sa pensée, mais elle craignait d'entendre ce qu'il pourrait dire. Il continua de se goinfrer jusqu'à ce que son assiette fût complètement nettoyée. Après quoi il suggéra, en se léchant les doigts :

— Si nous parlions de ce grimoire...

— Je vous en serais reconnaissante.

Conformément aux termes de leur accord, elle s'était abstenue d'aborder le sujet avant la fin du repas. Il se pencha pour gratter d'un doigt un peu de cire tombée d'une bougie.

— Je dois d'abord vous brosser la toile de fond. La famille Borzamo est extrêmement ancienne. Nous avons toujours été de grands collectionneurs de livres. C'est chez nous beaucoup plus qu'une marotte. C'est un héritage, un droit sacré, une passion partagée par tous les comtes Borzamo. Plus exactement, c'était. Jusqu'à mon imbécile de fils.

— Collectionner les livres ne l'intéresse pas ?

Le comte hocha la tête, l'air écœuré.

— Il collectionne les femmes. Il a cessé de lire à la puberté.

— Où est votre collection, monsieur le comte ? J'aimerais la voir. Elle doit être impressionnante.

— J'y viens. Vous êtes une jeune personne très impatiente !

— Excusez-moi.

— Il n'y a pas de quoi, ma chère.

Sa main se posa sur celle de Béatrice et s'y attarda jusqu'au retour du serviteur. Béatrice se dégagea tandis que l'homme s'emparait de son assiette et la remplaçait par un bol de cristal rempli d'une eau parfumée. Pendant qu'elle se rinçait les doigts, le domestique apporta une cuvette d'argent, s'agenouilla pour la présenter au comte qui, se tournant de côté, se lava les mains et le visage avant de les sécher avec une serviette-éponge.

— Me voilà rafraîchi ! Je déteste l'odeur de la graisse.

Béatrice n'en revenait pas. Il ordonna au serviteur d'apporter la suite et reprit avec un parfait naturel :

— Connaissez-vous l'histoire de la Bibliothèque vaticane ?

Béatrice se raidit. Elle touchait au but.

— Je crois me souvenir qu'elle a été fondée au XVe siècle. C'est à peu près tout ce que j'en sais.

— C'est plus que n'en savent la plupart des gens. Elle est essentiellement l'œuvre de deux papes, Nicolas V et Sixte IX. Composée au départ de recueils grecs et latins, elle a rapidement été scindée en trois : la Biblioteca latina, la Biblioteca graeca et la Biblioteca segreta.

— Celle qui nous intéresse ?

— Oui. Il s'agissait, en fait, de la bibliothèque papale dont le contenu est demeuré secret durant de très nombreuses années. J'y reviendrai. Ce n'est qu'au XVIIe siècle que la Bibliothèque vaticane a commencé à prospérer, lorsque Maximilien de Bavière lui a fait don, en 1622, de la Bibliothèque palatine de Heidelberg. Durant cette même période, elle a reçu également les manuscrits latins appartenant aux ducs d'Urbino et à la reine Christine de Suède. Puis, au XVIIIe siècle, la collection Capponiani, la grande bibliothèque Ottoboni, les bibliothèques Borghese et Barberini... Je vous épargne la suite de l'inventaire.

Il s'interrompit tandis que le domestique déposait sur la table le fromage et les fruits. Béatrice ne prit qu'une pêche, alors que le comte se servait une part de fromage gargantuesque.

— Vous n'aimez pas le fromage, Béatrice ?

— Si, mais je n'ai plus faim. Je suis suspendue à vos lèvres.

Il s'esclaffa et mordit avec appétit dans une tranche de parmesan qu'il accompagna de bourgogne.

— J'aime vos mots... Bref, toutes ces collections sont maintenant connues et constituent le noyau de la Bibliothèque vaticane.

A l'aide de son couteau, il harponna une grosse pomme.

— Mais il y en a une autre qui n'est connue que de quelques initiés.

— Et c'est ?

Triomphalement, le comte proclama en croquant dans sa pomme :

— La collection Borzamo. Dont le Vatican, aujourd'hui encore, nie farouchement l'existence.

— Je ne comprends pas. Pourquoi cette collection n'a-t-elle pas été reconnue et recensée comme les autres ?

Il fronça les sourcils, en homme qui cherche ses mots pour exprimer le plus correctement une notion délicate.

— La collection Borzamo n'est pas... très traditionnelle. Elle traite essentiellement de deux sujets tabous.

— Qui sont ?

— La pornographie et la magie noire.

Il vida son verre que le serviteur posté près de la porte se hâta de remplir. Captivée, Béatrice entreprit de peler sa pêche. Ce qu'elle venait d'entendre recoupait certaines allusions de Simon Lovelock. Le comte reprit :

— La collection d'ouvrages pornographiques du Vatican relève du secret de Polichinelle. Certains ayant pu l'entrevoir au cours des siècles, il est difficile d'en nier l'existence. Un de mes amis a demandé un jour au conservateur s'il était vrai que la bibliothèque possédât une telle collection. L'homme a répondu simplement : « Je sais que nous avons cette réputation. » C'était une bonne réponse. Ni aveu, ni dénégation. Mon ami a posé la même question à propos de la magie noire. Le conservateur est entré dans une violente colère et s'est écrié : « Pas à ma connaissance », avant de sortir en claquant la porte !

— Et ces deux collections ont été données par votre famille ?

— D'une certaine façon. La première sans aucun doute. Elle fut offerte au XVIIIe siècle. Pour l'amusement de quelque pape libertin. Au cas où la question vous intéresserait, le XVIIIe siècle a été l'âge d'or de ce genre d'ouvrages...

Il guetta une réaction que Béatrice se garda bien de lui offrir.

— Comme toujours lorsqu'il s'agit de collections, celle-ci, alimentée par d'autres sources, s'est sans doute considérablement enrichie. Mais ses pièces essentielles ont été offertes par la famille Borzamo.

L'orgueil qui transparaissait dans sa voix semblait sincère.

— Et la collection de magie noire ?

— Là, ça devient un peu compliqué...

— Je vous écoute.

— Vous m'écouterez encore mieux au salon devant une bonne tasse de café.

Comme le vieux domestique achevait de servir le café dans des tasses de porcelaine armoriées, le comte renouvela son compliment :

— Cette robe vous sied à merveille. Me ferez-vous le plaisir de l'accepter en souvenir de cette soirée ?

— Non, bien entendu. Mais je vous remercie infiniment.

Il haussa les épaules :

— Les Américains sont de tels puritains ! Pourquoi ne pas accorder à un vieil homme le petit plaisir qu'il sollicite ? Emportez-la, je vous prie. Je ne peux la porter moi-même et il n'est personne d'autre à qui j'aimerais en faire présent.

Il fit signe au serviteur de se retirer et attendit qu'il fût sorti pour avaler son café et bourrer sa pipe.

— Je n'aime pas cette pièce. Elle est trop vaste pour un salon. Et je m'y sens surveillé par mes ancêtres !

Béatrice passa en revue les visages sévères qui les regardaient depuis leurs cadres monumentaux en bois doré.

— Imposants, en effet !

— C'est le mot. Ils m'ont imposé, entre autres, une tradition à laquelle je ne puis déroger. Les Borzamo, voyez-vous, ont toujours entretenu avec l'Église des relations quasi symbiotiques. Depuis la fondation de la Bibliothèque vaticane, ma famille lui a fourni des ouvrages que l'Église n'approuve pas, mais qui lui inspirent un grand intérêt.

— Les livres de magie noire.

— Exactement. Dans le passé, l'Église, comme vous le savez, a ostensiblement brûlé ces livres... avec leurs adeptes et leurs auteurs quand c'était possible. Mais la réalité est plutôt différente !

— C'est-à-dire ?

— Que les relations entre Dieu et le diable sont aussi symbiotiques que celles de l'Église avec les Borzamo. Après tout, sans le mal, comment reconnaîtrait-on le bien ? Il n'existerait pas. Il ne serait qu'ennui !

— Vous avez une vue très personnelle des choses.

— Mais conforme à la réalité, vous me l'accorderez. Il se trouve que c'est un de mes ancêtres qui a dressé le catalogue de la Biblioteca segreta, cette collection papale que je vous ai déjà citée. Elle comportait bien sûr de nombreux manuscrits classiques, œuvres ou fragments de Platon, Aristote, Simplicius, Apollonius, Archimède, Aristarque de Samos, Euclide, Hérodote, Homère, Hipparque, Ptolémée, Hippocrate, Sénèque, Tacite, Thucycide, Pline, Plaute, et j'en passe... Mais il y avait aussi d'autres ouvrages moins avouables. Grimoires, cabales, papyrus magiques, textes gnostiques et fragments relatifs aux mystères éleusiens, orphiques, phrygiens et mithraïques. Ces ouvrages étaient la somme de la pensée et des connaissances occultes du monde entier : Égypte, Perse, Chine, Inde, sans oublier la Grèce et la Rome antiques. Soucieuse de préserver son image, l'Église était contrainte de cacher et de nier la possession de ces œuvres. Mais elles étaient là pour être étudiées et formaient le noyau d'une collection qui s'est développée à travers le Moyen Age et la Renaissance.

— Ce n'en est pas moins une collection de magie noire !

Le comte eut un sourire faunesque qui le rendit presque séduisant.

— Disons plutôt... une collection de pensée adverse. Je ne tiens pas à ce que vous me preniez pour un suppôt du diable.

— Soit, une collection de pensée adverse.

— Parce qu'un Borzamo avait établi le catalogue de la collection originale et connaissait donc son existence, ma famille a été chargée de poursuivre la recherche de ces ouvrages, afin que l'Église soit tenue au courant des forces qui lui étaient hostiles. Durant plus d'un siècle, la mission des Borzamo fut de repérer les œuvres hérétiques, surtout celles de caractère occulte ou magique, et de les remettre au Vatican. Nous en avons été généreusement récompensés, comme vous pouvez le voir.

Il désignait d'un geste large le décor environnant :

— Tout ce que nous possédons, nous le devons à la gratitude de l'Église. Qui nous a protégés en outre de l'Inquisition comme de l'excommunication. Laquelle constituait, en ce temps-là, une mesure gravissime, puisque les excommuniés perdaient tous leurs droits civiques.

Un peu dépassée, Béatrice intervint :

— Je voudrais comprendre. L'Église entretenait et protégeait votre famille pour qu'elle recherche pour elle les livres de magie noire ?

— Un peu sordide, formulé de cette façon, mais c'est la vérité.

Le comte caressa le fourneau de sa pipe :

— Je préfère y voir une mission sacrée. Ma famille a eu pour mission sur cette terre d'informer l'Église des machinations de l'Ennemi.

— Cet Ennemi étant... ?

— Dans un cercle restreint, les Borzamo sont connus sous le nom de Gli Agenti del Diavolo. « Les Agents du Diable. »

Béatrice marqua une pause.

— Ces livres sont donc toujours au Vatican ?

— Ils y étaient.

— Et maintenant ?

— Durant le premier siècle de son existence, certains papes se sont intéressés à la Biblioteca segreta. D'autres, non. Mais avec la montée de l'Inquisition en Europe, il était clair que tôt ou tard la collection serait découverte. Alors, en 1600, elle a été transférée ici dans le plus grand secret.

— Ici !

— C'est la raison pour laquelle Luigi di Borzamo a créé le Jardin des Monstres. La collection était conservée dans la partie encore interdite au public. Des tas de superstitions entourent ce jardin et personne n'aurait osé passer outre.

Béatrice dut s'armer de courage pour poser la question suivante :

— La collection est toujours ici ?

— Non. Quand Napoléon a envahi la péninsule, elle a été retransférée au Vatican pour raisons de sécurité. Après la Seconde Guerre mondiale, Pie XII, appréhendant l'avènement du communisme en Italie, a craint que la collection ne soit détruite et l'a fait transporter ailleurs. En Amérique, je pense. Elle y est gardée par des gens qui l'abhorrent, mais respectent son pouvoir... comme on respecte un important prisonnier politique.

Ceux de l'institut Duarte, songea Béatrice.

— Vous ne savez pas où exactement ?

— Non.

— Et le grimoire ?

— Il faisait partie de la collection.

— Pourquoi veulent-ils le récupérer, aujourd'hui ?

Le sourire du comte Borzamo se fit malicieux.

— Ah ! Nous voilà revenus à l'histoire du grimoire !

Obéissant à une subite association d'idées, Béatrice questionna :

— Vous connaissez Giuseppe Antonelli ?

— Bien sûr !

— C'est donc vous le mystérieux client qui voulait racheter à mon père le grimoire !

— Pas exactement !

— Antonelli vous a bien appelé pour vous dire qu'il l'avait trouvé ?

— Oui. Mais parce qu'il avait besoin d'éclaircissements que j'étais seul à pouvoir lui fournir.

— Quels éclaircissements ?

— Il voulait s'assurer que c'était bien le bon grimoire.

— C'est-à-dire le seul qui comporte la citation de saint Paul en exergue ?

Le comte recommençait à s'amuser.

— On dirait un chien cramponné à son os !

— Pourquoi ce grimoire a-t-il une telle importance ? Quel est son secret ? Vous le savez, n'est-ce pas ?

Il eut une moue évasive. Il jouait avec elle le petit jeu cruel du chat et de la souris. Elle insista :

— Quel client le livre intéresse-t-il à ce point ?

Il la contempla un instant et, quand il parla, il y avait comme une menace dans sa voix :

— Nous avons conclu un marché. Vous avez satisfait à la première condition. Reste la seconde.

— Je vous écoute.

— Suivez-moi.

Il se leva, lui tendit la main, l'aida à s'extraire de son fauteuil.

— Où allons-nous ?

— Dans l'autre partie du jardin... celle qu'il vous tarde tant de visiter.

Ils sortirent dans la nuit.

18

Sur la terrasse derrière la maison, le comte décrocha une lampe-tempête qu'il alluma et tint à bout de bras, invitant d'un geste Béatrice, à le suivre. Ils descendirent des marches qui menaient à une vaste étendue herbeuse. En face d'eux, la masse compacte et noire de la forêt se découpait dans le clair de lune. Il faisait chaud et humide, et Béatrice sentit peu à peu sa robe lui coller au corps.

Ils atteignirent les broussailles. Le comte recommanda la prudence à Béatrice tandis qu'ils s'engageaient sous le couvert. Plus ils avançaient, plus le sentier devenait inégal et la broussaille épineuse. De temps en temps, le comte marquait une pause pour écarter des branches devant Béatrice. Malgré les efforts qu'il déployait pour faciliter leur progression, elle ne cessait de trébucher dans ses escarpins. Après avoir parcouru quatre à cinq cents mètres, elle commença à perdre patience :

— C'est encore loin ?

— On y est presque, *cara* Béatrice. Les rôles sont inversés. C'est Dante qui vous guide.

Ils débouchèrent dans une clairière au centre de laquelle se dressaient quatre masses obscures disposées en cercle. Béatrice se rendit compte en approchant qu'il ne s'agissait pas de blocs rocheux, mais de nouveaux monstres sculptés dans la pierre. Avec un grand sens de la mise en scène, le comte la pilota de l'un à l'autre en levant sa lanterne.

— Le Minotaure...

Une version titanesque du personnage mythique au corps d'homme et à la tête de taureau.

— Méduse...

La lueur dansante de la lampe-tempête anima brièvement la hideuse chevelure de serpents de la gorgone.

— Le cyclope...

Près de deux fois plus grand qu'un homme ordinaire, avec son œil au milieu du front.

— Et celui-là ?

C'était le plus énorme de tous, près de deux fois la taille des autres. Une sorte de lézard aux yeux creux dont la gueule béante eût pu dévorer trois hommes. Le comte articula, fièrement :

— Satan lui-même, matérialisé sous la forme d'un dragon.

Sa lanterne éclairait faiblement l'intérieur. Il se glissa entre les mâchoires dressées du monstre de pierre, se retourna vers Béatrice et déclama trois vers archaïques dans lesquels il était question de crocs acérés, de victimes terrorisées et de la gorge abyssale d'Orcus. Béatrice l'interrompit :

— Que veulent dire ces vers ?

— Ils sont extraits de *The Faerie Queene,* de Spenser. Ils décrivent la gueule vorace d'un dragon géant... qui n'est autre que Lucifer. Orcus est le nom latin de Hadès. Et maintenant, *cara* Béatrice, suivez-moi dans ma descente aux enfers !

Malgré toute sa détermination, la jeune femme eut un moment de panique. Mais elle se domina vite. Pas question de renoncer si près du but. Borzamo possédait le secret du grimoire et, bien que parfait spécimen de l'aristocrate fin de race, c'était un vieillard inoffensif contre qui elle n'aurait aucun mal à se défendre le cas échéant. Elle pénétra à sa suite dans la gueule du monstre.

Ils descendirent un escalier de pierre. Plus ils s'enfonçaient dans les entrailles de la terre, plus l'atmosphère gagnait en fraîcheur et en humidité. Les marches aboutissaient à une porte ouvragée couverte de symboles : pentacles, étoiles, croix, nombres, serpents, signes du Zodiaque et cercles enfermant d'étranges caractères. Béatrice reconnut certains des motifs du grimoire.

La porte était verrouillée. Confiant la lampe à Béatrice, le comte ouvrit deux des boutons de diamant et d'onyx de sa chemise d'apparat et s'empara de la grosse clef qui pendait à sa chaîne d'or. Il la glissa dans la serrure et la tourna dans les deux sens jusqu'à ce qu'un déclic se fît entendre. Le lourd battant métallique n'avait aucune poignée. Le comte le poussa de l'épaule et la porte s'ouvrit silencieusement. L'obscurité était si profonde que la lampe parvenait à peine à la dissiper.

— Attendez, ordonna le comte.

Il alluma rapidement deux torches qu'il glissa dans des réceptacles muraux de part et d'autre de la pièce.

— Vous pouvez entrer.

Elle obéit. De longues niches horizontales avaient été creusées dans la roche, du sol au plafond. Face à l'entrée, au-dessus d'un banc de pierre, une haute croix inversée. L'air sentait le moisi.

— Bienvenue dans la vieille bibliothèque des Borzamo.

Dans la flamme instable des torches, son visage luisait d'un éclat rougeâtre satanique. Béatrice ironisa :

— La salle de récréation familiale ?

— Mon ancêtre Luigi avait le sens du théâtre. Il est amusant de penser que ces étagères de pierre ont abrité la littérature du diable !

— Très amusant. Ai-je droit maintenant à l'histoire du grimoire ?

Le comte marqua un temps.

— Vous savez qu'il y a une seconde condition.

Tendue, Béatrice demanda :

— Laquelle ?

— L'affaire est plutôt délicate.

Un silence encore, puis :

— Vous êtes une très belle femme, Béatrice.

Nous y voilà, songea-t-elle. Elle n'était pas surprise. Toute la soirée, elle s'était attendue à quelque chose de cette sorte.

— Je ne suis pas inintéressante, mais je ne suis pas une très belle femme.

— Vous avez un corps superbe.

Elle croisa les bras sur sa poitrine et, s'efforçant de garder un ton badin :

— Je ne suis pas assez musclée. Je devrais faire plus d'exercice.

Il la dévorait des yeux.

— Je veux que vous quittiez votre robe.

— Pourquoi ?

— Je veux voir ce joli corps qui manque d'exercice.

— C'est la condition ?

— C'en est le commencement...

— Je ne vous ferai pas l'amour, comte Borzamo.

— Je ne vous le demande pas.

— De quoi s'agit-il alors ?

— D'autre chose.

Elle éleva la voix, révoltée.

— De fellation, c'est ça ?

La paroi rocheuse répercuta le rire du comte.

— Pas davantage. Mais j'aime le mot dans votre bouche. Vous le dites avec une telle autorité.

Elle soupira, exaspérée :

— Si vous cessiez de jouer aux devinettes ? Quelle est la seconde condition ?

Le comte s'assit sur le banc de pierre.

— Je vais vous le dire. Mais avant de refuser, je vous demande de réfléchir à ce que je vous offre en échange.

— Allez-y...

— Je connais le secret du grimoire et je suis votre dernière chance de l'apprendre. Je puis vous confirmer que votre père a bien été assassiné à cause de ce livre et je sais qui l'a tué. De telles informations n'ont-elles pas leur prix ?

— Qu'est-ce qui me prouve que vous dites la vérité ?

— Je suis tout sauf un menteur... Quand j'aurai parlé, vous saurez que c'est la vérité.

— Admettons que je souscrive à votre seconde... condition. Mais comment être certaine que vous tiendrez parole ?

— Je vous la donne, cela devrait vous suffire.

— Et si nous inversions ? Vous parlez d'abord et je m'engage à satisfaire à votre condition, quelle qu'elle soit.

— Pas question. Je vous offre tellement plus que vous n'allez me donner. Désolé, mais les choses se passeront dans l'ordre que j'ai dit... ou pas du tout !

Elle marcha vers le vieil homme et se campa devant lui, les poings sur les hanches.

— Vous êtes un pervers, comte Borzamo !

— Pervers ! Quel mot délicieux ! J'ai connu une call-girl à Paris que l'on surnommait « Perverse ».

Elle leva les yeux au ciel.

— Avez-vous l'intention de me faire du mal ?

— Ma chère enfant ! C'est vous qui allez me faire du mal !

Elle le toisa, rejetant involontairement la tête en arrière. Il commenta :

— Ah ! L'idée a l'air de vous plaire.

— Pas le moins du monde.

— Je sais voir les choses.

Les yeux dans les yeux, ils se défiaient.

Respirant profondément, elle abaissa lentement l'épaulette droite de sa robe, puis la gauche, et fit glisser la fermeture éclair dans son dos. Avec un bruissement presque imperceptible, la robe tomba à ses pieds. Elle enjamba posément la flaque de satin blanc et se tint immobile devant le comte fasciné, dans la lingerie de dentelle noire qu'il lui avait si obligeamment prêtée. Elle espérait que cette vision lui suffirait, mais, d'un geste impérieux, il lui intima l'ordre de continuer.

Résignée, elle dégrafa le soutien-gorge qu'elle jeta par terre. Puis elle ôta chaussures, bas, porte-jarretelles et culotte. Instinctivement, elle se détourna et cacha son sexe de ses mains jointes. D'un hochement de tête, le comte lui fit signe d'avancer dans la lueur des torches. Elle s'approcha de lui, très droite et la poitrine haute. Le vieux libertin se repaissait du spectacle de sa nudité. Elle ne baissa pas les yeux.

— Remettez les chaussures.

Elle s'exécuta et reprit la pose. L'œil allumé, le comte passa sa langue sur ses lèvres sèches et ronronna dans un sourire :

— Votre corps est très beau. Vous auriez tort de faire des complexes.

— Et maintenant ?

Provocante, elle se déhancha, puis recula d'un pas, alors qu'il ouvrait sa braguette et baissait son pantalon. Il portait un caleçon bleu pâle, avec une petite couronne brodée à droite. Il le baissa aussi. Les pans de sa chemise couvraient à peine son sexe mort. Il se tourna, s'agenouilla devant le banc de pierre, face à la croix, exhibant des fesses fripées. Gênée, elle détourna les yeux alors qu'il chuchotait, louchant par-dessus son épaule :

— Fessez-moi, ma chère. Aussi fort que vous le pouvez.

La bouche sèche, Béatrice s'approcha et leva la main. Elle le frappa timidement. Ce bref contact avec la vieille chair exposée lui donna la nausée.

— Plus fort !

Elle le frappa une seconde fois.

— Plus fort !

Elle obéit.

— Encore !

— Combien de fois ?

— Jusqu'à ce que je vous dise d'arrêter. Plus fort ! Encore plus fort !

Alors, fermant les yeux et pensant à Luis Diaz, elle frappa de toutes ses forces, arrachant au comte des petits cris d'extase. Sa chair flasque rougissait tandis que la main de Béatrice s'abattait avec une fureur croissante. Il avait saisi son pénis et se masturbait au rythme des coups.

Il faisait maintenant dans la cave une chaleur d'étuve. Béatrice transpirait et le comte gémissait. Quand en aurait-il assez ? Mais plus elle frappait, plus l'excitation et le plaisir du vieux croissaient. Les yeux fermés, Béatrice, humiliée, tapait, tapait toujours.

Ce qui se produisit alors fut extraordinaire. Bien qu'elle eût le bras et la main endoloris, elle trouva soudain du plaisir à cette violence. Changeant de main, elle frappa avec une vigueur et une fureur renouvelées, mêlant aux plaintes du comte ses propres cris d'épuisement et de rage. Et le souterrain s'emplit d'une rumeur de démence.

Subitement, le vieil homme se rejeta en arrière, se raidit des pieds à la tête, puis s'affaissa, comme brisé. Elle allait frapper encore quand il hurla :

— *Basta !* Assez !

Il s'effondra sur le banc de pierre, la respiration sifflante.

Tremblante, exténuée, Béatrice s'accroupit. Le visage dans les mains, elle éclata en sanglots. Le comte se releva, pantelant. Il se rhabilla, puis ramassa la robe de Béatrice, la déposa devant elle et se pencha pour lui caresser les cheveux. Le contact de sa main la fit sursauter.

— *Cara* Béatrice, vous n'êtes pas seulement belle. Vous êtes courageuse. Il faut que vous ayez beaucoup aimé votre père.

— Oui, beaucoup.

Ravalant ses larmes, elle enfila sa robe et se redressa, regardant le comte droit dans les yeux.

— Satisfait ?

L'homme du monde qu'il était redevenu lui tendit la main, cérémonieusement.

— Venez. Nous avons tous les deux besoin d'un verre.

Assis face à face dans la bibliothèque, Béatrice et le comte buvaient leur whisky.

— Eh bien ! ma chère, ça n'a pas été si terrible ?

Elle alluma une cigarette.

— Oh ! si.

Il tira de sa pipe une longue bouffée.

— Vous m'en voyez navré, mais reconnaissant. Il y a des années que...

— Ne dites plus rien... Parlons du grimoire.

— Soit... Celui d'Honorius est précieux et célèbre pour deux raisons. Il contiendrait non seulement la vraie recette pour invoquer les morts, mais aussi la clef du trésor des Chevaliers du Temple.

— M. Lovelock m'a déjà expliqué tout ça. Ne me dites pas que mon père a été assassiné pour une table tournante et un trésor bidon !

Le comte sourit sans cesser de téter sa pipe :

— Hitler lui-même était obsédé par l'occultisme et la nécromancie. Mais vous avez raison. C'est pour d'autres motifs que le grimoire est convoité.

Béatrice se pencha en avant.

— Dites, je vous en prie...

— Hermann Göring était, si j'ose dire, le Grand Acquisiteur du IIIe Reich. Sa rapacité est demeurée légendaire. Il a pillé les musées, ratissé les trésors artistiques dans tous les pays occupés.

— Vous ne m'apprenez rien..

— Je l'ai bien connu. C'était un porc, mais fort drôle et plutôt charmeur.

— Je ne peux pas le croire.

— Peu importe... Je travaillais au Vatican en qualité de secrétaire du cardinal Delorio, un vieux prélat corrompu qui dirigeait l'Institut des œuvres religieuses, l'une des banques du Vatican. C'était un homme austère, rébarbatif et plein de préjugés. Durant l'hiver 1941, Göring est venu nous voir. Il nous a expliqué qu'il ne faisait confiance ni à la police secrète du Reichsführer S.S. Heinrich Himmler, ni aux services d'espionnage de l'amiral Canaris. Il voulait pouvoir disposer de ses propres agents et il avait besoin du réseau d'informateurs à la solde du Vatican. Lequel couvrait le monde entier, ou presque.

Borzamo s'interrompit pour rallumer sa pipe. Béatrice bouillait d'impatience. Il dissipa d'un revers de main le nuage de fumée et poursuivit du même ton posé :

— Göring proposait de payer Delorio à l'aide de fonds secrètement prélevés sur les biens confisqués des Juifs et d'autres minorités. Il avait coutume de s'approprier tout ce qui lui tombait sous la main et disposait de richesses incroyables. Il a demandé à Delorio d'ouvrir pour lui un compte en Suisse. Ainsi, Himmler, Canaris et même Hitler n'en soupçonneraient jamais l'existence.

Le comte se racla la gorge et but une gorgée de scotch.

— En tant que secrétaire de Delorio, je fus chargé d'ouvrir le compte de Göring. Lui, Delorio et moi serions seuls à en connaître le code d'accès. Mais quel code choisir? Un soir, à la fin d'un dîner bien arrosé, m'est venue l'idée d'utiliser comme pense-bête l'exemplaire papal du grimoire d'Honorius.

— Comme pense-bête ?

— Comme moyen mnémotechnique, si vous préférez. Pour accéder à un compte, dans une banque suisse, il faut donner un nom ou un numéro. Un nom unique risquait d'être découvert. Nous tombâmes d'accord sur l'idée d'une série de noms. Dans le grimoire d'Honorius, il y a une liste de noms prononcés par le démon. Cette liste est devenue la clef du compte de Göring. A l'exception de l'un des noms, par surcroît de précaution.

L'excitation de Béatrice allait croissant :

— Quiconque dispose de cette liste peut donc disposer du compte de Göring ?

— Sans aucun doute. Mais les noms doivent être donnés dans le bon ordre, moins celui que j'ai supprimé.

De sa paume ouverte, Béatrice se frappa le front en un geste enfantin.

— C'est si simple !

— Et ingénieux. Nous sommes à peu près certains que cet exemplaire du grimoire est le seul à contenir la citation de saint Paul. Il est donc identifiable au premier regard. Delorio et moi avions baptisé l'affaire : « Opération Compte du Diable ».

— On ne pouvait mieux dire.

— Merci de votre appréciation... Qui était le diable ? Göring ou Satan ? La clef était en sécurité. Personne ne détruirait un livre ancien.

— Excepté les nazis !

— Oui. Mais les nazis ne détruisaient que les bons livres !

— Quel a été le rôle de von Nordhausen ?

— Göring avait convaincu Hitler que le livre était réellement magique et recelait le secret de l'invisibilité, de l'immortalité et de la résurrection des morts ! Hitler était alors complètement fou. Sa vie était en danger et il voulait tout tenter, y compris la magie. Surtout la magie ! Le véritable objectif de Göring était évidemment de mettre la main sur l'ouvrage et la clef qu'il contenait.

— Mais il ne l'a jamais reçu et n'a donc jamais pu retirer « son » argent. A combien se monterait cette fortune aujourd'hui ?

— Avec les intérêts... disons un milliard de dollars. Peut-être davantage. C'est à l'United Swiss Bank, à Zurich, qu'il faudrait demander cela.

Béatrice respira un grand coup.

— Comte Borzamo, pourquoi Delorio et vous-même n'avez-vous jamais essayé de puiser dans ce pactole dont vous possédiez la clef ?

— Pour la bonne raison qu'ils nous auraient tués. Le vieux Delorio n'avait pas besoin de plus d'argent que Göring ne lui en versait pour rémunérer ses services. Et moi, je suis un poltron, comme chacun sait. Je n'avais aucune envie de me retrouver par une nuit noire, un pistolet de la Gestapo sur la tempe. Après la guerre, j'ai recherché le grimoire. Mais il avait disparu... jusqu'à ce que votre père le reçoive !

Béatrice se leva et se mit à arpenter la pièce. Puis elle se rassit, pensive :

— Ce que je ne comprends pas, c'est comment tous ces gens sont au courant d'un secret que Göring, Delorio et vous étiez seuls à connaître... Qui sont-ils ?

— Excellente question... Avant de mourir, en 1948, Delorio a parlé de l'opération « Compte du Diable » à un autre prélat, membre comme lui d'un ordre secret. Celui-là même qui veille sur la collection Borzamo, voit dans les livres de magie noire de véritables manuels scientifiques, est persuadé que le monde doit revenir à ce qu'il était au XVe siècle et souhaite le rétablissement de l'Inquisition.

— Et cet ordre s'appelle ?

— Defensores Fidei. « Les Défenseurs de la Foi. »

— Dieu du ciel ! Cet homme à qui Delorio s'est confié, c'était Inigo Duarte ?

Surpris, le comte s'exclama :

— Vous avez entendu parler d'Inigo Duarte !

— Le fondateur des Defensores Fidei, n'est-ce pas ?

— Exact. Je l'ai un peu connu, au temps où je travaillais pour le Vatican. C'était un homme étrange. On aurait dit un cadavre ambulant.

— Connaissez-vous l'institut Duarte ?

— Non. De quoi s'agit-il ?

— D'une sorte de grande école privée qui occupe une immense propriété dans l'État de New York. Officiellement, elle se consacre à des recherches philosophiques. Ses administrateurs veulent y faire entrer la collection de mon père.

— Je me demande si la collection Borzamo s'y trouve déjà.

— N'en doutez pas. Vous m'avez bien dit qu'elle avait été transférée en Amérique après la guerre ?

— Oui, ce serait logique... Vous n'avez aucune idée du péril que représentent ces Defensores Fidei ! Ce sont des fanatiques, convaincus d'être les dépositaires d'un message moral. Ceux qui se préoccupent de la moralité des autres sont infiniment plus dangereux que ceux qui acceptent le monde tel qu'il est et a toujours été.

— Quant à Giuseppe Antonelli, il est leur démarcheur. Ce sont eux qui s'intéressent à ce qu'il appelle « ces bizarreries ».

— Naturellement. Les Defensores Fidei se passionnent pour la magie noire. Pour eux, le ciel et l'enfer ne sont pas des abstractions, mais des réalités concrètes. Ils croient aux anges, aux démons, aux auréoles et aux tridents, aux nuages et aux flammes, bref à toutes ces sottises... Ils seraient amusants s'ils n'étaient aussi dangereux.

— Connaissez-vous le *Malleus Maleficarum* ?

— Oui. Et vous aussi, apparemment !

— Je l'ai lu.

— Un ouvrage extraordinaire, qui témoigne d'une grave maladie de l'esprit humain.

— Une abomination ! Un pamphlet misogyne visant à traquer les sorcières, à les juger et à les exterminer. Sorcière y étant synonyme de femme...

— Il a fait autorité dans la chrétienté pendant plus de deux siècles.

— Je sais aussi qu'il a quelque chose à voir avec les Defensores Fidei.

— Quelque chose à voir ? Mais, ma chère enfant, le *Malleus Maleficarum* est leur Bible ! S'ils s'intéressent à la magie noire, c'est qu'ils croient dur comme fer que le mal existe et qu'il doit être écrasé. Par le « Marteau des sorcières » !

— Ils ont assassiné mon père, n'est-ce pas ?

— Directement ou indirectement... c'est indiscutable. Si le *Malleus* est leur Bible, le grimoire est leur or. Ils sont prêts à tout pour s'en emparer et avoir ainsi les moyens de diffuser et d'imposer à travers le monde leur croyance. Ils détestent la société moderne qui est à leurs yeux l'œuvre du diable, et lui déclareront la guerre dès qu'ils auront les fonds nécessaires.

— Avez-vous entendu parler de Desmond Crowley ?

Le comte secoua la tête :

— Non. Qui est-ce ?

L'ignorait-il vraiment ? Béatrice n'aurait su le dire.

— Il a écrit une préface au *Malleus,* dans laquelle il affirme que c'est l'une des plus grandes œuvres de la littérature universelle.

— Une préface qui date de... ?

— ... 1955.

— Alors, méfiez-vous de lui comme de la peste. Et peut-être...

— Peut-être quoi ? Qu'alliez-vous dire, comte Borzamo ?

— Méfiez-vous aussi de vous-même... Car je crois que vous avez pris à notre petit intermède plus de plaisir que vous ne voulez bien l'admettre.

— J'y penserai. Merci du conseil.

Il vida son verre.

— Une dernière suggestion... Trouvez qui est à la tête des Defensores Fidei... et probablement aussi de cet institut Duarte. Vous tiendrez l'assassin de votre père. Mais soyez très prudente.

19

Sans cesser de marteler la porte du poing, Béatrice se surprit à taper du pied comme une gosse en colère.

— Ouvre, Stephen ! Je sais que tu es là ! J'ai des tas de choses à te raconter.

Elle entendait bouger à l'intérieur. La porte s'entrebâilla. Stephen, mal réveillé et les cheveux en bataille, s'étonna :

— Béa ? Je ne t'attendais pas. Entre...

— Je t'ai appelé cent fois, mais tu n'étais jamais...

Les mots se coincèrent dans sa gorge. Stephen n'était pas seul. Drapée dans un vieux peignoir, une jeune femme blonde sortait du lit défait, l'air gêné.

— Euh... Sally, je te présente Béatrice... Béatrice, je te présente...

— Salut ! dit la jeune femme avec un geste de la main.

— Désolée... Je n'aurais pas dû venir... Oh ! pourquoi m'as-tu fait entrer ?

— Béa, je ne...

Ramassant ses vêtements épars, la blonde piqua droit sur la salle de bains.

— J'allais partir. J'en ai pour une minute.

Figée au centre de la pièce, Béatrice secouait la tête. Stephen voulut la prendre dans ses bras, mais elle le repoussa brutalement :

— Ne t'avise pas de me toucher !

Elle essaya de se calmer, tandis que Stephen ramassait sa chemise et se rhabillait, l'air misérable. La blonde sortit de la salle de bains et marcha vers la porte, moulée dans une robe-bustier et portant un sac de cuir en bandoulière.

— Il faut que je file... Je regrette, pour tout ça...

Stephen et Béatrice se retrouvèrent seuls.

— Béa, je ne sais pas quoi dire.

— Eh bien ! ne dis rien.

Ils s'assirent aux deux bouts du vieux canapé, allumèrent une cigarette et fumèrent un instant en silence.

— Elle n'est rien pour moi, Béa, je tiens à ce que tu le saches.

— Aucune importance.

— Je me sens tellement...

— Simple curiosité : qui est-ce ?

— Une fille sympa. Elle est dans les relations publiques.

— C'est ce que je vois !

— J'ai fait sa connaissance il y a quelques mois lors d'un cocktail. Je suis retombé sur elle hier et...

Béatrice écrasa sa cigarette, se leva et alla ouvrir le tiroir sous l'imprimante.

— Que fais-tu ?

— Je reprends le grimoire.

— Pourquoi ? Il est en sécurité, ici.

— J'ai besoin d'y jeter un coup d'œil.

Elle fourra le livre dans son sac à main, souleva son sac de voyage et ouvrit la porte.

— Où vas-tu ?

— Je suis fatiguée, Stephen, je viens juste de débarquer. Je vais rentrer chez moi et prendre un bain. Il m'est arrivé des choses incroyables et j'ai besoin de réfléchir...

— Reste avec moi, je t'en prie.

— Non. Je ne suis pas assez sereine face à... tout ça. Téléphone-moi dans la journée.

— Dînons ensemble ce soir. Il faut que tu me racontes ton voyage.

— On verra.

Il lui saisit le bras.

— Je regrette tellement.

Elle se dégagea.

— Je sais, Stephen. Moi aussi !

Béatrice chercha un taxi. Elle ne ressentait plus la moindre colère. Rien que de la résignation. Stephen était un gamin qui éprouverait toujours le besoin de ce genre d'aventures pour se rassurer. Elle avait grandi plus vite que lui.

Toutefois, quand elle rentra chez elle, le chagrin la submergea. Elle pleura ce qu'elle avait perdu, son père, Stephen... Qu'il était difficile d'être femme ! Dieu merci, elle avait autre chose à faire que s'appesantir sur des regrets....

Éparpillant le courrier empilé sur la table de l'entrée, elle en tira une carte postale. On y voyait un homme au visage sévère, les yeux cachés derrière des lunettes noires, assis très raide en tenue de cardinal sur une chaise à haut dossier. Au dos, elle déchiffra : « *Le Roman de la Rose* vous attend. A très bientôt, j'espère. Simon Lovelock. » Dans le coin supérieur gauche, la légende indiquait que le portrait était celui du cardinal Don Fernando de Niño de Guevera, par Le Greco, et qu'il se trouvait au Metropolitan Museum of Art, à New York.

Béatrice tapota la carte postale contre sa joue... Curieux choix. Elle comprenait que Lovelock avait voulu lui faire comprendre quelque chose, mais quoi ? Glissant la carte dans sa poche, elle rassembla le reste du courrier et monta dans la bibliothèque, où elle écouta les messages enregistrés sur son répondeur. Le père Morton revenait à la charge. L'inspecteur Monahan signalait qu'il n'avait rien à signaler. De Rome, le signor Antonelli souhaitait savoir comment elle allait. Deux ou trois vieux amis exprimaient le même désir, et plusieurs agents immobiliers souhaitaient visiter la maison.

Elle passa ensuite le courrier en revue, factures à payer et lettres de condoléances qu'elle jeta, après les avoir lues, dans la boîte à chaussures posée sur le bureau. Elle y répondrait, mais plus tard. Une lettre d'un agent immobilier renommé retint son attention :

Chère Mademoiselle O'Connell,

Un de mes clients se porte acquéreur de votre maison, au prix proposé de 2 500 000 dollars. Je vous ai appelée sans succès. Pourriez-vous me

rappeler à votre convenance pour que nous en discutions ?
Bien à vous.
Edwin Moore, Président

Elle décrocha le téléphone et obtint rapidement Edwin Moore. Mais, quand elle s'enquit du nom de l'acquéreur, Moore éluda :

— Il préfère rester anonyme pour le moment. Tout ce que je peux vous dire, c'est qu'il s'agit d'un homme et qu'il collectionne, lui aussi, les livres rares.

— Vraiment ?

— Il cherche une maison avec une vaste bibliothèque. Votre offre répond exactement à sa demande. Il connaissait évidemment votre père de réputation... A ce propos, sincères condoléances.

— Merci.

— Il paraît très sérieux et n'a pas l'intention de marchander.

— Sans avoir visité ?

— Je lui ai décrit la maison en détail. Il aimerait vous rencontrer. Pourrions-nous convenir d'un rendez-vous la semaine prochaine ?

— Je vous rappellerai.

— Puis-je vous demander de n'accepter aucune autre proposition en attendant ?

Elle donna sa parole et appela ensuite Stephen.

— Béa, tu me pardonnes ?

— Laissons ça pour le moment. Je viens d'avoir une intéressante conversation téléphonique. Quelqu'un veut acheter la maison sans visiter ni marchander...

— Qui est-ce ?

— L'agent immobilier n'a pas voulu me révéler son identité. Tu penses sans doute la même chose que moi...

— C'est-à-dire ?

— Quelqu'un doit s'imaginer qu'avant de mourir Papa a caché le grimoire dans la maison. Et ce quelqu'un consent à verser 2 500 000 dollars pour venir l'y chercher.

— C'est beaucoup pour un seul livre.

— Pas pour celui-là... As-tu appris quelque chose sur Crowley ou étais-tu trop occupé par ailleurs ?

— Je t'en prie... Crowley habite à Milbern. Retraité de l'enseignement. Titulaire de deux agrégations, philosophie et études religieuses. Il a écrit de nombreux livres, des hagiographies pour la plupart. Veuf et membre respecté de sa communauté. Impliqué dans l'administration de l'institut Duarte. C'est tout ce que j'ai pour l'instant.

— Passe me prendre ce soir pour dîner.

Elle raccrocha, sortit le grimoire de son sac et le feuilleta, s'arrêtant pour examiner de nouveau les planches centrales. A la page 81, elle tomba sur ce qu'elle cherchait. Les caractères passaient du latin au gothique :

> *Je suis Lucifer. J'ai beaucoup de noms : Alpha et Omega, Acorib, Agla, Amaymon, Bamulahe, Bayemon, Beelzebut, Egym, Enga, Englabis, Imagnon, Ingodum, Ipreto, Madael, Magoa, Meraye, Obu, Ogia, Oriston, Penaton, Perchiram, Phaton, Ramath, Rissasoris, Rubiphaton, Satan, Satiel, Septentrion, Tetragrammaton, Tiros, Tremendum.*

C'était la seule liste de noms figurant dans l'ouvrage. Un trait à l'encre noire, peu visible, barrait le nom de Tiros. Celui, sans doute, que le comte Borzamo avait supprimé de la liste. Un tremblement d'excitation la parcourut. Elle avait sous les yeux les noms qui donnaient accès à la fortune de Göring ! Elle les contempla longuement, sachant qu'ils s'imprimaient dans son excellente mémoire photographique. Elle découvrit ainsi qu'ils possédaient un pouvoir incantatoire que renforçait leur classement par ordre alphabétique. Le livre à la main, elle monta l'escalier en récitant mentalement les noms.

Sur le palier, une silhouette surgit devant elle. Surprise, elle faillit lâcher le grimoire.

— Nellie ! Je ne savais pas que vous étiez ici !
— Jésus, Marie, Joseph, mademoiselle Béatrice ! Vous m'avez fait une de ces peurs. Puis-je savoir d'où vous sortez ?
— J'étais avec Stephen.
La vieille gouvernante ne quittait pas le grimoire des yeux. Béatrice referma le livre et le mit sous son bras.
— Que faites-vous ici, Nellie ?
— Mon travail, pardi ! Je viens de nettoyer votre chambre et celle de votre père. Vous auriez pu me dire ce que vous trafiquiez, mauvaise fille ! Je me suis fait du mouron à votre sujet. Les agents immobiliers n'ont pas cessé de téléphoner. Voulez-vous que je vous prépare à dîner ?
— Non, merci.
— Alors, je vais rentrer chez moi, si vous permettez.
— Dites-moi, Nellie... Vous n'introduisez jamais personne dans cette maison sans mon autorisation, n'est-ce pas ?
La gouvernante baissa les yeux.
— Bien sûr que non, mademoiselle Béatrice.
— Pouvez-vous me le jurer ?
Nellie hésita.
— Je n'aime pas jurer pour des choses vaines.
Amusée, Béatrice ironisa :
— Vous avez peur d'aller en enfer ?
— Je n'aime pas non plus qu'on plaisante avec ces choses, mademoiselle Béatrice.
— Nellie, vous croyez vraiment que l'enfer existe ?
— Je le crois. Et vous feriez bien de le croire aussi.
— Moi, je ne sais pas trop. Mais vous, vous ne risquez rien, Nellie !
— Nul n'est à l'abri de Satan.
La peur était si évidente dans le regard de la vieille dame que Béatrice renonça à la taquiner.
— Rentrez chez vous, Nellie. A demain.
Après le départ de la gouvernante, elle glissa le

grimoire sous son matelas, prit un bain, se lava les cheveux et fit une longue sieste. La sonnerie de l'entrée la réveilla vers sept heures. Se penchant à sa fenêtre, elle aperçut Stephen debout sur le perron. Elle enfila un jean et un T-shirt et descendit lui ouvrir la porte.

Il avait apporté de quoi dîner dans un grand sac en papier. Ils parlèrent peu en préparant salade et viande froide. Béatrice alluma les bougies dans la salle à manger, tandis qu'il débouchait une bouteille de vin rouge.

Ils trinquèrent.

— Je suis heureux que tu sois revenue.

— Ton comité d'accueil était parfait.

Il lui prit la main :

— Remarions-nous, Béa. Le plus vite possible.

— Tu plaisantes ?

— Nous avons fait assez de bêtises. Repartons du bon pied.

Elle le contempla un long moment.

— Est-ce parce que tu te sens coupable ?

— Non... Peut-être... Je t'aime, Béa.

— Elle n'était pas mal... Je ne t'en veux pas.

Il lui jeta un regard oblique :

— Comment te croire ?

Elle but une gorgée de vin :

— La sexualité est une chose tellement complexe. Si j'étais un homme, j'aurais sans doute fait comme toi.

Stephen n'en croyait pas ses oreilles.

— Moi qui croyais retrouver une furie et qui craignais que tu me jettes...

— Je ne tiens pas à perdre mon meilleur ami.

Il chipotait avec sa nourriture, comme un enfant pris de remords.

— Ne fais pas cette tête, Stephen. J'ai changé. Je vois les choses autrement.

— Tu les vois comment ?

— J'admets que l'homme et la femme ont des sexualités différentes, et que lier amour et fidélité est une erreur.

Elle soupira, mirant son verre dans la flamme d'une des bougies, et poursuivit :

— Je crois que tu m'aimes, mais je ne crois pas que tu puisses me rester fidèle.

— Et toi, le pourras-tu ?

— Comment savoir ?

Elle haussa les épaules et reposa son verre sur la table.

— Le fait est que la crudité du comportement mâle m'attire.

— Explique-moi...

— En Italie, j'ai rencontré un vieux paillard qui m'a dit que, pour les hommes, le sexe est un bain qu'ils ont besoin de prendre, mais pas nécessairement dans la même baignoire. Et que les femmes, pour magnifier la chose, l'enrobent d'émotion et de sentiment.

— Qui était ce type ?

— Peu importe. J'aimerais croire à l'amour, au foyer et à la fidélité éternelle. Mais je crois que les hommes et les femmes se sentent menacés les uns par les autres et qu'ils s'envient mutuellement.

— Mais encore ?

— Vous nous enviez notre aptitude à vivre intensément une relation, et nous vous envions de ne pas y accorder d'importance... Je sais que je t'ai effrayé avec le côté noir de ma sexualité. Je ne te blâme pas d'avoir voulu te rassurer ailleurs.

Tel un môme désireux de rentrer dans les bonnes grâces de sa mère, il protesta :

— Sally sait que je t'aime. Elle connaissait le programme avant même de...

— Elle le connaissait et... ne le connaissait pas ! La femme vit dans l'espoir et l'illusion de changer un homme et de le rendre fidèle. C'est un défi qu'elle ne peut pas s'empêcher de se lancer. L'homme espère de son côté que celle qu'il aime ou croit aimer ignorera toujours ses désirs profonds.

— Il se peut que tu aies raison. Mais mon seul désir aujourd'hui, c'est de te protéger.

— Je n'ai pas envie d'être protégée. Car si tu me protèges des autres, tu protèges les autres de moi, par la même occasion...

— Tu n'es pas si dangereuse!

— Reporte-toi au *Malleus Maleficarum.* Toutes les femmes sont dangereuses parce qu'elles sapent les pouvoirs de l'homme et peuvent le rendre impuissant.

Stephen perdait pied :

— Pour l'amour du ciel, ces sornettes ont cinq cents ans! Personne ne les prend au sérieux.

— Détrompe-toi. Ces sornettes, comme tu dis, ont pourri la civilisation occidentale. Elles exploitent une vérité fondamentale : les hommes ne savent pas qui sont les femmes et les femmes ne savent pas qui sont les hommes. Nous cohabitons depuis des milliers d'années comme si nous étions des espèces différentes. Or ça bouge depuis quelque temps, tu ne t'en es pas rendu compte? Il n'y a pas que la révolution technologique, mais aussi celle des mœurs. Et plus rien n'est sûr. Tout est recherche. Pour certains, c'est une libération. Mais ceux pour qui c'est une menace veulent qu'on en revienne au Moyen Age, une époque où la vie était réglée et le rôle de chacun défini.

— Qui sont-ils, selon toi?

— Ceux qui dirigent l'institut Duarte, entre autres.

Elle jeta dans son verre sa cigarette qui s'éteignit en grésillant. Stephen se prit la tête à deux mains.

— Quel imbécile j'ai pu être!

Elle lui ébouriffa les cheveux.

— Un homme, tout simplement!

— Qu'est-ce qu'on peut espérer?

— Il ne s'agit pas d'espérer, mais d'accepter.

Il y eut un silence.

— Il faut que je rappelle Cap Goldman. Il a laissé un message sur mon répondeur.

— Il est rentré?

— Non. Toujours au Canada. Mais il m'a donné un numéro où le joindre.

Sur le point de sortir, Stephen se retourna :

— Je vais t'aider à changer d'avis. Mais dis-moi qu'il reste de l'espoir...

Riant doucement, Béatrice empila vaisselle et couverts sur un plateau. Elle se dirigeait vers la cuisine quand Stephen reparut, livide.

— Que se passe-t-il ? Tu as vu un fantôme ?

— Cap Goldman est mort.

Atterrée, Béatrice reposa son plateau.

— Mort !

Stephen s'effondra sur une chaise. Elle vint s'asseoir auprès de lui.

— Comment est-ce arrivé ?

— Un accident de voiture.

— Tu penses que c'était vraiment un accident ?

— C'est ce qu'ils m'ont dit là-bas. Sa voiture est tombée dans un ravin.

— Quand ?

— Cet après-midi.

— Et quand avait-il cherché à te joindre ?

— Ce matin.

— Son message ne disait rien d'autre ?

— Si. Il avait des infos intéressantes. Il insistait pour que je l'appelle ce soir.

— Ils ont découvert qu'il marchait avec nous.

— Qui ça, *ils* ?

— Viens. J'ai tellement de choses à te raconter.

Ils passèrent la moitié de la nuit à discuter dans la bibliothèque. Béatrice raconta dans le détail sa récente odyssée, n'omettant que l'intermède sadomaso avec le comte Borzamo. Quand elle se tut, il y avait de la stupéfaction et de l'admiration dans le regard de Stephen.

— Tu es la fille la plus gonflée que j'aie jamais connue !

Il résuma :

— Ainsi, ce Borzamo pense que l'institut Duarte est une couverture pour les « Défenseurs de la Foi » et qu'il héberge la collection de magie noire du Vatican.

— La collection Borzamo, comme il persiste à l'appeler ! Une collection de « pensée adverse ». Je suis sûre qu'il a raison. Souviens-toi de cette porte interdite.

— C'est peut-être ce que Cap voulait nous dire.

— Oui, pauvre garçon... Tout colle. Et s'ils veulent le grimoire, c'est pour puiser dans le compte de Göring de quoi financer leur chasse aux sorcières.

— Sorcières qui seraient les activistes et les féministes, comme celles dont Cap a noté la mort ou la disparition... Mais leur plan doit être de plus grande envergure. Pourquoi s'attaqueraient-ils à des femmes innocentes ?

— Les sorcières aussi étaient innocentes, rappela Béatrice avec amertume.

— Je sais, mais personne n'a jamais entendu parler de ces femmes.

— Exact ! Tu peux me nommer celles qui ont brûlé à Salem ? Non !... Les Defensores Fidei sont des fanatiques. Marie est leur emblème parce que vierge et chaste. Le désir, pour eux, c'est le mal... On n'arrive même pas à imaginer comment ils raisonnent !

— Je les ai vus à l'œuvre... Une chose est certaine dans les élucubrations du vieux Borzamo...

— Laquelle ?

— Le compte secret de Göring. J'en entends parler depuis toujours. C'est une des grandes énigmes encore non résolues. Comme le trésor du roi Priam, disparu d'Allemagne à la fin de la guerre et réapparu voici peu en Russie.

— Tout est vrai dans ce que tu appelles les élucubrations de Borzamo ! Je voudrais que tu aies vu les monstres de pierre qui gardent le souterrain menant à la bibliothèque souterraine. C'est l'endroit le plus effrayant que j'aie jamais visité.

Elle alla se planter devant la fenêtre, jouant nerveusement avec son briquet.

— Cap a été assassiné, j'en suis sûre. Je me

demande ce qu'il avait à te dire. Ça ne pouvait qu'avoir un rapport avec l'institut et avec ces femmes enlevées...

— Tu crois qu'ils les ont tuées ?

— Oui. Mais pourquoi ? Pour l'exemple ?

— Comment ça ?

— Féministes et activistes sont pour les droits des homos, l'avortement et la prêtrise des femmes. Les « Défenseurs de la Foi » voient forcément en ces pauvres filles des sorcières modernes, coupables d'hérésie. Pense à ce que l'Inquisition faisait aux sorcières...

Elle se retourna, cherchant le regard de Stephen. Elle ralluma son briquet et le tint à la hauteur de son visage.

— Les Inquisiteurs brûlaient les sorcières, Stephen. Ils les liaient au pilori avant de les conduire au bûcher.

20

La sonnerie du téléphone réveilla Béatrice le lendemain matin. Elle décrocha à tâtons et marmonna, à moitié endormie :

— Qui est-ce ?

— Simon.

— Simon ? Que se passe-t-il ?

— Rendez-vous à dix heures au Metropolitan Museum, devant le portrait.

— Le portrait ?

— Vous avez bien reçu ma carte ?

— Ah ! oui... La peinture du Greco.

— Devant ce tableau. Sans faute.

— Simon...

Il avait déjà raccroché.

Alarmée par le ton autant que par la brièveté du

message, Béatrice se leva, prit le grimoire sous son matelas, le couvrit d'une jaquette enlevée à un autre livre et le rangea dans sa bibliothèque. Ainsi exposé, il serait invisible, telle la lettre volée d'Edgar Poe. A dix heures, elle était devant le portrait du cardinal Don Fernando de Niño de Guevera. Seule dans la galerie.

— Béatrice...

Elle pivota. Lovelock, hors d'haleine et le cheveu en désordre, hoqueta :

— Je suis si heureux de vous revoir. Laissez-moi vous regarder...

— Simon, que se passe-t-il ?

— Pardonnez-moi, je suis essoufflé, j'ai tant couru. Que pensez-vous de notre ami le cardinal ?

Elle désigna la plaque de cuivre vissée à la base du cadre.

— J'ignorais qu'il avait été « Grand Inquisiteur ».

— Son visage est intéressant, n'est-ce pas ? L'expression est sévère et vertueuse, mais le regard fuyant. Il ne fait pas face au public. C'est que, voyez-vous, l'homme ne s'adresse jamais à un auditoire. En sa qualité d'Inquisiteur, il ne représente pas la loi, il est la loi. Il l'incarne et se confond avec elle. Vous avez remarqué aussi comme sa main droite pend sur le bras du siège, alors que la gauche agrippe l'accoudoir comme une serre de rapace ?

— On le dirait sur le qui-vive.

— Il l'est. A cause du diable. Le diable est partout autour de nous, et nous devons rester vigilants, à toute heure du jour et de la nuit... Ah ! Je vous rends votre petit malade. Complètement guéri, comme vous le verrez.

Béatrice glissa dans son sac le livre enveloppé de papier de soie.

— Merci... Mais pour l'amour du ciel, qu'aviez-vous à me dire de si urgent ?

Il l'entraîna dans la galerie adjacente où étaient exposées les œuvres de José de Ribera, peintre espagnol du XVIIe siècle. Et, désignant les saints martyrs torturés :

— Voilà ce que ça donne, quand la religion débouche sur la violence.

— Le « G.I. », dans les notes de Cap Goldman, signifiait « Grand Inquisiteur », n'est-ce pas ?

— Oui.

— Et les « présentateurs » sont ceux qui présentent les sorcières à leurs juges ?

— Oui.

— Nous avons donc bien affaire à une nouvelle inquisition ?

Ignorant la question, Lovelock commenta :

— Ribera a été fort influencé par Le Caravage, mon peintre favori. Lequel était un voleur et un meurtrier, mais aussi, de toute évidence, un peintre de génie. N'est-il pas curieux de devoir à un homme aussi vil et aussi bestial quelques-unes des plus grandes peintures religieuses ?

— Le Grand Inquisiteur, aujourd'hui, c'est bien Desmond Crowley ?

Lovelock lui jeta un regard plein de sollicitude.

— J'ai peur que vous ne soyez en grand danger, Béatrice.

— Je sais tout sur le grimoire, Simon. J'ai rendu visite au comte Borzamo.

Il cligna des yeux, soudain gêné :

— Oui, je sais.

— Vous savez !

Son exclamation fit écho dans la galerie déserte. Plaquant sa main sur sa bouche, elle chuchota entre ses doigts :

— Comment le savez-vous ?

— Vous êtes surveillée. C'est ce que je voulais vous dire.

— Surveillée par qui ?

— J'y viendrai. Que vous a dit le comte Borzamo ?

— Il m'a parlé de la collection Borzamo, exclusivement composée d'ouvrages de magie noire. Et des Defensores Fidei. Il m'a dit que si j'en trouvais le directeur, je tiendrais le meurtrier de mon père. Il m'a révélé aussi le secret du grimoire.

Lovelock se retourna pour la regarder droit dans les yeux.

— A quoi avez-vous dû vous abaisser en échange de ces informations ?

Elle se sentit rougir.

— Pourquoi cette question ?

— Parce que le comte Borzamo est un homme sans moralité, le produit de plusieurs siècles de corruption et d'unions consanguines. Je l'ai connu quand je travaillais à la Bibliothèque vaticane. Il corrompt tous ceux qui l'approchent. Et il ne fait jamais rien pour rien.

Béatrice baissa les yeux.

— C'est vrai.

— Que vous a-t-il demandé ?

— Ne me forcez pas à vous le dire.

— Bien sûr que non, mon amour.

La tendresse et la sollicitude qu'il lui manifestait la poussèrent à la confession.

— Il m'a emmenée dans l'ancienne bibliothèque souterraine, celle qui abritait jadis la collection. Il m'a obligée à me déshabiller et à le frapper jusqu'à l'orgasme.

Lovelock lui prit la main et la serra fort.

— Quel courage il a dû vous falloir !

Il tremblait et ses yeux s'étaient emplis de larmes.

— Merci de me comprendre, mon doux chevalier.

La main dans la main, ils laissèrent derrière eux la majesté macabre des tableaux de Ribera et se retrouvèrent bientôt devant le portrait du Grand Inquisiteur. Évitant le regard de Béatrice, Simon parla à voix basse :

— Je voudrais vous raconter une histoire. Celle d'un petit garçon qui avait quatre ans quand sa mère l'a abandonné. Elle était enceinte. Refusant cet autre enfant de son époux, elle se fit avorter et s'enfuit avec son amant. Le père du petit garçon tenta désespérément de la retrouver. Il en était obsédé. Mais elle avait définitivement disparu.

La voix de Lovelock s'étrangla. Béatrice l'encouragea :

— Continuez, Simon...

— Au fil des années, l'enfant vit son père se déchaîner contre toutes les femmes. Particulièrement contre celles qui refusent la maternité et le foyer. Il reprochait à toutes l'infidélité de la sienne et le mal qu'elle lui avait fait en avortant, en l'abandonnant et en provoquant la faillite de leur mariage. Peu à peu, son ressentiment se transforma en une rage aveugle et il chercha une arme à utiliser contre elles. Il découvrit le *Malleus Maleficarum,* qui le renforça dans sa conviction que toutes les femmes sont maléfiques. Le *Malleus* devint sa Bible. Riche et brillant orateur, il recruta sans difficultés des disciples de plus en plus nombreux qui souscrivirent à sa vision déformée de la réalité.

— Et le petit garçon ?

— Il aimait son père et ne voyait pas sa folie. Mais il finit par comprendre qu'il devait s'éloigner de lui. Dès qu'il en eut l'âge, il entra chez les Jésuites sous le nom de sa mère.

— Oh ! Simon...

Comprenant qu'il s'agissait de sa propre histoire, elle avait prononcé son prénom avec une compassion infinie. L'implorant du regard, Lovelock enchaîna d'une voix presque inaudible :

— Il avait l'intention de réparer, ne fût-ce que partiellement, les conséquences de la haine fanatique de son père. Puis il tomba amoureux. Cet amour se termina tragiquement et il perdit foi en l'Église. Quittant les Jésuites, il revint aux livres, ses seuls vrais amis. Il n'avait plus que de très rares contacts avec son père. Puis un jour, il rencontra une femme merveilleuse et comprit qu'il avait trouvé l'amour de sa vie. Mais quand elle pénétra dans l'univers infernal de son père, il sut quel monstre ce père était devenu et comprit qu'il ne pouvait plus fermer les yeux sur sa démence.

Béatrice avait l'impression que le sol s'ouvrait sous ses pas.

— Vous êtes le fils de Desmond Crowley ? Le fils du Grand Inquisiteur !

L'attirant à lui, Lovelock murmura :

— Ils savent tout, ma chérie. Les « Défenseurs de la Foi » savent que vous détenez le grimoire.

— Mais qui a pu le leur dire ? Nous n'étions que trois à le savoir.

— Quatre depuis hier soir.

Les yeux de Béatrice s'écarquillèrent.

— Nellie ! C'est vrai. Elle l'a vu entre mes mains. Je me demandais ce qu'elle faisait là-haut. Elle a dû le chercher partout depuis le premier jour. Mais il n'est pas possible qu'elle soit avec eux !

— Qui d'autre les aurait introduits auprès de votre père le soir de sa mort ?

L'horreur fit chanceler Béatrice.

— Voilà pourquoi elle était si bouleversée et me suppliait de lui pardonner... Mais elle aimait mon père ! Elle m'aime. Elle fait partie de la famille. Elle ne peut avoir participé au meurtre !

Au tour de Lovelock de la regarder avec compassion.

— L'emprise qu'ils ont sur leurs membres est inconcevable. Votre gouvernante, le père Morton, l'inspecteur Monahan...

— Monahan ?

— Oui. Pourquoi pensez-vous que l'enquête ait été abandonnée ?

— Oh ! mon Dieu.

— Tant qu'ils ont cru que vous n'aviez pas le grimoire, vous ne risquiez rien. Maintenant qu'ils savent et que Borzamo vous en a révélé la valeur, ils vont tout faire pour s'en emparer.

— Je ne le leur donnerai jamais. Ils ont assassiné mon père. Je vais raconter l'affaire à la police et aux journaux. Il y aura enquête. Je retournerai à l'institut et je saurai ce qui s'y passe. Je les aurai. Je le jure !

— Comment saurez-vous que vous vous adressez aux bonnes personnes ? Vous serait-il venu à l'idée de soupçonner Monahan ? Ils ont des ramifications dans tous les milieux. Et vous ne pourrez rien prouver. Ils savent couvrir leurs traces. Ils sont insoupçonnables.

— Je trouverai un moyen, Simon, et vous allez m'aider. Nous allons nous aider mutuellement. Si ce que m'a dit Borzamo est vrai, nous ne les laisserons pas s'emparer du trésor de Göring. Mais nous, nous pourrions peut-être...

Consterné, Lovelock s'écria :

— Comment vous faire comprendre que nous ne pouvons rien contre eux ? Ils croient qu'ils ont à livrer une guerre sainte. Je me souviens de vous avoir dit que les médecins étaient parfois plus dangereux que la maladie. Quiconque se dresse sur leur chemin est l'Ennemi, l'allié de Satan. Si quelqu'un cherche à puiser dans le compte de Göring, ils le détruiront.

— Mais avec un milliard de dollars, nous pourrions les combattre. Un saut à Zurich avec la bonne combinaison... C'est notre seule chance.

Il réfléchit un long moment, puis la prit tendrement par les épaules. De timide et inefficace qu'il paraissait, Lovelock se transformait en un être fort et résolu :

— Ce n'est peut-être pas tout à fait impossible, après tout. Mais il va falloir jouer serré. Vous allez rentrer chez vous récupérer le grimoire et quelques affaires. De mon côté, je file jusqu'à ma boutique pour y prendre quelques dispositions...

— Il faut que vous me disiez qui a tué mon père. Est-ce Morton ?

— Non.

— Monahan ?

— Non.

— Ce n'est sûrement pas Nellie ?

Il secoua la tête.

— Alors qui ?

— Je vous en supplie, Béatrice. Ne m'obligez pas à vous le dire.

— Il le faudra bien. C'est un meurtrier. Si vous ne me le dites pas, il faudra bien que vous le disiez à la justice.

Tête basse, il s'éloigna. Ses pas résonnaient sur le plancher.

— C'est votre père, n'est-ce pas ?

Il s'arrêta, la regarda par-dessus son épaule, puis reprit sa marche et passa dans la galerie voisine. Elle se retourna pour contempler une dernière fois le représentant d'une espèce supposée disparue, le Grand Inquisiteur Don Fernando de Niño de Guevera.

Avant de quitter le musée, Béatrice appela Stephen d'une des cabines publiques et tomba sur son répondeur.

— Où es-tu encore ? Je viens d'avoir une conversation insensée avec Lovelock. Ils savent que j'ai le grimoire. Lovelock affirme que je suis en danger. Je suis au Metropolitan Museum, mais je repasse à la maison. Je sais qui a tué mon père. Tu ne me croiras pas quand je te le dirai. Appelle-moi aussitôt que possible.

Elle raccrocha aussi nerveusement qu'elle avait débité son message, regagna son domicile et monta reprendre le grimoire sur l'étagère de sa chambre. Elle se reporta à la liste des noms du diable pour s'assurer qu'elle la savait par cœur. Puis, avec la hâte de qui craint de revenir sur sa décision, elle disposa le grimoire debout, pages ouvertes en éventail, dans sa corbeille à papier métallique.

— Ton pouvoir maléfique va prendre fin.

Elle frotta une allumette et mit un genou à terre.

— Je te renvoie aux feux de l'enfer d'où tu viens.

Les flammes rampèrent paresseusement sur les vieilles pages qui brunissaient avec une lenteur suspecte, comme si quelque tour de leur propre magie les protégeait de la destruction. Puis tout le volume s'enflamma avec un sifflement, le cri du démon vaincu et renvoyé au néant. Une langue ardente jaillit et vint lécher la main de Béatrice, qui recula, fascinée par l'autodafé. Elle contemplait les cendres fumantes quand elle entendit des voix. Elle courut jusqu'au palier et se pencha, l'oreille tendue, par-dessus la rampe. Les voix se précisèrent. Bien qu'elle ne pût voir les intrus qui venaient de monter, elle estima au jugé que le groupe était au premier étage.

Cramponnée à la rampe, elle atteignit le palier, alors que Nellie introduisait deux hommes dans la bibliothèque. Une vague de répulsion la submergea à la vue de la femme qui l'avait trahie.

— Nellie ! Qui sont ces personnes ?

— Oh ! mademoiselle Béatrice. Je vous croyais sortie.

— Sortie et rentrée ! Qui sont ces gens ?

Un homme d'allure juvénile, en costume trois pièces, s'encadra dans la porte. Baissant les yeux, Nellie se plaqua contre le mur. Le visage de l'homme s'épanouit en un sourire obséquieux.

— Mademoiselle O'Connell, je suis Edwin Moore. Ravi de faire votre connaissance. Nous nous sommes parlé hier au téléphone.

Soulagée, Béatrice serra la main tendue.

— Oh ! monsieur Moore. Je ne vous attendais pas.

— Je sais. Pardonnez-moi d'être venu sans rendez-vous. Je vous ai téléphoné ce matin, mais vous étiez sortie, et j'ai bien peur d'avoir persécuté votre aimable gouvernante jusqu'à ce qu'elle autorise cette visite... avec ou sans vous. Mon client se trouvait en ville et...

Il se mit à chuchoter comme un conspirateur.

— C'est un homme âgé, vous savez, et il doit rentrer chez lui, à la campagne, dès cet après-midi. Pouvez-vous nous accorder un peu de votre temps ?

— Je m'apprêtais à ressortir.

— Je vous en prie...

Béatrice capitula. Moore, enchanté, repartit avec elle vers la bibliothèque.

— Quelle maison magnifique ! Le document vidéo ne lui rendait pas justice. Et cette bibliothèque ! Tous ces livres !

Le sourire de commande et la voix sirupeuse d'Edwin Moore portaient sur les nerfs de Béatrice, mais il semblait inoffensif.

— Mon client tenait tellement à vous rencontrer.

Au fond de la bibliothèque se dressait une silhouette imposante. Campé de profil dans un rayon de soleil, l'homme examinait un volume de grand format prélevé sur une étagère. A l'entrée de Béatrice, il se retourna, ôta ses lunettes à double foyer et dédia à la jeune femme un sourire radieux. Son visage rond et débonnaire, qu'éclairaient des yeux noirs et vifs, contrastait avec sa stature. Il était chauve et la structure osseuse de son crâne se dessinait sous la peau tendue. Les muscles de son cou semblaient se rebeller contre la tyrannie d'une lavallière un peu trop serrée. Son costume de tweed était fatigué. On aurait dit un professeur retraité.

— Mademoiselle O'Connell... Monsieur Desmond Crowley...

Béatrice n'avait pas attendu les présentations pour trouver dans les traits du visiteur une ressemblance avec ceux de Simon. Les yeux, surtout. Le nom lui fit froid dans le dos. Elle était prise au piège et elle le savait.

Portant le livre ouvert, Crowley traversa la pièce à grandes enjambées.

— J'espère que vous nous aurez pardonné, mademoiselle... Ce volume est tout simplement... remarquable.

Il parlait avec un curieux accent, impossible à identifier. Morte d'appréhension, Béatrice questionna, d'un ton qu'elle espérait naturel :

— Quel livre est-ce là ?

— L'*Anatomia del corpo umano*, de Juan Valverde de Amusco. Un livre tout simplement glorieux, je dis bien glorieux, sur l'anatomie. Il s'agit de la traduction italienne, publiée à Rome en 1560.

De nombreuses parties du texte ont été plagiées, je dis bien plagiées, empruntées, dérobées au pauvre vieux Vesale, qui abhorrait Amusco et le traitait de voleur. La Bibliothèque vaticane en possède un exemplaire, je crois... bien que nous ne l'ayons jamais vu.

Emporté par son enthousiasme, Crowley montrait à Béatrice une planche du livre représentant un écorché, tous muscles à vif, tenant d'une main sa peau sanguinolente et de l'autre le couteau dont il s'était servi pour s'en dépouiller. Béatrice, qui connaissait par cœur tous les ouvrages de son père, approuva d'un signe de tête.

Revenant aux premières pages du volume, Crowley s'écria :

— Et voyez donc ! Amusco l'avait dédié à son saint patron et néanmoins patient, le cardinal Juan Alvarez de Toledo.

Il marqua une courte pause avant d'ajouter respectueusement :

— Le cardinal était Grand Inquisiteur.

Il tendit l'ouvrage à Edwin Moore, qui s'en saisit maladroitement et, les mains libres, il serra celle de Béatrice.

— Merci de nous recevoir, mademoiselle O'Connell.

La force de sa poigne de main surprit Béatrice, qui dit avec nervosité :

— Je viens juste d'admirer le portrait d'un autre Grand Inquisiteur.

— Vraiment ?

— Oui, Don Fernando de Niño de Guevera, peint par Le Greco, au Metropolitan Museum.

— Un très beau portrait du sinistre personnage, sous la pourpre cardinalice, avec ses doigts crochus et ses comiques lunettes rondes.

— Je vois que vous le connaissez bien, monsieur Crowley.

Il soupira :

— C'est une période qui m'intéresse.

— C'est une période intéressante. Riche en Grands Inquisiteurs ancienne formule.

— Le monde était jeune alors. Plein de fraîcheur et d'innocence, comme le printemps.

Déposant l'*Anatomia* de Juan de Amusco sur la table centrale, Edwin Moore intervint :

— Monsieur Crowley... Étant donné que mademoiselle O'Connell ne nous attendait pas...

— Oui, oui, nous sommes venus visiter la maison, mademoiselle, et nous sommes là à bavarder...

Pendant un court moment, Béatrice et Crowley se jaugèrent du regard.

— Bien sûr, nous n'avons pas encore vu le reste, mais la bibliothèque est parfaite, tout simplement parfaite. En tant que collectionneur de livres, c'est exactement ce dont nous avons besoin.

Le cœur bondissant, Béatrice s'inclina alors qu'il poursuivait :

— Car évidemment, nous avons notre modeste collection, fruit de nombreuses années de labeur. Rien à côté de ce brillant assemblage. Votre père était une référence, mademoiselle. Une référence dans le milieu des bibliophiles.

Béatrice se taisait, consciente de l'absurdité de la situation. Cette conversation polie au sujet de son père avec celui qui l'avait assassiné lui semblait irréelle. Sans compter que le propre fils de l'assassin avait juré de lui sauver la vie...

— Nous sommes frappés, continuait Crowley sans reprendre haleine, par l'ampleur et l'éclectisme de cette collection... que ne semble avoir limité aucune restriction thématique.

— Mon père achetait ce qui lui plaisait, voilà tout. Où est votre propre collection, monsieur Crowley ?

— A Milbern, où j'habite. Nous cohabitons, elle et moi. Souvent en parfaite harmonie, mais avec parfois des fausses notes. C'est la vie !

Son rire était plutôt grinçant. Telle la mouche du coche, Edwin Moore intervint de nouveau :

— Mais M. Crowley souhaite s'installer à New York. N'est-ce pas, monsieur Crowley ?

— Si fait, si fait ! Les hivers là-bas sont rigoureux. Et nous aurons soixante-quatorze ans en octobre.

— Vous ne les paraissez pas.

— Merci, ma chère enfant, mais nous les sentons. Nous sentons le froid de la tombe nous gagner, année après année, et chaque nouvel hiver est un peu plus lourd à supporter. Nous aspirons au retour du soleil et à la chaleur de la jeunesse.

— L'hiver est rude à New York aussi, monsieur Crowley.

— Moins qu'à la campagne. Nous nous imaginons si bien dans cette maison, par un glacial après-midi de février, tranquillement installé devant un feu de bûches, à écrire pour la postérité...

— Vous êtes écrivain ?

— Disons écrivaillon.

Moore n'y résista pas :

— Monsieur Crowley est trop modeste. C'est un écrivain de renommée internationale.

— Dans quel domaine ?

— La philosophie et autres études religieuses parfaitement abstruses. Rien qui puisse me valoir la notoriété.

— Puis-je vous demander ce que vous avez écrit ?

— De vieilles choses ennuyeuses et peu susceptibles d'intéresser une jeune femme.

— Je suis certaine du contraire.

— Eh bien, s'il faut tout vous avouer, quelques vies de saints. Nous avons rédigé des monographies de saint Augustin, saint Alban, saint François d'Assise, sainte Catherine, sainte Thérèse d'Avila, saint Marc, saint Paul. Et de la Vierge Marie, naturellement, la sainte des saintes...

— Et votre ouvrage sur l'Inquisition espagnole ? protesta encore Edwin Moore. Je l'ai trouvé si passionnant.

— Vous avez écrit un livre sur l'Inquisition ?

— Sur l'Inquisition espagnole, distincte de l'Inquisition médiévale. Les Espagnols se sont montrés tellement plus efficaces. Tellement plus sanglants. Et tellement moins miséricordieux.

— Miséricordieux ?

— Les pénitences habituelles, amendes, incarcérations et même châtiments corporels, n'avaient pas cours chez eux. Eux, ils torturaient, brûlaient, exécutaient. A tours de bras !

Une fois de plus, Moore lui coupa la parole :

— Alors, monsieur Crowley ? Votre verdict ?

— Nous sommes impressionnés. Très impressionnés. C'est une belle maison. Très bien entretenue. Nous maintenons notre offre.

— Vous entendez, mademoiselle O'Connell ? Monsieur Crowley est prêt à vous verser deux millions cinq cent mille dollars. Un prix on ne peut plus appréciable.

Béatrice s'abstint de répondre. Desmond Crowley se pencha vers elle.

— Pourrions-nous avoir un petit entretien avec vous, mademoiselle O'Connell ?

L'œil fixé sur Edwin Moore :

— En privé, je précise.

L'agent immobilier annonça qu'il les attendrait en bas et quitta la bibliothèque, refermant derrière lui les lourds battants d'acajou. Crowley amorça :

— Eh bien ! mademoiselle O'Connell, nous savons tous les deux pourquoi nous sommes ici, n'est-ce pas ?

Soudain consciente de sa fragilité en face de cet homme qui la dominait de la tête et des épaules, Béatrice riposta, le regard innocent :

— Non, monsieur Crowley, nous ne le savons pas.

— Allons, allons, l'ingénuité est séduisante... quand elle est authentique.

Il se laissa tomber sur le canapé, tapotant les coussins de part et d'autre.

— Nous avons fait une offre de deux millions

cinq cent mille dollars pour votre maison. Deux millions et demi de dollars, songez-y. C'est une somme importante.

— Je ne vends plus.

— Réfléchissez. Deux millions et demi. Comptant. Cet après-midi même.

— Si je change d'avis, vous serez le premier informé.

— Mademoiselle O'Connell, nous essayons de conclure cette affaire en personnes civilisées. Deux millions et demi de dollars et personne n'a besoin de le savoir. Pas même le gouvernement.

Le cœur de Béatrice battait à tout rompre. Elle savait n'en avoir pas terminé avec Crowley. Après un long silence, il dit abruptement :

— Parfait, parfait ! Inutile de jouer plus longtemps. Ce que nous voulons, c'est le grimoire.

— J'ignore de quoi vous voulez parler.

— Nous espérions pouvoir négocier avec vous raisonnablement.

— J'ai bien peur de ne pouvoir vous être utile.

— Vous rendez-vous compte que l'attitude que vous adoptez fait de vous un agent du diable ?

Elle prit son courage à deux mains :

— S'il y a ici un agent du diable, ce n'est pas moi !

— Comme nous l'avons déjà dit, l'ingénuité est séduisante quand on n'en abuse pas. Vous avez le grimoire et il nous appartient. Vous ne ferez que nous rendre un bien qui nous a été volé.

— Navrée, je ne l'ai pas.

— Nous nous efforçons de vous faire comprendre qu'il s'agit là d'une croisade. Nous combattons les forces du mal. Il suffit d'observer comme va le monde pour savoir qu'il est tombé aux mains du diable. Nous devons arrêter Satan avant qu'il ne soit trop tard.

Béatrice recula vers la porte.

— C'est vous qu'il faut arrêter avant qu'il ne soit trop tard !

Avec une agilité imprévisible chez un homme de sa corpulence, il la rejoignit en trois bonds et la saisit par le poignet.

— Nous avons été très patient. Où est le grimoire ?

Béatrice se dégagea d'une secousse et s'écarta de lui.

— Inutile d'insister. Votre précieux grimoire n'existe plus.

— Qu'en avez-vous fait ?

Les portes de la bibliothèque s'ouvrirent sous la poussée d'Edwin Moore, qui portait la corbeille à papier. Derrière lui, Nellie se tordait les mains.

— Elle l'a brûlé !

Avec une lenteur calculée, Crowley rejoignit Edwin Moore. Béatrice retint sa respiration alors qu'il retirait de la corbeille métallique un paquet de feuilles calcinées qu'il examina soigneusement.

— Taisez-vous, femme ! aboya-t-il à l'adresse de Nellie.

La vieille dame cessa sur-le-champ de se lamenter.

Crowley se frotta les mains pour se débarrasser des cendres qui y adhéraient. Il se retourna vers Béatrice, les yeux flambant d'une fureur démentielle. Il essaya de parler, mais la colère le suffoquait. Finalement, un cri horrible franchit sa gorge :

— Aaaaaaaah ! Sorcière ! Tu vas payer !

Mû par une rage meurtrière, il se rua sur elle. Béatrice battit en retraite et empoigna une chaise pour se défendre.

— Arrière, assassin !

Crowley brandit un poing énorme. Elle tenta d'esquiver, mais le coup l'atteignit en pleine tempe. Elle s'écroula, assommée.

21

Quand elle revint à elle, Béatrice reposait sur le dos. Sous elle, le sol était dur et glacé comme du marbre. Sa tête lui faisait mal à hurler. Elle voulut y porter la main, mais elle en fut empêchée par quelque chose qui retomba auprès d'elle avec un bruit métallique. De l'eau coulait quelque part, goutte à goutte. Elle avait soif. Elle passa sa langue sur ses lèvres et ouvrit les yeux.

Tout d'abord, elle ne vit rien tant l'obscurité était profonde. S'habituant peu à peu, elle prit conscience d'un vaste espace autour d'elle. Sur sa gauche, elle distingua une grille noire et des marches de pierre. L'entrée sans doute, car les marches montaient vers une faible lueur. Elle tourna la tête en tous sens. Ses jambes étaient libres, mais de lourds bracelets de fer, reliés par des chaînes à deux anneaux scellés dans le sol, encerclaient ses poignets. Elle parvint péniblement à se soulever sur les coudes et à s'adosser au mur froid et rugueux. Épuisée par l'effort qu'elle venait d'accomplir, elle sombra de nouveau.

Elle reprit conscience avec une migraine lancinante. Que s'était-il passé ? Le souvenir des récents événements lui revint enfin. Nellie, Edwin Moore, Desmond Crowley, le grimoire... Où était-elle ? Elle tenta de libérer ses poignets. Peine perdue. Comprenant qu'elle était enchaînée dans une sorte de caveau, elle céda à la panique :

— Au secours ! Au secours !

Sa voix rebondit sur les murs du souterrain et, quand elle se tut, une autre voix féminine l'avertit dans un souffle :

— Inutile ! Ça ne sert à rien.

Réconfortée par cette manifestation de solidarité, Béatrice hoqueta :

— Qui est là ?

— Par ici...

Elle cligna des yeux et discerna la silhouette d'une femme aux longs cheveux blonds, enchaînée comme elle au pied du mur d'en face.

— Où sommes-nous ?

— Dans une cave.

— Il y a longtemps que je suis là ?

— Ils vous ont amenée la nuit dernière.

— Qui êtes-vous ?

La femme hésita.

— Je m'appelle Patty... enfin, il me semble. Et vous ?

— Béatrice.

— J'aimerais pouvoir vous serrer la main, mais je suis plutôt coincée.

Un rire hystérique secoua l'inconnue, tandis que Béatrice s'écriait :

— Dieu du ciel ! Que fichons-nous ici ?

— Nous sommes en prison. Dans l'attente de notre jugement.

— Qu'est-ce que c'est que cette histoire ?

— Nous avons commis des crimes. Alors ils vont nous juger.

— Qui ça, ils ?

— L'Inquisition.

Béatrice ferma les yeux.

— Ce n'est pas vrai. Ça ne peut pas être vrai.

— Oh ! si, c'est vrai. Ils vont me juger. Un procès équitable, disent-ils. Je vais en sortir coupable et vous me regarderez brûler. J'ai regardé brûler les autres. Ça fait partie du châtiment. On sait ainsi comme on va souffrir quand on brûlera à son tour. Pas moyen d'y échapper.

De nouveau, le rire hystérique. Dès que la femme se fut calmée, Béatrice interrogea :

— Comment êtes-vous arrivée ici, Patty ?

Puis, sous le choc d'une brusque association d'idées :

— Patty ! C'est le diminutif de Patricia. Vous êtes Patricia Hall !

— Vous connaissez mon nom ? Comment pouvez-vous savoir ?

— Vous avez été enlevée dans le centre commercial de Glenn Falls.

— Oui ! Mais, comment...

— Je suis allée là-bas. J'ai essayé de découvrir ce qui vous était arrivé.

— Vous avez fait ça ? Oh ! merci.

La voix était celle d'une petite fille. Le cœur serré, Béatrice constata :

— Mais il y a des semaines que vous êtes là !

— Des semaines ?

La femme poussa un cri de détresse.

— Je veux ma maman, je veux mon papa, je veux mes bébés !... mes bébés !...

Béatrice fut prise de compassion pour cette pauvre femme dont la raison vacillait. L'autre cessa soudain de gémir pour s'enquérir d'un ton presque détaché :

— Avez-vous déjà vu brûler quelqu'un ?

— Non.

— C'est terrible ! L'odeur surtout. Et ils ne vous donnent rien. Pas un sédatif ! Rien... Alors, on crie, on hurle... Ils nous ont forcées à regarder. Ils nous ont toutes forcées à regarder. Et puis, une par une, ils ont brûlé les autres. C'est moi la prochaine.

Elle éclata en sanglots. Incapable de la réconforter, Béatrice la supplia :

— Écoutez-moi, Patty, je vous en prie. Combien étaient-elles ?

— Qui ?

— Les femmes qu'ils ont brûlées.

— Je ne sais pas. J'en ai vu cinq. Oh ! c'est si terrible. Je les ai suppliés de nous décapiter. Ce serait plus rapide. Mais il paraît qu'il nous faut mourir dans les flammes de l'enfer d'où nous sommes sorties !

— Vous savez pourquoi vous allez mourir ?

— Oui. Je suis un instrument du démon. Fornicatrice et adultère. J'ai entraîné des hommes sur la voie de la perversité. J'ai plaidé pour l'avortement. J'ai cru qu'on était libre d'aimer qui l'on voulait.

Mais c'était mal et je ne le savais pas. J'étais une sorcière et je l'ignorais. Je le sais aujourd'hui et je me repens. Je me repens. Je me repens...

— Pourquoi dites-vous que vous étiez une sorcière ?

— Parce que c'est vrai. Je suis une sorcière. Ils disent que, puisque j'éprouve du remords, mon cas n'est pas désespéré.

— Ce sont eux les sorciers, Patty !

— Ne dites pas ça. Ils vous ont envoyée pour me mettre à l'épreuve, je le vois bien. Je suis une sorcière et je mérite le bûcher. Mais ils ne me brûleront pas, puisque je me repens. Je me repens !

Tout en parlant, elle se balançait d'avant en arrière. Elle se mit bientôt à fredonner une chanson enfantine. Un mince rayon de soleil filtra par un lointain soupirail, permettant à Béatrice de détailler sa compagne. Ses vêtements étaient en lambeaux, son corps couvert d'ecchymoses et son visage bouffi et meurtri. Ses pieds étaient nus et sales. Elle tressautait spasmodiquement en poussant de temps à autre des cris de démente.

Par deux fois, Béatrice eut besoin de se soulager. Ses chaînes lui laissant peu de liberté, pas question de baisser sa culotte. Accroupie, elle regarda son urine serpenter sur le sol de pierre et se remémora l'incongruité de son propos lors de sa première rencontre avec le père Morton : « Si les femmes avaient pu faire pipi sans descendre de cheval, l'histoire du monde eût été changée. »

Avec le soir vint la fraîcheur. Béatrice frissonna. Elle perçut des pas traînants au-dessus de sa tête, puis dans l'escalier de pierre. Elle leva les yeux, tandis que Patricia Hall, épouvantée, reprenait ses litanies :

— Les voilà... Ils sont là... Je me repens, Seigneur... Je me repens... Je me repens... Non, non, laissez-moi...

Claquant des dents, la femme priait Dieu et suppliait les hommes. Sa frayeur était communicative.

Béatrice se tassa sur elle-même. A mesure qu'ils approchaient, une lumière dansante projetait sur les murs des ombres fantastiques. Un homme apparut, brandissant une torche. Il portait une soutane noire avec une grande croix blanche sur le devant. Quand la flamme éclaira son visage, Béatrice reconnut le jeune réceptionniste de l'institut Duarte, qui n'avait pas répondu à son sourire. Deux hommes portant la même tenue le suivaient. Tous trois évoluaient avec cette muette efficacité qui témoigne d'une longue pratique. Immobile sur la dernière marche, le porteur de torche regardait dans le vide, tandis que ses deux acolytes libéraient Béatrice de ses fers.

Ils la relevèrent brutalement. Affaiblie par la faim, la fatigue et la peur, elle trébucha et retomba contre le mur. Ils la redressèrent de nouveau et lui attachèrent les mains dans le dos avec une corde. Puis l'un d'eux la frappa du poing au creux des reins pour la faire avancer. Elle ne put retenir un cri. Ils l'entraînèrent dans l'escalier sans un regard pour Patricia.

La nuit était claire et le bois alentour bruissait d'une paisible rumeur. Béatrice respira profondément l'air frais du crépuscule. L'homme de tête plongea sa torche dans une cuve, où elle s'éteignit avec un chuintement, et se dirigea vers une voiture-caddie. Reconnaissant plus loin un petit pont de pierre et deux ou trois statues, Béatrice comprit qu'elle se trouvait dans l'enceinte de l'institut Duarte. La voiture s'arrêta devant Béatrice. L'homme bloqua le frein et aboya :

— Monte !

Elle grimpa avec difficulté à l'arrière du véhicule. L'un des deux autres la poussa rudement pour s'asseoir auprès d'elle. Le troisième prit place à côté du conducteur.

Bien qu'elle n'eût pas le cœur à rire, Béatrice ne put s'empêcher d'apprécier l'absurdité comique de la situation. Trois hommes en costume médiéval et une femme aux mains liées circulant en voiture-caddie comme sur un terrain de golf! En face d'eux, la bibliothèque de l'institut se découpait à contre-ciel, telle une forteresse. Le conducteur rangea la voiture devant l'entrée. Ses deux assistants empoignèrent les bras de Béatrice et l'entraînèrent à l'intérieur du bâtiment, où ils gagnèrent rapidement le sous-sol.

Ils traversèrent la salle où ronronnait l'énorme ordinateur Cray. Arrivés devant la porte marquée « Danger — Défense d'entrer », les deux hommes trempèrent leurs doigts dans une sorte de bénitier et se signèrent. Puis l'un d'eux releva sa soutane et sortit un trousseau de clefs de la poche de son pantalon. Il fit tourner successivement trois clefs différentes dans les trois serrures de la porte. Puis il détacha les mains de Béatrice et, d'une bourrade, la propulsa à l'intérieur. Le lourd battant métallique claqua derrière elle.

Elle se trouvait dans une bibliothèque sans ouvertures visibles. La température y était fraîche. De longs tubes fluorescents éclairaient des étagères d'ardoise chargées de livres et de manuscrits. Sur la droite, un écran de télévision géant encastré, un magnétoscope et des vidéocassettes méthodiquement étiquetées. A gauche, une imposante photocopieuse.

Elle s'approcha d'un des rayonnages et constata que la plupart des livres étaient anciens. Les plus encombrants étaient empilés à plat dans un ordre impeccable. On avait rangé sur l'étagère inférieure des classeurs gonflés de documents.

Béatrice prit au hasard un grand livre à la couverture marron ornée d'un pentacle et le déposa sur la photocopieuse. La vieille reliure craqua lorsqu'elle l'ouvrit. Elle tourna sans réel intérêt des pages couvertes d'étoiles, de lions, de croix inversées et de symboles occultes dessinés dans des cercles. Des légendes explicatives, en latin, grec et hébreu, alternaient avec des pyramides de chiffres souvent posés la tête en bas ou des diagrammes complexes d'orbites planétaires.

Elle examina ainsi plusieurs livres qu'une discipline acquise dans son enfance la poussait à remettre en place après consultation. L'un d'eux ne contenait que des hiéroglyphes. Un autre était rédigé en hébreu, un autre en grec et certains dans des écritures qui lui étaient inconnues. La plupart étaient illustrés de croquis ésotériques.

Sans aucun doute, il s'agissait là de la collection Borzamo.

La porte s'ouvrit et Desmond Crowley pénétra dans la pièce. Il portait une soutane noire sur laquelle brillait une lourde croix d'or massif suspendue par une chaîne à gros maillons. La lumière fluorescente donnait à son visage et à son crâne chauve une pâleur malsaine un peu verdâtre.

— Bonsoir, Béatrice.

Il souriait. Bien qu'elle ne ressentît pour l'homme qu'horreur et répulsion, la jeune femme ne recula pas et soutint bravement son regard.

— Voyez-vous, mademoiselle O'Connell, nous déplorons que votre séjour ne soit pas aussi confortable qu'il aurait pu l'être.

Il s'avança vers elle, effleurant distraitement le dos des volumes en attente.

— Que pensez-vous de notre petite collection ? Impressionnante, n'est-ce pas ? Quelle somme de savoirs et de pouvoirs elle représente ! Vous ne voulez pas répondre ? Aucune importance.

Ses mains énormes décrivirent dans l'air un double cercle.

— Le contenu de ces bibliothèques résume des siècles d'hérésie, de sorcellerie et de démonologie. L'inventaire complet des ruses de Satan. Certains volumes restent à déchiffrer, mais nous y travaillons. C'est notre mission. Œuvre divine. Sentez-vous vibrer la puissance maléfique concentrée dans cette salle ? C'est pourquoi il importe de se signer avant d'y pénétrer.

Il la foudroya du regard.

— Mais naturellement, vous ne sentez rien! Parce que vous êtes ici chez vous!

Incapable de se maîtriser plus longtemps, Béatrice hurla :

— Ignoble assassin! Vous avez tué mon père!

— Ah! on a retrouvé sa langue. Votre père était un brave homme. Il nous a été douloureux de traiter ainsi un éminent collectionneur. Mais, stupidement obstiné, il refusait d'entendre raison.

— D'entendre quelle raison? Celle de votre démence?

— Notre démence, dites-vous? Plût à Dieu qu'il s'agît de la mienne car elle ne représenterait aucune menace. Mais il s'agit de la démence de Satan, devenue celle du monde. Nous livrons une guerre sainte, mon enfant. Vous devez commencer à le comprendre.

— Je commence à comprendre que le diable, c'est vous, Desmond Crowley! Vous et personne d'autre.

— Si nous disposions des pouvoirs du diable, nous en purgerions la terre une fois pour toutes. Vous ne lisez donc pas les journaux? Vous ne regardez pas la télévision? Le massacre d'innocents fœtus. Les hommes fiers de devenir des femmes. Les femmes fières de devenir des hommes. Les manipulations génétiques qui menacent l'œuvre de Dieu. Le blasphème, la haine et la pornographie tolérés et protégés par les lois humaines. Tout est sens dessus dessous... Relisez la Bible : « Nous vivons parmi les sépulcres blanchis du péché, qui semblent beaux, vus du dehors, mais ne sont remplis que d'ossements! » Ô Jérusalem, tu as tué les prophètes et lapidé ceux qui t'étaient envoyés. Combien de fois aurais-je pu réunir tes enfants comme une poule réunit ses poussins sous ses ailes... mais tu ne l'as jamais voulu!

En proie à son délire de prophète, Crowley roulait des yeux fous. S'adossant au mur, il respira longuement et bruyamment pour tenter de se calmer.

— Nous sommes au bord de l'Armaggedon, et nul ne peut s'y soustraire. C'est l'œuvre de Satan et de ses suppôts. Ceux d'entre nous dont les yeux se sont dessillés ont le devoir de les combattre.

— Massacrer des innocentes serait donc œuvre divine ?

— Des innocentes ? Les sorcières ne sont pas plus innocentes qu'Ève ne l'était. Les sorcières sont des êtres vils et corrompus, que le diable tente aisément. Tout comme il a tenté Ève. Satan est si fermement retranché dans vos âmes de femmes que vous ne pouvez plus entendre la parole de Dieu.

A bout de forces, Béatrice soupira en secouant la tête :

— Quels objectifs espérez-vous atteindre en assassinant ces pauvres femmes anonymes ? Si encore elles étaient célèbres et exerçaient une réelle influence ! Mais ce sont d'inoffensives créatures dont le seul tort est de ne pas penser comme vous...

Crowley se redressa, majestueux, et leva les bras dans une attitude d'orateur.

— Tout comme un seul microbe peut infecter un corps et être cause de sa dégénérescence et de sa pourriture, de même une seule sorcière peut contaminer toute une population et lui apporter la pollution morale et la mort.

Pointant vers Béatrice un index péremptoire :

— L'Inquisition n'a jamais sous-estimé le pouvoir de Satan. Les Inquisiteurs savaient éventer toutes ses ruses et ils voyageaient dans toute l'Europe, de ville en ville et de village en village, afin d'éradiquer l'infection.

— L'Inquisition remonte à des siècles !

— Voyez ce qui s'est passé depuis. Profitant du laxisme de l'Église, Satan a reconstitué son empire. Mais nous ne nous rendrons pas sans combattre !

Révoltée, Béatrice protesta :

— Vous ne parlez pas au nom de l'Église catholique. Si le pape apprenait ce que vous et votre bande de misogynes dépravés tramez ici, il vous excommunierait sur-le-champ et n'aurait aucune pitié pour vos âmes.

Crowley ne répondit pas tout de suite. Perdu dans ses pensées, il manipulait machinalement sa croix d'or. Il soupira finalement :

— Vous avez raison. Mais l'Église ignore notre existence et n'est pas près de l'apprendre... La plupart des papes de l'époque moderne ont manqué de clairvoyance quant à l'offensive du diable. Si bien intentionnés qu'ils soient, ces pontifes ont perdu de vue l'Ennemi. Quand une telle catastrophe se produit au cours d'une guerre, cela profite fatalement à l'adversaire. Vous m'accorderez qu'un chef temporel faible et privé de lucidité peut être pire que pas de chef du tout.

— C'est ainsi que vous voyez le guide spirituel des catholiques ? Faible et privé de lucidité !

Béatrice ne put s'empêcher de ressentir après coup toute l'ironie de cette défense instinctive d'une Église qu'elle avait abandonnée. Crowley poursuivit sur le même ton dogmatique :

— Actuellement, l'Église catholique est mal guidée. Vatican II, cette écœurante réunion de libertins, a préludé à des changements dangereux pour l'avenir. C'est pourquoi nous avons décidé de prendre les choses en main. A contrecœur, croyez-le bien. Nous nous battons pour la même cause, mais avec des moyens différents. Disons simplement qu'à l'institut Duarte nous demeurons attachés aux méthodes d'autrefois. Ce qui signifie que nous sommes plus zélés dans notre lutte contre le mal.

— Contre les femmes surtout. Pourquoi ?

— Parce qu'il est universellement reconnu, reportez-vous aux Saintes Écritures et aux œuvres d'éminentes autorités ecclésiastiques, que les femmes sont des êtres maléfiques. Leur nature lascive et leur corps impur constituent, pour les graines du mal, un terreau idéal. Le mal fleurit en elles comme moisson sur terre fertile. Ceci est clairement exposé dans le *Malleus Maleficarum*.

— Vous êtes fou, Crowley. Fou à lier!

— Bien au contraire. En cette affaire comme en toutes choses, le Tout-Puissant nous dirige. C'est de lui que nous tenons notre lucidité et la force de combattre Son Ennemi sur Terre.

— Dieu est aussi éloigné de vos agissements que le bien est éloigné du mal.

— Chère, chère Béatrice... Plût au Seigneur que, de vos ténèbres, nous puissions vous ramener vers la lumière. Nous vous avons provisoirement épargnée parce que nous savons que vous nous cachez quelque chose. Et nous osons espérer que vous saurez vous montrer moins entêtée qu'un autre membre de votre famille... Nous remarquons que vous posez la main sur notre photocopieuse...

Béatrice s'écarta vivement de la machine et croisa les bras sur sa poitrine.

— Un de nos meilleurs outils. Nous faisons des copies de tous nos livres. Ces copies sont distribuées à nos étudiants afin qu'ils puissent en apprendre davantage sur Satan, ses pompes et ses œuvres. Sans la sagesse et la prévoyance de notre fondateur, Inigo Duarte, la collection Borzamo eût été perdue et nous n'eussions pu être informés de toutes les stratégies de notre ennemi. Avec la collaboration éclairée de ceux qui viennent ici déchiffrer ses œuvres maudites... Mademoiselle O'Connell, nous pensons que la fille d'un collectionneur tel que votre père n'a pu détruire le grimoire sans en avoir fait une copie.

— Je n'ai fait aucune copie du grimoire. Je l'ai brûlé délibérément pour que vous et vos semblables ne puissiez mettre la main dessus.

— Allons, allons... Ses secrets vous ont été révélés... Nous ne pouvons croire que vous ayez brûlé un ouvrage aussi précieux sans garder une trace de son contenu.

— Croyez ce que vous voulez!

— Vraiment? Aucune copie? Aucune note cachée? Nous sommes convaincus que vous ne dites pas la vérité.

— Vous ne me tuerez donc pas !

— Vous tuer ? Il n'en est pas question. Pas tout de suite. Mais nous avons à notre disposition bien des moyens pour arracher la vérité aux sorcières.

— Me forcer à assister à une exécution, comme cette malheureuse Patricia Hall ?

— Patricia Hall est une fornicatrice et une adultère. Elle a épousé de nombreuses causes maudites. C'est une sorcière. Elle périra dans les flammes de l'enfer. Mais assez avec cette femme ! J'ai quelque chose à vous montrer.

Crowley prit sous la télévision une vidéocassette, la glissa dans la fente du magnétoscope, s'empara de la télécommande et pressa un bouton.

Tout en le regardant s'activer, Béatrice évaluait les possibilités qui lui étaient offertes. Crowley était grand, gros et probablement musclé, mais il était vieux. Son pas et ses gestes ralentis trahissaient une certaine fragilité. Ne pourrait-elle le frapper par surprise ? Avec quoi ?

Une image apparut soudain sur l'écran et la bibliothèque souterraine s'emplit des hurlements d'une femme attachée à un poteau sur un bûcher. Béatrice la reconnut immédiatement pour l'avoir vue en photo sur une des coupures de presse de Cap Goldman. C'était Tina Brand, la belle journaliste activiste noire sur laquelle Stephen avait particulièrement attiré son attention.

— Vous permettez que je coupe le son ? Ces cris hystériques nous assourdissent.

Crowley pressa le bouton adéquat et le film devint muet.

A l'aide d'une torche, un homme en soutane noire enflamma en plusieurs endroits le bûcher qu'on avait dû asperger d'essence, car le feu s'y propagea à une vitesse fulgurante. La femme tentait de se libérer de ses liens. Les flammes léchèrent ses jambes nues, ses vêtements en lambeaux prirent feu et elle se tordit de douleur, tournant et retournant la tête, le visage horriblement déformé, la bouche ouverte sur ses hurlements silencieux. Sa peau se boursoufla, sa chair se rongea et ses cheveux ne furent plus qu'une boule ardente. Le spectacle paraissait irréel. On eût dit les effets spéciaux d'un film d'horreur. Bien avant que la malheureuse eût perdu connaissance, Béatrice avait cessé de regarder.

— Pour l'amour du ciel, arrêtez ça !

L'œil rivé sur l'écran, Crowley ne broncha pas.

— Pas de sensiblerie déplacée, ma chère. Cet autodafé n'est que l'un des innombrables moyens que nous avons de vaincre la résistance des sorcières.

Une autre femme apparut sur l'écran, écartelée sur un râtelier. La chair de ses aisselles se déchirait au fur et à mesure qu'un tortionnaire encagoulé augmentait la traction de la machine médiévale. Les yeux exorbités, les traits convulsés, la condamnée hurlait sa souffrance.

Béatrice se détourna et observa le profil pétrifié du Grand Inquisiteur. La froide concentration du vieil homme était la plus ignoble expression du mal qu'il fût possible d'imaginer. Elle pensa à Simon. Pouvait-il soupçonner l'insondable dépravation de son père ?

Crowley semblait tellement absorbé dans sa contemplation que Béatrice décida de tenter sa chance. S'emparant du gros livre qu'elle avait posé sur la photocopieuse, elle l'abattit de toutes ses forces sur la nuque de l'homme. Il tomba à genoux. Elle continua de le frapper, mais le volume constituait une arme imparfaite, peu maniable, et elle était trop faible pour assener un coup décisif. Crowley roula et se redressa avec difficulté. Il courut vers la porte en frottant sa tête endolorie.

— Vous êtes irrécupérable. Notre patience est à bout. Vous êtes la maîtresse du diable et vous allez subir votre juste châtiment !

Tout en vociférant, il avait ouvert la porte.

— Gardes !

Les deux hommes qui avaient amené Béatrice se ruèrent dans la salle et la maîtrisèrent avant de l'entraîner dans la nuit jusqu'en sa prison souterraine.

22

Réveillée en sursaut, Patricia Hall constata de sa voix de petite fille :

— Vous êtes revenue... J'avais si peur. Que vous ont-ils fait ?

— Ne vous inquiétez pas. Rendormez-vous.

Béatrice ferma les yeux, espérant dormir aussi. Mais le sommeil la fuyait. Son esprit tournait à vide. La poussière en suspension et l'odeur de moisi réveillèrent sa migraine. Pour se calmer, elle récita mentalement la liste du grimoire. Plusieurs fois. Cette liste représentait son arme ultime contre les forces du mal. Elle détenait quelque chose que Crowley et sa clique voulaient à tout prix obtenir. Peut-être trouverait-elle un moyen de l'utiliser à son profit...

Des pas légers l'alertèrent. Scrutant l'obscurité, elle distingua une silhouette à mi-descente et se raidit.

— Béatrice ?

Dans un chuchotement rauque, à peine perceptible, elle répondit :

— Oui ?

— Où êtes-vous ?

Un mince faisceau lumineux perça l'obscurité, et, pointé sur elle, l'aveugla. Puis la lueur dansa sur les murs, tandis que la silhouette s'approchait. Le cœur battant d'espoir, elle le reconnut :

— Simon !

— Parlons bas.

— Qui est-ce? marmonna Patricia Hall d'une voix pâteuse.
— Personne. Rendormez-vous, Patty!
Un trousseau de clefs cliquetait dans la main de Simon Lovelock.
— Nous avons peu de temps. Vous ont-ils fait mal, mon amour?
— Non, ça peut aller. Mais je suis enchaînée.
— Oui, je connais leurs méthodes. J'ai volé ces clefs dans la chambre de mon père. Il aime avoir tout sous la main. J'espère que je ne me suis pas trompé.
— Et si c'est le cas?
La perspective de sa libération possible accroissait la panique de Béatrice. Il la rassura.
— J'ai apporté une lime, à tout hasard. Mais ce serait beaucoup plus long. Tenez-moi la lampe.
Elle obéit. Il lui baisa la main et le contact de ses lèvres la bouleversa.
— Dieu merci, vous m'avez trouvée. Comment êtes-vous entré?
— Nous n'avons pas une seconde à perdre. Faites-moi confiance. Je sais me repérer ici.
A la troisième clef, le lourd bracelet s'ouvrit.
— Et d'un! A l'autre maintenant.
Béatrice changea la lampe de main et la braqua sur l'autre bracelet qui s'ouvrit à son tour. Les fers avaient meurtri ses poignets.
— Vous n'avez aucune idée de ce qui se passe réellement ici. C'est pire que tout ce que vous pouvez imaginer. Votre père est un fou dangereux, Simon.
Alors qu'il l'aidait à se mettre debout, elle entrevit sous la sempiternelle veste noire de Lovelock la crosse d'un pistolet automatique.
— Vous pensez devoir vous en servir?
— Je ne le souhaite pas, mais on ne sait jamais. Venez. Il va falloir courir.
— Et elle?
Béatrice désignait Patty. Sans enthousiasme, Simon se pencha sur l'autre prisonnière.

— Elle est trop faible. Nous n'aurions aucune chance.

— Je ne partirai pas sans elle.

— Il le faut. Venez.

Il tenta de la pousser vers l'escalier, mais elle se dégagea de son étreinte.

— Non. Elle doit venir aussi.

— Je ne peux vous emmener toutes les deux. Elle n'aura pas la force de courir. Sa seule chance, c'est que nous réussissions et que nous ramenions du secours.

— Je ne partirai pas sans elle !

Admiratif et exaspéré, il secoua la tête.

— Très bien. Éclairez-moi.

Patricia Hall bégaya des mots sans suite tandis qu'il essayait ses clefs, l'une après l'autre.

— Ce ne sont pas les mêmes serrures...

Béatrice lui demanda :

— Vous étiez au courant de ces morts sur... ?

Il lui fit face brusquement.

— Non ! Je viens de voir le bûcher et le poteau qu'ils ont préparés. Je savais que vous étiez en danger, mais j'ignorais...

Il se remit au travail. Aucune des clefs ne semblait convenir. Béatrice questionna dans un souffle :

— Avez-vous alerté la police ?

— Je n'en ai pas eu le temps. Et qui nous dit que mon père n'a pas circonvenu les autorités locales ?

— C'est impossible !

— Qu'y a-t-il d'impossible dans cet endroit maudit ?

— Savent-ils que vous êtes là ?

— Bien sûr que non ! Jamais ils ne m'auraient laissé entrer.

Un des bracelets de Patricia Hall s'ouvrit avec un déclic. Pâle et tremblant, Simon tenta d'ouvrir l'autre. Tous deux se figèrent en entendant des voix.

— Mon Dieu, Simon, ils reviennent !

— Le deuxième est bloqué. Partons, Béatrice, je vous en supplie.

— Il est trop tard, nous tomberions sur eux. Rebouclez nos fers, Simon, et cachez-vous derrière les tas de bois.

— Béatrice, s'ils vous emmènent, c'est la fin, comprenez-vous ?

— Vite, Simon ! C'est notre seule chance.

Devant la volonté farouche de Béatrice, Simon dut obéir. Quand l'homme à la torche réapparut, Lovelock avait eu le temps de se cacher. On délesta les deux femmes de leurs fers et on leur lia les mains derrière le dos avant de les entraîner. Patricia sanglotait d'épouvante. Elle monta l'escalier, répétant à chaque marche qu'elle se repentait.

La nuit s'était épaissie. Un silence absolu régnait. Patricia Hall allait droit devant elle. Elle connaissait le chemin, ce n'était pas la première fois qu'elle effectuait ce parcours. Béatrice distingua une lueur dont l'intensité s'accrut au fur et à mesure qu'ils approchaient. Ils débouchèrent dans une clairière au centre de laquelle flambait un grand feu. Assis côte à côte sur de longs bancs, douze personnages en soutane noire ornée d'une croix blanche. Derrière eux, une quarantaine d'hommes vêtus de simples soutanes. Tous faisaient face à un échafaud qu'éclairaient des lampes à essence posées aux quatre coins sur de hautes consoles métalliques. Solidement vissées, deux chaises de bois occupaient le centre de la plate-forme.

A droite de l'étrange podium, un tas de bois avec un poteau planté à la verticale. A gauche, un râtelier semblable à celui que Béatrice avait entrevu sur la vidéo. Deux costauds en veste de cuir noir, le regard dissimulé derrière des lunettes de ski, montaient la garde de chaque côté de la clairière. Leur accoutrement moderne jurait dans cette mise en scène moyenâgeuse.

A la vue du bûcher, Patricia Hall trébucha et tomba sur les genoux. Son gardien l'empoigna par les cheveux, la redressa et la poussa en avant. La voix du porteur de torche domina les crépitements du feu :

— Faites entrer l'accusée !

Toutes les têtes pivotèrent vers la droite, s'exposant à la lueur capricieuse des flammes. L'œil froid et la bouche pincée, les spectateurs regardèrent Béatrice monter les marches de l'échafaud. Patricia Hall resta au pied de l'escalier, sous la surveillance de son gardien.

Faisant face à l'assemblée, Béatrice identifia quelques-uns des spectateurs de la première rangée. Le père Morton, l'inspecteur Monahan, Phil Burgoyne, l'animateur de talk-shows, Edwin Moore et, plus loin, Giuseppe Antonelli, appuyé sur sa canne à tête d'épervier.

Desmond Crowley surgit de l'ombre, son crâne chauve luisant comme une énorme boule de billard.

L'homme à la torche, héraut de la cérémonie, proclama :

— Gloire au Grand Inquisiteur !

Tous se levèrent et crièrent à l'unisson :

— Gloire au Grand Inquisiteur !

Chacun se rassit, tandis que Desmond Crowley rejoignait Béatrice au milieu de la plate-forme. Il disposa un livre sur un petit lutrin et ordonna :

— Debout !

Tous se relevèrent et se tinrent figés dans un solennel garde-à-vous.

— En vertu de votre serment, et au nom du Seigneur Dieu Tout-Puissant, jurez-vous, honorables juges, de garder secrets les débats qui vont avoir lieu dans ce tribunal ?

— Nous le jurons !

— Vous pouvez vous asseoir.

Chaussant ses lunettes à double foyer, Crowley ouvrit respectueusement le livre, se signa et commença d'une voix sonore :

— Selon les mots du seul vrai *Malleus Maleficarum,* dont une traduction fidèle repose devant nous, nous nous adressons maintenant à cette auguste assemblée. Nous, Grand Inquisiteur, consacrons toute notre énergie et tout notre savoir à protéger le peuple chrétien qui nous a été confié dans son unité, ainsi que l'harmonie de la foi catholique, afin de les tenir éloignés de toute hérésie. En conséquence, c'est à nous, juge suprême, qu'il appartient, pour la gloire et l'honneur du nom vénéré de Jésus Christ et l'exaltation de la Sainte Foi orthodoxe, d'abattre l'abomination de l'hérésie, plus spécialement chez les sorcières en général, et chez chacune d'elles en particulier, quelle que soit sa condition ou sa richesse. Présentateur, faites-vous connaître à cette assemblée.

Giuseppe Antonelli se leva. S'aidant de sa canne pour assurer son équilibre, il monta les marches et vint se poster derrière Béatrice. De la voix et du geste, Desmond Crowley l'invita à prendre la parole :

— Faites votre présentation !

Antonelli plaça une main sur la tête de Béatrice qui tenta de se dérober.

— Restez tranquille ! lui enjoignit Crowley.

Malade de dégoût, Béatrice se redressa et se contraignit, les mâchoires serrées, à supporter la pression tremblante de la main posée sur son crâne. D'une voix faible, mais distincte, Antonelli déclara :

— Votre honneur, doctes seigneurs, je présente Béatrice O'Connell à ce tribunal.

— En quelle qualité la présentez-vous ?

— En tant qu'accusée.

— De quels crimes l'accusez-vous ?

— Des crimes d'hérésie et de sorcellerie.

— Vous l'en accusez personnellement ?

— Je l'en accuse personnellement.

— Vous pouvez regagner votre place.

Pendant que Giuseppe Antonelli descendait les marches de l'échafaud et retournait s'asseoir, Crowley s'adressa à Béatrice :

— Par les larmes amères que Jésus Christ notre Sauveur a versées sur la croix pour le salut de ce monde, par la Très Glorieuse Vierge Marie, Sa Mère, et par toutes les larmes des Saints et des Élus de Dieu, dont Il a séché les pleurs depuis lors, je vous conjure, si vous êtes innocente, de verser des larmes à votre tour et de n'en point verser si vous êtes coupable. Au nom du Père, et du Fils, et du Saint-Esprit. Ainsi soit-il.

Béatrice ne broncha pas. Crowley commanda :

— Que l'on apporte les Saints Évangiles !

Un jeune homme monta sur la plate-forme, portant une bible qu'il remit à Crowley.

— Détachez-lui les mains.

Le jeune homme obéit. Béatrice massa doucement ses poignets écorchés par la corde. Crowley tendit la Bible vers elle, à hauteur de son visage, et tonna :

— Béatrice O'Connell, nous vous posons la question. Êtes-vous coupable d'avoir volé un bien appartenant à la seule Église légitime et véritable et de l'avoir volontairement détruit, quoique le sachant d'une grande valeur pour les vrais Défenseurs de la Foi ?

Béatrice affrontait calmement son regard.

— Répondez, sorcière !

Elle demeura silencieuse.

— Êtes-vous coupable du péché de fornication et d'adultère ?

Elle continua à le regarder fixement.

— Ainsi que du péché de contraception ?

Elle étouffa un gloussement.

— Êtes-vous coupable de jeter des charmes aux hommes, à leur insu, et de leur voler leur virilité en cohabitant avec eux hors des liens sacrés du mariage ?

Une fois de plus, elle s'abstint de répondre.

— Et pour finir, êtes-vous coupable du péché de sodomie et autres déviations sexuelles ?

C'en était trop ! Béatrice éclata d'un rire nerveux.

— Fermez votre bouche, immonde sorcière ! Approchez-vous des Saints Évangiles et posez-y votre main.

Joignant ses mains dans son dos, Béatrice se campa fièrement devant Crowley.

— Nous, Desmond Crowley, Grand Inquisiteur, avons fait amener en notre présence, sur l'accusation publique de personnes crédibles, une femme soupçonnée d'hérésie. Comment vous appelez-vous, accusée ?

— Abracadabra ! éructa Béatrice qui sentait la raison lui échapper.

— Nous vous ordonnons, sorcière, de poser votre main sur le Livre des Saints Évangiles et de jurer que vous avez commis ces péchés.

Béatrice baissa les yeux vers le livre, puis les releva. Elle retint son souffle, observant le rougeoiement des flammes sur les visages sévères des juges. Seul le craquement des bûches troublait le silence.

Elle se dressa soudain face à Crowley et lui cracha au visage. Il y eut un frémissement dans l'assistance. Une voix lança :

— Brûlez-la tout de suite !

Ce cri fut repris en chœur par d'autres qui se mirent à scander d'une seule voix :

— Brûlez-la ! Brûlez-la ! Brûlez-la !

Crowley s'essuya la joue du revers de la main et, le visage plus sévère et plus solennel que jamais, leva les deux bras en hurlant :

— Arrêtez !

Le silence se fit instantanément.

— Cette auguste et docte assemblée ne fera rien qui aille contre la loi. Nous disons donc que vous vous appelez Béatrice O'Connell. Et puisque, voilà des années, vous avez été contaminée par l'hérésie pour le plus grand dommage de votre âme ; puisque cette accusation nous a gravement blessés, nous dont le devoir, en vertu des pouvoirs qui nous ont été conférés, est d'implanter la foi véritable dans le cœur des hommes et de chasser de leur esprit toute notion hérétique ; puisque d'autre part nous souhaitons être pleinement informés quant à la véracité du rapport parvenu à nos oreilles, afin d'y pouvoir puiser un remède adapté à votre cas ; nous allons procéder à l'audition des témoins et à votre propre interrogatoire, sous la foi du serment, concernant les péchés dont vous êtes accusée.

Ouvrant le *Malleus,* il lut d'une voix claire :

— « On notera que les personnes frappées d'excommunication, complices et comparses du crime, malfaiteurs notoires ou serviteurs déposant contre leurs maîtres, sont admis à témoigner dans toute affaire concernant la foi. Car il est écrit : "Si grave est le péché d'hérésie que, dans toute action en rapport avec ce crime, même les domestiques seront admis à témoigner contre leurs maîtres, et tout criminel pourra témoigner contre toute personne, quelle qu'elle soit." Et si, par obstination condamnable, certains d'entre eux refusent de prêter serment, ils seront, pour ce motif, considérés comme hérétiques. »

Il referma le livre, ôta ses lunettes et rugit :

— Qu'on amène les témoins !

Trois personnages portant cagoule apparurent à l'orée de la clairière. L'un des trois était une femme vêtue d'une robe à fleurs. Mains liées derrière le dos, ils marchèrent vers l'échafaud, escortés par l'un des gardes, et, debout dans l'ombre, attendirent les ordres de Crowley.

— Qu'on amène le premier témoin !

Le garde fit monter la femme et la plaça près de Crowley, en face de Béatrice. Il lui enleva ses liens et sa cagoule. Sans réel étonnement, Béatrice reconnut Nellie. La vieille femme tremblait, mais semblait résolue. Crowley articula :

— Posez votre main gauche sur la Bible et levez la main droite.

— Oui, votre honneur, balbutia respectueusement Nellie.

— Jurez-vous de dire la vérité, toute la vérité, rien que la vérité, avec l'aide du Seigneur ?

— Je le jure.

— Comment vous appelez-vous ?
— Nellie Riley.
— Plus fort, je vous prie.
— Nellie Riley.
— Êtes-vous membre des Defensores Fidei ?
— Je le suis.
— Croyez-vous en l'autorité du Grand Inquisiteur ?
— Oui. J'atteste votre autorité, votre honneur !
Crowley lui sourit.
— Fort bien, mon enfant. Êtes-vous employée par l'accusée en qualité de gouvernante ?
Nellie hésita et déclara enfin d'une voix brisée :
— Oui, je l'étais.
— Le cinq de ce mois, avez-vous vu l'accusée en possession d'un livre qui, vous le saviez, appartenait aux Defensores Fidei et à l'Église véritable ?
La gouvernante se détourna, fuyant le regard méprisant de Béatrice.
— Oui, je l'ai vue.
— Et l'accusée a-t-elle ensuite brûlé ce livre sans se préoccuper du tort causé à ses légitimes propriétaires ?
— Oui.
— Comment l'avez-vous appris ?
— Je suis montée dans sa chambre avec M. Moore et nous avons découvert les cendres du livre maléfique dans la corbeille à papier. Elle était seule à avoir pu le faire.
— Et comment avez-vous su qu'il s'agissait de l'ouvrage en question ?
— M. Moore a examiné des bouts de pages qui n'avaient pas tout à fait brûlé et m'a dit que c'était bien le livre cherché.
— Nellie, avez-vous pitié de l'accusée ?
La vieille dame baissa les yeux.
— Oh ! oui.
— C'est moi qui ai pitié de vous, Nellie, intervint Béatrice. Ils se servent de vous. C'est vous qui êtes ensorcelée, pas moi.

— Silence, sorcière !

Crowley revint à Nellie.

— Dites-nous pourquoi vous avez pitié de l'accusée.

La gouvernante posa sur Béatrice un regard vide.

— J'ai pitié d'elle parce qu'elle a assisté Satan dans sa guerre contre Dieu sur cette Terre, et que par conséquent c'est une sorcière et une hérétique.

Béatrice mesurait quel lavage de cerveau la gouvernante avait subi.

Visiblement satisfait du témoignage, Crowley ordonna à Nellie de se retirer. Sans un regard pour Béatrice, la gouvernante redescendit l'escalier et alla s'asseoir à l'écart de l'assemblée des hommes. Crowley vociféra :

— Deuxième témoin !

Le premier homme encapuchonné fut poussé brutalement puis hissé sur la plate-forme face à Béatrice. Quand le garde arracha la cagoule noire, Béatrice ne put réprimer un cri de détresse. C'était Luis Diaz, le travailleur social de Harlem. Son visage tuméfié n'avait plus rien de séduisant. Sa lèvre était fendue et deux de ses incisives manquaient. L'œil vitreux, il vacilla sur place, tandis que le garde lui déliait les poignets. Puis il prêta serment, la main sur la Bible, et Crowley commença son interrogatoire.

— Comment vous appelez-vous ?

— Luis Diaz.

Sa voix aussi était méconnaissable.

— Connaissez-vous l'accusée ?

Diaz acquiesça d'un signe de tête.

— Parlez !

— Oui. Je la connais.

— Au sens biblique du terme ?

— Oui.

— Lors de vos rapports charnels, l'accusée a-t-elle exigé que vous utilisiez un accessoire contraceptif ?

— Oui.

— L'accusée a-t-elle eu recours pour vous séduire aux rites diaboliques connus sous le nom de Santeria ?

— Oui.

— A-t-elle pratiqué sur vous des actes sexuels contre nature ?

— Oui.

— Avez-vous pratiqué sur elle la sodomie ?

Diaz hésita un moment avant de répondre dans un souffle :

— Oui.

Parfaitement immobile, Diaz répondait tel un automate aux questions de l'Inquisiteur. Béatrice revivait cet après-midi où Diaz l'avait initiée avec autorité, lui arrachant un cri. Qui, d'elle ou de lui, avait alors commis le péché de sodomie ? Elle savait en tout cas qu'elle ne renierait ni ce moment ni cet homme.

— Luis Diaz, avez-vous pitié de l'accusée ?

— Oui.

— Dites-nous pourquoi.

— Parce qu'elle a assisté Satan dans sa guerre contre Dieu sur cette terre et que, par conséquent, c'est une sorcière et une hérétique.

Les mêmes mots que Nellie, débités sur le même ton monocorde, comme un texte cent fois ressassé.

— Vous pouvez vous retirer.

Le garde rattacha les mains de Diaz, le poussa en bas de l'escalier et disparut avec lui dans l'ombre.

— Témoin suivant !

Devinant immédiatement l'identité de celui qui montait les marches, Béatrice sentit s'accélérer les battements de son cœur.

— Stephen !

Elle tendit la main vers lui quand la cagoule lui fut enlevée, mais le garde s'interposa et Crowley rugit :

— Bras le long du corps, sorcière !

Béatrice recula, tentant d'intercepter le regard de Stephen. Mais il continua de regarder droit devant lui, les yeux dans le vague, tandis qu'on lui détachait les mains. Crowley lui fit prêter serment, préciser son nom et confirmer qu'il connaissait l'accusée. Puis :

— Êtes-vous marié avec elle ?

— Je l'ai été. Nous avons divorcé.

Basse et caverneuse, ce n'était pas la voix de Stephen.

— Le problème du divorce sera évoqué plus tard. Pour quelle raison avez-vous divorcé ?

— Je... lui ai été infidèle. Et elle m'a quitté.

— Pour quelle raison lui avez-vous été infidèle ?

— J'avais peur du mariage.

— Et vous n'avez jamais attribué l'origine de cette peur à l'accusée elle-même ? Il ne vous est jamais venu à l'idée qu'elle ait pu vous jeter un sort pour provoquer votre infidélité ?

Stephen ferma les yeux. Il avait l'air de souffrir. Enfin :

— Je ne sais pas de quoi vous parlez.

Crowley trancha :

— Laissez-moi vous lire un extrait du *Malleus :* « Les sorcières peuvent inoculer dans l'esprit des hommes un amour immodéré des femmes faciles, et infecter leur cœur jusqu'à ce que nulle honte ou châtiment, par parole ou par action, ne puissent les écarter de telles amours... »

Tandis que Crowley lisait, Béatrice observait Stephen. Il était évident que le malheureux avait été drogué. Parfois, sa tête tombait en avant et ses yeux roulaient follement dans leurs orbites, comme s'il s'endormait puis se réveillait en sursaut, battant des lèvres et des paupières pour échapper à un cauchemar. Ne le quittant pas des yeux et secouant la tête pour l'inciter à ne pas répondre, Béatrice tenta d'attirer son attention. Mais, tel un zombie, il lui rendait son regard avec une sorte de perplexité, comme s'il se fût vaguement souvenu d'elle sans pouvoir dire qui elle était.

— « On notera, ajouta Crowley, poursuivant sa

lecture, que l'impuissance du membre masculin à exercer sa fonction n'est pas la seule manifestation de sorcellerie utilisée en pareil cas. Parfois, le sort jeté s'oppose à la conception ou provoque une fausse couche... »

Louchant par-dessus ses lunettes, Crowley questionna :

— Stephen Carson, l'accusée s'est-elle débarrassée d'un enfant à venir par une fausse couche ?

Béatrice frissonna au rappel de ce terrible souvenir, alors que Stephen admettait doucement :

— Oui.

Crowley remonta les lunettes sur son nez et, se reportant au *Malleus :*

— « Conformément à ce qui est écrit dans les textes canoniques, quiconque, par haine ou par désir de vengeance, fait quoi que ce soit pour empêcher un homme de procréer, doit être considéré comme un criminel homicide... »

Levant un index vers le ciel pour donner plus de force à sa déclaration :

— ... « et toute sorcière coupable d'un tel acte de magie noire est, de par la loi, passible de la peine capitale. *Res ipsa loquitur.* »

Le visage ravagé, Béatrice hurla :

— Comment pouvez-vous prétendre que j'ai provoqué la perte de mon bébé !

— Silence, sorcière !

— Vous n'êtes qu'une ordure !

Impassible, Crowley la menaça :

— Vous ne devez pas troubler les débats. Une insulte de plus et je vous fais attacher et bâillonner !

Jamais Béatrice n'avait éprouvé une telle haine. S'éclaircissant la gorge, Crowley se référa, une fois de plus, au *Malleus :*

— La question IX de cet ouvrage demande si les sorcières peuvent, « avec l'aide des démons, amputer un être mâle de son organe, ou simplement en créer l'illusion, par charme ou par artifice »... Réponse : « Il n'est pas douteux que certaines sorcières puissent réaliser des choses incroyables, en conjonction avec l'organe mâle. Quand le tour est réalisé par sorcellerie, il ne s'agit là que d'un sort jeté, bien que ce ne soit pas une illusion pour celui qui en est victime. Car son imagination peut fort bien le convaincre que telle ou telle chose est absente, dans la mesure où aucun de ses sens, comme le toucher ou la vue, ne peuvent alors lui prouver le contraire. »

S'adressant de nouveau à Stephen :

— L'accusée vous a-t-elle rendu impuissant, une ou plusieurs fois, en se présentant ouvertement sous l'apparence immonde de telles créatures ?

— Je... je ne me souviens pas.

— Que l'on apporte les preuves !

L'un des séides monta sur la plate-forme, portant le costume de sorcière que Béatrice avait acheté à Greenwich Village. Elle entendit, incrédule :

— Ces vêtements ont été saisis au domicile du témoin.

On présenta successivement à l'assemblée le corset de cuir noir, le porte-jarretelles, le chapeau pointu, les bas, les escarpins et la cravache. Chaque élément de la panoplie suscita des exclamations de dégoût.

— Le témoin a reconnu que ces articles appartenaient à l'accusée et que, par artifice, elle avait rendu son membre impuissant, attestant ainsi sa qualité de sorcière.

Béatrice ne savait plus si elle devait hurler de rire ou d'horreur. Le « Spécial Halloween », qu'elle avait acheté sans réfléchir pour satisfaire une lubie, devenait pour ce tribunal démentiel la preuve irréfutable de sa sorcellerie ! C'était à ne pas y croire ! Ces énergumènes, ces « Défenseurs de la Foi », ou prétendus tels, étaient vraiment convaincus que, sorcière, elle pactisait avec le diable ! Elle comprit alors que, quoi qu'il pût arriver, ils avaient l'intention de la détruire.

Elle avait conscience d'être passée d'un monde

dit normal à un univers parallèle peuplé d'insensés. L'organisation, la cérémonie et ce *Malleus Maleficarum,* qui cautionnait de façon ignoble le monstrueux tribunal et sa parodie de jugement, ne pouvaient masquer la vérité : la raison d'être de ces déments était leur peur et leur haine des femmes. Ce n'est pas en tant que sorcière qu'elle était jugée, mais en tant que femelle ! Cette vérité s'imposait si fort à elle qu'elle n'écouta plus que d'une oreille la suite de l'interrogatoire.

— L'accusée est-elle catholique ?

— Oui.

— Votre mariage a-t-il été annulé par Notre saint-père le pape ?

— Non.

— Vous êtes donc toujours mariés devant Dieu.

Impulsivement, Béatrice protesta :

— Lui n'est pas catholique. Et je croyais qu'un mari ne pouvait pas témoigner contre son épouse !

— L'objection de la sorcière est notée, souligna Crowley en feuilletant la copie du *Malleus Maleficarum* posée devant lui sur le petit lutrin.

Et s'adressant à l'assemblée, il retrouva sa voix de tribun pour lire :

— D'après cet excellent et admirable ouvrage, « tout comme un hérétique peut témoigner contre un hérétique, une sorcière peut témoigner contre une sorcière, mais ceci uniquement à défaut d'autres preuves, et de tels témoignages ne peuvent être admis que pour l'accusation, et non pour la défense. Cette règle s'applique également au mari, aux enfants et aux parents de l'accusée, car de tels témoignages ont évidemment plus de poids lorsqu'ils sont à charge que dans le cas contraire. »

Une rumeur d'approbation parcourut l'auditoire.

— La conclusion de cette cour est donc que la sorcière, toujours mariée devant Dieu avec le témoin, doit être accusée du péché d'adultère avec le précédent témoin Luis Diaz. Qu'en pensez-vous ?

Un « oui » vibrant et unanime fut la réponse. On

rattacha les mains de Stephen et on le traîna hors de la clairière. Béatrice et Desmond Crowley restèrent seuls, face à face, sur la plate-forme.

— Béatrice O'Connell, vous repentez-vous ?

— De quoi me repentirais-je ? Allez au diable !

L'assemblée la conspua. Parfaitement maîtresse d'elle-même, Béatrice comprenait que son attitude agressive la perdait irrémédiablement.

Crowley hurla :

— L'admirable et seul authentique *Malleus Maleficarum* a prévu quel châtiment infliger à celles qui n'éprouvent aucun repentir. A genoux, sorcière et putain !

Béatrice respira profondément, rejeta les épaules en arrière et se dressa de toute sa taille. Écumant de rage, Crowley la contourna et la frappa derrière les genoux avec sa bible. Elle tomba en avant. Il plaqua une main sur sa tête, l'écrasant de tout son poids.

— Vous repentez-vous ?

Se débattant avec une énergie farouche, Béatrice hurla :

— Jamais !

Il brailla, blême de fureur :

— L'Église de Dieu ne pouvant rien pour vous, quoique ayant fait tout ce qui était en son pouvoir pour vous convertir, Nous, Grand Inquisiteur et docte assemblée, siégeant en tant que juges, avec les Saints Évangiles pour témoins de notre légitimité au regard de Dieu comme au nôtre, et n'ayant d'autre souci que les intérêts de Dieu et de la Vraie Foi, ce jour, en ce lieu et à cette heure, rendons jugement contre vous, Béatrice O'Connell, ici présente devant nous, et vous condamnons en tant qu'hérétique impénitente à être livrée comme telle au bras séculier de la justice. Doctes seigneurs, levez-vous !

L'assistance se dressa.

— Doctes Seigneurs, vous voyez devant vous l'accusée qui a refusé de se repentir. Exprimez votre jugement. S'agit-il d'une sorcière ?

— Oui ! clama l'assemblée.

Crowley se lança alors dans une nouvelle harangue dont l'emphase dérisoire semblait lui échapper :

— Béatrice O'Connell... Parce que nous ne pouvons ni ne devons en aucune manière tolérer ce que vous avez fait ; parce que c'est notre fonction d'abominer ces choses et parce que vos crimes ne sauraient rester impunis, afin que d'autres créatures égarées ne soient pas encouragées à tomber dans semblables péchés ; parce que les blessures faites au Créateur ne sauraient être pardonnées ; donc, à votre encontre, Béatrice O'Connell, sorcière impénitente, Nous, Grand Inquisiteur et docte assemblée précités, siégeant en tant que juges avec les Saints Évangiles pour témoins, prononçons la sentence en toute équité de la façon suivante : Que vous serez soumise à la question sur le râtelier jusqu'à ce que vous nous disiez ce que nous désirons savoir concernant le grimoire. Et que si vous refusez de nous dire ce que nous désirons savoir, vous serez liée au poteau cette nuit même et vous brûlerez, sorcière, vous brûlerez, vous brûlerez...

La jouissance qu'il éprouvait à répéter ces mots était évidente.

Deux hommes montèrent sur l'échafaud, l'air farouche, et entraînèrent Béatrice qui criait :

— Tas d'hypocrites ! Et vos épouses, et vos sœurs, et vos filles, et vos mères ? Qui vous a donné la vie, sinon des femmes ? Si nous sommes mauvaises, vous ne valez pas mieux, puisque vous sortez de nos entrailles ! Hypocrites ! Hypocrites !

D'une main, l'un des gardes parvint à la museler. Ils ne furent pas trop de deux pour la pousser jusqu'au râtelier, l'allonger sur le plateau de bois et lui emprisonner les poignets et les chevilles dans des bracelets de fer. Puis l'un d'eux se couvrit la tête d'une cagoule et se posta près du tourniquet... Où était donc Simon et que faisait-il ? Le temps leur était compté.

Tandis qu'on l'enchaînait à l'instrument de torture, Patricia Hall, poussée par deux autres brutes, montait à son tour sur la plate-forme... La voix de Crowley retentit :

— Patricia Hall, je vous repose la question, vous êtes-vous rendue coupable des péchés de fornication et d'adultère ?

— Oui.

— Avez-vous subi un avortement et revendiqué le même droit pour d'autres personnes de votre sexe ?

— Oui.

— Avez-vous prôné pour les personnes du même sexe le droit de cohabiter et forniquer ensemble en tant qu'amants ou sodomites ?

— Oui.

— Reconnaissez-vous le caractère hérétique de tous ces crimes ?

— Oui.

— Vous êtes-vous rendue coupable de sorcellerie ?

— Oui.

— Vous en repentez-vous ?

— Oh ! oui, je me repens... Je me repens...

— Posez votre main droite sur le Livre des Saints Évangiles.

Patricia Hall obéit, les yeux rivés sur Desmond Crowley. Terrorisée. Fascinée.

— Patricia Hall de Glenn Falls, Connecticut, en personne devant Nous, Grand Inquisiteur et docte assemblée, la main sur les Saints Évangiles, jurez-vous, du fond du cœur, croire à la Sainte Foi apostolique enseignée, prêchée et observée par les membres de l'Église romaine ?

— J'y crois.

— En conséquence, abjurez-vous, abhorrez-vous, repoussez-vous et tenez-vous pour condamnable toute hérésie contraire aux enseignements de la Sainte Église apostolique, quelle que soit leur source ?

— Oui.

La main de la femme tremblait convulsivement sur la Bible.

— Jurez-vous de ne plus jamais commettre ou inciter autrui à commettre les crimes que vous avez commis et pour lesquels vous êtes jugée ?

— Je le jure.

— Jurez-vous enfin d'exécuter au mieux de vos forces toute pénitence que cette auguste assemblée va vous infliger, sans en omettre la moindre partie, avec l'aide de Dieu et des Saints Évangiles ?

— Je le jure.

— A genoux !

Patricia Hall tomba plus qu'elle ne s'agenouilla devant Crowley, qui reprit après une courte pause :

— Nous, Desmond Crowley, Grand Inquisiteur, avons, sur le témoignage de personnes crédibles, inculpé cette femme d'hérésie. Accusée, rappelez-nous votre nom.

— Patricia Hall.

— Patricia Hall, étant donné que durant des années vous avez été contaminée par l'hérésie, au grand dommage de votre âme, et souhaitant amener votre affaire à une conclusion adéquate ; ayant conduit, d'autre part, votre procès dans les formes requises, nous avons réuni un conseil d'hommes sages de la faculté de théologie et d'experts en loi canonique et civile, sachant que, selon ces deux institutions, tout jugement est valide s'il est confirmé par des opinions nombreuses ; ayant donc, dans tous les détails, sollicité l'opinion des sages précités et diligemment examiné les tenants et aboutissants de toute l'affaire, en concluons que selon votre propre aveu fait sous la foi du serment en présence de la cour, vous êtes convaincue de nombreux péchés propres aux sorcières... Que tous se lèvent !

Tous s'exécutèrent.

— Doctes seigneurs, vous voyez devant vous l'accusée, Patricia Hall. Vous voyez qu'elle abjure et regrette ses péchés. Il vous incombe de décider si ses larmes sont sincères ou dernier artifice de sorcière impénitente. Si ce sont de fausses larmes, demeure-t-elle sans repentir au fond de son âme en dépit des apparences ? Qu'en dites-vous, doctes seigneurs ? Est-ce une sorcière, oui ou non ?

Observant les jeux de la lumière incertaine sur tous ces visages de pierre, Béatrice, habitée par un espoir fou, retint sa respiration.

Mais l'assemblée tout entière vibra du même cri :

— Oui !

Secouée de sanglots convulsifs, Patricia se roula en boule sur la plate-forme. Deux gardes vinrent la rechercher. Ils durent la porter jusqu'au bûcher, où ils l'attachèrent au poteau vertical. Les yeux révulsés, elle se débattait.

Béatrice scrutait désespérément les ténèbres, espérant apercevoir Lovelock. S'il n'intervenait pas, il serait bientôt trop tard.

Quand les hommes en eurent terminé, Patricia regarda Béatrice et lui sourit. Béatrice entonna le psaume 23. Patricia Hall joignit sa voix à la sienne :

Le Seigneur est mon berger.
Il ne me laisse manquer de rien.
Vers des prés d'herbe fraîche, il me conduit.
Il y refait mon âme.
Il me guide sur de justes chemins,
Pour l'amour de son nom.
Passerais-je un ravin de ténèbres,
Je ne craindrai aucun mal...

Ces mots de foi qu'elles récitaient en pleurant les apaisaient peu à peu et les préparaient à affronter leur destin.

Levant les bras vers le ciel, Desmond Crowley joignit les mains. Tous inclinèrent la tête.

— Dieu de miséricorde, nous, Tes humbles serviteurs, Te livrons deux autres possédées de Satan. Accorde-nous la grâce de pouvoir poursuivre Ton Œuvre en combattant les hordes de l'enfer. Amen.

— Amen, bourdonna l'assistance.

Pointant l'index vers Béatrice, Crowley déclara :

— Nous continuons. Au nom des « Défenseurs de la Foi », nous vous sommons de nous dire où vous avez caché la copie du grimoire.

Crowley fit signe au bourreau qui pesa sur le tourniquet. Une douleur insoutenable anéantit Béatrice au fur et à mesure que la machine étirait son corps.

— Où est la copie ?

— Il n'y a... pas de copie.

Nouveau signe de Crowley et nouvelle manœuvre du bourreau. Férocement écartelée, Béatrice entendit craquer les articulations de ses épaules et de ses hanches. Elle eut l'impression qu'on la déchirait des pieds à la tête.

Crowley fit un geste pour modérer le bourreau. Béatrice savait ce qu'il pensait. Un tour encore de cette machine infernale suffirait pour la démembrer. Elle sombrerait alors dans l'inconscience, son cœur lâcherait et... ils perdraient tout.

— Pour la dernière fois... où est la copie ?

— Il n'y a pas de copie.

Le Grand Inquisiteur leva lentement les bras et garda la pose, les traits crispés par la rage.

— Vous vous obstinez, sorcière ! Votre refus condamne votre amie !

Il fit un geste. L'un des gardes abaissa sa torche, enflammant la zone extérieure du bûcher de Patricia. Le petit bois prit rapidement et crépita, tandis que des tourbillons de fumée grise s'élevaient.

Patricia Hall hurlait et tentait désespérément de se libérer.

— Arrêtez ! Je vais tout vous dire. J'ai appris par cœur ce qui vous intéresse.

Une expression de triomphe se peignit sur le visage de Crowley.

— Éteignez !

Plusieurs comparses se précipitèrent avec des seaux d'eau. Le feu siffla et une vapeur blanche s'en dégagea. Sur le bûcher, Patricia Hall gémissait pitoyablement.

L'homme à la cagoule relâcha son tourniquet, libéra Béatrice et la redressa sur le plateau du râtelier. Elle voulut marcher, mais ses jambes se dérobèrent sous elle. Le bourreau lui prit le bras, le passa autour de son cou et la traîna jusqu'à l'escalier. Refusant son aide, elle monta les marches et, les bras croisés sur la poitrine dans une attitude de défi, elle fit face à Crowley qui ironisa :

— La sorcière éhontée a bonne mémoire. Peut-être va-t-elle partager ce qu'elle sait avec nous ?

Béatrice cherchait à gagner du temps. Bien que sa situation fût désespérée, elle se sentait plus lucide que jamais. Elle regarda autour d'elle, cherchant avec quoi elle pourrait attaquer Crowley si l'occasion s'en présentait. Elle pourrait peut-être mettre le feu à sa soutane avec une des lampes à essence ?

— Vous allez me donner votre parole...

— Voilà une sorcière qui ne doute de rien ! Aucune parole ne vous sera donnée, vous entendez ! Aucune promesse !

— Je vais vous écrire le code. Mais il me faut votre parole que vous nous laisserez partir. Toutes les deux.

Crowley se retourna vers l'assistance.

— Que dites-vous, mes bons seigneurs, de l'impudence de la créature ?

Un rire général lui répondit. Il expliqua :

— Nous ne pourrons pas vous laisser partir, sorcière... Vous vous hâteriez de nous trahir.

— Si nous devons mourir, pourquoi vous révélerais-je le code ?

— Vous serez épargnées. La mort par le feu est... inconfortable. Demandez à votre amie ce qu'elle en pense. Nous vous promettons que vous ne mourrez pas. C'est notre seule promesse.

« Gagner du temps, il me faut gagner du temps », se répétait Béatrice.

— Vous ne nous tuerez pas ? J'ai votre parole
— Vous l'avez. Ma parole de chrétien.
— Mais vous nous garderez prisonnières. Vous parlez d'un marché !
— Le seul que nous puissions vous proposer... Notre patience a des limites, sorcière, n'en abusez pas !
— Donnez-moi un stylo et une feuille de papier.
En soupirant, Crowley demanda :
— Doctes seigneurs, l'un de vous aurait-il un stylographe ?
Antonelli leva la main. Fouillant sous sa soutane, il en sortit un gros stylo qu'un garde remit respectueusement à Desmond Crowley.
— Votre ami et présentateur, Giuseppe Antonelli, vous prête l'instrument de votre salut.
Béatrice s'empara du stylo, en dévissa le capuchon, se demandant si la plume d'or ne pourrait pas servir de harpon.
— Écrivez le code sur la couverture du merveilleux *Malleus*.
Elle commença à calligraphier la liste du grimoire. Posté derrière elle, Crowley l'observait.
— Prenez bien garde, sorcière. Si vous essayez de nous tromper, si ces noms ne constituent pas le code exact, nous vous promettons, à votre amie et à vous-même, une mort qui vous fera regretter le bûcher. Plus lente et douloureuse que celles inventées par votre maître, le Seigneur de l'Enfer !
Béatrice réfléchissait. Crowley aurait besoin d'un jour ou deux pour envoyer quelqu'un à Zurich vérifier. D'ici là, Simon viendrait à leur secours. A condition qu'on ne les enferme pas dans un endroit inaccessible. Il ne fallait pas qu'elle livre le vrai code. C'était leur seule chance.
Crowley s'impatienta :
— Plus vite, sorcière !
— Je ne veux pas risquer de commettre la moindre erreur.
Indisposée par le souffle fétide de Crowley dans

son cou, elle poursuivit sa page d'écriture jusqu'aux trois derniers noms, Tetragrammaton, Tiros, Tremendum, mais sans préciser la suppression opérée par Borzamo. Puis elle se retourna. Crowley s'approcha du lutrin, parcourant la liste d'un œil avide. Il psalmodia les noms à haute voix comme une litanie, se dressa de toute sa taille et, les mains jointes vers le ciel, remercia le Tout-Puissant.

— Que ta volonté soit faite !

— Amen ! répondit l'auditoire.

— Vous êtes satisfait ? s'enquit Béatrice.

— Est-ce bien là le code ?

— C'est celui que j'ai appris par cœur.

— Nous allons voir ça. Nous le saurons très rapidement.

Il la toisa :

— Et si vous avez cherché à nous égarer, voilà ce qui vous attend... Qu'on allume le bûcher !

Béatrice protesta dans un râle :

— Non ! Vous avez donné votre parole.

— Je ne conclus aucun marché avec les sorcières !

Pour la seconde fois, la torche enflamma le petit bois et le feu monta à l'assaut des bûches. Une flamme lécha les pieds de Patricia, sa robe s'embrasa. La jeune femme hurlait et se débattait. Béatrice n'en croyait pas ses yeux.

— Espèce d'ordure !

Assurant le stylo dans son poing, elle visa l'œil droit de Crowley. Il esquiva le coup, mais la plume le blessa au front. Du sang jaillit, l'aveuglant à moitié. Il porta ses mains à son visage en geignant.

On criait dans l'assemblée. Plusieurs se précipitèrent. Contournant Crowley, Béatrice l'étrangla d'un bras avec la force du fou en pleine crise. Elle avait l'intention d'atteindre sa carotide avec la seule arme dont elle disposait, mais un des gardes prévint son geste. Il lui agrippa le poignet, lui tordit le bras et la maîtrisa, tandis que le stylo roulait à terre. Le visage souillé de sang mêlé d'encre noire, Crowley suppliait :

— Ne la tuez pas ! Ne la tuez pas !

Sur le bûcher où le feu faisait rage, Patricia Hall perdit connaissance et cessa de hurler. Une odeur terrible se répandit dans la clairière. Béatrice s'écroula, sanglotant convulsivement entre les bras de l'homme qui l'avait immobilisée.

Crowley s'essuya la figure avec le bas de sa soutane. On lui banda le front à l'aide d'un mouchoir. Sous son masque rouge et noir, Crowley offrait l'apparence d'un véritable démon.

— Maudite sorcière blasphématrice !

— Vous êtes un monstre !

Un des gardes alla tisonner au moyen d'un long bâton le corps calciné de Patricia Hall. La lune à son premier quartier éclairait la scène. Une brise légère chassait la fumée.

— Elle est morte ! déclara l'homme au bâton.

Crowley s'écria :

— Amen ! Ramenez les témoins à charge !

Béatrice assista sans pouvoir intervenir à la mise en place de Stephen et de Diaz. On les attacha étroitement aux lourdes chaises fixées à la plate-forme. On leur passa ensuite autour du cou un nœud de corde relié à une barre de bois. Ni Stephen ni Diaz ne semblaient comprendre ce qui se préparait. Penché vers Béatrice, Crowley chuchota :

— Je suppose que vous n'avez jamais assisté au supplice du garrot ?

— Dieu du ciel ! Vous n'allez pas faire ça !

Il s'esclaffa, ravi :

— Je veux que vous sachiez de quoi il retourne. Les Espagnols s'en sont servis largement au temps de l'Inquisition. C'est une méthode très efficace, non seulement pour arracher aux hérétiques leurs aveux, mais aussi pour les exécuter.

— Non, je vous en supplie...

— Ne vous inquiétez pas. Nous détestons voir souffrir les hommes. Ce ne sera pas long.

Elle ne pouvait rien pour eux. Si elle avouait à Crowley que le code comportait une erreur, il la trahirait comme il avait déjà fait avec Patricia. Simon était son seul espoir, mais elle se demandait s'il ne l'avait pas abandonnée. A moins qu'il n'eût été pris, lui aussi. Sa seule consolation était que ces monstres ne mettraient jamais la main sur la fortune de Göring.

Au signal de Crowley, les deux exécuteurs commencèrent à tourner leur bâton, serrant la corde autour du cou des deux hommes. Béatrice, horrifiée, vit l'assistance se pencher d'un même mouvement pour ne rien perdre du spectacle. Tandis que la corde s'enfonçait dans sa chair, le visage de Stephen enflait et se congestionnait affreusement. Puis ses yeux agrandis s'exorbitèrent et sa langue jaillit hors de sa bouche de façon grotesque. A côté, les jambes de Diaz ruaient frénétiquement dans le vide. Béatrice ferma les yeux, au bord de la syncope.

En quelques instants, tout fut terminé. Les bourreaux détachèrent les cadavres et les emportèrent en silence. Les « Défenseurs de la Foi » n'étaient pas plus émus que s'ils avaient assisté à quelque spectacle de Guignol.

Crowley conclut, véhément :

— Retenez la leçon, sorcière ! Vous voyez ce qui vous attend si vous nous avez trompés. Qu'on la ramène dans sa prison. Nous ne pouvons plus supporter sa vue !

23

Remise aux fers dans la cave, Béatrice regardait sans le voir l'endroit où Patty Hall avait été enchaînée. Le corps carbonisé de Patricia, les jambes agitées de Diaz, les traits monstrueusement déformés de Stephen, le masque satanique de Crowley...

autant d'images qui l'obsédaient et la torturaient. Traumatisée par les crimes auxquels elle venait d'assister, elle gisait sur le sol de pierre, prostrée, incapable de se mouvoir ni même de pleurer. Que feraient-ils quand ils découvriraient qu'elle les avait trompés ? Elle entendait encore Crowley lui assurer qu'elle regretterait « la simple mort par le feu », si tel était le cas...

Elle finit par s'endormir. Des pas la réveillèrent alors que les premières lueurs du matin filtraient dans la cave. Elle entrevit une silhouette en soutane et cagoule. Revenant à la réalité, plus effrayante que le pire de ses cauchemars, elle gémit :

— Laissez-moi ! Laissez-moi tranquille !

L'homme se débarrassa de sa cagoule.

— Simon. Oh ! Simon... c'est vous ?

Il la prit dans ses bras et la serra contre lui.

— Oui, mon amour... Dieu merci, vous êtes en vie.

Elle tenta de se redresser et voulut parler, étouffée par les sanglots :

— Si vous saviez... Ils les ont tous tués... Patricia, Diaz... et même mon... Stephen... Des morts horribles... Oh ! Simon...

— Je n'ai pas pu intervenir plus tôt. Mais je ne vous quitterai plus, Béatrice. Pourvu qu'ils n'aient pas trouvé les clefs et la lime...

Il alla fourrager dans le tas de bûches, revint avec le trousseau et s'attaqua aux serrures des bracelets. Tout en essayant les clefs, il lui raconta ce qui s'était passé :

— Je vous suivais quand un des gardes m'a repéré. Je le connaissais. J'ai prétendu chercher mon père, mais il a vu le pistolet sous ma veste et ne m'a pas cru. Me menaçant de son fusil, il m'a ramené au bungalow. Selon lui, mon père était occupé ailleurs. Occupé ! Je l'ai supplié, mais il répétait que je devais attendre. Il avait posé mon pistolet sur la table. Je guettais l'occasion, mais je savais que le temps pressait. J'ai fini par foncer...

Béatrice remarqua que Simon respirait et se déplaçait avec effort. Quand il se releva, elle distingua la tache sur sa soutane.

— Vous êtes blessé ?

— Ce n'est rien. Une égratignure.

— Oh ! Simon...

— La balle est entrée et ressortie. Simple trou dans la chair... Sans gravité.

Il l'aida à se mettre debout.

— Aurez-vous la force de courir, s'il le faut ?

— Ai-je le choix ?

Simon déroula le ballot noir qu'il avait apporté, constitué d'une soutane et une cagoule. Il aida Béatrice à les enfiler, remit sa propre cagoule. Ils montèrent l'escalier de pierre, elle titubant et lui la soutenant. Avant d'émerger à l'air libre, il s'arrêta.

— Maintenant, écoutez-moi. Vous allez croiser vos mains devant vous et nous allons marcher côte à côte. Quand nous atteindrons la clairière, nous la traverserons. Surtout, ne courez pas. Une fois sous le couvert des arbres, je vous indiquerai la bonne direction et vous courrez aussi vite que vous le pourrez. Trois cents mètres plus loin, vous verrez une clôture de fil barbelé. J'y ai taillé une brèche hier pour m'introduire dans l'institut. La grand-route n'est pas loin. Vous m'avez bien compris ?

— Oui...

— Vous y arriverez ?

— Oh ! oui.

Il la prit par les épaules.

— Ne parlez pas. Ne regardez jamais en arrière et ne vous arrêtez sous aucun prétexte.

— Je vous le promets.

Ils sortirent. Le jour se levait. La nature alentour avait déjà pris les couleurs de l'automne. La beauté paisible du décor démentait le terrible secret de ce lieu.

L'œil et l'oreille aux aguets, ils s'engagèrent sur le sentier. Le cœur de Béatrice battait. Ils atteignirent une première clairière, plus petite que celle où s'était déroulée la sinistre séance de la nuit précédente. Béatrice releva sa soutane pour faciliter sa marche. Le sol herbu et inégal était parsemé de grosses pierres. Simon trébucha. Béatrice voulut l'aider, mais il grogna :

— Ne vous arrêtez pas ! Continuez !

Elle obéit à contrecœur. Mais plus loin, comme elle n'entendait plus derrière elle les pas de Simon, elle regarda par-dessus son épaule. Il s'était laissé distancer et marchait en chancelant, comprimant sa blessure de la main gauche. D'un geste impératif, il lui fit signe d'aller de l'avant.

Quand elle vit s'épaissir le sous-bois, Béatrice soupira de soulagement. La futaie broussailleuse leur offrait désormais un couvert idéal. Mais Simon n'arrivait pas et elle ne savait ce qu'elle devait faire. Il apparut enfin. Il ne progressait plus que par à-coups. Malgré la promesse qu'elle lui avait faite, elle revint en arrière.

— Simon ! Mais vous êtes sérieusement touché !

Il s'écroula sur le tapis d'aiguilles sèches.

— Je n'en peux plus. C'est sans espoir. Il faut que vous partiez seule.

Elle s'agenouilla et lui prit la tête entre ses mains.

— Il n'est pas question que je vous abandonne.

Le sang coulait sur la main qu'il pressait contre sa blessure. C'était plus grave qu'il ne le prétendait. Émue, elle le serra plus fort. Il chuchota :

— Partez, Béatrice, c'est un ordre ! Ils me trouveront, mais je n'ai rien à craindre de mon père. Ramenez de l'aide... bien que j'ignore si nous pouvons faire confiance à la police de Milbern.

— Il va falloir en courir le risque.

— Alors, ne perdez plus de temps !

— Mais je ne sais pas où aller...

— Droit vers l'est. Vers le soleil.

Retroussant péniblement sa soutane, il chercha la lime :

— Si vous ne retrouvez pas la brèche que j'ai taillée, percez-en une autre. Partez, maintenant. Partez vite !

Et comme elle hésitait encore :

— Vous ne me servirez à rien en restant ici. Allez chercher du secours.

Elle se pencha et baisa ses lèvres.

— Dieu vous garde et vous bénisse, Simon Lovelock.

— Vous aussi, mon amour.

Lime au poing, Béatrice se repéra au soleil. Elle atteignit bientôt la clôture. Impossible de l'escalader. Quant à l'entailler à l'aide de la lime, cela risquait de prendre un temps considérable. Rejetant soutane et cagoule, elle courut vers la droite sans plus trouver la brèche de Simon. Elle revint sur ses pas et courut dans la direction opposée. Elle aperçut enfin l'ouverture et s'y glissa à plat ventre, rampant et tirant sur les touffes d'herbe pour forcer le passage. Comment Simon y était-il parvenu ? Les ergots du fil barbelé lui entaillaient bras et jambes. Une fois de l'autre côté, elle saignait de partout, mais elle était libre. Se frayant un chemin à travers les broussailles, elle courut jusqu'à la route. L'excitation ravivait son énergie. Elle marchait rapidement vers la ville quand elle entendit approcher une voiture. Et si c'étaient des hommes de l'institut lancés à sa poursuite ? Elle fut tentée de se cacher, mais elle revit Simon, seul dans la forêt et perdant son sang... Il fallait le secourir, il n'y avait pas de temps à perdre. Elle se mit en travers de la route et agita les bras. Une vieille camionnette que conduisait une femme d'un certain âge s'arrêta.

— Pouvez-vous m'emmener ?

— Ma pauvre ! Mais dans quel état êtes-vous ? Que vous est-il arrivé ?

— Pouvez-vous me conduire à la police ?

— Naturellement. Montez !

— Pour l'amour de Dieu, faisons vite !

La femme emballa son moteur et la vieille voiture bondit en avant.

Forrest Whiting, chef de la police de Milbern, tapotait du bout de son crayon le bloc-notes posé devant lui. De temps à autre, il échangeait avec les deux jeunes policiers présents dans son bureau des regards effarés. Béatrice poursuivait son récit. Elle retraçait sa descente aux enfers et les événements diaboliques dont elle avait été témoin au cours des dernières vingt-quatre heures. Consciente de leur incrédulité, la jeune femme luttait pour conserver son calme. Elle dit en guise de conclusion :

— J'ignore si vous n'êtes pas dans le coup. Mais Simon est en danger de mort. Il a déjà perdu beaucoup de sang. J'ai pris le risque de venir vous trouver.

Whiting, un gaillard aux cheveux blancs et à l'expression bienveillante, haussa les sourcils :

— Que voulez-vous dire par : « J'ignore si vous n'êtes pas dans le coup » ?

— Il s'agit d'une vaste conspiration. Je sais que ça peut paraître démentiel, mais c'est la vérité... Vous n'imaginez pas quels personnages font partie de cette...

Il suggéra :

— ... Inquisition ?

— Oui, c'est le mot... Le père Morton. Phil Burgoyne...

— Phil Burgoyne, le gars de la télé ?

— Oui. Tout cela est difficile à croire, je le conçois... Ce sont des gens importants. Très haut placés. Mais tous en font partie. Et tous sont des tortionnaires et des meurtriers.

— Et vous dites que Desmond Crowley est à leur tête ? Qu'il est le... comment l'appelez-vous, déjà ? Ah ! oui, le « Grand Inquisiteur » ! Deacon, comment écrivez-vous « inquisiteur » ?

Le policier interpellé s'esclaffa. Mais voyant l'œil réprobateur de Whiting, il réprima son fou-rire et épela docilement le mot. Se renversant sur sa chaise, Whiting soupira sans cesser de jouer avec son crayon :

— Mademoiselle O'Connell, je me vois contraint de vous dire que je connais le professeur Crowley.

Pas intimement, bien sûr. Il vit ici depuis des années. C'est un bon citoyen, estimé de la population. Je sais qu'il est en rapport avec l'institut Duarte, où il effectue des recherches... Ce que vous devez bien comprendre, c'est qu'à Milbern, l'institut est, si j'ose dire, le fleuron de notre couronne. Son prestige est grand. On vient de partout le visiter. Les gens de l'institut font marcher le commerce local. Ils ont l'air sympathique et ne perturbent pas l'ordre public...

N'y tenant plus, Béatrice lui coupa la parole :

— Je me moque de quoi ils ont l'air ! Je vous dis ce qu'ils sont ! Des tortionnaires et des assassins ! Ils brûlent des femmes et ils tuent des innocents. Ils m'ont attachée sur un râtelier pour m'y écarteler. J'ai vu une femme brûler sur le bûcher. Je les ai vus étrangler mon ex-mari et l'un de mes amis... Comment croyez-vous que je me sois retrouvée dans cet état ? Regardez mes poignets et mes chevilles. Qui m'a fait ça, d'après vous ?

— Allons, allons ! Calmez-vous !

Whiting demanda à Deacon d'aller chercher un verre d'eau. Le policier s'exécuta et Béatrice vida le gobelet.

— Venez voir sur place. C'est tout ce que je demande !

— Il va d'abord falloir que vous déposiez plainte en bonne et due forme.

Béatrice dut se retenir pour ne pas lui crier que ce langage administratif était inepte vu l'urgence et les atrocités dont il s'agissait.

— Bien sûr que je vais porter plainte ! Mais pour l'instant, je vous supplie de m'accompagner là-bas.

— Je persiste à croire que vous devriez d'abord voir un médecin.

— Non, il faut y retourner le plus vite possible, pendant qu'il est encore temps de sauver M. Lovelock. Je vous en conjure.

Whiting jeta le crayon sur son bureau, leva les bras dans un geste de lassitude et de résignation.

— Soit, je vous y emmène. Deacon, commande-nous une voiture.

Le véhicule de police s'engagea sur le chemin sinueux qui conduisait à l'institut Duarte. Les deux jeunes policiers avaient pris place devant, Whiting et la « plaignante » derrière. Une pensée obsédait Béatrice. Et si ceux-là aussi étaient du complot ? La voiture s'arrêta devant le haut portail de bois. Se souvenant d'avoir attendu avec Stephen devant ce même portail, elle fit un effort pour ne pas pleurer. Ce n'était pas le moment de flancher. Il fallait sauver Simon s'il en était encore temps.

Le portail s'ouvrit. La voiture passa au large de l'imposante grange au toit de cuivre et à la girouette en forme de vache, longea les prés où paissait le bétail et se dirigea vers le bungalow. Le nez à la portière, Whiting s'émerveillait :

— Je ne me souvenais pas que c'était aussi beau et aussi grand. Ah ! si j'étais riche...

Deacon, hilare, désigna la statue du dieu Pan embusquée parmi les arbres.

— Visez-moi un peu ce petit mec à la drôle de tête !

La visite s'annonçait davantage comme une partie de campagne que comme une descente de police !

Le chauffeur rangea la voiture devant le perron monumental. Deacon ouvrit la portière et aida Béatrice à descendre. Épuisée, affamée, elle tenait à peine sur ses jambes. Alors qu'elle montait les marches, escortée de Whiting et de ses hommes, la double porte s'ouvrit, livrant passage au père Morton, frais et rose. Béatrice, que soutenait Deacon, chancela en hurlant :

— Assassin !

Un instant désarçonné, Morton se reprit et lui tendit la main, compatissant :

— Chère mademoiselle O'Connell... Que vous arrive-t-il, mon enfant ?

L'« enfant » recula, cherchant la protection de la police :

— Ne me touchez pas !

Le prêtre se retourna vers Whiting :

— Je ne comprends pas. Je suis le père Morton. Que signifie tout cela ?

— Forrest Whiting, chef de la police de Milbern, mon père. Nous avons besoin de vous parler.

— Ravi de faire votre connaissance, chef Whiting. Par ici, je vous prie.

A sa suite, ils traversèrent le hall et pénétrèrent dans la salle aux murs nus où Béatrice et Stephen avaient déjeuné en sa compagnie. Morton se carra dans le fauteuil de bois au bout de la longue table et, d'un geste large, invita les autres à s'asseoir sur les bancs. Joignant les mains, il se pencha, anxieux, vers le chef de la police.

— Eh bien ? De quoi s'agit-il ?

— C'est à peu près la question que nous sommes venus vous poser, mon père...

La stupéfaction allait grandissant sur le visage du père Morton au fur et à mesure que Whiting lui rapportait les propos de Béatrice. De temps à autre, la jeune femme interrompait le policier pour préciser certains détails. Quand Whiting eut terminé, Morton resta un long moment immobile, les coudes sur la table et le menton dans ses mains. Et lorsqu'il parla, son regard exprimait l'incrédulité la plus totale.

— Je ne sais que vous dire. S'il s'agit d'une sinistre plaisanterie...

— Monstre ! J'aimerais que ce ne soit rien de plus qu'une plaisanterie !

Le prêtre posa sur Béatrice un regard douloureux.

— Au nom du ciel, quelle lubie vous a poussée à proférer de telles accusations, mon enfant ? Je ne saurais en concevoir les raisons, mais vous avez une imagination des plus macabres !

— Cessez de jouer la comédie, Morton ! Où est cet assassin de Crowley ?

— J'ignore où se trouve M. Crowley à cet instant précis. Chez lui, probablement. Il n'habite pas à l'institut, vous savez.
— Et Burgoyne, Antonelli, Monahan ?
— Comment le saurais-je ?
— Ils ne sont pas là ?
— Mon Dieu, non.
— Mais ils y étaient, cette nuit.
— Pas que je sache.
— Ils étaient là ! Eux et beaucoup d'autres. Vous étiez tous là, à vous repaître du spectacle des souffrances infligées par votre Grand Inquisiteur à une pauvre femme livrée au feu et à deux hommes qu'il a fait étrangler.

Morton adressa au chef Whiting une mimique de totale impuissance.

— Je ne sais comment réagir à ces insanités. Si cette enfant n'était aussi profondément bouleversée, je pourrais en rire mais...

Ébranlé, Whiting trancha :

— Ou vous nous permettez de jeter un coup d'œil, ou nous reviendrons plus tard avec un mandat de perquisition...
— Pas du tout, pas du tout ! Soyez le bienvenu. Regardez partout ! Je vais moi-même vous accompagner.

Ils décrivirent un long périple à travers champs, prés et bois. Nulle part, ils ne relevèrent la moindre trace de la cérémonie infernale. Ni tisons éteints ni herbe brûlée. Pas d'échafaud, de poteau, de râtelier, de bancs... Rien ! Béatrice protesta. La propriété était immense et Morton ne leur montrait pas tout. Prenant les choses en main, Whiting emprunta à sa guise les chemins et les sentiers praticables, mais sans plus de résultat.

Béatrice eut un sursaut d'espoir en apercevant la voiture-caddie garée à proximité de la cave où elle avait été emprisonnée. Sa première pensée fut pour Simon. Peut-être était-il prisonnier dans ce cachot, comme elle et Patricia l'avaient été... De toute façon, quand Whiting aurait vu les fers et les chaînes scellés dans le sol, il serait convaincu !

Elle fit arrêter la voiture et se rua dans l'escalier de pierre. Elle s'y heurta violemment à un jeune homme en costume noir qui remontait, les bras chargés de bûches. Surpris, il faillit tomber à la renverse. Il s'excusa poliment :

— Oh ! pardon !

— C'est ça, pardon ! glapit Béatrice.

Le porteur de bûches reprit son ascension tandis qu'elle dégringolait les dernières marches. Elle reconnut le tas de bois derrière lequel Simon s'était caché. Mais fers et chaînes avaient disparu. Aucune trace de scellement dans la dalle n'indiquait même qu'il y eût jamais eu de tels accessoires. Sous l'empire de la rage, elle se mit à crier comme une démente en frappant du poing le mur au pied duquel elle avait été enchaînée :

— Salauds ! Salauds !

Immobiles au bas de l'escalier, le père Morton, le chef Whiting et l'agent Deacon l'observaient avec une profonde commisération.

— C'est ici, je le jure ! J'étais là. Patricia là-bas. Mais ils ont tout enlevé, les fers, les chaînes, tout !

Elle revint vers Whiting.

— Ils sont diaboliques, vous comprenez ? Dieu sait ce qu'ils ont fait à Simon ! Dieu sait comment ils ont tout camouflé... comment ils ont effacé toutes les preuves... Tout ce que je vous ai dit est arrivé, c'est la vérité... Vous devez me croire !

Whiting regarda Deacon, et Béatrice vit le jeune policier rouler comiquement les yeux en réponse.

— Non, je ne suis pas folle ! Vous devez me croire !

La voix onctueuse et sonore du père Morton se fit entendre :

— Là... là, mon enfant. Tout cela n'est rien de plus qu'un moment d'égarement. Un affreux cauchemar. Demandez à Dieu de vous assister...

Il s'approchait d'elle, les bras tendus. Elle recula d'abord, puis se jeta sur lui, toutes griffes dehors.

— Où est Simon ? Qu'avez-vous fait de Simon ?

Le prêtre battit en retraite, protégeant son visage de l'attaque. Volant à son secours, les deux policiers maîtrisèrent à grand-peine la furie. Le père Morton remit de l'ordre dans sa tenue et vérifia la bonne ordonnance de sa chevelure.

— La pauvre enfant a besoin de soins. Il faut la conduire à l'hôpital.

A la dérobée, il fit un clin d'œil à Béatrice. Hors d'elle, elle lui cracha au visage et Whiting la secoua rudement.

— Ça suffit, mademoiselle. Vous dépassez les bornes !

— Dieu vous bénisse, ma chère enfant.

Morton avait gagné la partie. Béatrice se rendait bien compte que, face à sa tranquillité et à sa sollicitude affichées, son comportement à elle ne pouvait passer que pour celui d'une insensée. Qui aurait pu la croire ? Pour un peu, elle aurait elle-même douté du complot et de l'horreur qu'elle s'acharnait à dénoncer sans preuves. Whiting ne faisait pas partie de la conspiration, elle en avait la conviction. Mais il ne la prenait pas au sérieux. Sa parole ne faisait pas le poids face à celle de l'éminent père Morton, curé de Saint-Xavier. Elle était en danger de mort et ne pouvait compter que sur elle seule. Simon, s'il vivait encore, n'était certainement plus à l'institut. Crowley devait être déjà parti pour Zurich. Avec le code qu'elle lui avait donné, il ne pourrait puiser dans la fortune de Göring pour financer sa cause immonde, c'était déjà ça. Si elle voulait avoir une chance de s'en emparer et de sauver Simon, il lui fallait absolument revoir sa stratégie.

Ayant procédé à une fouille approfondie des bâtiments et du terrain, les policiers regagnèrent le bungalow pour y déposer le père Morton. Béatrice et les deux agents attendirent dans la voiture tandis que Whiting et le prêtre discutaient sur le perron. Béatrice ne pouvait entendre ce qu'ils disaient, mais, deux ou trois fois, Whiting regarda dans sa direction tandis que Morton secouait tristement la tête. Leurs mimiques étaient on ne peut plus claires : « Cette fille n'a plus toute sa tête ! Il importe de lui donner d'urgence des soins éclairés. »

Whiting les rejoignit enfin. Il claqua la portière et grogna :

— On rentre... Vous êtes satisfaite, mademoiselle ?

Inaugurant sa nouvelle tactique, elle soupira :

— Je suis navrée de vous avoir causé tant d'ennuis.

— Écoutez, vous n'allez pas le croire, mais ce type a de la sympathie pour vous.

— Vraiment ?

— Il vient de tout me raconter au sujet de votre père et de la façon terrible dont vous l'avez perdu. Il comprend à quel point vous avez pu en être affectée. On se remet mal d'un tel choc. J'ai une fille, moi aussi, et, s'il m'arrivait quelque chose de ce genre, je suis sûr qu'elle perdrait les pédales.

Béatrice fit appel à tout son sang-froid.

— Oui. Je crois que vous avez raison. Le meurtre de mon père m'a fait craquer. Je l'aimais tant...

— Normal. Mais personne n'a le droit de proférer des accusations semblables contre des gens de bonne moralité.

— Je suis sincèrement désolée.

A la clinique de Milbern, Béatrice se prêta de bonne grâce à l'examen d'un jeune médecin. Il soigna ses blessures et conclut qu'il n'y avait pas lieu de la garder en observation. Elle se lava et se recoiffa avant de quitter la clinique, et Whiting lui donna un vieil imperméable oublié un jour au commissariat, pour qu'elle pût dissimuler ses vêtements en lambeaux. Puis il la conduisit à la gare routière et paya son billet de retour à New York.

— On connaît tous des moments difficiles dans la vie. Vous avez eu plus que votre part avec votre père. Mais vous devez comprendre que notre monde est régi par des lois qui interdisent de traîner des innocents dans la boue! Ce n'est pas une chose à faire, et je souhaite...

— Oui, monsieur Whiting, je crois que j'ai retenu la leçon.

Il se radoucit et dit, paternel :

— Rentrez bien. Et surtout, reposez-vous.

— Je ne saurais vous dire à quel point je vous remercie. Voyez-vous, ce qui me touche plus que tout au monde, c'est...

Elle s'interrompit, la gorge serrée. Il l'encouragea :

— C'est?

— La bonté. Et vous êtes un homme très bon, monsieur Whiting.

Le compliment parut à la fois lui plaire et le contrarier.

— Ne l'ébruitez pas, ça me ferait du tort! Et ne vous collez plus dans de tels pétrins. La prochaine fois, ça pourrait se passer beaucoup plus mal!

24

Béatrice était seule à l'arrière du car qui filait vers New York. Au dernier moment, Whiting avait glissé un billet de dix dollars dans la poche du vieil imperméable.

— En cas d'urgence.

Et il s'était éloigné sans qu'elle ait eu le temps de le remercier.

Elle ne savait plus où elle en était. Que faire, à présent? A qui s'adresser? A la police d'État? Sa récente expérience l'avait échaudée. En outre, Monahan, membre actif de la conspiration, s'arrangerait pour la discréditer. S'il parvenait à la faire arrêter, voire interner, elle serait perdue. Le FBI ? Qui attacherait foi à ses dires, face aux personnalités influentes de l'institut Duarte ? Même si elle parvenait à persuader les Fédéraux de se pencher sur les disparitions de Stephen, Luis Diaz et Simon Lovelock, l'enquête prendrait du temps. En attendant, la vie de Simon était en jeu. La sienne aussi... Bercée par le ronronnement du moteur et le roulement de l'autocar, elle finit par s'endormir et ne se réveilla qu'à l'approche de Manhattan. Reposée et les idées plus claires, elle se redressa sur son siège et réfléchit à ce qu'elle allait faire.

Elle devait avant tout retrouver et sauver Simon. Seule et sans ressources, elle n'avait aucune chance. Les Defensores Fidei étaient trop puissants et avaient infiltré trop d'administrations. Il lui fallait se rendre à Zurich le plus tôt possible pour y prendre possession du fameux compte secret. Elle aurait ainsi les moyens de se faire protéger jour et nuit pendant qu'elle poursuivrait son enquête.

Jetant un coup d'œil autour d'elle, elle aperçut un mince jeune homme vêtu de noir qui la regardait fixement. Il n'avait rien de particulier, sinon un teint blême et une peau grêlée. Quand leurs regards se croisèrent, il se détourna. La peur de nouveau s'empara d'elle.

Ils la recherchaient, c'était certain. Elle ne pouvait donc rentrer ni chez elle ni chez Stephen. Et tel était son isolement depuis quelques années qu'elle ne voyait aucune personne susceptible d'écouter son histoire sans rire. Les rares amis qui lui restaient la croiraient folle et mettraient son égarement sur le compte de son deuil. Ils tenteraient de la persuader de consulter un psy ou d'entreprendre une thérapie de groupe, afin de partager sa paranoïa avec d'autres !

Soudain, elle sut qui pourrait la croire. Une personne qu'elle connaissait à peine, mais qui, plus que toute autre, écouterait sans douter son histoire. Sœur Marléou, la vieille *madrina* de la Santeria.

Qui, mieux qu'une sorcière, comprendrait une autre sorcière ? Lorsque le car s'arrêta au terminus, la décision de Béatrice était prise. Elle irait voir sœur Marléou et solliciterait son aide.

Elle attendit pour descendre que tous les autres passagers eussent quitté le véhicule. Elle chercha du regard le jeune homme à la peau grêlée, mais ne le vit nulle part. Son imagination commençait visiblement à lui jouer des tours. Il ne s'agissait sans doute que d'un voyageur comme les autres, dont le seul tort était de lui rappeler l'un des pensionnaires de l'institut Duarte.

Elle héla un taxi. Il était près de cinq heures et la circulation était très dense. Elle ne quittait pas le compteur des yeux : les dix dollars de Whiting couvriraient-ils la course ? Elle savait qu'elle prenait un risque en allant voir une inconnue, mais avait-elle le choix ? Dans quel asile, si ce n'est d'aliénés, serait-elle en sécurité ?

Le taxi s'arrêta à Harlem devant la boutique de sœur Marléou. En encaissant son dû, le chauffeur dit gentiment à Béatrice :

— Si j'étais vous, je ne traînerais pas trop longtemps dans ce quartier, ma petite !

Et il reverrouilla les portières avant de redémarrer.

La « boutique d'amour » était fermée, comme le précisait une petite pancarte. Elle frappa tout de même à la porte pour le cas où sœur Marléou serait chez elle.

— S'il vous plaît, ma sœur, s'il vous plaît !

N'obtenant pas de réponse, elle remonta quatre à quatre le petit escalier et se précipita dans la boutique contiguë. Derrière son comptoir, une femme rangeait des paquets de cigarettes. Béatrice lui demanda :

— Sœur Marléou n'est pas là ?

La femme fit signe qu'elle ne comprenait pas. Béatrice articula :

— Sœur Marléou ? A côté ? Partie ?

— Ah ! Marléou. *¡ Si, si ! ¡ Al lado ! ¡ Al lado !*

Exaspérée, Béatrice insista :

— Je sais qu'elle est à côté. Mais est-elle là ? Habite-t-elle sur place ?

La femme grimaça un sourire :

— *No entiendo.*

Venue du fond de la boutique, une adolescente couronnée de bigoudis se présenta à la caisse. Elle posa sur le comptoir deux bouteilles de Coca-Cola, un paquet de chips, un carton de détergent et sortit un porte-monnaie de sa poche.

— Vous parlez espagnol ?

— Oui.

— Pourriez-vous demander à madame si sœur Marléou habite dans sa boutique ?

Se balançant d'un pied sur l'autre, la môme traduisit :

— *Quiere saber si sister Marléou vive al lado, en la tienda.*

— *¡ Si, si ! ¡ Vive aqui !*

— Ouais, transmit la petite. Elle habite ici.

— Pouvez-vous demander si elle est chez elle ? La boutique est fermée.

— *¿ Esta aqui ahora ?*

La femme haussa les épaules en enfournant les achats de la môme dans un sac en papier.

— *¿ Qué sé yo ?*

— Elle dit : « Qu'est-ce que j'en sais ? »

Béatrice sentit le cœur lui manquer. Puis la femme ajouta :

— *Casi siempre esta aqui. Escondiendose.*

— Elle dit qu'elle est presque toujours là. Mais qu'elle se cache.

— Merci pour votre aide.

Ramassant sa monnaie, la petite quitta la boutique. En sortant à son tour, Béatrice aperçut sur le trottoir d'en face l'homme de l'autocar. Il surveillait la rue. Elle attendit qu'il regardât dans la direction opposée pour redescendre les marches qui menaient à la boutique de sœur Marléou et se cacher en contrebas. Ou il l'avait suivie, ou il connaissait l'endroit, puisqu'ils y avaient probablement capturé Diaz. Dans un cas comme dans l'autre, une conclusion s'imposait : c'était un des leurs.

Elle frappa de nouveau à la porte vitrée. En vain. Remontant les marches, elle risqua un œil. L'homme n'était plus là. Mais pour plus de sécurité, elle décida d'attendre avant de s'éloigner. Les jambes tremblant de peur, elle redescendit et gratta comme un animal à la porte de sœur Marléou. Brusquement, cette porte s'ouvrit, le rideau de perles s'écarta et, toisant Béatrice, la petite femme noire aboya :

— Qu'est-ce que vous voulez ?

— Oh ! sœur Marléou, grâce à Dieu... Vous vous souvenez de moi ? Je suis venue voilà quelque temps avec Luis Diaz.

Le visage revêche s'éclaira d'un large sourire.

— Oui. Sœur Marléou se souvient de toi.

— Puis-je entrer ? On m'a suivie jusqu'ici.

— Entre.

La boutique n'avait pas changé. Toujours éclairée par des bougies rouges et blanches, et débordant de pots, de flacons, de colliers et d'amulettes.

— Bienvenue, pour la seconde fois.

Le nez levé, la petite femme replète s'approcha de Béatrice pour la regarder dans les yeux.

— Tu as des ennuis. De très gros ennuis.

— C'est vrai.

— Sœur Marléou le comprend. Tu as beaucoup changé.

— C'est vrai aussi.

— Sœur Marléou te préfère maintenant. Tu as rencontré ta louve et tu as fait la paix avec elle.

— J'ai peur de cet homme qui m'a suivie. Je crois qu'il veut m'enlever ou me tuer. S'il se renseigne à côté, il saura que je suis ici.

— Ne te tracasse pas pour lui. Quel qu'il soit, il n'est qu'un bouc dans l'antre du lion. Viens t'asseoir près de moi.

Elles s'installèrent face à face dans l'arrière-boutique.

— Dis-moi pourquoi tu es revenue voir sœur Marléou.

— Votre ami Luis Diaz est mort.

Les yeux de sœur Marléou luirent dangereusement. Béatrice continua :

— Il a été tué sous mes yeux. Étranglé par l'Inquisition, dans des conditions atroces. J'ai vu, durant ces deux derniers jours, des choses que personne ne voudra croire. Mon ex-mari a été étranglé, lui aussi, et une femme a été brûlée sur un bûcher... Devant une assemblée d'hommes... D'hommes importants, réputés, intouchables, qui jouissaient du spectacle. Ils se sont baptisés « Défenseurs de la Foi » et se présentent comme des sauveurs de l'humanité, mais ils haïssent les femmes et ce sont des assassins. Ils incarnent le mal. Le mal ! Cela paraît tellement fou que je sais que je ne pourrai convaincre personne... Sœur Marléou, une gigantesque conspiration est en train de se développer dans ce pays contre les femmes. Ces gens nous accusent de sorcellerie. Ils ont décidé de châtier et d'assassiner celles qui...

— Celles qui communient avec la louve ?

— Voilà. Vous avez compris. Il s'agit de notre sexualité. Ils ont un livre intitulé *Le Marteau des sorcières,* dont ils se servent contre nous. Un livre du XVe siècle qui, aujourd'hui encore...

Sœur Marléou mit un doigt sur ses lèvres.

— Chut ! J'entends quelqu'un.

— C'est lui ! Je suis sûre que c'est lui !

— Ne bouge pas.

La porte de la boutique s'ouvrit doucement. Le canon d'un revolver écarta les perles de bois. Prise de panique, Béatrice se tourna vers sœur Marléou. Le regard intense, celle-ci ne quittait pas le revolver des yeux. L'homme en noir se glissa dans la boutique et battit des paupières pour s'habituer à la pénombre et aux petites flammes dansantes.

— Béatrice...

La voix était étrangement aiguë.

— Béatrice... Je sais que vous êtes là... Vous ne pouvez pas nous échapper...

Sœur Marléou se leva, l'expression farouche, et, balançant ses longues tresses comme autant de serpents, poussa un hurlement démoniaque. Clignant toujours des yeux dans la lueur des bougies, l'homme pointa son arme vers elle.

— Non ! cria Béatrice en bondissant devant sœur Marléou et plongeant avec elle sur le plancher.

Elle attendait une détonation, voire plusieurs, mais elle ne perçut qu'un son bizarre, comme celui d'un tissu qui se déchire, suivi d'un gargouillement. Paralysée par l'épouvante, elle continuait à protéger sœur Marléou de son corps. La petite femme noire la repoussa doucement en gloussant, se redressa et lui tendit la main pour l'aider à se relever.

— Tu es une femme très brave. Sœur Marléou t'est reconnaissante.

Chancelante, Béatrice se retourna vers le rideau de perles d'où était venue l'attaque. L'homme gisait sur le sol, la gorge tranchée. Sa bouche s'ouvrait et se fermait comme celle d'un poisson sorti de l'eau. Deux jeunes gens trapus, dont les visages noirs et ronds rappelaient celui de Marléou, se tenaient près du corps, un couteau de commando à la main. La lame de l'un d'eux était rouge.

En souriant, sœur Marléou déclara fièrement :

— Mes fils, Alfredo et Manuel. Ils veillent sur leur mère. Avec les affaires que nous faisons dans ce quartier, ils sont toujours sur le qui-vive.

L'un des deux jeunes gens annonça :

— *El cabron esta muerto, mama. ¡ Viva Chango !*

— Que dit-il ?

— Le bouc est mort. Gloire à Chango ! Suis-moi, femme-louve. Sœur Marléou va te faire du thé et tu vas lui expliquer comment elle peut te venir en aide.

Sœur Marléou précéda Béatrice dans un étroit couloir qui menait de l'arrière-boutique à une petite pièce, moitié cuisine, moitié salon. Des plantes séchées, en sachets ou en bottes, s'empilaient sur un énorme secrétaire en chêne massif. Sur les brûleurs d'un vieux fourneau à gaz chauffaient une bouilloire et deux chaudrons de cuivre. Des flacons en cours de remplissage et tout un assortiment de louches et de cuillères doseuses étaient posés sur la table attenante. Des pots remplis de poudres variées encombraient le rebord d'une fenêtre, partiellement voilée de calicot, qui donnait sur un mur de brique. Sœur Marléou désigna à Béatrice l'unique fauteuil et se consacra à la préparation du thé. En fait, elle déposa dans une théière de porcelaine plusieurs pincées de diverses plantes, plus une cuillerée de poudre verte et une giclée d'un liquide brunâtre. Elle versa sur le tout de l'eau bouillante, secoua la théière en tous sens et laissa le mélange infuser quelques minutes. Après quoi, elle en servit deux grandes tasses et tendit l'une d'elles à sa visiteuse.

Encore sous le choc, Béatrice trempa ses lèvres dans la mixture. Dieu seul savait ce qu'elle renfermait ! A sa grande surprise, le goût en était délicieux. Après en avoir bu quelques gorgées, elle sentit une chaleur apaisante se répandre dans tout son corps.

— C'est merveilleux, mais qu'est-ce que c'est ?

Sœur Marléou sourit en remplissant de nouveau les tasses.

— Énergie et sérénité. A parts égales.

— C'est ici que vous préparez vos potions ?

— C'est ici que les rêves se réalisent. Les cauchemars aussi. Tu es à la recherche d'un cauchemar, femme-louve !

— C'est plutôt le cauchemar qui me cherche. Et je n'y échapperai pas sans aide.

— Dis à Marléou ce que tu désires.

Béatrice lui exposa toute l'histoire. Sœur Marléou la regardait fixement de ses yeux noirs et brillants d'intelligence.

— Vous voyez, conclut-elle, j'ai besoin de protection pour aller prendre chez moi mon passeport et mes cartes de crédit. Je sais qu'ils surveillent la maison et qu'ils vont me tomber dessus si je vais seule là-bas.

— A aucun prix tu ne dois rentrer chez toi.

— Mais il le faut. Il faut que j'aille à Zurich.

Sœur Marléou leva la main.

— Tu vas dire à sœur Marléou où est ta maison et où se trouve tout ce dont tu as besoin. Marléou va envoyer quelqu'un là-bas.

— Mais je ne veux mettre personne en danger.

— Marléou le sait. Mais tu ne dois pas, tu ne peux pas retourner là-bas. Tu vas m'écrire ton adresse et tout m'expliquer. Marléou va envoyer quelqu'un. Quelqu'un de sûr.

Tout en portant sur une feuille les indications nécessaires, Béatrice ajouta :

— Mon passeport est caché, mais pas mes cartes de crédit. J'espère que Nellie ne les a pas volées... Il y a une clef de la maison dans le jardin, sous la plante en pot près de la porte. Souhaitons qu'ils ne l'aient pas trouvée. Sinon, il faudra pénétrer par effraction.

Sœur Marléou prit la feuille et quitta la pièce. Restée seule, Béatrice ne tarda pas à s'endormir. Quand elle se réveilla, il faisait noir. Elle n'avait aucune idée de l'heure. Marléou lui tendit un portefeuille usagé.

— Qu'est-ce que c'est?

— C'était dans la poche de l'homme.

Surmontant son dégoût, Béatrice ouvrit le portefeuille. Elle ne fut pas surprise de n'y trouver aucun papier d'identité ni rien qui pût permettre de remonter une quelconque filière. Il y avait cent cinquante dollars en liquide et un morceau de papier jaune portant le numéro 01141150 7113. De quoi s'agissait-il? D'un numéro de compte bancaire? D'un billet de loterie?...

Sœur Marléou s'affairait autour de ses potions.

— D'où êtes-vous originaire, ma sœur ?

Sans se retourner, la petite femme noire ajouta une dose de poudre dans les chaudrons de cuivre.

— Marléou ne répond jamais aux questions inutiles.

Béatrice sourit. Diaz avait dit vrai. Sœur Marléou était vraiment spéciale. Sa personnalité et son charme, mis en valeur par le cadre exotique, étaient certes irrésistibles, et elle jouait à merveille son rôle de *madrina.* Mais il y avait autre chose. Il se dégageait d'elle une impression de puissance difficile à expliquer. Une aura de mystère l'entourait, qui ne devait rien à ses excentricités. S'il ne s'agissait pas d'un simple mythe, cette étrange créature devait être une authentique sorcière.

Béatrice repensa au numéro inscrit sur le papier jaune. Soudain, elle sursauta. Pourquoi n'y avait-elle pas pensé plus tôt ?

— Sœur Marléou, puis-je me servir de votre téléphone ?

Absorbée dans ses travaux, Marléou inclina la tête. Béatrice décrocha le combiné et tapa les chiffres. Elle entendit une sonnerie. Il s'agissait bien d'un numéro de téléphone.

— Hôtel Baur-au-Lac, *Guten Tag.*

La standardiste avait un ton enjoué.

— Parlez-vous anglais ?

— Oui.

— Qui est à l'appareil ?

— Ici, le standard de l'Hôtel Baur-au-Lac, à Zurich, madame. A votre service.

Après une courte hésitation, Béatrice se décida :

— M. Desmond Crowley, je vous prie.

— Tout de suite !

Un déclic se fit entendre, puis quelques sonneries, et quelqu'un décrocha :

— Oui ?

Béatrice ne répondit pas.

— Oui ? Qui est à l'appareil ?

La voix était faible et endormie, mais reconnaissable.

— Simon ! C'est moi, Béatrice. Est-ce que tout va bien ?

— Comment... Comment m'avez-vous retrouvé ?

— Peu importe. Vous allez bien ?

Elle l'entendit haleter. Il devait faire effort pour parler.

— Oui... Non... Où... êtes-vous ?

— A New York. Ils ont tenté de me tuer, mais je suis saine et sauve.

— Dieu... merci.

— Simon, que s'est-il passé ? Pourquoi êtes-vous avec lui ?

— Pas... pour... longtemps... Le code... n'était pas bon.

— Je sais. Pourquoi vous a-t-il emmené ?

— Il me... conduit demain... à Davos... une clinique...

— Une clinique ? Pourquoi ?

— Pour y subir... des électrochocs.

— Grand Dieu ! Quelle clinique, Simon ? Simon, répondez-moi...

— Le docteur Friedrich... Wilhelm Friedrich...

— J'arrive ! Quoi qu'il vous fasse, ne renoncez pas...

— Trop tard... Il revient...

— Non, Simon, ne raccrochez pas !

Elle perçut un bruit sourd, sans doute dû à la chute du téléphone, puis un silence et finalement :

— Qui est à l'appareil ? Qui est à l'appareil ?

Elle reconnut la voix de Crowley et se hâta de raccrocher.

— Mauvaises nouvelles ? s'enquit sœur Marléou.

— J'en ai peur. Il faut que j'aille en Suisse dès que possible. Crowley s'apprête à faire subir à Simon des électrochocs. Lavage de cerveau....

— Tu iras ! prophétisa Marléou, laconique.

A l'aide d'un minuscule entonnoir, elle remplissait de petites fioles qu'elle bouchait au fur et à mesure. Béatrice observait ses gestes précis, quasi rituels, tout en ruminant un plan d'action. Elle devait tuer Desmond Crowley. C'était le seul moyen de l'empêcher d'attenter à l'intégrité mentale de Simon. En outre, elle était persuadée que l'organisation des « Défenseurs de la Foi » ne survivrait pas à Crowley. Il était coupable de tant de crimes qu'il méritait cent fois de mourir. Ce ne serait pas un meurtre, mais une légitime exécution. Mais comment procéder ? Avec quelle arme ?

Un peu plus tard, ayant entendu des voix dans la boutique, sœur Marléou s'éclipsa. Elle revint presque aussitôt avec le passeport de Béatrice.

— Ah ! Ils l'ont trouvé sans difficultés ?

— Il y a toujours des difficultés.

— Graves ?

— Pas pour nous. N'y pense plus.

— Et mes cartes de crédit ?

— Tu avais raison. Elles n'y étaient plus.

— Comment aller là-bas sans argent ?

Sœur Marléou répéta avec force :

— Tu iras !

Cherchant dans la poche de sa blouse, elle y prit une clef, ouvrit le tiroir inférieur de l'énorme secrétaire, le tira et vint le poser sur les genoux de Béatrice. Il était plein de billets de cent, cinquante et vingt dollars, réunis en paquets par de gros élastiques. Béatrice écarquilla les yeux :

— Jésus ! Il y a une fortune là-dedans !

— Prends ce qu'il te faut. Tout, si tu veux.

— Je n'aurai pas besoin de tout.

— Il t'en faudra plus que tu ne l'imagines.

Sœur Marléou sortit d'un autre tiroir un sac en plastique qu'elle aida Béatrice à remplir de billets.

— Les bénéfices de la boutique ?

— La plupart des croyants sont très généreux.

Béatrice plaisanta :

— Certains d'entre eux doivent être trafiquants de drogue ?

Sœur Marléou remit sans sourire le tiroir à sa place pendant que Béatrice ficelait le sac.

— Je ne sais comment vous remercier. Je vous rembourserai, je le jure.

— Je sais que tu le feras. Mais ce n'est pas tout, femme-louve.

— Que voulez-vous dire ?

— Il te manque encore quelque chose... Une arme.

— J'y ai pensé. Mais un revolver sera détecté à l'aéroport et je ne saurai guère m'en servir de toute façon. Quant à manier un couteau... Il faut de la force et de l'entraînement.

— Marléou voit beaucoup de choses. Marléou voit l'avenir. Il te faut une arme.

— Mais laquelle ?

— Une arme de femme. Le poison.

L'idée n'était pas mauvaise. L'occasion se présenterait peut-être d'empoisonner Desmond Crowley. A défaut, on pourrait la provoquer.

— Quel genre de poison ?

— Celui qui tue. Sœur Marléou va t'arranger ça. Dans une seringue.

— Rapide et indétectable ?

La petite femme noire eut un sourire malicieux, étonnamment juvénile.

— Ne t'inquiète pas. Marléou connaît une recette infaillible. Une recette de son île natale.

Béatrice lui rendit son sourire.

— Voulez-vous me faire plaisir ?

— Comment ?

— Faites que sa mort soit douloureuse.

25

Comme il n'y avait aucun vol pour Zurich avant le lendemain soir, elle réserva une place sur le *Concorde*. Elle ferait escale à Londres, où elle prendrait un vol de la Swissair. Elle serait à Zurich à 21 h 50. Une voiture avec chauffeur l'attendrait à l'aéroport et la conduirait à Davos. Ce n'était pas le plus économique, mais c'était le plus rapide. Sœur Marléou avait vu juste, elle aurait besoin de beaucoup d'argent !

Les Defensores Fidei ayant peut-être de nombreux correspondants en Suisse, elle loua la voiture au nom de Dante. Quitte à effectuer une nouvelle descente aux enfers, autant que ce soit sous l'égide du poète à qui elle devait son prénom...

Sœur Marléou lui avait procuré des vêtements chauds et une valise dans la doublure de laquelle elles avaient dissimulé seringue hypodermique et fiole de poison. Elle se rendit en taxi à l'aéroport et prit place à bord du supersonique. L'exiguïté des sièges et l'intensité du bruit la déçurent, mais la nourriture et le service étaient parfaits. Elle se carra dans son fauteuil, fascinée par le petit écran où s'affichait la vitesse croissante de l'appareil.

Elle atterrit à l'heure dite à Zurich, se plia aux formalités de débarquement et ne tarda pas à repérer l'homme en livrée de chauffeur qui brandissait un écriteau à son nom d'emprunt. Elle se présenta. Il s'inclina légèrement, se chargea de la valise et l'escorta jusqu'à une spacieuse conduite intérieure noire garée près du terminal. Il ouvrit la portière et elle s'installa à l'arrière. Il rangea la valise dans le coffre, se mit au volant et démarra. Sans un mot ni un geste superflu. Regardant sa passagère dans le rétroviseur, il s'informa :

— Nous allons à Davos ?

— Oui. Ce sera long ?

— *Bitte ?*

— Davos. Combien de temps ?

— Trois heures environ.

Au hasard des pentes, les lumières des villages étoilaient la nuit de part et d'autre d'une route qui s'enfonçait dans les montagnes noires et allait se rétrécissant. Béatrice demanda au chauffeur s'il connaissait un bon hôtel à Davos.

— Oui, madame.
— Vous m'y déposerez.
Il était près d'une heure du matin quand ils arrivèrent dans le village endormi. La voiture quitta la rue principale et s'arrêta devant un petit hôtel coquet à la façade couleur de pain brûlé.
— Le Schweizerhof, annonça le chauffeur.
Béatrice descendit, emplissant ses poumons d'air pur. Le chauffeur lui tendit sa valise, prit l'argent qu'elle lui donnait, la remercia et se remit au volant. Elle espérait que tous les Suisses seraient aussi peu bavards...
La réception du Schweizerhof était meublée sans prétention. Une corne de berger, des cloches et quelques harnais étaient accrochés aux murs, et l'on avait disposé dans une niche une jolie collection de chopes décorées. Un concierge somnolent nota le nom de Béatrice Dante. Elle paya d'avance et il lui remit l'une des deux dernières clefs présentes au tableau.
— Deuxième étage. Très calme, mais sans vue. Ça ira ?
— Parfait.
— Nous avons beaucoup de touristes en ce moment. Une convention annuelle. Tous les hôtels sont bondés.
En le suivant jusqu'à l'ascenseur, elle questionna :
— Connaissez-vous le docteur Friedrich ?
— Il tient une clinique privée. Très chère.
— Où se trouve-t-elle ?
L'homme pointa un index vers le ciel.
— Au-dessus du village. Il faut prendre le Seilbahn.
— Je peux y monter cette nuit ?
— Non. C'est fermé ! Le premier démarre à sept heures, demain.
Elle se fit couler un bain chaud avant de se coucher, exténuée. Il était près de deux heures du matin.

Elle se réveilla à sept heures, prit un rapide petit déjeuner et s'informa à la réception avant de sortir.

Ramassé sur lui-même, le village de Davos était pittoresque. Tout y était accessible à pied. Marchant d'un bon pas, Béatrice longea les boutiques de la rue principale, admira la jolie petite église et passa devant un bistrot où les clients, nombreux malgré l'heure matinale, sirotaient leur café en lisant le journal. Il était difficile d'imaginer que, dans ce décor paisible et enchanteur, Simon s'apprêtât à subir sous l'œil de son père le traitement de choc qui gommerait sa mémoire et saperait sa volonté. A la station du téléphérique, Béatrice acheta son billet et se joignit à la foule des touristes et des randonneurs.

Quelques minutes plus tard, une cloche annonça l'arrivée du Seilbahn. Elle passa avec les autres sur le quai dont une barrière métallique interdisait l'accès. Une vaste benne rectangulaire aux vitres panoramiques approchait. Elle glissait sur d'épais câbles d'acier tendus en travers de la montagne et le soleil du matin se reflétait sur ses flancs. Après une succession de chocs sonores contre les quais, la cabine s'immobilisa dans l'espace qui lui était réservé. Quelques passagers en descendirent. La barrière s'ouvrit et chacun put embarquer.

Suivant le mouvement, Béatrice grimpa dans le spacieux habitacle dépourvu de sièges et se cramponna à l'une des courroies de cuir qui pendaient du plafond. Les portes claquèrent, la benne frémit, se dégagea des quais et vogua vers les cimes.

Bien qu'elle fût préoccupée, Béatrice, le nez collé à la vitre, ne put s'empêcher d'admirer le paysage magnifique qu'elle survolait. Couronnés de neige, les sommets majestueux de la chaîne des Alpes dominaient des versants à l'assaut desquels montaient de hauts conifères.

L'ascension prit un quart d'heure. Impatiente, la foule se dispersa dans une joyeuse pagaille. Béatrice essaya de se repérer. A sa gauche, perché à flanc de montagne, un restaurant. Plus loin, à mi-hauteur d'une pente plus douce, un grand portail de fer forgé dont les minces barreaux se terminaient en fers de lance. Elle marcha jusque-là et, regardant entre deux barreaux, découvrit un grand immeuble tout en longueur, style chalet, qui ressemblait à un hôtel de luxe. Une immense véranda, meublée de tables rondes et de fauteuils, donnait sur la montagne. D'après la description que lui en avait faite le concierge du Schweizerhof, ce devait être la clinique du docteur Friedrich, bien qu'aucune plaque ne le confirmât. Le portail était bouclé et il n'y avait ni sonnette, ni interphone.

Elle redescendit jusqu'au restaurant, vide à cette heure. Seul derrière le bar, un adolescent en costume tyrolien, culotte de cuir à larges bretelles, chaussettes jusqu'aux genoux et chapeau à plume, essuyait des verres.

— *Bitte,* parlez-vous anglais ?

— Un peu. Mais nous ne sommes pas encore ouverts.

Il avait un rude accent suisse et sa voix était en pleine mue. Béatrice insista :

— Je voudrais seulement savoir... Le portail, là-haut, c'est bien la clinique du docteur Friedrich ?

— Bien sûr.

— Comment peut-on y entrer ?

— Il faut prendre rendez-vous.

— Je vois.

— Sans rendez-vous, pas d'entrée. Avec rendez-vous, ils descendent vous chercher ici.

— Vous y êtes déjà allé ?

Le jeune homme à la voix aiguë éclata de rire.

— *Nein !* C'est pour les gens très riches. Surtout des étrangers.

Un des verres qu'il essuyait lui échappa et roula sans se casser sur le parquet de bois. Quand il se pencha pour le ramasser, son chapeau tomba, révélant une queue de cheval d'un joli blond cendré. Béatrice s'aperçut qu'elle avait affaire non à un adolescent, mais à une jeune fille. Nullement troublée par l'incident, celle-ci rentra ses cheveux sous son chapeau et se remit au travail.

— C'est l'uniforme de l'établissement ?

— *Ja.* Tous les garçons portent le pantalon de cuir et les filles la robe tyrolienne. Mais mon frère est malade, je le remplace pour quarante-huit heures et c'était le seul costume disponible.

Béatrice lui sourit et ressortit pour reprendre le téléphérique. Il semblait tout à fait impossible de s'introduire dans la clinique pour libérer Simon. Selon toute probabilité, le docteur Wilhelm Friedrich était membre des Defensores Fidei. Elle n'avait d'autre solution que d'affronter Crowley. Mais où et comment ? Dès qu'il la verrait, il tenterait tout pour la reprendre et lui soutirer le code. Il n'hésiterait pas à la torturer ou à se servir de Simon.

Sur le chemin de l'hôtel, l'image de la jeune femme en culotte de cuir lui retraversa l'esprit. Contrairement à l'indifférence dont elle avait fait preuve à l'aller, elle s'intéressa au retour à certaines boutiques et finit par en découvrir une où l'on vendait ce genre de costume. Pourquoi ne s'habillerait-elle pas en garçon pour rencontrer Crowley dans un lieu public ? Une vague chance de réussir, peut-être...

Pénétrant dans le magasin, elle essaya la panoplie — culotte, chaussettes, chaussures et chemise. Puis elle rentra ses cheveux sous le chapeau, l'enfonça sur son front, recula d'un pas et étudia son reflet dans le miroir de la cabine d'essayage. L'ample culotte de cuir couvrait ses cuisses et les chaussettes épaisses dissimulaient ses fines chevilles et ses mollets féminins. Quant à la chemise blanche, elle cachait entièrement ses bras et les bretelles contenaient efficacement ses seins. Même si l'illusion ne devait pas durer, elle pouvait au premier abord passer pour un jeune homme.

Elle régla ses emplettes au vendeur amusé et

regagna son hôtel. Le concierge souriait en lui remettant la clef de sa chambre.

— *Guten Tag,* madame. Avez-vous trouvé la clinique ?

— Oui, merci. Dites-moi, je voudrais une voiture avec chauffeur pour me conduire à Zurich ce matin.

— A Zurich ? Vous avez un train qui...

— Non. J'ai besoin d'une voiture et d'un chauffeur. Pouvez-vous m'arranger ça ?

— *Ja, ja,* sans problème. Mais ça va coûter cher car ils comptent le retour.

— C'est d'accord. Merci de faire le nécessaire.

— Je m'en occupe immédiatement. Pour quelle heure ?

— Vous voyez le petit café près de l'église ?

— Chez Meyer, *ja !*

— Que la voiture m'attende devant, à onze heures précises.

— C'est entendu.

— Et pouvez-vous me donner le numéro de téléphone de la clinique Friedrich ?

— Sans problème... Voilà une belle journée, n'est-ce pas ?

— Cela reste à voir ! marmonna Béatrice en se dirigeant vers l'ascenseur.

Sa main se crispa sur l'appareil tandis que la standardiste de la clinique transmettait son appel. « Il est là, se dit-elle avec excitation. Il est là... »

— Allo ?

Au son de cette voix trop connue, elle hésita. La voix s'impatienta :

— Allo ? Qui est à l'appareil ?

— Professeur Crowley ? Ici, Béatrice O'Connell. J'ai une proposition à vous faire.

— Où es-tu, sorcière ?

La rage et la surprise l'étranglaient à moitié. La gorge nouée et la bouche sèche, Béatrice hésita de nouveau.

— On verra ça plus tard. Vous êtes allé à la

banque et vous avez découvert que vous n'aviez pas le bon code, je le sais. Je sais aussi que vous retenez votre fils contre sa volonté...

— Vas-tu te taire, immonde sorcière !

La respiration de Crowley sifflait à l'autre bout du fil. Elle continua, oppressée mais résolue :

— Vous voulez le code, je veux Simon. Êtes-vous disposé à faire l'échange ?

Il y eut un long silence.

— Tout dépend des conditions !

— Mais vous êtes prêt à l'envisager ?

— Énonce ton offre.

Elle prit une profonde inspiration et se lança, économisant ses mots :

— Je suis à Davos. Rendez-vous à onze heures, au petit café près de l'église. Amenez Simon. Une voiture nous attendra. Elle nous conduira à Zurich. Je vous accompagnerai cet après-midi à la banque et je vous donnerai le bon code. Vous prendrez l'argent et j'emmènerai Simon.

Suivit un nouveau silence, durant lequel elle se rongea l'ongle du pouce jusqu'au sang. Enfin :

— Si c'est une ruse, sorcière, tu le paieras de ta vie.

— C'est une offre loyale. Et c'est votre seule chance de mettre la main sur le trésor.

— A onze heures. Tapantes !

Béatrice raccrocha. Sa main tremblait. Crowley avait mordu à l'hameçon. Elle n'avait plus une minute à perdre. Elle appela la réception et dit au concierge de lui préparer sa note. Elle sortit ensuite de la valise la seringue qu'elle enfonça dans la fiole de poison. Avec précaution, elle remplit la seringue et en remonta le piston jusqu'à ce qu'une goutte de liquide jaune perlât au bout de l'aiguille. Elle en protégea la pointe à l'aide du capuchon de plastique et glissa dans sa poche l'arme mortelle. Elle s'en débarrasserait après usage, en même temps que de la fiole vide et rebouchée.

Quand elle redescendit, en costume folklorique et

lunettes de soleil sur le nez, le concierge sortit de son bureau, lui souhaita le bonjour et débita une longue phrase en allemand. Il était évident qu'il ne l'avait pas reconnue. Sa réaction, quand elle ôta son chapeau et ses lunettes, était encourageante :

— *Ach!* Je vous prenais pour un garçon du village !

— Vraiment ?

— Vraiment ! Ici, les filles portent la robe. Vous vous êtes trompée de costume.

— Nous autres, Américaines, avons des goûts bizarres. Est-ce arrangé pour la voiture ?

— *Ja!* Onze heures, devant chez Meyer. Une voiture verte. Le chauffeur est un grand barbu.

— Il devra peut-être attendre un peu.

— Sans problème. Il a l'habitude.

Béatrice lui remit sa valise et son manteau.

— Pouvez-vous lui donner ça à mettre dans la voiture ?

— Sans problème. Voilà votre petite note.

Béatrice la régla sans vérifier et y ajouta un pourboire généreux. Puis elle remit chapeau et lunettes et se dirigea vers la sortie.

L'homme du Schweizerhof lui lança avec un gros rire :

— Tout le monde ici va vous prendre pour un garçon !

Quand Béatrice reprit le téléphérique, il était un peu plus de dix heures. Elle ne prêta cette fois aucune attention à la splendeur du paysage. Elle ne pensait qu'à la seringue bien calée dans sa poche de cuir et à la tâche qui l'attendait. Elle se préparait à commettre un meurtre. Calculé, prémédité, envisagé de sang-froid. Mais envisager n'était pas agir. Serait-elle capable d'aller jusqu'au bout ? Le moment venu, aurait-elle la force d'enfoncer l'aiguille et de donner la mort ? Sans craindre les conséquences ni, pis encore, son remords ? Elle se raidit. Elle n'avait pas le choix, c'était lui ou elle. Il s'agissait là d'une exécution, non d'un meurtre. Elle termina l'ascension au rythme de l'étrange litanie qu'elle répétait mentalement : « Il le faut. Pour Papa, pour Stephen, pour Diaz, pour Simon, pour Patricia et les autres, pour tous les autres et... pour moi-même ! »

Elle n'était plus Béatrice O'Connell lorsqu'elle débarqua du Seilbahn, mais un ange exterminateur, le bras vengeur de Dieu. Elle se cramponna à cette pensée en s'asseyant à la terrasse du restaurant d'où elle voyait parfaitement le portail de la clinique.

Le temps passait avec une lenteur désespérante. Le téléphérique arrivait et repartait, transportant dans les deux sens son plein de touristes. Onze heures approchaient. Elle se demanda si Crowley et Simon n'étaient pas déjà descendus. Mais non, c'était impossible. Ne fût-ce qu'en raison des horaires du Seilbahn et des préparatifs qu'ils avaient dû faire...

Elle savait qu'il lui faudrait opérer au cours de la descente. Tenter de piquer Crowley à la terrasse du café Meyer ou dans la rue était risqué. Il pourrait la reconnaître avant qu'elle pût l'approcher. Et la présence de nombreux témoins interdirait leur retraite. Dans le téléphérique, Crowley ne se méfierait pas d'un homme ! Elle pourrait l'approcher et devrait agir dans la benne encombrée, juste avant l'arrivée à la station.

A onze heures moins vingt, trois hommes sortirent de la clinique. Béatrice se tassa sur sa chaise et rabattit le chapeau sur ses yeux tandis que le trio descendait vers le portail. Du premier coup d'œil, elle identifia Simon et Crowley. Quant au troisième homme, veste de tweed, pantalon de velours fauve et chapeau de feutre vert coquettement incliné sur l'oreille, c'était la première fois qu'elle le voyait. Qui diable était-il ? S'il s'avisait de descendre à Davos avec les deux autres, elle devrait renoncer à son plan ! Tirant une clef de sa poche, il ouvrit le portail et retint la grille pour permettre à Simon et à Crowley de sortir.

Crowley entraînait son fils sur la pente, le tenant fermement par le bras. Simon marchait avec difficulté. Son teint était cireux... Et l'autre leur emboîtait le pas après avoir rebouclé la grille ! Grand, costaud, les traits burinés et les cheveux blond filasse d'un Nordique, il les suivait allègrement, pipe au bec. Ils s'arrêtèrent à quelques mètres de la terrasse où Béatrice feignait de dormir. L'inconnu posa la main sur l'épaule de Crowley et ils échangèrent quelques mots tandis que Simon, immobile et passif, regardait dans le vague. Béatrice ne pouvait entendre ce que disaient les deux hommes, mais ils éclatèrent de rire et Crowley, élevant la voix, appela son interlocuteur « mon cher Wilhelm ». Il s'agissait probablement du docteur Wilhelm Friedrich. Avait-il l'intention de les accompagner à Zurich pour veiller sur Simon ?

Mais les deux hommes se serrèrent la main. Le dénommé Wilhelm remonta la côte, tandis que Crowley descendait avec Simon vers le téléphérique. Elle les suivit à distance raisonnable et vit Crowley acheter les billets et passer sur le quai. Se cachant derrière un groupe de touristes exubérants, elle attendit, l'estomac noué, que le Seilbahn s'encastrât entre ses quais. Ses passagers débarquèrent et la foule qui attendait se rua à l'intérieur de la benne.

Béatrice eut soin de laisser passer quelques personnes entre elle et l'étrange couple père-fils. Simon contemplait le paysage, mais paraissait au bord de l'évanouissement. Crowley lui parla à l'oreille tandis que la cabine entamait sa descente.

Enthousiasmés par la beauté du paysage, les touristes échangeaient des commentaires et se bousculaient joyeusement d'une baie à l'autre. Béatrice se rapprocha de Crowley, fasciné lui aussi par la vue. Pas question de le piquer à travers l'étoffe épaisse de son complet. Il faudrait viser sa nuque.

La station apparut bientôt en contrebas. Sortant la seringue de sa poche, Béatrice en ôta le capuchon et la garda dans sa main droite, pouce sur le piston. Elle avait conscience du danger qu'elle courrait au moindre geste maladroit... Aux premières secousses de l'accostage, elle contourna la personne qui la séparait de Crowley.

Par hasard, ou par quelque mystérieux phénomène de prescience, Crowley pivota et la regarda fixement. Elle se figea, s'efforçant de rester naturelle tandis que, la dominant de sa haute taille, il la regardait machinalement. A son expression indifférente, elle comprit qu'il ne l'avait pas reconnue. La benne s'arrêta, les portes s'ouvrirent et chacun se précipita. Crowley demeura en arrière pour éviter la bousculade. Tandis qu'il poussait enfin Simon vers la sortie, Béatrice se dressa, leva la main droite et planta l'aiguille dans le gras de son cou, pressant en même temps le piston de la seringue.

Crowley poussa un cri de douleur et se claqua la nuque, comme il aurait fait pour une piqûre de guêpe. En se retournant, il heurta Béatrice dont les lunettes et le chapeau tombèrent.

— Sorcière ! rugit-il en la saisissant à la gorge.

Elle tomba à la renverse et il roula sur elle, la clouant au sol de toute sa masse. Il chuchota, les yeux fous :

— Tu ne peux pas gagner, sorcière ! L'Inquisition est éternelle !

Luttant pour se dégager, Béatrice sentit soudain l'énorme poigne du Grand Inquisiteur relâcher son étreinte sur sa gorge. Portant la main à son cou, Crowley bascula sur le côté et se redressa en ahanant. Le tout n'avait pas duré plus de quelques secondes et personne n'avait réalisé ce qui s'était passé.

Se relevant d'un bond, Béatrice hurla :

— Il a une attaque ! Il a une attaque !

Retombé à genoux, Crowley se convulsait, secoué d'horribles spasmes. La langue sortie, le visage cyanosé, il cherchait désespérément à respirer. Certains, revenus en arrière, regardaient sans comprendre. Brusquement, les yeux de Crowley s'exorbitèrent puis se fermèrent, et il s'affaissa. Tandis qu'on se penchait pour le secourir et qu'on réclamait une ambulance, Béatrice poussa Simon vers le quai.

— Venez, Simon. Filons d'ici. Vite.

— Béatrice... C'est vous ? C'est bien vous ?

Elle essayait de l'entraîner. Incapable, dans l'état où il était, d'analyser la situation, il n'avançait plus.

— Que se passe-t-il ? Où est mon père ?

— Il est mort, Simon. Crise cardiaque. Ne restons pas là.

— Je vous aime, Béatrice.

— Je vous aime aussi.... Venez vite !

Ils quittèrent la station et Béatrice le soutint jusqu'au café où la voiture les attendait. Elle l'aida à s'installer sur le siège arrière et s'assit auprès de lui.

— Zurich ! dit-elle au chauffeur. Aussi vite que vous pourrez.

— *Jawohl !* répondit l'homme en lançant son moteur.

Il démarra et Davos ne fut bientôt plus qu'un souvenir.

26

Le lendemain, Béatrice pénétra d'un pas décidé dans un grand immeuble de la Bahnhofstrasse dont les six étages abritaient les bureaux de l'United Swiss Bank. Rien d'autre en façade qu'une petite plaque en or près de l'entrée.

Elle annonça à la réceptionniste qu'elle avait rendez-vous avec Carl Haemmerli, le président. Celui-ci, un homme distingué aux cheveux blancs, vint en personne l'accueillir. Il parlait l'anglais avec un très léger accent et était la courtoisie même. Ils empruntèrent un ascenseur à l'ancienne qui les hissa jusqu'au dernier étage. Haemmerli fit asseoir Béatrice en face de lui dans un bureau inoccupé.

— Veuillez me donner le nom ou le chiffre d'accès du compte en question.

Béatrice ouvrit son sac et en tira une feuille de papier qu'elle lui tendit.

— Je pense que c'est exact. J'ai appris la liste par cœur, une fois pour toutes, et n'ai plus jamais eu l'occasion de la revoir.

— Vous savez, bien entendu, que le code doit être rigoureusement exact. Particulièrement dans le cas d'un compte de cette importance.

Herr Haemmerli ne fit aucune allusion à la récente visite de Crowley. La discrétion des banquiers suisses n'était pas une légende...

Elle le regarda déplier la feuille de papier sur laquelle elle avait inscrit la fameuse liste du grimoire, à l'exception de Tiros, le nom rayé par Borzamo :

Alpha et Omega, Acorib, Agla, Amaymon, Bamulahe, Bayemon, Beelzebut, Egym, Enga, Englabis, Imagnon, Ingodum, Ipreto, Madael, Magoa, Meraye, Obu, Ogia, Oriston, Penaton, Perchiram, Phaton, Ramath, Rissasoris, Rubiphaton, Satan, Satiel, Septentrion, Tetragrammaton, Tremendum.

Haemmerli se leva.

— Excusez-moi, vous n'allez pas attendre longtemps.

Attendre quoi ? Une bonne ou une mauvaise nouvelle ? Bien qu'elle eût sciemment faussé le code pour Crowley, elle n'était plus absolument sûre que celui-ci fût le bon. Elle doutait de sa mémoire, surtout après les épreuves qu'elle venait de traverser. Si le code était exact, que ne pourrait-elle pas faire avec la fortune de Göring...

Elle soignerait d'abord Simon. Sa blessure était en voie de guérison et l'unique séance d'électrochocs qu'il avait subie n'avait certainement pas porté atteinte à sa raison de façon irréversible. Rien que ne puissent réparer un long repos, des soins attentifs et beaucoup d'amour.

Cher Simon ! Elle se remémorait leur conversation de la veille à l'hôtel. Il la remerciait de lui avoir sauvé la vie, il répétait qu'il l'aimait...

— Mais, avait-il ajouté, vous, vous ne m'aimerez jamais.

— Simon ! En voilà une idée !

— Je sais comment les autres me voient... Comme un hypernerveux, plutôt laid, qui a vécu trop longtemps à l'ombre du mal. Sans parler de mon intérêt pour les livres qui touche à l'obsession...

— Vous êtes mon unique et fidèle chevalier.

— Moi ?

— Sans peur et sans reproche.

Épuisé, il s'était endormi en murmurant :

— Aucun de mes précieux livres ne renferme une histoire plus extraordinaire que la nôtre.

La douceur de sa voix avait ému Béatrice.

Elle avait décidé de ne jamais lui révéler la vérité au sujet de son père. Il croirait à une mort naturelle. N'était-ce pas ainsi, du reste, que l'*International Herald Tribune* rapportait l'affaire dans ses colonnes ? « Un professeur américain succombe à une crise cardiaque dans un téléphérique. » Un entrefilet, même pas à la une... Jamais elle n'avouerait son crime. Elle emporterait son secret dans la tombe, à moins que... A moins qu'ils ne deviennent si proches qu'elle puisse un jour le lui dire. Mais rien ne pressait. Pour le moment, elle avait tant à faire...

Son père mort, Simon n'hésiterait plus à raconter ce qu'il savait. A eux deux, ils réussiraient peut-être à convaincre le FBI d'ouvrir une enquête. Dans l'intervalle, elle organiserait leur protection, car les

Defensores Fidei chercheraient sans doute à se venger. Elle n'y croyait pas vraiment. Toute cause démente a besoin d'un chef dément, et ce chef n'était plus. Elle n'en ferait pas moins tout son possible pour amener Morton, Antonelli, Monahan et leurs comparses devant la justice...

Elle allait être l'instigatrice d'une véritable croisade. L'argent de Göring servirait à promouvoir les causes que les nazis et les Defensores Fidei auraient détestées. Ainsi l'argent de la haine financerait la lutte contre la haine. L'Histoire pouvait-elle rêver meilleur pied de nez ?

Haemmerli réapparut. Il rendit à Béatrice la feuille qu'elle lui avait confiée. Son ton était celui de l'homme d'affaires et son sourire celui du banquier lorsqu'il déclara, en s'effaçant respectueusement pour la laisser passer :

— Par ici, chère madame. J'aimerais vous exposer en détail la nature des services que nous offrons à notre clientèle.

DU MÊME AUTEUR

Illusions d'optique, L'Archipel, 1995.

Composition réalisée par EURONUMÉRIQUE

ACHEVÉ D'IMPRIMER EN EUROPE (ALLEMAGNE)
PAR ELSNERDRUCK À BERLIN
Dépôt légal Édit : 6556-11/2000
Librairie Générale Française - 43, quai de Grenelle - 75015 Paris.
ISBN : 2-253-14963-2 31/4963/0